Lisa Jewell avait décidé de se consacrer à l'écriture à l'âge de cinquante ans. Mais à vingt-sept ans, n'étant plus satisfaite de son travail de secrétaire, elle a commencé l'aventure littéraire. Paru en 1998, son premier roman fut un véritable succès de librairie. Depuis, Lisa Jewell est traduite dans le monde entier et s'est imposée comme une figure majeure du roman noir. Elle vit à Londres avec son mari et ses deux filles.

De la même autrice :

On se reverra
Comme toi
Tous tes secrets
Ils sont chez nous
Je serai ton ombre
Rentre avant la nuit
Tout près de moi
Ils resteront chez nous

Retrouvez aussi en édition collector :

On se reverra
Comme toi
Tous tes secrets

CE LIVRE EST ÉGALEMENT DISPONIBLE
AU FORMAT NUMÉRIQUE

www.editions-hauteville.fr

Lisa Jewell

RENTRE AVANT LA NUIT

Traduit de l'anglais (Grande-Bretagne) par Adèle Rolland-Le Dem

Hauteville

Hauteville est un label des éditions Bragelonne

Titre original : *The Night She Disappeared*

Le présent ouvrage a fait l'objet d'une première publication en langue anglaise chez Century, une marque de Penguin Random House UK.

ISBN : 978-2-38122-466-4

Bragelonne – Hauteville
60-62, rue d'Hauteville – 75010 Paris

E-mail : info@editions-hauteville.fr
Site Internet : www.editions-hauteville.fr

À mon père.

ARACHNOPHOBIE

C'est l'un de ces termes dont la sonorité est aussi abominable que ce qu'il décrit. Le [*ach*] agressif de la deuxième syllabe qui rappelle les articulations répugnantes des pattes d'une araignée ; la caresse appuyée du [*pho*] qui imite l'irrésistible vague de terreur qui déferle lorsque vous voyez un mouvement soudain sur un mur ou sur le sol ; le [*no*] assourdissant au centre du mot, comme un écho puissant du cri de répulsion qui résonne en vous. *Non, non, non.*

Tallulah est arachnophobe.

Or, tout est noir.

Première partie

1

Juin 2017

Le bébé commence à s'agiter. Figée dans son fauteuil, Kim retient son souffle. Elle a passé la soirée à essayer de l'endormir. Nous sommes vendredi, c'est un soir d'été étouffant, et en temps normal elle serait sortie avec ses amis. Vingt-trois heures. Elle devrait être au bar, à commander une dernière tournée pour la route. Mais, ce soir, elle est en jogging et en tee-shirt, ses cheveux attachés à la va-vite, et elle a troqué ses lentilles pour des lunettes. Sur la table basse, un verre de vin tiède qu'elle n'a pas eu le temps de boire depuis qu'elle l'a servi.

Elle attrape la télécommande pour baisser le volume de la télé, l'oreille aux aguets.

Oui, c'est bien ça : les prémices des pleurs, les redoutables gémissements d'un nourrisson qui se réveille.

Kim n'a jamais eu d'affinités avec les bébés. Elle a aimé la maternité, bien sûr, mais elle avait trouvé les premières années éprouvantes. Dès que ses deux enfants avaient enfin fait leurs nuits, Kim avait été soulagée de renouer avec les bienfaits d'un sommeil réparateur. Elle avait eu ses enfants jeune, et aurait eu assez de temps et d'amour pour en avoir d'autres. Mais elle ne pouvait se résoudre à passer de nouvelles nuits blanches. Pendant des années, elle avait assidûment soigné son confort nocturne à l'aide de masques de nuit, de bouchons d'oreilles, d'huiles essentielles et de comprimés de mélatonine qu'une amie lui rapportait des États-Unis.

Mais, il y a un peu plus d'un an, sa fille de dix-huit ans, Tallulah, avait eu un bébé. Si bien qu'à trente-neuf ans Kim est grand-mère et qu'il y a à nouveau des vagissements sous son toit. C'est survenu si vite, *trop* vite après que ses propres enfants ont grandi.

Bien que cela lui soit arrivé une dizaine d'années trop tôt, avoir un petit-fils est une expérience merveilleuse. Il s'appelle Noah et a les cheveux bruns comme elle, comme ses enfants (Kim a toujours préféré les bébés bruns, les petits blonds lui fichent la frousse). Les yeux de Noah oscillent entre le marron et l'ambre selon la lumière, et il a des jambes et des bras rebondis, avec des bourrelets aux poignets. Il passe son temps à sourire, et il s'amuse tout seul. Kim le garde quand Tallulah va en cours et panique dès qu'elle se rend compte qu'il n'a pas moufté depuis plusieurs minutes. Elle se précipite alors vers sa chaise haute, sa balancelle ou le coin du canapé où il est installé pour vérifier qu'il respire encore, et le retrouve plongé dans ses pensées ou jouant avec un livre en tissu.

Noah est un bébé adorable. Mais il n'aime pas dormir, ce qui met les nerfs de Kim à rude épreuve.

Tallulah et son fils vivent chez elle avec Zach, le père de Noah. Le bébé passe ses nuits avec eux. Kim, elle, dort avec des bouchons d'oreilles et du bruit blanc, ce qui suffit en général à lui épargner le tapage des insomnies de Noah.

Ce soir, Zach a organisé une « soirée en amoureux », un terme que Kim trouve assez vieux jeu quand il est prononcé par un jeune homme de dix-neuf ans. Ils sont sortis dîner dans le pub où Kim aurait dû se rendre. Elle a glissé à Zach un billet de vingt livres quand ils sont partis en leur souhaitant d'en profiter. C'est la première fois qu'ils se permettent une soirée tous les deux depuis la naissance de Noah. Ils se sont séparés quand Tallulah était enceinte, puis ils se sont remis ensemble, il y a environ six mois, lorsque Zach a promis d'être le meilleur papa du monde. Jusqu'à présent, il ne s'est pas dédit.

Les pleurs de Noah s'intensifient. Kim soupire et se lève.

À ce moment-là, son téléphone vibre, et un message s'affiche sur l'écran.

Maman, on a croisé des gens de Manton qui nous ont invités chez eux. On y va pour une heure max. Ça te dérange pas ? :)

Pendant que Kim tape sa réponse, elle reçoit un autre message.

Tout va bien avec Noah ?

Comme sur des roulettes ! C'est un amour. Amusez-vous bien. Prenez votre temps. Bisous.

Kim monte l'escalier, se dirige vers le lit de Noah, angoissée de devoir passer une nouvelle heure à le bercer, à chantonner et chuchoter dans le noir, écoutant les craquements nocturnes de sa maison silencieuse tandis que, dehors, les autres font la fête et que la lune brille dans le doux ciel d'été alors que s'estompent à l'horizon les dernières lueurs du jour. Elle voit la joue de Noah éclairée par le clair de lune, ses yeux qui s'illuminent quand il la reconnaît, et entend son souffle qui s'apaise. Noah est soulagé ;

quelqu'un est là pour lui. Il tend les bras. Elle le soulève et le serre contre elle.

— Qu'est-ce qui t'arrive, mon ange ? Qu'est-ce qui se passe ?

Elle sent son cœur se remplir d'amour pour ce petit garçon qui fait partie d'elle. Il l'aime, et il ne réclame pas sa mère à tout prix. Il est heureux que ce soit *elle* qui ait surgi de la nuit pour le consoler.

Elle descend avec lui dans le salon et l'installe sur ses genoux. Elle lui donne la télécommande pour qu'il joue avec : il adore appuyer sur les boutons. Mais il est trop fatigué pour cela, il va s'endormir. Noah s'alourdit, et Kim sait qu'elle devrait le coucher dans son lit, pour qu'il prenne de bonnes habitudes, pour instaurer un rythme de sommeil, mais elle se sent soudain épuisée, et ses yeux se ferment tout seuls. Elle étend un plaid sur ses jambes, cale un coussin derrière sa tête, et sombre avec Noah dans une torpeur paisible.

Kim se réveille en sursaut quelques heures plus tard. La courte nuit d'été touche à sa fin. Par la fenêtre du salon, elle distingue les premiers éclats du soleil ardent. Elle tend le cou et sent ses muscles crier leur mécontentement. Noah est encore endormi, elle le déplace doucement puis attrape son téléphone : 4 h 20.

Une pointe d'agacement la traverse. Certes, elle a dit à Tallulah de profiter de cette soirée, mais là, c'est n'importe quoi. Elle affiche le contact de sa fille et l'appelle. Elle tombe directement sur le répondeur. Elle essaie le numéro de Zach. Là encore, le répondeur.

Peut-être, songe-t-elle, sont-ils rentrés tard et, les voyant assoupis sur le canapé, se sont-ils dit qu'ils pourraient s'offrir une nuit sans le bébé. Elle les imagine passer une tête par la porte du salon, retirer leurs chaussures sans un bruit, grimper l'escalier sur la pointe des pieds et se jeter dans le lit vide dans un enchevêtrement de bras, de jambes et de baisers fougueux, alcoolisés.

Lentement, elle remonte Noah contre son épaule et se redresse. Elle se rend à l'étage, avance vers la chambre de sa fille. La porte est grande ouverte, comme quand Kim est venue prendre Noah à 23 heures. Elle dépose délicatement le bébé dans son lit et, par miracle, il ne se réveille pas. Elle s'assied en face de lui et tente à nouveau d'appeler sa fille.

Une fois de plus, le répondeur se déclenche immédiatement. Elle essaie encore le portable de Zach. Sans succès. Elle essaie de les joindre tour à tour pendant une heure. Le soleil est maintenant complètement levé, mais il est encore trop tôt pour contacter d'autres personnes. Kim se prépare un café, coupe une tranche du pain de campagne qu'elle achète toujours le week-end pour sa fille, la tartine de beurre et de miel récolté par l'apiculteur qui vit à côté de chez elle et qui vend sa production aux voisins, et elle attend que sa journée puisse enfin commencer.

2

Août 2018

— Monsieur Gray, bienvenue !

Sophie voit un homme aux cheveux argentés avancer vers eux dans le couloir lambrissé, la main déjà tendue, bien qu'il lui reste au moins trois mètres à parcourir.

Il s'approche de Shaun et lui serre chaleureusement la main, l'enveloppant des siennes comme si Shaun était un petit enfant dont les doigts gelés devaient être réchauffés. Puis il se tourne vers elle.

— Madame Gray, quel plaisir de vous rencontrer enfin !

— Plutôt madame Beck, si vous n'y voyez pas d'inconvénient, le reprend-elle gentiment.

— Mais bien sûr, quel idiot ! J'étais au courant. Madame Beck. Je suis Peter Doody, le directeur de cet établissement, se présente-t-il avec un sourire radieux.

Ses dents sont remarquablement blanches pour un homme d'une soixantaine d'années.

— Vous êtes romancière, m'a-t-on dit.

Elle acquiesce d'un hochement de tête.

— Et quel type de livres écrivez-vous ?

— Des romans policiers.

— Des polars ! Ça alors ! Je suis sûr que vous trouverez à Maypole House bien des sources d'inspiration. Il ne se passe pas un jour sans rebondissement. Mais, s'il vous plaît, n'oubliez pas de changer nos noms ! continue-t-il en explosant de rire. Où vous êtes-vous garés ? demande-t-il à Shaun en esquissant un geste vers la longue allée qui se dessine derrière l'immense porte qu'ils viennent de pousser.

— Eh bien, juste là, à côté de votre voiture. Cela ne pose pas de problème ?

— Absolument pas, c'est parfait ! s'exclame-t-il en se dévissant le cou pour regarder derrière eux. Et les petits ?

— Ils sont avec leur mère, à Londres.

— Évidemment.

Shaun et Sophie suivent Peter Doody dans l'un des trois couloirs qui partent du hall d'entrée, leur valise à la main. Ils franchissent une porte à double battant puis s'engagent dans un tunnel vitré qui relie le manoir à un bâtiment moderne. À l'autre extrémité de celui-ci, une grande porte débouche sur un sentier sinueux qui mène à un petit cottage victorien en contrebas. Derrière la charmante maison entourée de rosiers en fin de floraison s'étend une vaste forêt.

Peter sort un trousseau de sa poche et retire deux clés de l'anneau en laiton. Sophie a déjà visité les lieux, mais l'ancienne proviseure y vivait encore, et l'espace était encombré de ses meubles, de ses affaires, de son chien et de ses photographies encadrées aux murs. Peter déverrouille la porte, et ils pénètrent dans le vestibule dallé de pierre situé à l'arrière de la maison. Les bottes, les cirés et les laisses ont disparu. Sophie est submergée par une odeur de brûlé et de pétrole. Elle frissonne à cause de l'air froid qui semble provenir du sol et qui l'indispose malgré la chaleur accablante de ce jour d'août.

Maypole House se dresse dans un village pittoresque nommé Upfield Common, dans le Surrey. C'était autrefois la propriété du village, jusqu'à ce que la demeure soit achetée par Magenta, il y a une vingtaine d'années. Une multinationale qui gère des pensionnats dans le monde entier. Le manoir était alors devenu un lycée privé pour les élèves âgés de seize à dix-neuf ans ayant échoué au brevet ou au baccalauréat. Un pensionnat pour ratés, en somme, où le compagnon de Sophie vient d'être nommé proviseur.

— Tenez, poursuit Peter en déposant les clés dans la main de Shaun. C'est à vous. Quand arrivera le reste de vos affaires ?

— À 15 heures.

Peter consulte l'heure sur sa montre connectée.

— Nous avons donc amplement le temps d'aller déjeuner au pub. Je vous invite !

— C'est-à-dire que nous avons déjà préparé notre repas…, s'excuse Shaun en regardant Sophie avant de baisser les yeux vers un sac en toile posé à leurs pieds. Mais merci beaucoup pour cette généreuse invitation.

Peter n'a pas l'air décontenancé.

— Tant mieux ! Pour votre gouverne, le pub du village est excellent. Le *Swan & Ducks*. De l'autre côté de la place principale. Ils proposent une sorte de menu tapas, avec des mezzés méditerranéens. Leur calamar est à tomber par terre. Et leur cave vaut le détour. Le gérant vous fera un prix si vous lui dites qui vous êtes.

Il jette un nouveau coup d'œil à sa montre.

— Bien, bien, je vais vous laisser vous installer. Tous les codes sont ici. Vous aurez besoin de celui-ci pour ouvrir au camion, et celui-là, c'est le portail du lycée. Vos pass vous donneront accès à tous les bâtiments de Maypole.

Il leur tend à chacun un cordon avec une carte plastifiée.

— Shaun, je vous revois demain pour notre première journée de travail. Au fait, il est possible que vous croisiez des gens vêtus de façon peu conventionnelle aujourd'hui. Nous accueillons un séminaire autour de la comédie musicale, cette semaine. C'est le dernier jour, les participants quitteront les lieux demain matin. Kerryanne Mulligan, l'intendante… Vous l'avez rencontrée la semaine dernière, n'est-ce pas ?

Shaun hoche la tête.

— Kerryanne s'occupe d'eux, vous n'avez pas à vous en inquiéter. Voilà, je pense que c'est tout. Ah, j'allais oublier…

Il s'approche du réfrigérateur et ouvre la porte.

— Un petit cadeau pour vous, de la part de Magenta.

Une bouteille de champagne bon marché trône dans le frigo vide. Il referme l'appareil, enfonce les poings dans les poches de son chino bleu, puis les ressort pour leur serrer la main.

Il s'éclipse, laissant Sophie et Shaun seuls dans leur nouvelle maison. Ils échangent un regard puis détaillent leur environnement avant de se tourner de nouveau l'un vers l'autre. Sophie se penche vers le sac en toile et sort les deux verres à vin qu'elle a sauvés d'un carton ce matin avant qu'ils ne quittent l'appartement de Shaun à Lewisham. Elle les retire du papier bulle qui les protégeait, les pose sur le comptoir, ouvre le réfrigérateur et attrape la bouteille de champagne.

Elle saisit la main que Shaun lui tend et le suit dans le jardin. Orienté à l'ouest, il est plongé dans l'ombre de la maison à cette heure, mais il fait tout de même assez chaud pour y être en tee-shirt.

Pendant que Shaun débouche la bouteille et emplit leurs verres, Sophie laisse son regard dériver aux alentours. Un portillon en bois au milieu des rosiers marque le seuil entre leur jardin et les bois d'un vert profond, parsemés de clairières que le soleil de midi, à travers la canopée, transforme en bassins de lumière dorée. Les bulles de champagne entonnent leur mélodie dans les verres. Sophie sent l'air gonfler ses poumons et le sang battre dans ses tempes.

Shaun la dévisage.

— Merci, lui dit-il. Merci mille fois.

— Mais pourquoi ?

— Tu le sais très bien, répond-il en attrapant sa main. Je sais ce que tu sacrifies pour être ici avec moi. Je ne te mérite pas. Pas du tout.

— Mais bien sûr que si. N'oublie pas que je ne suis que « de beaux restes »…

Ils échangent un sourire amer. C'est l'une des nombreuses expressions auxquelles l'ex-femme de Shaun, Pippa, a recours pour dénigrer Sophie depuis qu'elle a appris son existence. Elle dit : « Elle fait franchement vieille pour une nana de trente-quatre ans », et aussi : « C'est fascinant, quelqu'un qui a un cul aussi disproportionné par rapport à son corps. »

— Quoi qu'il en soit, tu es la meilleure. Et je t'aime.

Il embrasse ses paumes puis la libère pour qu'elle puisse saisir son verre.

— C'est si beau ! s'extasie Sophie d'un ton rêveur en laissant son regard s'évader au-delà du portillon, vers la forêt. Où mène ce chemin, à ton avis ?

— Aucune idée. Tu pourrais peut-être aller explorer les environs après le repas ?

— Oui, excellente suggestion.

Sophie a rencontré Shaun il y a à peine six mois. Elle était venue dans le lycée où il travaillait pour animer un atelier d'écriture avec une classe de terminale. Pour la remercier, il l'avait invitée à dîner. Au début, elle s'était sentie mal à l'aise, comme si elle était en faute. Se retrouver seule avec un membre du corps enseignant était tellement associé dans son esprit à l'idée d'une convocation disciplinaire qu'elle n'arrivait pas à se détendre. Puis elle avait remarqué ses yeux marron très sombres, presque noirs, ses épaules larges, son rire fabuleux, chaleureux, vivant, ses lèvres douces, son annulaire sans alliance, et elle avait compris qu'il était en train de flirter avec elle. Le lendemain, il lui avait envoyé un mail depuis son adresse personnelle pour la remercier de cette charmante soirée et lui demander si elle avait envie d'essayer ce nouveau restaurant coréen dont ils avaient parlé – ce vendredi soir, si elle était libre. Sophie avait songé qu'elle n'avait jamais eu de rendez-vous avec un homme de plus de quarante ans, ni avec un homme qui portait une cravate au boulot, ni d'ailleurs aucun rendez-vous galant depuis cinq bonnes années. Et, accessoirement, elle avait envie de découvrir ce restaurant coréen, alors pourquoi pas ?

C'est lors de ce premier rendez-vous que Shaun lui avait appris qu'il allait quitter à la fin de l'année scolaire le grand lycée de Lewisham, où il était responsable des classes de terminale, pour devenir le proviseur d'un pensionnat du Surrey. Ce n'était pas qu'il rêvait de travailler dans le privé et d'avoir un imposant bureau en acajou, mais son ex-femme Pippa avait décrété que leurs jumeaux ne pouvaient plus fréquenter l'école primaire du quartier, dans laquelle ils étaient scolarisés depuis trois ans. Ils devaient désormais poursuivre leur cursus dans une école privée hors de prix, et Shaun devait payer la moitié des frais de scolarité.

Au début, les implications de ce changement professionnel n'avaient pas inquiété Sophie. Mars, avril, mai puis juin s'étaient succédé, Shaun et Sophie s'étaient peu à peu rapprochés, passant de plus en plus de temps ensemble, jusqu'à ce qu'elle rencontre ses enfants. Il l'avait laissée les mettre au lit, leur lire des histoires, coiffer leurs cheveux, puis les vacances d'été avaient commencé. Shaun et Sophie étaient devenus inséparables. Un soir, après avoir bu plusieurs cocktails sur une terrasse dominant la Tamise, Shaun lui avait proposé de s'installer à Maypole House.

L'instinct de Sophie lui avait crié un « non » franc. Non, non, non. Sophie était une Londonienne pure et dure. Une femme indépendante. Avec sa propre carrière. Sa vie sociale. Sa famille, londonienne aussi. Puis juillet avait laissé place à août. Le départ de Shaun approchait à grands pas, et le quotidien de Sophie avait tellement évolué ces derniers mois qu'elle avait pris le temps de reconsidérer son offre. Peut-être qu'elle aimerait vivre à la campagne, tout compte fait. Peut-être qu'elle travaillerait mieux sans les distractions de la vie urbaine. Peut-être qu'elle prendrait goût à jouer le rôle de la femme du proviseur. Peut-être que le statut de première dame dans un environnement aussi huppé lui plairait. Elle l'avait accompagné lors d'une visite de l'établissement, elle avait vu la maison et senti la solidité et la chaleur des tommettes sous ses pieds, le parfum voluptueux des roses sauvages, de l'herbe fraîchement tondue, du jasmin gorgé de soleil qui encadrait la porte. Elle avait repéré dans l'entrée un espace à la taille de son bureau placé sous une fenêtre donnant sur le parc du lycée. Elle s'était rappelé qu'elle avait trente-quatre, bientôt trente-cinq ans. Que cela faisait longtemps qu'elle était célibataire. Que le moment était venu de se lancer.

Et elle avait dit « oui ».

Ils avaient profité au mieux de leurs dernières semaines à Londres. Ils avaient musardé en terrasse, essayé tous les types de cuisine possibles, même les plus complexes, assisté à des projections dans des parkings à étages, flâné dans des marchés éphémères, pique-niqué au parc avec, en fond sonore, la techno de leurs voisins, les sirènes et le vrombissement des moteurs. Ils avaient aussi passé dix jours dans un charmant Airbnb de Palma de Majorque dont le balcon surplombait la marina. Ils avaient consacré leurs week-ends aux enfants de Shaun et les avaient emmenés s'ébattre dans les fontaines du centre culturel South Bank, déjeuner en terrasse au bord de la Tamise, découvrir l'art à la Tate Modern et jouer à Kensington Gardens.

Sophie avait loué son deux-pièces de New Cross à une amie. Elle avait résilié son abonnement à la salle de sport, fait ses adieux aux collègues de son atelier d'écriture du mardi soir, préparé ses cartons et rejoint Shaun ici, au milieu de nulle part.

Aujourd'hui, tandis qu'elle contemple les rayons de soleil à travers le feuillage, jetant des éclats de lumière sur le tissu sombre de sa robe et le sol, Sophie croit toucher du doigt le début du bonheur. La décision qu'elle avait prise était peut-être en réalité un coup de pouce du destin. Peut-être étaient-ils faits pour vivre ensemble ici. Oui, tout irait bien pour elle, pour eux deux.

Shaun ramasse la vaisselle de leur déjeuner et l'emporte dans la cuisine. Elle entend l'eau qui coule du robinet et le tintement des assiettes lorsqu'il les pose dans le grand évier en céramique blanche.

— Je vais faire un tour, lance-t-elle à Shaun par la fenêtre ouverte.

Elle referme le loquet du portillon du jardin derrière elle quand son œil est attiré par quelque chose qui semble cloué à la clôture en bois.

Un morceau de carton qui doit avoir été déchiré dans un emballage.

Dessus, on a dessiné une flèche au marqueur, qui désigne le sol, et au-dessus, on a écrit les mots suivants :

Creuser ici.

Elle observe le message un moment, perplexe. Il s'agit sans doute de l'un des éléments d'un jeu de piste, d'une chasse au trésor ou d'un exercice de cohésion de groupe du séminaire de comédie musicale qui prend fin aujourd'hui. Ou peut-être qu'on a enterré là une capsule temporelle.

Mais soudain, un vague souvenir se réveille dans son esprit. Un sentiment de déjà-vu électrisant. La conviction qu'elle a déjà vécu cette scène. Une pancarte clouée à une clôture. Ces mots tracés au feutre noir. Une flèche pointant vers le sol. Elle a déjà vu ça quelque part.

Mais où ?

3

Juin 2017

La mère de Zach est plus âgée que Kim. Zach est son benjamin, et elle a eu quatre filles avant lui. Elle s'appelle Megs. Quand elle ouvre la porte, elle est vêtue d'un bermuda, d'un ample tee-shirt en lin vert, ses lunettes noires sur le sommet de son crâne, le nez brûlé par le soleil.

— Kim, constate-t-elle avant de se tourner vers Noah et de lui décocher un grand sourire. Bonjour, mon bébé joli, reprend-elle en le chatouillant sous le menton. Tout va bien ?

— Tu as vu les enfants ? lui demande-t-elle en posant le bébé sur son autre hanche.

Elle est venue à pied sans la poussette, mais il fait chaud, et Noah pèse lourd.

— Tallulah et Zach ?

— Oui.

Elle change à nouveau Noah de position.

— J'imagine qu'ils sont chez toi.

— Non. Ils sont allés au pub hier soir, mais ils ne sont pas rentrés, et leurs téléphones sont éteints. Je me suis dit qu'ils étaient peut-être venus dormir ici.

— Non, ma belle, ils ne sont pas là. Il n'y a que Simon et moi. Tu veux entrer ? On était dehors en train de lézarder. On peut essayer de les rappeler si tu veux ?

Une fois dans le jardin, Kim pose Noah sur l'herbe, à côté d'un tricycle en plastique sur lequel il tente immédiatement de grimper. Megs sort son portable et appelle son fils. Simon, son mari, fait un signe de la tête poli à Kim avant de se replonger dans son journal. Depuis toujours, Kim a la désagréable impression que Simon la trouve séduisante, et qu'il la traite avec distance pour dissimuler le malaise que cela lui inspire.

Megs fronce les sourcils et raccroche.

— Répondeur, directement. Je vais passer un coup de fil à Nick.

Kim lui lance un regard interrogateur.

— Tu sais, le barman du *Swan & Ducks*. Attends.

Elle tapote l'écran de l'appareil avec ses faux ongles bleus.

— Nick, mon beau, c'est Megs. Ça va ? Et ta mère ? Bien. Parfait. Dis-moi, tu travaillais hier ? Est-ce que tu as vu Zach au bar ?

Megs acquiesce et émet des bruits approbateurs. Kim intercepte une motte de terre dans la main de Noah juste avant qu'il ne la fourre dans sa bouche et attend patiemment. Megs raccroche enfin.

— Apparemment, ils sont allés passer la soirée chez une de leurs connaissances après le pub. Une copine de Tallulah, selon lui.

— Oui, je suis au courant. Il sait qui c'est ?

— Une certaine Scarlett. Et deux ou trois autres jeunes. D'après Nick, ils sont partis en voiture.

— Scarlett, tu dis ?

— Oui. Une des gosses de riches de Maypole.

Kim hoche la tête, mais elle n'a jamais entendu parler de cette Scarlett. Cela étant, Tallulah ne s'étend pas sur sa vie d'étudiante. À la maison, tout tourne autour de Noah.

— Il a dit autre chose ? s'enquiert-elle en asseyant Noah sur ses genoux.

— Non.

Megs sourit à Noah et tend ses bras vers lui, mais le bébé se recroqueville contre Kim, qui voit disparaître le sourire de son autre grand-mère.

— Tu penses qu'on devrait s'inquiéter ?

— Je n'en sais rien, répond Kim en haussant les épaules.

— Tu as appelé les amis de Tallulah ?

— Je n'ai pas leurs numéros. C'est sur son téléphone…

Megs soupire et s'enfonce dans sa chaise longue.

— C'est étrange. S'il n'y avait pas le petit, on se serait dit qu'ils faisaient la grasse mat' quelque part… Ils sont si jeunes. À leur âge, je faisais les quatre cents coups. Mais ils sont tellement dévoués à cette adorable bouille. Je trouve ça un peu…

— Oui, moi aussi.

Kim aimerait être plus proche de Megs, mais cette dernière n'avait jamais cru à l'avenir du couple que formaient leurs enfants. Quand Noah était né, elle avait même pris ses distances, ne rendant visite que très rarement à son petit-fils et se comportant comme une tante distraite. Elle a raté le coche avec Noah, qui la reconnaît mais ne comprend pas qu'elle fait partie de sa famille proche.

— Je vais essayer de me renseigner sur cette Scarlett, poursuit Kim. On verra ce que je découvre. Dans le meilleur des cas, je n'aurai rien à faire, et ils seront à la maison quand je rentrerai…

Megs lui sourit.

— Tu sais quoi ? Je pense que c'est exactement ce qui va se passer, lui lance-t-elle gaiement, d'un ton qui suggère que tout ce qui lui importe à ce moment précis, c'est de reprendre sa séance de bronzage ; elle n'a vraiment pas le temps de s'inquiéter.

Dans la chambre de sa fille, Kim fouille son sac à dos. Tallulah prépare un diplôme d'assistante sociale. La plupart des cours se déroulent à distance, elle se rend au lycée professionnel que trois fois par semaine. Certains matins, Kim l'observe lorsqu'elle attend le bus ; sa fille au visage pimpant, dans sa tenue décontractée, un classeur serré contre la poitrine. Personne ne pourrait se douter qu'elle est déjà mère, elle a l'air si jeune.

Kim saisit son agenda et le feuillette. Les pages sont noircies des pattes de mouche de sa fille (elle était gauchère, mais s'était forcée à apprendre à écrire de la main droite quand elle était en primaire pour faire comme les autres). Kim sait qu'il ne sert à rien de chercher les numéros de téléphone de ses amis là-dedans ; plus personne ne les consigne par écrit de nos jours. Mais elle espère trouver le nom de Scarlett dans une liste d'élèves.

Et voilà, collée à la dernière page et repliée, la fiche des représentants d'élèves. Kim la parcourt rapidement, et son index s'arrête sur une ligne.

Scarlett Jacques, Bureau des étudiants – organisation.

Le tout suivi de son adresse e-mail.

Kim lui écrit immédiatement.

Bonjour Scarlett, je suis Kim, la maman de Tallulah Murray. Tallulah n'est pas rentrée à la maison hier soir et elle ne répond pas au téléphone. Je me demandais si tu savais où elle était... On m'a dit qu'elle avait passé la soirée chez une certaine Scarlett hier. Pourrais-tu me rappeler dès que possible au numéro ci-dessous ? Merci beaucoup.

Elle envoie le message, expire longuement et repose son portable sur ses genoux.

En bas, elle entend la porte claquer. Il est 14 heures, c'est son fils Ryan qui revient du travail. Le samedi, il bosse pour l'épicier du village afin de pouvoir s'offrir des vacances en Grèce avec ses amis cet été, sa première escapade sans adulte.

— Ils sont rentrés ? lui crie-t-il depuis le couloir.

— Non...

Elle l'entend poser ses clés sur le buffet, balancer ses chaussures sur la pile près de la porte, puis grimper l'escalier quatre à quatre.

— C'est pas vrai... Ils ne répondent toujours pas ?

— Non.

Elle lui raconte que Megs a appelé Nick du pub, qu'il lui a parlé d'une dénommée Scarlett, puis son téléphone sonne. C'est un numéro inconnu.

— Allô ?

— Bonjour, c'est la maman de Lula ?

— Oui, c'est Kim.

— Bonjour, c'est Scarlett. Je viens de recevoir votre mail.

Le cœur de Kim se met à battre trop fort, violemment, puis se calme.

— Scarlett. Merci de me rappeler. Je me demandais si...

— Ils étaient chez moi hier soir, l'interrompt la jeune femme. Ils sont partis vers 3 heures. C'est tout ce que je sais.

Kim cligne des yeux et se cambre légèrement.

— Et ils ont dit... Enfin, ils ont dit où ils allaient ?

— Ils voulaient prendre un taxi pour rentrer.

Kim n'aime pas le son de sa voix. Elle a un timbre froid, hautain, qui évoque les lits à baldaquin, les écoles privées huppées et les allées de gravillons. Visiblement, c'est le cadet de ses soucis, et elle donne l'impression à Kim de lui faire une faveur en lui adressant la parole.

— Ils étaient comment ? Ils avaient beaucoup bu ?

— Oui, Lula ne se sentait pas bien, c'est pour ça qu'ils sont partis.

— Elle a vomi ?

— Oui.

Kim imagine sa fille chérie si fragile, pliée en deux au-dessus d'un buisson, et son cœur se serre.

— Tu les as vus monter dans ce taxi ?

— Non, ils sont juste partis, c'est tout.

— Et, pardon, mais tu habites où Scarlett ? Que je puisse demander aux compagnies de taxi s'ils les ont vus.

— Aux Cendres, vers Upley Fold.

— Dans quelle rue et à quel numéro ?

— Il n'y a pas de numéro, c'est le nom de la propriété, « Les Cendres ».

— D'accord, répond Kim en soulignant les mots sur le papier où elle vient de les noter. Merci. Et s'il te plaît, si tu as des nouvelles d'eux d'ici là, tu peux m'appeler ? Je ne sais pas si tu connais bien Tallulah, mais…

— Pas vraiment, non, l'interrompt une nouvelle fois la jeune femme.

— Elle n'est pas du genre à disparaître comme ça, à découcher. Et elle a un petit garçon, tu sais…

Scarlett ne dit rien pendant un instant.

— Non, je ne savais pas.

Kim secoue la tête, incapable de concevoir que Zach et

Tallulah aient passé une soirée entière avec cette fille sans parler de Noah.

—Ils ont un bébé, Noah, qui a un an. Je suis très inquiète qu'ils ne soient pas rentrés.

Nouveau silence.

—OK.

—Fais-moi signe si tu as des infos les concernant.

—Ça marche. Bonne journée, lance-t-elle avant de raccrocher.

Kim fixe son téléphone un moment. Puis elle lève les yeux vers son fils, qui la dévisage d'un air inquiet.

—C'était bizarre, ça, lâche-t-elle avant de lui relater leur discussion.

—Tu veux qu'on aille voir là-bas ?

—Chez Scarlett ?

—Ouais. Je crois qu'on devrait aller faire un tour du côté des Cendres.

4

Août 2018

Le lendemain matin, Shaun se réveille tôt pour son premier jour. Sophie l'accompagne jusqu'à la porte du cottage et le regarde traverser le parc vers le couloir vitré qui mène au bâtiment principal. Il se retourne sur le seuil, lui adresse un geste de la main et disparaît.

Des dizaines de personnes foulent les pelouses, tirant leurs valises en direction du parking. Le séminaire de comédie musicale s'achève, l'été s'apprête à en faire autant. Dès demain, les élèves commenceront à arriver. Des agents d'entretien attendent dans l'ombre de pouvoir préparer les chambres désormais vides pour le nouveau semestre.

Elle referme la porte. C'est une maison agréable, fonctionnelle. À l'intérieur, l'air est frais, légèrement humide, et les petites fenêtres envahies de lierre et de glycine laissent filtrer peu de lumière. L'odeur des précédents occupants ne s'est toujours pas dissipée, et Sophie remarque encore une fois ces relents de brûlé qui semblent provenir du sol. Elle l'a pourtant recouvert d'un tapis et a déposé sur la console un diffuseur d'huiles essentielles, mais l'effluve est tenace. Cela va prendre un peu de temps avant qu'elle se sente chez elle ici, mais elle finira par s'y habituer, elle en est convaincue. Les enfants de Shaun viennent dans quinze jours, et la maison s'animera à ce moment-là.

Elle se penche au-dessus d'un carton qu'elle a entrepris de vider quand on frappe à la porte.

— Oui ?

— Bonjour, c'est Kerryanne, l'intendante !

Sophie ouvre et découvre une femme à la crinière blonde épaisse retenue par des lunettes noires, aux yeux bleu vif et au décolleté brûlé par le soleil. Elle arbore une grande robe longue et des claquettes ornées de strass. Elle ne ressemble pas vraiment à une intendante.

— Bonjour ! s'exclame Sophie en lui tendant la main. Enchantée de faire votre connaissance.

— Pareillement. Vous êtes Sophie, n'est-ce pas ?

— Tout à fait.

Elle brandit un grand trousseau de clés.

— Comment se passe l'installation ? s'enquiert-elle en jouant avec l'anneau en métal. Vous avez tout ce qu'il vous faut ?

— Oui, merci. C'est le premier jour de Shaun aujourd'hui. Il est parti il y a une dizaine de minutes.

— Je l'ai croisé sur le chemin, nous avons un peu discuté. Je passais pour vous donner mon numéro, si vous avez besoin d'aide. Bien sûr, je suis d'abord là pour les élèves, mais n'hésitez pas à faire appel à moi. J'imagine que, pour l'instant, tout doit vous sembler étrange ici. Vous pouvez me considérer comme votre intendante aussi ! Et si vous avez le mal du pays et besoin de réconfort…

Sophie cligne des yeux, incapable de déterminer si Kerryanne est sérieuse.

— Je rigole ! Mais sincèrement, s'il y a quoi que ce soit… Si vous avez besoin de renseignements sur le village, le personnel, les élèves, n'hésitez pas à m'envoyer un petit message. Je suis au deuxième étage de la résidence Alpha, juste…

Elle se baisse un petit peu pour regarder sous un grand arbre au bout du jardin de Shaun et Sophie.

— Là, cette fenêtre. Avec le balcon. L'appartement 205.

Elle tend à Sophie une feuille où sont notées les informations qu'elle vient de lui donner dans une écriture appliquée.

— Vous vivez seule ?

— La plupart du temps, oui. Ma fille Lexie rentre de temps à autre, elle tient un blog de voyage, donc elle est constamment par monts et par vaux. En général, il n'y a que moi. On m'a dit qu'il y aurait des enfants par ici, de temps en temps ?

— Oui, Jack et Lily, les jumeaux de Shaun. Ils ont sept ans.

— Oh, c'est le bel âge, ça ! Enfin bon, vous n'hésitez pas, hein ? Ça fait vingt ans que je travaille ici. Et j'habite dans le village depuis presque soixante ans. Cet endroit n'a aucun secret pour moi. Est-ce que vous voulez venir boire un verre chez moi avec Shaun ce soir, que je vous rabâche mes vieilles histoires autour d'une bouteille ?

— Volontiers, avec plaisir !

Elle s'apprête à la remercier à nouveau et à retourner à ses occupations quand elle distingue deux pies qui s'envolent d'un arbre à l'orée de la forêt.

— Et ces bois, demande-t-elle, où mènent-ils ?

— Oh, vous ne devriez pas vous aventurer là-dedans.

Sophie l'interroge du regard.

— Ils sont immenses, vous risqueriez de vous y perdre.

— Mais où se terminent-ils ?

— Tout dépend de la direction qu'on emprunte. Il y a un petit hameau à environ deux kilomètres de ce côté-ci, reprend-elle en désignant la gauche. Upley Fold. Une église, une salle des fêtes, quelques maisons. C'est mignon. Et si vous allez tout droit pendant un bon kilomètre, vous tombez sur l'arrière d'un domaine qui s'appelle « Les Cendres ». Le manoir est vide en ce moment. Il appartient à une famille de Guernesey ; le mari gère des fonds spéculatifs, et la femme ressemble à un mannequin, poursuit-elle en levant légèrement les yeux au ciel. Leur fille était l'une de nos élèves. Scarlett. Très talentueuse. Mais je vous déconseille de vous y rendre. Parfois, les jeunes y vont parce qu'il y a une piscine et un court de tennis, mais ils se perdent toujours en rentrant, et il n'y a pas de réseau dans les bois. Une fois, on a même dû appeler la police…

Cette fois, elle lève franchement les yeux au ciel.

Sophie hoche la tête, mais elle sent l'appel de la forêt résonner en elle. À Londres, quand elle est en manque d'inspiration, elle va se promener à Dulwich ou Blackheath, admire les vieilles demeures victoriennes et imagine les histoires qui se cachent derrière les portes fermées. Elle pense à son bâton de marche, à sa boussole, à sa gourde, et à cette occasion rêvée d'atteindre un nombre de pas satisfaisant sur son application de remise en forme. Un voile nuageux modère les ardeurs du soleil, il fait vingt-deux degrés, c'est le temps idéal pour une promenade. Les mots « piscine » et « court de tennis » ont attisé sa curiosité. Elle s'imagine l'air sec qui doit régner dans ce manoir abandonné après un été caniculaire, les pelouses jaunies, les dalles poussiéreuses, craquelées, et les nids d'oiseaux dissimulés dans les renfoncements des fenêtres.

— Je vais tenter de résister à la tentation, assure-t-elle à Kerryanne avec un sourire.

5

Septembre 2016

Scarlett Jacques est là, à côté d'elle, dans la queue du réfectoire. Elle mesure un mètre quatre-vingts et elle est mince comme un fil de fer. Ses cheveux décolorés sont teints en bleu pâle, rassemblés sur son crâne en un chignon fouillis. Elle a un petit arc-en-ciel dessiné sur la joue. Elle porte un sweat à capuche dont les manches longues ne laissent voir que les doigts et un short en jersey trop grand avec des baskets montantes. De lourdes bagues ornent ses phalanges, et ses ongles sont peints en vert. Elle hésite devant les paquets individuels de céréales, son index passant de l'un à l'autre jusqu'à s'arrêter sur un paquet de riz soufflé. Elle le pose sur son plateau, à côté d'une petite brique de lait de soja aromatisé au chocolat et d'une pomme.

Tallulah la regarde s'avancer jusqu'à la caisse. Ses amis vont déjà à sa rencontre, la suivent, pour s'assurer qu'ils pourront s'asseoir à côté d'elle quand elle aura choisi une table. Tallulah attrape un sandwich au jambon et une briquette de jus d'orange avant d'aller payer. Elle s'installe à une table proche de celle de Scarlett.

Scarlett est assise, ses longues jambes étendues devant elle, ses chaussures posées sur la chaise d'en face, exposant ses chevilles dorées par le soleil d'été. Elle verse le lait de soja sur le riz soufflé. Elle approche son visage du bol et enfourne les céréales dans sa bouche à l'aide d'une cuillère. Du lait chocolaté dégouline sur son menton, et elle l'essuie d'un revers de manche. Elle traîne avec sa clique habituelle. Tallulah ne connaît pas leurs noms. Scarlett et ses amis ont tous fréquenté le pensionnat de Maypole House, un établissement qui accueille les gosses de riches un peu limités, ceux qui posent un problème, souffrent d'addictions ou de troubles de l'attention. Ils font crisser les pneus de leur Mini dans le village et déboulent dans les pubs avec leurs faux papiers d'identité, leur voix tonitruante et leurs coupes de cheveux parfaitement soignées. Au supermarché, on les entend avant de les voir, s'interpellant d'un rayon à l'autre pour se plaindre de ne pas trouver de mozzarella fraîche avant de sortir en ignorant superbement les jeunes du village qui tiennent lieu de caissiers.

Cette année, quelques anciens de Maypole House ont décidé de poursuivre leurs études au lycée professionnel de Manton, la ville la plus proche. Ils sont presque tous inscrits en première année d'arts appliqués. Les autres, en cursus mode. Ils viennent de familles qui les destinaient aux grandes universités, mais ils se retrouvent à Manton ; c'est sans doute pour cette raison qu'ils sont sur la défensive.

Tallulah pose la main sur son ventre. Son corps est encore si flasque et gras à cet endroit. Elle a accouché il y a trois mois, mais elle a l'impression que son bébé occupe encore la moitié de ses entrailles. Elle a arrêté d'allaiter la semaine précédente, mais elle a encore des montées de lait, elle porte donc des protections dans son soutien-gorge. Elle sort son portable pour regarder des photos de Noah. L'amour et la peur lui vrillent les tripes. Depuis sa naissance, ils sont inséparables. La semaine dernière, quand elle a repris les cours, c'était la première fois qu'elle se séparait de lui plus de quelques minutes. Maintenant, il est à dix kilomètres de là, soit une demi-heure de bus. Ses bras sont trop légers, ses seins trop lourds. Elle écrit à sa mère.

Ça va ?

Sa mère lui répond immédiatement.

On vient d'aller voir les canards. Tout va bien.

À la table d'à côté, Scarlett est dans son monde. Elle ne parle plus à ses amis et fixe son téléphone d'un air complètement absent. De sa main libre, elle fait rouler son fruit sur son plateau. Tallulah observe ses traits remarquables : elle a une petite bosse sur le nez, un menton un peu fuyant, une bouche fine comme un trait. Mais elle est belle, plus belle que toutes les autres filles du lycée, même celles qui ont un profil parfait et des lèvres pulpeuses. Scarlett sent qu'on l'observe et se tourne vers elle. Elle plisse les yeux, se remet face à sa table, pose ses pieds au sol, attrape sa pomme, la fourre dans la poche de son sweat à capuche et quitte ses amis sans mot dire. En passant à côté d'elle, Scarlett lui lance un coup d'œil, et Tallulah a l'impression qu'elle esquisse un sourire fugace.

6

Juin 2017

Kim attache Noah dans le siège auto et lui donne l'un de ses livres en tissu. Ryan s'assied à côté de lui sur la banquette arrière, pendant que Kim s'installe au volant et tape l'adresse dans le GPS de son portable.

— Les Cendres, annonce-t-elle en le tapotant sur l'écran. C'est à 1 500 mètres d'ici, je me demande pourquoi je n'en avais jamais entendu parler.

Elle lance le GPS et sort de l'impasse calme où elle habite depuis ses vingt et un ans. Elle se met à fredonner d'un air distrait. Il ne faudrait pas que Noah ou Ryan devinent l'angoisse qui monte en elle.

Ils parcourent les routes mouchetées de lumière qui relient Upfield Common à Manton, la ville la plus proche. Juste avant le rond-point qui marque la sortie du village, le GPS signale un virage serré à droite. Le panneau est caché par un imposant arbre aux papillons, mais Kim distingue l'indication : « Upley Fold – 1 km ».

C'est une route étroite. Kim conduit lentement au cas où un autre véhicule déboulerait en face. Il est presque 16 heures, le soleil brille haut dans le ciel. Elle jette un coup d'œil dans son rétroviseur.

— Tu pourrais baisser le pare-soleil du côté de Noah ? Il a les rayons en pleine figure, là.

Ryan se penche au-dessus du bébé et s'exécute. Noah lui montre quelque chose dans son livre et essaie de lui dire ce que c'est, mais il n'a pas encore appris à parler.

— Oui, c'est le cochon, c'est bien, Noah ! l'encourage son oncle.

Le GPS lui indique de prendre la prochaine à droite. Kim a du mal à croire que la route se poursuive à cet endroit. Pourtant, un chemin apparaît. C'est une allée séparée en deux par une ligne d'herbe verte. Les haies sont plus basses, si bien que Kim peut voir les éblouissants champs de colza, les silhouettes de quelques vaches et, au loin, un hameau composé d'une poignée de maisons. Après quelques minutes, elle s'arrête devant un grand portail métallique qui protège l'accès à une allée de gravier donnant plein sud, et où le nom « Les Cendres » est inscrit en fer forgé. Loin, derrière le rideau d'arbres, elle croit deviner le sommet d'une tourelle. Kim éteint le moteur et range son téléphone dans son sac.

— Et maintenant, on fait quoi ? lui demande son fils.

Kim cherche des yeux un interphone, en vain. Il y a un petit passage sur le côté du portail. Elle sort du coffre la poussette de Noah et la déplie tout en chassant les moucherons qui volent autour de sa tête.

— On va marcher, répond-elle en débouclant la ceinture de Noah.

Ryan lance une recherche Internet sur Les Cendres pendant qu'ils avancent et commente ce qu'il lit au fur et à mesure. Kim lui est reconnaissante de la tirer de ses pensées.

— Le manoir a été construit en 1643. Waouh, 1643 ! Mais la majeure partie de la bâtisse a brûlé dans un grand incendie quelques années plus tard. Pendant soixante-dix ans, il n'est resté que des décombres, ce qui a valu son nom à ce lieu. L'aile georgienne date de 1721, et l'aile victorienne a été ajoutée à la fin du XIXe siècle par le propriétaire d'une plantation de café nommé Frederick de Thames, qui… oh là là.

Il s'interrompt et observe attentivement son écran.

— Qui a eu au moins trente-huit enfants en Colombie et sept en Angleterre, et qui a succombé à la grippe espagnole à l'âge de quarante et un ans. Sa dernière femme, Carolina de Thames, a hérité du domaine. Elle n'avait que vingt ans à sa mort, et c'est son fils Lawrence qui en a hérité après elle. En 1931, trois de ses demi-frères ont tenté de le faire assassiner, mais le tueur qu'ils avaient engagé a marché sur un piège à loups dans les bois et n'a été découvert que six jours plus tard, le corps en partie dévoré par les bêtes sauvages et les yeux becquetés par les corneilles. On a retrouvé dans son manteau l'ordre d'assassinat. Les trois comploteurs ont été envoyés en prison, et Lawrence a vécu dans la maison jusqu'à sa mort en 1998. Comme il n'avait pas d'héritier, la propriété a été mise en vente et acquise en 2002 pour presque deux millions de livres.

Kim scrute le sol et les taillis aux alentours, espérant déceler une trace de sa fille. Avant de partir, elle a contacté les trois compagnies de taxi des environs, mais aucune d'elles n'a effectué la moindre course depuis Les Cendres la nuit précédente.

Ils marchent une dizaine de minutes, puis le manoir apparaît enfin. Il est conforme à ce que Kim pouvait imaginer en écoutant les commentaires de Ryan. Les trois ailes sont inspirées de styles architecturaux très différents, mais forment pourtant un ensemble harmonieux autour de la cour centrale. Le soleil se reflète sur le plomb des fenêtres à croisillons de l'aile gauche et les vitres des fenêtres à guillotine de l'aile victorienne. L'édifice devrait être disgracieux, mais contre toute attente, c'est absolument splendide.

Sur le côté de la demeure sont stationnées quatre voitures et une golfette. Kim entend des gens plonger dans une piscine. Ryan l'aide à hisser la poussette de Noah en haut des marches du perron, et Kim sonne à la porte.

Un jeune homme ouvre. Il est suivi par un imposant saint-bernard qui s'écroule à ses pieds, haletant. Il est torse nu, pack de bières et serviette à la main.

Il dévisage Kim, Noah, Ryan, puis son regard revient sur Kim.

— Bonjour !

— Bonjour, j'aurais voulu parler à Scarlett ou à ses parents, s'ils sont là. Je m'appelle Kim.

— Euh… oui, bien sûr. Attendez un instant.

Il se retourne.

— Maman ! s'écrie-t-il. Y a quelqu'un pour toi.

Derrière lui, Kim devine un escalier en pierre, avec un tapis rayé courant au centre. Elle voit des tableaux d'art moderne et des appliques murales sophistiquées, puis apparaît une femme portant une longue robe d'été blanche et des sandales assorties. Le chien se remet difficilement sur ses pattes pour accueillir sa maîtresse, qui contemple Kim d'un air interrogateur.

Le jeune homme sourit et s'éclipse.

— Oui ?

— Je suis désolée de vous déranger comme ça, un samedi…

La femme jette un coup d'œil à la cour de gravier.

— Comment êtes-vous arrivés jusqu'ici ?

— On s'est garés à la grille et on a marché.

— Mais c'est si loin ! Vous auriez dû sonner…

— J'y ai pensé, mais je n'ai pas trouvé de sonnette.

— Ah oui, c'est vrai. Il y a un détecteur de mouvement, il faut se placer dessus. Beaucoup de gens ne le voient pas. Vous auriez dû appeler.

— Je n'avais pas votre numéro. Enfin, j'avais celui de Scarlett, mais je ne pensais pas que la maison était si loin. Ce n'est pas grave. Je… je cherche ma fille.

— Ah, vous êtes la maman de Mimi ? Elle est rentrée ce matin, il me semble.

— Non, non, je suis la mère de Tallulah. Elle était ici hier soir, n'est-ce pas ?

— Tallulah ?

La femme caresse machinalement la tête du chien d'une main ornée d'une épaisse alliance.

— Non, ça ne me dit rien. Je ne connais pas de Tallulah.

— Lula, peut-être ?

Kim a toujours détesté ce surnom, mais c'est ainsi que les amis de sa fille l'appellent, elle s'est donc fait une raison.

— Non, répond la femme en secouant le menton. Je ne la connais pas. Vous êtes sûre qu'elle était ici ?

Kim a chaud et elle est nerveuse. Il n'y a pas d'ombre sur le perron, et le soleil tape. La sueur perle sur sa peau, et Kim ressent une certaine animosité envers cette femme dans sa robe blanche impeccable, avec ses cheveux bien brossés, son teint frais et ce timbre hautain qui semble suggérer que Kim s'est trompée d'adresse.

— Oui, insiste Kim d'un ton qu'elle veut cordial, j'ai parlé à votre fille ce matin. Elle m'a confirmé que Tallulah et son petit ami Zach étaient ici hier soir, et qu'ils sont repartis en taxi vers 3 heures du matin. Mais j'ai appelé toutes les compagnies du coin, et l'on m'a assuré qu'il n'y avait eu aucune course dans le secteur cette nuit. Il est presque 16 heures, et ma fille n'est toujours pas rentrée. Et vous voyez, reprend-elle en désignant Noah dans sa poussette, pour rien au monde elle n'abandonnerait son fils. Jamais.

Sa voix est sur le point de se briser. Elle inspire profondément pour s'empêcher de pleurer.

La mère de Scarlett paraît imperméable à ses émotions.

— Je suis désolée. Pourriez-vous me rappeler votre nom ?

— Kim. Mon fils Ryan, et Noah, mon petit-fils.

— Vous êtes grand-mère ! Mais vous avez l'air si jeune… Moi, c'est Joss.

Elle lui tend la main.

— Venez donc. On va demander à Scarlett de nous expliquer tout ça. Suivez-moi.

Ils traversent la cour vers une grande porte en fer forgé fixée à un vieux mur en brique envahi de lierre. Le gros chien les escorte d'un pas pesant. La cour est décorée de petites sculptures en pierre blanche montées sur des socles en plexiglas. Ils s'engagent sur un chemin dallé entre des pots en céramique bleu cobalt où s'épanouissent des plantes majestueuses, puis tournent à l'angle de la maison.

Devant eux, la piscine.

Elle est creusée au milieu d'une terrasse de marbre crème. Sur l'un des côtés se dresse une pergola couverte de voiles sous laquelle se trouve une grande méridienne beige. Des chaises longues en teck aux coussins immaculés sont disposées autour du bassin. Au centre de la piscine, une fille élancée aux cheveux vert anis portant un bikini noir se laisse dériver sur un flamant rose gonflable. Elle détaille Kim et son étrange délégation, puis ouvre grand la bouche quand elle finit par comprendre.

— Tallulah ? lui lance sa mère en plaçant la main en visière devant ses yeux pour les protéger des reflets du soleil sur l'eau. Apparemment, elle a passé la soirée ici. Tu sais où elle est ?

Scarlett s'approche du bord de la piscine, descend de la bouée et s'enroule dans une serviette noire. Puis elle s'installe à une table ronde en teck sur laquelle trônent d'élégants photophores avec des bougies blanches.

Kim s'assied en face d'elle.

— Tout à l'heure, tu m'as dit que tu ne savais pas où ils étaient allés. Que Tallulah avait été malade et qu'ils étaient partis en taxi. Mais aucun véhicule ne s'est déplacé ici la nuit dernière. Est-ce que tu te souviens d'autre chose qui pourrait nous permettre de les retrouver ?

Scarlett joue avec la cire de l'une des bougies, évitant le regard de Kim.

— Franchement, je vous jure, je ne sais rien de plus.

— Tu les as vus monter à bord du taxi ?

— Non, j'étais ici avec Mimi. Zach est sorti de la maison, il nous a dit que Lula était pas bien et qu'ils allaient rentrer, que leur taxi était en route.

— Il a dit qu'un taxi arrivait ? Ou bien il a dit qu'il allait en appeler un ?

Scarlett hausse ses épaules anguleuses. Kim observe l'eau de la piscine sur sa peau. Les gouttes scintillantes dévalent le long de ses bras.

— Je crois qu'il a dit que le taxi arrivait.

À la périphérie de son champ de vision, Kim voit Ryan se balancer d'un pied sur l'autre. Elle tire une chaise vers lui, et il s'assied en rapprochant la poussette de Noah.

— D'après toi, est-ce qu'ils auraient pu décider de rentrer à pied si aucun taxi n'était disponible ?

— Ouais, j'imagine.

Kim se tourne vers le frère de Scarlett, avachi sur une chaise longue de l'autre côté de la piscine, une bouteille de bière calée entre ses genoux.

— Tu étais là hier soir ? lui lance-t-elle.

Il fait « non » du doigt.

— Je suis rentré ce matin, marmonne-t-il, sur la défensive.

Kim soupire.

— S'ils sont partis à pied, où est-ce qu'ils ont pu atterrir ?

Scarlett hausse à nouveau les épaules.

— Tout dépend de leur point de départ. S'ils ont remonté l'allée, ils sont probablement arrivés sur la route, ou à Upley Fold s'ils se sont trompés de sens. S'ils ont pris le chemin derrière la maison, ils ont sans doute débouché à Upfield Common.

— Quel chemin ?

— C'est par là, répond-elle en désignant d'un geste vague l'espace derrière elle.

Kim tend le cou. Elle ne voit que de la pelouse, des parterres de fleurs, des haies, des allées de gravier, des chemins dallés, un cadran solaire et des charmilles.

— Où ça ?

— Un peu plus loin. Il y a un chemin à travers les bois qui mène à Upfield Common, près de Maypole. Je le prenais parfois pour aller en cours.

— Le lycée est loin ?

Joss intervient.

— À plus d'un kilomètre. Mais je ne le recommande pas, surtout avec un bébé. Il faut bien connaître les environs, sinon on se perd.

— Tallulah connaît l'existence de ce chemin ?

— Je pense pas, dit Scarlett. Elle n'est jamais venue ici avant, donc y a pas de raison qu'elle le connaisse.

— Qui d'autre était présent à la soirée d'hier ? reprend Kim.

— Moi, Tallulah, son mec, Mimi. Lexie Mulligan est passée aussi. Elle vit à Maypole House. Sa mère, Kerryanne, en est l'intendante. Vous la connaissez peut-être ?

Kim hoche la tête. Bien sûr qu'elle la connaît. Comme tous les habitants d'Upfield Common. Un personnage.

— Sa fille a genre vingt-cinq ans. Mais elle est partie tôt ; elle conduisait. Elle est rentrée avec Liam.

— Et, après ça, il n'y avait plus que toi, Tallulah, Zach et… Mimi ?

— Ouais.

— Et tes parents ?

— Maman était là, mais elle dormait. Papa est en voyage d'affaires.

Kim pivote vers Joss, qui écoute la conversation, assise au bord de l'eau.

— Vous n'avez pas de caméra de surveillance, par hasard ?

Joss acquiesce.

— Si, plein. Mais je ne sais pas du tout comment elles fonctionnent.

Elle se tourne vers son fils.

— Rex, tu sais comment on peut visionner les images des caméras ?

Rex fait la grimace.

— Pas vraiment. Je crois qu'il y a un panneau de contrôle dans le bureau de papa, mais je ne l'ai jamais utilisé.

— Ça t'ennuierait qu'on essaie ? s'enquiert Kim.

En un instant, l'atmosphère se crispe. Jusque-là, Kim n'était rien de plus qu'une distraction pour eux, tant qu'elle obéissait à leurs règles du jeu. Maintenant, elle demande à entrer chez eux, à ouvrir les portes, à obtenir l'enregistrement des caméras.

Kim les voit échanger un regard. Puis Joss se lève et s'approche d'elle.

— Je vais vous dire : plutôt que de tous s'entasser dans le bureau de Martin, Rex s'en occupera tout à l'heure. Il appellera son père pour savoir comment procéder pour récupérer la vidéo. Scarlett a votre numéro, on vous appellera si on trouve quelque chose d'intéressant.

Kim a encore tant de questions sans réponse. Elle sent bien qu'on tente de la faire décamper, mais elle ne peut s'y résoudre.

— Tu as dit que c'était la première fois que Tallulah venait ici ? insiste-t-elle. Et, au téléphone, tu m'as dit que c'était juste une connaissance et que tu n'étais même pas au courant qu'elle avait un fils. Alors... pourquoi était-elle là hier soir ?

Scarlett s'essuie les oreilles, la serviette jetée sur les épaules comme un châle.

— On parle vite fait quand on se voit à Manton. Hier soir, je l'ai rencontrée au pub et, comme on avait un peu bu, je l'ai invitée.

Kim observe à nouveau cette jeune femme élancée, au visage ciselé, qui adresse parfois la parole à sa fille. Les détails se gravent dans sa mémoire : les piercings qui brillent au soleil, le tatouage sur l'omoplate, les orteils parfaitement vernis. Son regard s'arrête sur une marque sombre sur le côté de son pied, un petit tatouage, deux lettres qu'elle peine à distinguer. Le symbole ™. La main de Scarlett se pose immédiatement sur le dessin, comme si elle voulait chasser une mouche. Leurs regards se croisent un instant. Un instant qui suffit à Kim pour comprendre que la jeune fille est sur la défensive.

Elle remonte la bandoulière de son sac sur son épaule.

— Est-ce que je pourrais parler à Mimi ? Tu pourrais me donner son numéro ?

— Elle n'aura rien de plus à vous dire.

— Je voudrais quand même discuter avec elle.

— OK, dans ce cas je lui demanderai de vous appeler.

Une minute plus tard, ils repassent la porte en fer forgé et traversent la cour. Sous une arche de passiflore, Joss, son immense chien allongé à ses pieds, leur adresse un signe de la main. Ils ont à peine fait quelques pas dans l'allée que Kim entend des remous à la surface de la piscine. Quelqu'un vient de s'élancer avec un éclat de rire dans ses flots bleus et froids.

7

Août 2018

Sophie vient d'une famille qui aime la nature. Lors des vacances, ils partaient en randonnée, allaient faire de la voile ou du ski. Son père court des marathons, sa mère joue au golf et au tennis, ses deux frères travaillent dans le milieu sportif. Avant, Sophie nageait beaucoup. Elle a des médailles, des coupes et des certificats dans l'appartement de ses parents qui en témoignent, et elle a gardé son physique athlétique, même si elle ne s'entraîne presque plus. Quand elle et ses frères étaient petits et que leur mère voulait avoir la paix, elle les enfermait dans le jardin derrière la maison, emmitouflés dans leurs manteaux d'hiver. Ils pleurnichaient un peu avant de trouver de quoi s'occuper. En général, ils grimpaient aux arbres ou se balançaient là où ils n'étaient pas censés le faire. Sophie s'est toujours sentie à son aise en extérieur. Elle croit en sa capacité à s'orienter et à surmonter les obstacles seule. Elle part explorer les bois, vêtue d'une tenue adaptée, un chapeau sur la tête. Dans son sac, une gourde pleine, des barres énergétiques, une batterie portable pour son téléphone, une boussole, des pansements, de la crème solaire, et un paquet de balises rouge vif en plastique qu'elle pourra planter dans le sol si elle a besoin de rebrousser chemin.

Dans les bois, la voûte que forment les arbres semble infinie. La lumière dorée du soleil d'août filtre à peine jusqu'au sol. Après quelques pas, elle sent l'air se rafraîchir. Elle tient sa boussole de la main droite et suit le sentier ainsi que l'aiguille pour décider de sa direction. Au bout de vingt minutes, la forêt paraît moins dense, et plusieurs sentiers se dessinent désormais, révélant des traces de passage – des détritus, une crotte de chien dans un sac en plastique suspendu à une branche. Elle capte de nouveau du réseau et vérifie l'itinéraire sur son téléphone. Elle s'apprête à emprunter une piste cavalière. Elle agrandit la carte qui révèle la présence d'un imposant bâtiment sur sa droite.

Quelques instants plus tard, elle distingue la silhouette d'une tourelle ornée d'une girouette. Elle avance vers un vieux mur en brique recouvert d'un rideau de vigne vierge. Elle se faufile entre les arbres qui jouxtent le mur et se retrouve face à un portail rouillé dont le cadenas est cassé. Elle l'ouvre et s'introduit dans un petit massif arboré qui débouche sur une pelouse brûlée par le soleil. Elle suit le sentier dallé parsemé de chardons qui mène à un manoir tout droit sorti d'un film de Tim Burton.

Sophie reprend son souffle, une main posée sur sa gorge.

En descendant le jardin en pente, elle aperçoit une piscine. L'eau est d'un vert profond. Autour du bassin, sous une bâche déchirée, un énorme tas de feuilles mortes en décomposition. À l'autre extrémité de la piscine se dresse une pergola taguée de graffitis aux couleurs vives.

La terrasse entre la piscine et le manoir est jonchée de canettes de bière et de mégots de cigarettes, d'étuis de tabac à rouler, de paquets de chips vides et de cartons de pizza éventrés.

Comment peut-on laisser une telle propriété, d'une valeur inestimable, à l'abandon ? Pourquoi n'est-elle pas entretenue, même si elle n'est plus habitée ?

Elle fait le tour du manoir en hasardant un regard à l'intérieur, là où les volets le permettent. Devant la maison, elle découvre une cour de gravier, puis une longue allée bordée de cyprès qui s'étend à perte de vue. Elle se retourne vers la porte principale. Elle distingue l'inscription « AD 1721 » gravée dans les briques au-dessus de l'imposte.

L'air est lourd, silencieux. Il n'y a rien d'autre aux alentours. Ce manoir est une île déserte. Sophie se demande quel genre de famille vivait ici, qui sont ce gérant de fonds spéculatifs, cette mère glamour et cette jeune fille si douée. Où sont-ils maintenant ? Pourquoi diable ont-ils décidé de laisser tomber en ruine une si belle demeure ?

Elle regarde l'heure sur son téléphone. Il est presque midi.

Elle remonte en haut du jardin pour admirer encore la splendide architecture des Cendres. Elle prend une photo, range son portable dans son sac à dos et s'enfonce dans les bois.

8

Octobre 2016

— Zach a encore appelé.

Tallulah lève les yeux vers sa mère.

— Il y a une heure environ. Il voulait savoir où tu étais, parce que tu ne réponds pas à ton téléphone.

Elle hausse les épaules, s'avance vers le babyphone posé sur le comptoir de la cuisine, puis y colle son oreille pour entendre la respiration de son fils.

— Depuis combien de temps il dort ?

— Un peu plus d'une demi-heure.

Elle consulte l'heure : 16 h 30. Noah aura faim d'un instant à l'autre. Elle a quelques minutes pour se changer, boire un thé, et entamer ses devoirs. Depuis qu'elle a repris les cours, il y a un mois, elle a mis en place une routine efficace.

— Tu vas l'appeler ?

— Qui donc ?

— Zach, lui répond sa mère sur le ton de l'évidence. Tu ne peux pas continuer à l'ignorer…

— Je sais, dit Tallulah avec un hochement de tête.

Elle défait ses lacets et ôte ses chaussures en soupirant. Zach lui a demandé s'ils pouvaient se remettre ensemble lorsqu'il est venu voir Noah samedi dernier. Pendant sa grossesse, elle aurait tout donné pour cela. Aujourd'hui, elle est mère, elle a ses études, elle se sent différente et elle n'éprouve plus l'envie d'être en couple. Elle ne veut partager son lit et son corps qu'avec son fils.

Cela faisait trois ans qu'elle était avec Zach quand elle est tombée enceinte. Au quatrième mois, elle le lui avait annoncé, et cela l'avait fait complètement vriller. Il avait eu besoin de temps pour réfléchir. Maintenant, il sait ce qu'il veut, mais Tallulah, elle, n'en est plus sûre.

— C'est un gentil garçon, tu sais, reprend Kim.

— Oui, oui, abonde-t-elle en essayant de cacher son exaspération.

Elle se repose tellement sur sa mère en ce moment, elle ne voudrait surtout pas paraître ingrate.

— Mais je ne sais pas quoi lui dire.

— Tu pourrais lui dire ça, suggère Kim.

— Oui, mais il va essayer de me convaincre de le laisser rester, et je n'ai pas assez d'énergie pour me lancer dans des explications.

Tallulah est constamment épuisée. Cet été, tout allait bien. Noah venait de naître et passait son temps à dormir, et elle pouvait se reposer. Aujourd'hui, il est plus éveillé, Tallulah doit aller au lycée trois demi-journées par semaine. Quand elle est à la maison, il faut réviser, les siestes ne sont donc plus au programme.

— S'il se met à pleurer, je vais céder, je le sais.

Sa mère pose une tasse de thé devant elle et va s'asseoir à l'autre bout de la table.

— Mais qu'est-ce qui te fait hésiter ?

— Je… je ne…

Elle n'a pas le temps de trouver les mots justes pour formuler ce qu'elle n'arrive même pas à s'expliquer, car elle entend Noah se réveiller. Sa mère se lève, mais Tallulah a envie de ce moment de bonheur privilégié, quand elle tire son bébé de ses draps tièdes, le prend dans ses bras et sent la chaleur de son souffle contre sa clavicule.

— J'y vais.

Le lendemain matin, Tallulah doit aller en cours.

Elle sort de chez elle avec en tête l'image de sa mère tenant Noah contre sa poitrine et de Ryan, en uniforme, qui chauffe le biberon parce qu'elle est trop en retard pour s'en charger. Elle va attendre le bus au bout de la rue. Il n'arrive pas. Alors qu'elle s'est dépêchée, qu'elle n'a pas eu le temps de dire au revoir à son fils. Elle pousse un soupir exaspéré. Elle sent une présence derrière elle et se retourne. Scarlett Jacques s'assoit lourdement sur le banc en plastique.

— Il n'est pas encore passé ? lui lance-t-elle hors d'haleine.

Tallulah ne comprend pas tout de suite qu'elle s'adresse à elle.

— J'imagine que ça veut dire non.

— Pardon. Ouais, enfin… non. Le bus a du retard.

— Ouf ! s'exclame-t-elle en extirpant des écouteurs de la poche de son grand ciré avant de les approcher de ses oreilles.

Elle s'interrompt.

— On se connaît, non ? Tu vas à Manton, n'est-ce pas ?

Tallulah hoche la tête. Scarlett l'imite.

— Je t'ai vue, l'autre jour. Qu'est-ce que tu étudies ?

— Médiation sociale. Première année.

— Ah, alors toi aussi tu viens de démarrer.

— Oui, en septembre. Et toi ? lui demande-t-elle bien qu'elle sache pertinemment quel cursus suit Scarlett.

— Arts appliqués. Première année.

— Stylé, commente-t-elle en se maudissant immédiatement d'avoir utilisé ce mot.

— Ouais, non… C'est de la merde, en vrai. Je voulais aller en école d'art à Londres, mais mes parents ont refusé. À cause de la distance. Je voulais qu'ils me louent un studio, mais ils n'étaient pas chauds du tout. De toute façon, j'ai pas eu d'assez bonnes notes au bac pour être prise. Pas parce que je suis mauvaise, mais j'ai pas bossé. C'est l'histoire de ma vie, ça. Du coup, je suis là.

Elles se retournent toutes les deux en entendant le vrombissement familier du vieux bus vert qui dessert les environs et arrive enfin de l'autre côté de la place.

— Tu vis par ici ? s'enquiert Tallulah.

— Non. Enfin, pas loin. À deux kilomètres. Mais j'ai dormi chez mon mec. Il est à Maypole.

Elle esquisse un signe de tête vers l'imposant manoir qui se dresse à l'horizon.

— C'est possible de rester dormir là-bas ?

— Nan, pas vraiment. Mais je m'entends bien avec l'intendante. Elle m'adore. Et je suis pote avec sa fille, donc elle accepte de fermer les yeux.

Le bus approche, et elles s'avancent au bord du trottoir. Tallulah ne sait pas quoi faire. Est-ce qu'elle doit s'asseoir à côté de Scarlett et poursuivre la conversation ?

Scarlett en décide autrement : elle repère un ami au fond du bus et s'éloigne d'elle. Sa voix forte, presque énervante, résonne dans tout le véhicule, jusqu'au siège où Tallulah est assise, à l'avant, seule. Quand elle pivote pour jeter un coup d'œil à Scarlett, elle croise son regard.

9

Juin 2017

Kim se déshabille et entre rapidement dans la douche, avant même que l'eau soit chaude. Après cette visite aux Cendres, elle se sent salie et exténuée. Elle revoit la mère de Scarlett, debout sous l'arche, son gros chien haletant à ses pieds, pendant qu'elle et son fils traînaient péniblement la poussette de Noah sur les graviers.

— Je vous aurais bien ramenés jusqu'à la route, mais j'ai bu quelques verres, désolée !

Il régnait une température suffocante dans la voiture de Kim. Épuisé, affamé, Noah avait hurlé pendant le trajet jusqu'à la maison, puis il avait fini par s'endormir d'un coup. Ryan était resté avec lui dans le véhicule.

Sous le jet, Kim se débarrasse de la sueur salée qui ruisselle sur son visage.

Toutes les trente secondes, elle pousse le rideau de douche pour regarder son téléphone, posé sur le lavabo entre les brosses à dents, et vérifier qu'elle n'a pas reçu de message ni d'appel.

Puis elle enfile des sous-vêtements, un short et un débardeur propres. Ses habits du jour sont imbibés de transpiration, et elle les place dans le panier à linge. Elle consulte son téléphone. Toujours rien.

L'angoisse déferle en elle par vagues successives. Kim s'assied sur son lit et songe aux arbres qui entourent la maison de Scarlett. Elle essaie de se représenter Zach et Tallulah, en pleine nuit, attendant un taxi qui ne vient pas. Au bout d'un moment, ils finissent par renoncer, et l'un d'eux suggère :

— Ces bois mènent à Upfield Common. On pourrait tenter de couper par là.

Par cette chaude nuit d'été, ils avaient pu se dire que c'était une bonne idée et que l'air frais de la forêt ferait du bien à Tallulah.

Kim appelle Megs.

— Ça te dérange si je te confie Noah deux ou trois heures ? J'ai peut-être une idée de l'endroit où Zach et Tallulah ont pu aller hier soir, et je voudrais y faire un tour.

Megs ne répond pas tout de suite.

— Ils ne sont toujours pas rentrés ? finit-elle par demander.

Kim ferme les yeux. C'est différent, quand on a un garçon, elle le sait. Mais, tout de même, cette absence d'inquiétude l'agace. Elle l'imagine dans son jardin, comme ce matin, paressant sur sa chaise longue à côté de son mari qui a le don de mettre Kim mal à l'aise, profitant de n'avoir aucune responsabilité, et absolument rien à faire.

— Non, toujours pas. Et aucune des compagnies de taxi n'a envoyé de véhicule près de chez Scarlett hier soir. Ils se sont peut-être égarés dans les bois. Je veux aller voir.

— Ah, OK. Mais c'est assez improbable, non ? s'enquiert-elle après un bref silence. Il est presque 17 heures. Ça voudrait dire qu'ils y seraient depuis la nuit dernière. Personne ne peut s'y perdre si longtemps…

— Peut-être qu'il y a eu un accident ? Qu'ils sont tombés dans… je ne sais pas, un vieux puits ou un truc comme ça. Bref, j'arrive avec Noah. À tout de suite.

Elle raccroche sans avoir laissé le temps à Megs de répliquer.

Kim et Ryan viennent de passer deux heures à quadriller les bois en vain. Pas de puits. Pas de trou. Pas de piège. Aucune trace d'eux. Rien. En avisant l'un des bâtiments de Maypole House, Kim observe les fenêtres. D'après Scarlett, la fille de Kerryanne Mulligan était aux Cendres la veille au soir. Lexie. Kim s'approche du portail et appelle l'intendance depuis l'interphone. Une voix féminine se fait entendre.

— Bonjour, c'est Kerryanne ?

— Oui, c'est moi.

— Je suis Kim Knox. J'habite le village. Je crois que ma mère s'occupait de la vôtre quand elle était à Springdale.

— Oui, bien sûr, je sais qui vous êtes, et je me souviens très bien de votre mère. Elle laissait toujours quelques tranches de pain d'épices dans la chambre de maman quand je lui rendais visite. Paula, n'est-ce pas ?

Kim sourit en entendant ce prénom.

— Tout à fait ! C'est elle. Et votre mère s'appelle Vanda, non ?

— Oui ! Vous avez une bonne mémoire. Comment allez-vous ? Vous voulez monter ?

— Volontiers, oui. Je suis avec mon fils.

— Pas de problème, c'est au deuxième étage, porte 205.

Le fumet appétissant d'un plat en train de mijoter embaume l'appartement. Une jeune femme est allongée sur un canapé d'angle en face d'un balcon qui surplombe les bois que Kim vient d'explorer à la recherche de sa fille et de son petit ami.

— Entrez ! Je vous présente ma fille, Lexie, qui est de passage pour quelques jours. Lexie, voici Kim, la fille d'une auxiliaire de vie de mamie à Springdale. Et votre mère… ?

— Elle nous a quittés il y a deux ans.

— Je suis désolée… Elle était très jeune, non ?

— Soixante-deux ans.

— Quelle tragédie, toutes mes condoléances. J'ai quasiment le même âge. Je suis navrée.

— Oui, merci… Et votre mère ? Elle est…

— Pareil, il y a quatre ans. Elle avait quatre-vingt-huit ans. Ça fait déjà un sacré bout de chemin, on ne peut pas se plaindre. Je sais qu'elle était très attachée à Paula.

Elles sourient tristement en pensant à leurs mères respectives, puis Kerryanne se reprend.

— Que puis-je faire pour vous ?

— En réalité, c'est à Lexie que je voulais parler.

L'intéressée se retourne en entendant son nom.

— Ah bon ?

C'est une belle jeune femme, les traits fins encadrés par un carré auburn avec une frange droite. Elle porte des lunettes de lecture noires à monture épaisse, un jean slim et un tee-shirt qui donne une impression négligée parfaitement maîtrisée.

— Tu as passé la soirée chez Scarlett hier ?

— Oui, répond-elle d'un ton enjoué. Comment vous savez ça ?

— Parce que ma fille était aussi là-bas. Tallulah. Avec Zach, son petit ami. Le problème, c'est qu'ils ne sont pas rentrés à la maison. Apparemment, ils sont partis vers 3 heures du matin. On vient d'aller faire un tour dans les bois, poursuit-elle en faisant un geste vers la baie vitrée. On s'est dit qu'ils s'étaient peut-être perdus en chemin, mais on n'a rien trouvé. Je sais que tu es partie plus tôt, mais je me demandais si tu avais remarqué un détail, ou si tu savais quoi que ce soit. Parce que là, je ne sais plus quoi faire !

Elle voudrait garder une voix stable, un ton calme, mais ses mots commencent à se craqueler et, quand elle se tait, elle se rend compte qu'elle pleure. Kerryanne se précipite dans la cuisine pour lui apporter une boîte de mouchoirs, et Lexie la regarde, l'air bouleversé.

— Oh, mon Dieu, je suis désolée. C'est terrible… Vous devez être morte d'inquiétude.

Kim hoche la tête et accepte le mouchoir que lui tend Kerryanne.

— Je sais que je me fais sans doute du souci pour rien, s'oblige à dire Kim. Vous savez, ils sont si jeunes, je suis certaine qu'ils…

Mais sa voix se brise, car elle n'est sûre de rien. Sa seule certitude, c'est que Tallulah n'aurait jamais abandonné Noah. Quelque chose de terrible a dû lui arriver.

Kerryanne invite Kim et Ryan à s'asseoir sur le canapé.

— J'aimerais beaucoup pouvoir vous aider, mais je n'ai rien noté de particulier. J'étais au pub, le *Swan & Ducks*, avec une copine de lycée. Il y avait un groupe de jeunes, la vingtaine, ils faisaient pas mal de bruit. Dans le lot, j'ai reconnu Scarlett. Elle était à Maypole House avant. On s'est toujours bien entendues. Je suis allée lui dire bonjour et je me suis retrouvée prise dans la discussion. C'était un peu étrange parce que je suis plus âgée qu'eux et, contrairement à eux, je n'avais pas bu.

— Tallulah était déjà là ?

— Oui. Elle était avec un jeune homme… Son copain, j'imagine ?

Kim acquiesce.

— Ils étaient un peu effacés au début, puis Scarlett a commandé une tournée de shots, puis une autre, et tout le monde s'est déridé autour de la table. C'était l'heure de la fermeture, et ils avaient l'intention d'aller chez Scarlett en passant par la forêt. Ça sentait l'accident, alors j'ai proposé de les déposer en voiture.

— Tous ?

— Non, ils n'étaient que cinq à aller aux Cendres. On était un peu à l'étroit, mais je me suis dit que c'était mieux que de les laisser marcher à travers bois, vu leur état.

— Et ensuite, quand vous êtes arrivés ?

— Il faisait tellement bon hier soir, les lumières étaient allumées autour de la piscine, ils se sont déshabillés et ont plongé dans l'eau.

— Même Tallulah ?

— Oui, elle a sauté tout habillée. Visiblement, elle tenait à garder ses vêtements.

— Oui, il lui reste encore quelques kilos de sa grossesse.

— Elle a un bébé ? l'interroge Lexie, décontenancée.

— Oui, Noah. Il a un an.

— Mais elle a l'air si jeune…

— Dix-neuf ans.

Kim réprime les sanglots qui se forment dans sa gorge et se force à sourire.

— Ainsi, ils étaient dans la piscine. Et ensuite ?

— Je me suis dit que ce serait pas mal que je les surveille. Il y avait la mère de Scarlett à la maison, mais je crois qu'elle dormait, donc j'étais la seule personne sobre dans les parages, et je voulais m'assurer qu'il n'y aurait pas de problème. Je suis restée jusqu'à 1 heure du mat'. À ce moment-là, ils avaient quitté la piscine, et il y avait un peu de… (Elle jette un coup d'œil rapide à Kim.) Un peu d'herbe, de vodka, de la musique. Ils s'étaient calmés. Tallulah et son copain sont allés à l'intérieur, Mimi aussi. J'ai décidé de rentrer. Il y avait ce mec, Liam, qui en a profité pour venir avec moi. Il travaille ici, à Maypole. Et c'est tout.

— Liam ? demande Kim d'une voix méfiante. C'est qui ?

— C'est l'un des assistants d'éducation. Il habite dans l'appartement au-dessus du nôtre. C'est l'ex de Scarlett, mais ils sont restés amis.

— Et est-ce qu'il, enfin, il…

Kim ne trouve pas ses mots.

— Oh, non, pas du tout, ne vous inquiétez pas, proteste la jeune femme en secouant la tête. Liam est adorable, je vous jure.

Kim hoche le menton sans conviction.

— Tu n'as rien remarqué d'autre hier soir ? Tu n'avais pas l'impression que quelque chose se tramait ?

Lexie fait une moue désolée et secoue de nouveau la tête.

— Non.

— Quand tu es partie, il restait qui ?

— Tallulah, son copain, Scarlett et Mimi.

— OK, conclut Kim en se levant. Merci beaucoup, Lexie. Merci pour ces informations. C'est sympa de les avoir emmenés hier soir et de t'être occupée d'eux. Des gamins soûls dans une piscine… Je ne veux même pas y songer.

— Oui, c'est pour ça que je suis restée.

— Merci encore. Et Liam, est-ce que tu penses que je pourrais lui parler ? Il aurait peut-être d'autres éléments à raconter ?

— Ça m'étonnerait, répond Lexie, l'air navré. Il n'a rien vu de plus que moi.

Kim vérifie l'heure sur son téléphone. Presque 18 heures. Elle se tourne vers Kerryanne.

— Vous pensez que je devrais alerter la police ? s'enquiert-elle doucement. Ça fait quinze heures maintenant. Qu'est-ce que vous feriez à ma place ?

Kerryanne soupire.

— C'est un peu différent pour moi, je suis responsable des élèves. Si l'un d'eux disparaissait, je ne perdrais pas une minute. En fait, c'est déjà arrivé, et j'ai prévenu la police au bout de quelques heures. Mais si c'était ma fille… Je ne sais pas, reprend-elle après une pause. Tallulah et Zach sont majeurs. Ils avaient bu, consommé de la drogue, et apparemment ils ont beaucoup plus de responsabilités que la plupart des jeunes de leur âge. Je pense que j'essaierais de prendre ça en considération. Est-ce qu'ils auraient pu décider de partir sur un coup de tête ?

Kim ferme les yeux et réfléchit avant de répondre.

— Non. C'est impossible.

— Et, entre eux, ça allait comment ? Peut-être qu'ils se sont disputés, peut-être qu'un incident s'est produit à ce moment-là ?

Et, soudain, le souvenir qui la ronge sans même qu'elle s'en rende compte depuis ce matin refait surface. Hier, elle a trouvé une boîte dans la poche de la veste de Zach quand elle cherchait les clés qu'elle lui avait prêtées. Un petit écrin qui contenait un solitaire monté sur un anneau en or. Un diamant modeste, mais limpide. Elle s'était dit qu'ils rentreraient du pub fiancés. Elle ne savait pas vraiment quoi en penser : ils étaient si jeunes, et elle n'était pas certaine que Tallulah soit complètement dévouée à Zach. Mais elle s'était préparée à cette possibilité, elle était prête à paraître émerveillée, à les serrer dans ses bras en leur disant à quel point elle était heureuse, à les prendre en photo pour annoncer la nouvelle au père de Tallulah, à poster le cliché sur Facebook, et tout le tintouin. Elle se préparait à ça. Même si ce n'était pas forcément une bonne idée. Car c'est ce qu'on fait dans ces cas-là, n'est-ce pas ? Quand on a un bébé et qu'un homme vous aime. On se marie.

Il avait fallu tellement de temps à Tallulah pour accepter de se remettre avec Zach après la naissance de Noah. Kim revoit la façon dont sa fille se contorsionne pour se soustraire au contact de son petit ami lorsqu'il la touche. Elle la surprend en train de lever les yeux au ciel quand il a le dos tourné. Cela fait des semaines qu'elle veut lui en parler pour vérifier que tout va bien, pour s'assurer qu'elle ne regrette pas sa décision concernant Zach. Mais Kim ne l'a pas fait. Ils avaient prévu cette soirée en amoureux, et Kim en avait déduit que la situation s'était arrangée. Puis elle avait trouvé la bague.

Et si Zach avait demandé à Tallulah de l'épouser, mais qu'elle avait dit « non » ? Zach est un bon garçon, mais il cède facilement à la colère. Parfois, elle la voit affleurer quand il regarde un match de foot à la télé, qu'il fait tomber un objet, qu'il se blesse ou que quelqu'un lui coupe la route en voiture.

Comment aurait-il réagi si sa demande en mariage avait été refusée ?

10

Août 2018

Sophie et Shaun arrivent chez Kerryanne à 20 heures avec une bouteille de vin fraîche. La baie vitrée du salon offre une vision imprenable sur le soleil couchant. Il fait chaud, l'air est lourd. Un énorme ventilateur chromé leur évite de suffoquer tout à fait.

— Je suis désolée, s'excuse Kerryanne. La température est vraiment étouffante dans l'appartement l'été. Suivez-moi, on va s'installer dehors.

Sur la terrasse se trouvent un canapé en rotin et une table avec des bols de chips, des verres à pied et une bougie.

Sophie s'assied d'abord, imitée par Shaun. Le panorama est splendide, les bois, le ciel turquoise traversé de traînées rose pâle, et un croissant de lune émerge de l'ombre.

— C'est si beau. Par rapport à notre maison, c'est un autre monde…

— Oui, le cottage est mignon, mais il n'y a pas la vue. Cela dit, vous souffrirez moins de la chaleur.

Elle sert le vin et lève son verre vers Shaun.

— Santé ! À mon cinquième proviseur ! Et à vous, Sophie, ma première conjointe de proviseur !

— Nous sommes le premier couple non marié ? demande Sophie.

— Tout à fait.

— Et c'est mal vu ?

— Non, pas du tout. Il y a vingt ans, peut-être que ça aurait fait jaser, mais plus aujourd'hui. Plus personne ne s'offusque de ce genre de choses. Et d'ailleurs, Jacinta Croft, qui vous a précédé, Shaun, est arrivée mariée, mais repartie célibataire. Son mari a disparu du jour au lendemain. Encore une de ces histoires de « Je vais acheter des clopes, je reviens tout de suite ». Personne n'a jamais compris. Et c'est pour ça qu'elle est partie finalement. À cause du scandale. Mais non, votre couple ne devrait pas susciter trop de commérages, rassurez-vous.

Ils discutent un moment de la première journée de Shaun, du lycée où il enseignait à Lewisham, des différences entre les deux établissements, des élèves. Puis Kerryanne se tourne vers Sophie.

— Peter Doody m'a dit que vous étiez romancière, que vous écriviez des polars.

— C'est vrai, répond Sophie avec un sourire. Je serais surprise que vous les ayez lus, les ventes sont assez confidentielles ici, mais j'ai beaucoup de succès en Scandinavie.

Elle ponctue son commentaire du rire gêné auquel elle a recours quand elle doit expliquer aux gens pourquoi ils ne la connaissent pas.

— Je l'ai dit à ma fille, c'est elle la lectrice de la famille. Moi, non. Je crois qu'elle a commandé un des titres de la série. Comment ça s'appelle, déjà ?

— *Les Détectives de Hither Green*. Mon nom de plume est P.J. Fox.

— Si vous êtes en panne d'inspiration, je peux vous raconter des anecdotes croustillantes sur Maypole House. Des événements terrifiants se sont produits ici, à vous donner des cauchemars. Rien que l'année dernière, la police est venue deux fois pour rechercher des personnes disparues dans les environs.

Sophie pense à la grande demeure abandonnée dans les bois.

— Vraiment ? Que s'est-il passé ?

Kerryanne jette un coup d'œil à Shaun.

— Tout bien réfléchi, je crois que je vais garder ça pour moi, se reprend l'intendante en lançant un regard en coin à Sophie, qui devine que ce silence n'est pas fait pour durer.

Le lendemain, Sophie et Shaun se réveillent à 6 heures. Ils prennent le petit déjeuner ensemble dans le jardin, éclairés par les premiers rayons de soleil d'un nouveau jour qui traversent la muraille des arbres jusqu'à leur table.

— Qu'est-ce que tu comptes faire aujourd'hui ? lui demande Shaun en empilant les assiettes et les couverts. Une nouvelle promenade en forêt ?

— Non, je ne pense pas. Je vais plutôt partir explorer le village. Peut-être déjeuner au pub, le fameux *Swan & Ducks*.

— J'essaierai de t'y rejoindre.

— Bonne idée.

Une fois Shaun parti, Sophie entreprend de trier quelques cartons. Elle se verse un café et s'installe dans la cuisine avec son ordinateur pour répondre à ses mails. Elle se rend au Danemark dans quelques jours pour un festival consacré au roman policier, et il y a eu quelques ajouts à son programme, notamment une interview télévisée. En conséquence, elle doit absolument aller chez le coiffeur. Elle prévoit de faire une excursion à Londres, prendre rendez-vous dans son salon habituel, déjeuner avec une amie, peut-être passer voir son éditeur. Cette perspective la réjouit.

Après quelques minutes, elle ouvre son dernier manuscrit. Cela fait des jours qu'elle n'y a pas travaillé. Ces derniers temps, sa vie n'était plus que cartons à faire et défaire, soirées d'adieux et pots de bienvenue. Elle n'avait pas eu la disponibilité d'esprit nécessaire pour se replonger dans son roman. Mais, aujourd'hui, elle n'a plus d'excuse.

La dernière phrase qu'elle a écrite résonne dans le vide. Ce sont des mots qu'elle a rédigés dans l'ancien monde, quand elle était encore londonienne, qu'elle sortait avec un enseignant d'un immense lycée de Lewisham, que le déménagement à la campagne n'était qu'une date lointaine dans son calendrier, et non une réalité. Elle la scrute un bon moment, puis remonte au début du chapitre pour essayer de se remettre dans la tête de la Sophie de Londres. En vain.

Finalement, elle démarre son navigateur et tape « Maypole House » et « disparition ». Elle sélectionne l'onglet « actualités » et clique sur le premier résultat :

Un couple de jeunes parents disparaît

Kim Knox, 39 ans, résidant à Upfield Common, a déclaré la disparition de sa fille, Tallulah Murray, 19 ans, et de son compagnon Zach Allister, 19 ans également, qui n'ont pas été vus depuis la nuit de vendredi à samedi. Murray et Allister ont un fils âgé d'un an. Ils ont passé la soirée au *Swan & Ducks* avant de se rendre dans une maison près de Upley Fold où avait lieu une fête avec des anciens élèves de Maypole House. Selon les jeunes présents à la fête, ils sont partis vers 3 heures du matin avec l'intention d'appeler un taxi et ne sont jamais rentrés chez eux. Si vous avez des informations permettant de les retrouver, merci de contacter le commissariat de Manton le plus rapidement possible.

Un frisson parcourt l'échine de Sophie. Elle revient à la page précédente et lit les autres articles en espérant découvrir des renseignements plus récents, mais il n'y en a pas. Les autres résultats sont des reprises du premier article du journal local.

Puis elle tape « Kim Knox » et « Upfield Common », et quelques nouvelles pages apparaissent, notamment deux liens vers la lettre d'information du village, la *Gazette d'Upfield*. L'un des textes parle d'une veillée qui a eu lieu en juin pour marquer l'anniversaire de la disparition de Zach et Tallulah. Sur la photo qui illustre l'article, on voit une belle femme aux cheveux sombres, vêtue d'une robe longue à fleurs et de bottes militaires noires, qui serre la main d'un petit garçon aux cheveux bruns avec une rose dans sa main libre. Un adolescent en chemise noire et pantalon cargo, qui ressemble beaucoup à cette femme, se tient à côté d'elle. Derrière eux, une marée de visages, très jeunes pour la plupart.

Kim Knox, 40 ans, d'Upfield Common a organisé une marche blanche dans le village samedi soir pour commémorer la disparition de sa fille, Tallulah Murray, qui aurait eu 20 ans en mars. Cette veillée rendait également hommage à Zach Allister, le compagnon de Tallulah et père de son fils, qui aurait aussi eu 20 ans. La marche a débuté sur la place centrale et s'est achevée à l'église St Bride's, où la chorale du lycée Upfield High, où les deux jeunes gens étaient scolarisés jusqu'en 2016, a entonné des chants d'espoir lors d'une émouvante cérémonie de commémoration.

Tallulah étudiait au lycée professionnel de Manton et voulait devenir assistante sociale au moment de sa disparition, en juin 2017, après une soirée entre amis.

L'autre lien la mène vers un article antérieur de trois mois, relatant une cérémonie où l'on avait planté un rosier le jour de l'anniversaire des vingt ans de Tallulah, en mars.

Ce rosier, originaire d'Australie et qui porte le nom de Tallulah, a été planté derrière l'arrêt de bus de la place principale, là où Kim Knox observait souvent sa fille pendant qu'elle attendait le bus pour aller en cours.

Sophie se détourne de l'écran, submergée par une puissante vague d'émotion en pensant à cette mère qui soulève son rideau et hasarde un regard de l'autre côté de la rue dans l'espoir d'apercevoir l'ombre de sa fille disparue. Cette mère qui doit se rendre à l'évidence tous les jours : il n'y a que des roses.

11

Décembre 2016

Tallulah est assise à la coiffeuse de sa mère. Il y a un miroir grossissant, des cotons, des pinceaux, ce que Tallulah n'a pas dans sa chambre, n'ayant jamais vraiment aimé se maquiller. Elle met du mascara pour les grandes occasions et utilise du fond de teint pour estomper ses cernes ou ses imperfections, mais rien de plus. Ses mèches de devant sont colorées en une sorte de bleu délavé. Elle aurait voulu un bleu électrique comme sur la boîte de la teinture pour cheveux, mais comme tout dans sa vie, elle n'a pas obtenu le résultat escompté.

Elle ouvre la trousse à maquillage de sa mère et cherche l'eye-liner liquide. Elle souligne d'un trait chaque paupière, essayant de se faire les mêmes yeux de biche parfaitement dessinés que les autres filles du lycée arborent. C'est un désastre. Elle efface tout et recommence. Finalement, elle attrape son téléphone et écrit à sa mère.

Tu peux venir en haut pour m'aider à me maquiller ?

Elle se sent coupable. Sa mère fait déjà tant pour elle. En ce moment, Noah dort, et sa mère profite d'un de ses rares moments de répit.

Quelques secondes plus tard, Kim lui envoie un pouce levé en guise de réponse, et elle apparaît, inondant immédiatement la pièce de sa bienveillance.

— Alors, qu'est-ce qu'on te fait ?

— L'eye-liner, soupire-t-elle en lui tendant le flacon. Je n'arrive pas à tracer un trait correct.

Sa mère tire un tabouret vers elle et s'y installe, approchant son visage à quelques centimètres de celui de sa fille. Tallulah hume son parfum, c'est celui du Body Shop avec du musc. Sa mère prétend que l'odeur a un effet aphrodisiaque sur les hommes. Mais Tallulah n'y croit pas vraiment : pourquoi est-ce qu'on se donnerait tant de mal pour séduire un homme s'il suffisait de porter un parfum ?

Tallulah aperçoit un bout du tatouage de sa mère au niveau de son col. C'est l'extrémité d'une plume qui rejoint plus bas le corps d'un oiseau. Sa mère a six tatouages. Elle en avait déjà un quand Tallulah est née, et a fait les cinq autres après. Elle s'est fait tatouer les empreintes des pieds de bébé de sa fille en rose pâle à l'intérieur du bras, sur huit centimètres, avec ses initiales ornées de fleurs. Et, sur l'autre bras, elle a fait la même chose avec les empreintes de Ryan. Dans le dos, elle a une carpe japonaise, sur la cheville une nuée d'hirondelles, et à son annulaire un diamant. Elle dit que cette pierre représente son mariage avec elle-même. Après sa séparation du père de ses enfants, elle s'est promis de ne jamais se remarier, et ce tatouage était censé indiquer aux hommes qu'elle n'était pas disponible.

Tallulah ferme les yeux et oriente le visage vers la main experte de sa mère.

— Et c’est en quel honneur, ce maquillage ? lui demande Kim en posant le pinceau au coin de son œil gauche.

Ce soir, c’est la fête de noël du lycée, dans le self transformé en bar dansant. Cette soirée est notoirement nulle, mais elle sait que les gens qui l’intéressent y prendront part, Scarlett et sa clique, parce qu’ils font partie du bureau des étudiants. Et elle a le pressentiment que si elle n’y va pas, elle pourrait manquer quelque chose d’important, même si elle ignore de quoi il s’agit.

Elle hausse les épaules.

— J’avais envie, c’est tout.

Sa mère termine l’œil droit, et Tallulah se retourne vers le miroir pour se regarder. L’eye-liner est parfaitement appliqué.

— Merci, maman, t’es la meilleure !

— Qu’est-ce que tu vas porter ?

— Ce chemisier, tu sais, qu’on a acheté la semaine dernière. Avec les cœurs. Et mon jean noir.

— Ah oui, ça ira très bien ensemble, approuve Kim.

Tallulah sourit. Ce n’est pas le plus joli haut de la terre, mais il cache son ventre post-grossesse qui refuse de reprendre sa forme habituelle, malgré tous ses efforts, et c’est ça l’essentiel.

Une heure plus tard, elle descend. Noah est installé sur les genoux de sa mère, ils regardent un dessin animé ensemble. Ryan est assis à la table à manger avec ses écouteurs, il fait ses devoirs.

— Tu es magnifique, lui lance sa mère. Splendide !

Tallulah se penche pour embrasser Noah sur les deux joues.

— Tu y vas comment ?

— Chloe passe me chercher.

Sa mère acquiesce.

— Tu es sûre que ça ne te dérange pas ? demande Tallulah en caressant la tête de son fils. Je ne suis vraiment pas obligée d’y aller…

— Bien sûr que non ! C'est presque l'heure du bain, n'est-ce pas, mon ange ?

La voix de sa mère s'élève d'une octave quand elle s'adresse à Noah.

— Et après on va lire une belle histoire, puis se coucher pour faire un gros dodo. Mais oui, mais oui !

Noah se retourne pour lui sourire, et Kim lui dépose un baiser sur le front.

— Allez, file ! Amuse-toi bien. Préviens-moi si tu rentres tard.

— Non, je ne vais pas m'éterniser là-bas. La mère de Chloe veut qu'elle soit de retour chez elle à 23 heures au plus tard, donc moi aussi.

Tallulah entend une voiture s'arrêter devant leur maison et se précipite dans le vestibule. Elle jette un coup d'œil rapide à son reflet dans le miroir.

Pas si mal, tout compte fait, se dit-elle.

La première heure de la soirée est tout aussi mortelle que Tallulah l'avait prévu. La sono de mauvaise qualité enchaîne les morceaux pourris, le passe-plat où les dames de la cantine servent habituellement le repas est ouvert, et des bières dans des bouteilles en plastique et des verres de vin sont à disposition. Avec Chloe, elles se sont assises sur un banc, dos au mur, une bière à la main. Elles observent la fête qui se déroule sous leurs yeux. Chloe est une copine d'école primaire de Tallulah. Elles n'ont jamais été meilleures amies, mais elles se sont rapprochées par nécessité durant ce premier semestre à Manton.

Soudain, une décharge électrique parcourt l'assemblée. Scarlett et sa bande apparaissent dans l'embrasure de la porte. Ils rient, et aucun d'eux ne semble avoir fait le moindre effort vestimentaire. Les cheveux bleu pâle de Scarlett sont attachés en deux tresses courtes. Elle porte un jean baggy et un tee-shirt à motif léopard sous un grand manteau en fausse fourrure. L'atmosphère de la soirée change drastiquement à leur arrivée.

Chloe soupire.

— Putain, mais qu'est-ce qu'ils foutent là, eux ?

Tallulah se retourne vers elle.

— C'était sûr qu'ils viendraient. Ils ont fait l'orga.

— Je pensais qu'ils étaient bien trop stylés pour participer à ce genre de truc.

Tallulah ressent le besoin étrange de les défendre.

— Ce sont juste des gens, tu sais…

Mais ce n'est pas vrai. Ils sont bien plus que ça. Ils sont une humeur, une ambiance, une tendance, une aspiration. Ils évoquent un clip ou la bande-annonce d'un film qui donne très envie. Ils semblent sortir d'une campagne de pub pour une marque de fringues à la mode. Au sein du microcosme qu'est le lycée de Manton, ce sont des stars.

— Tu en veux une autre ? demande Tallulah à son amie.

Chloe secoue la tête.

— J'ai atteint ma limite, répond-elle en tournant un volant invisible.

— Un Coca ?

— Pourquoi pas. Light, si possible.

Tallulah ajuste son haut pour dissimuler un bourrelet à la taille de son pantalon. Elle ne veut rien dévoiler du désastre de vergetures et de cellulite laissé par sa grossesse.

Elle se dirige vers le bar, là où sont Scarlett et sa troupe. Ils sentent déjà l'alcool, et leur comportement fait regretter à Tallulah d'avoir passé une heure à se pomponner devant le miroir, d'avoir à peine pris le temps de dire au revoir à son fils, assis sur les genoux de sa mère, et d'avoir déconcentré son frère alors qu'il faisait sérieusement ses devoirs. Apparemment, ils ne s'étaient pas préparés à cette soirée de la même façon.

Scarlett consulte son téléphone pendant que quelqu'un fait la queue pour lui chercher un verre. Son manteau de fourrure lui tombe des épaules, révélant un tatouage en haut de son bras, et ses clavicules aiguisées. Elle prend la bière qu'on lui tend et croise le regard de Tallulah.

— Oh, mais c'est Tallulah du bus.

— Ouais, c'est bien moi.

Depuis leur discussion, quelques semaines plus tôt, il leur est arrivé de se saluer d'un signe de tête dans les couloirs, sans plus.

— Tu es très en beauté ce soir, fait remarquer Scarlett en levant sa bouteille vers Tallulah.

Son maquillage n'est pas passé inaperçu.

— Merci.

Elle s'apprête à lui dire « toi aussi », mais se ravise.

Le serveur lui adresse un regard interrogateur, et Tallulah commande les deux boissons. En se retournant, elle s'attend à voir Scarlett avec ses amis sur la piste de danse, mais non. Elle est encore là. Tallulah essaie de masquer sa surprise.

— Santé ! s'écrie Scarlett en cognant sa bouteille à la sienne.

— Santé.

— Tu es venue avec qui ? lui demande Scarlett en passant en revue les étudiants dans la salle.

— Chloe Minter, répond-elle en désignant la jeune femme penchée sur son téléphone portable. On est ensemble en cours, et elle habite à côté de chez moi. Elle venait en voiture, donc…

Elle hausse les épaules, comme pour suggérer que les raisons qui l'ont amenée à se rendre ici avec Chloe sont simplement logistiques. Ce qui n'est pas tout à fait faux.

Le DJ lance «*All I Want For Christmas Is You*» de Mariah Carey, et une vague d'excitation saisit la foule, qui se précipite sur la piste de danse.

— Oh ! Viens, on va s'éclater !

Tallulah cligne des yeux. Elle ne danse jamais, mais elle ne tient pas à passer pour une fille complexée.

— Je ne suis pas assez bourrée pour ça ! s'exclame-t-elle en riant.

Scarlett plonge la main dans l'une des poches de son grand manteau et en sort une flasque en cuivre.

— Tiens, cul sec !

— C'est quoi ?

— Du rhum. Du trèèèès bon rhum. Mon père l'a rapporté de la Barbade. C'est une tuerie, insiste-t-elle en levant le pouce.

Tallulah approche le nez du goulot.

— Tu sens les épices ?

Elle acquiesce, même si en réalité elle ne reconnaît que l'odeur de l'alcool. Elle boit une gorgée et lui rend le récipient.

— Non, non, ce n'est pas assez pour te décoincer, ça ! Allez !

Tallulah rapproche la flasque de ses lèvres et avale quatre longues gorgées.

— C'est bon, t'es prête à danser ?

Elle fait « oui » de la tête, et Scarlett l'entraîne sur la piste. Elle virevolte vers ses amis et fait tournoyer Tallulah devant elle. Celle-ci a bien conscience que son haut se soulève quand elle tend les bras, et elle essaie de les baisser, mais Scarlett les maintient en l'air.

Tout le monde chante, et Tallulah voit certains des profs se mêler à la foule, des gens qu'elle n'aurait jamais cru voir danser un jour. L'alcool passe de son sang à son cerveau, et soudain elle ne pense plus à son ventre mou, ni à Chloe. Elle veut seulement s'amuser comme une fille de dix-huit ans qui n'a aucune responsabilité, comme si elle n'avait pas d'enfant, comme si sa mère ne sacrifiait pas sa soirée pour elle, comme si elle n'avait pas d'ex qui manigançait pour la reconquérir, comme s'il n'y avait rien d'autre qu'elle, maintenant, profitant de son premier semestre, avec la vie devant elle, tandis que la nana la plus cool du monde lui tient les mains en lui souriant. Rien que Mariah Carey, du rhum, et des paillettes tombant du plafond, qui se répandent dans leurs cheveux et à leurs pieds.

La chanson s'arrête, et Scarlett la libère enfin.

— Ça y est, Noël peut officiellement commencer !

Elle pousse une exclamation enjouée et tape dans les paumes de ses amis et, au moment où Tallulah pense la voir s'éloigner pour retrouver les siens, Scarlett se tourne vers elle.

— Viens, on va faire un tour dehors.

Tallulah lance un regard soucieux en direction de Chloe.

— T'en fais pas pour elle, allez, viens.

Elle la tire par le coude. Elles sortent de la salle, traversent le hall du lycée, et se retrouvent sur le parking. L'air est gelé et, contrairement à Scarlett qui porte son grand manteau, Tallulah n'a que son chemisier à manches courtes.

— Viens, il y a de la place pour deux là-dedans, dit-elle en ouvrant son vêtement.

Tallulah la regarde, incrédule, puis lui sourit et se blottit contre le corps osseux de Scarlett en s'enroulant dans le manteau.

— On va où ?

— Un coin que je connais.

Tallulah bat des paupières, elle ne se sent pas très bien.

— Aucune raison d'avoir peur.

— J'ai pas peur du tout.

— On dirait pourtant.

Elles marchent au même rythme sous la carapace de fourrure et s'installent sur un banc. Scarlett fouille dans les poches du manteau et extrait un paquet de cigarettes. Elle l'ouvre et en offre une à Tallulah, qui secoue la tête. Elle n'a jamais fumé de sa vie et ne tient pas à commencer.

— Je suis désolée de t'obliger à sortir, s'excuse Scarlett en tirant une cigarette du paquet, mais je me rends compte que j'ai trop bu. Beaucoup trop. Il fallait absolument que je prenne l'air. Et que je parle avec quelqu'un d'autre, ajoute-t-elle en levant les yeux au ciel.

Cette remarque surprend Tallulah.

— Enfin, c'est pas ce que je veux dire… Mes potes, je les adore, mais ça fait trop longtemps qu'on traîne ensemble. Tu sais, on s'est connus à Maypole, et c'était vraiment intense là-bas. Et même carrément lourd.

— Pourquoi tu étais là-bas ?

— Je passais le bac. J'ai fait le début de ma terminale dans un pensionnat, mais je me suis fait virer. Personne ne voulait de moi à part Maypole, alors mon père a acheté une maison dans le coin, pour que je puisse rentrer tous les soirs.

Elle allume sa cigarette.

— Et toi, tu étais où au lycée ?

— Dans le public, à Upfield High.

— Tu habites où ?

— Dans l'impasse en face de l'arrêt de bus.

— Avec tes parents ?

— Oui, enfin avec ma mère. Et mon frère. Mon père vit à Glasgow.

Sa voix s'étrangle alors qu'elle devrait continuer. Parler de Noah. Les mots sont là, dans sa gorge. Mais ils ne sortent pas.

Elle ne sait pas pourquoi. Elle est persuadée que Scarlett trouverait ça plutôt cool d'avoir eu un bébé à dix-huit ans. Mais, ce soir, elle n'a pas envie d'être cette personne-là, la fille mature et responsable, celle qui se réveille tous les matins à 6 heures avec son fils, même le week-end, qui révise ses cours quand il dort, qui se souvient d'acheter des couches et qui stérilise les biberons payés avec l'argent que lui donne sa mère, et que d'autres adolescentes utiliseraient pour s'offrir des masques au charbon ou des faux cils. Cela fait six mois qu'elle est cette fille-là, et elle n'y voit aucun inconvénient, mais maintenant, emmitouflée dans un manteau en fausse fourrure par un froid polaire avec cette grande tige mince qui n'aura sans doute pas d'enfant avant ses trente-six ans, qui se fait expulser des pensionnats, qui fume, qui a des tatouages et un piercing à la langue, Tallulah a envie d'être quelqu'un d'autre.

— C'est tout, termine-t-elle.

— Et tu as toujours habité à Upfield ?

— Oui, je suis née ici.

— Alors pourquoi ton père est à Glasgow ?

— Il vient de là. Il y est retourné quand ils se sont séparés avec ma mère.

Scarlett inspire et hoche la tête.

— Et toi, tu habites avec qui ?

— Eh bien, il paraît que je vis avec mes parents, répond Scarlett en haussant les sourcils, mais ma mère est bien à l'ouest, et mon père n'est jamais là. Mais j'ai un frangin qui est plutôt cool. On s'entend bien. Et aussi on a le meilleur chien du monde. Un saint-bernard. Il fait la taille d'un poney, je te jure, mais il pense qu'il est tout petit. C'est mon meilleur ami, sérieusement. Je serais perdue sans lui. Je pense que j'en crèverais.

— J'aimerais bien avoir un chien, mais mon frère est allergique.

— Oh non, il faut absolument que tu en adoptes un. Prends un cockapoo ! Enfin, n'importe quoi qui soit croisé avec un caniche, ils sont hypoallergéniques. Le cavapoo, c'est mignon aussi. En tout cas, il faut que tu aies un chien.

Pendant un moment, Tallulah s'imagine avec un cavapoo au pelage roux, aux grands yeux expressifs et aux oreilles toutes douces. Elle se voit le promener dans le village, le glisser dans son sac pour entrer dans les magasins, puis elle s'interrompt et se souvient qu'elle ne peut pas avoir de chien, parce qu'elle a déjà un bébé.

— Peut-être, oui.

Scarlett écrase sa cigarette sur le sol et sort la flasque de son manteau. Elle avale une gorgée et la passe à Tallulah, qui boit aussi avant de la lui rendre.

— Tu es trop mignonne, tu sais ça ? lui demande Scarlett d'un ton très sérieux.

— Pfft… n'importe quoi.

— Si, je t'assure, il y a quelque chose dans ton…

Elle lève d'un doigt le menton de Tallulah et étudie ses traits.

— Je pense que c'est ton nez. Il est très légèrement retroussé. Tu ressembles à Lana Del Rey.

— T'es folle ! proteste Tallulah dans un éclat de rire.

— Non, c'est ton nez et aussi l'eye-liner.

Elle prend le visage de Tallulah en coupe.

— Tu devrais toujours te maquiller comme ça, dit-elle, avant de reculer légèrement, sans la quitter des yeux.

Elle sent une nouvelle émotion la submerger, le genre de montée d'adrénaline que l'on éprouve quand on a failli tomber dans l'escalier, une forme de vertige.

Puis la lumière d'un portable éclaire la nuit, et des voix se rapprochent. Les amies de Scarlett, incapables de survivre plus de dix minutes sans l'oxygène que leur procure leur leader, sont parties à sa recherche.

— Ah, te voilà ! lance l'une d'elles, visiblement contrariée que Scarlett les ait abandonnés. Jayden pensait que tu étais rentrée.

— Non, je suis là. Je discute avec Tallulah du bus.

Les nouvelles arrivantes les regardent, perplexes. Elles scrutent d'un air soupçonneux les deux adolescentes blotties sous le même vêtement, et un éclair traverse leurs pupilles, une sorte d'électrochoc, comme si elles venaient de comprendre quelque chose. Tallulah se demande ce que ces filles croient surprendre. Elles lui adressent un petit signe de tête auquel elle répond.

— Je te présente Mimi et Roo. Deux petites pétasses que je connais depuis mille cinq cents ans. Et voici Tallulah. Elle est belle, non ? Vous ne trouvez pas qu'elle ressemble un peu à Lana Del Rey ?

Les deux autres la dévisagent, mal à l'aise.

Scarlett se lève, et le manteau tombe des épaules de Tallulah. Elle est soudain transie de froid. Elle observe les trois filles qui allument chacune une cigarette et se mettent à danser sur les basses de la chanson « *8 Days of Christmas* » des Destiny's Child qui leur parviennent depuis la salle de bal. Tallulah se rappelle soudain que Chloe attend toujours son Coca sur un banc.

— Il faut que j'y retourne. Chloe doit se demander où je suis passée.

Les mains sur les hanches, Scarlett plisse le front en faisant la moue, puis lui sourit.

— Ça roule, Tallulah du bus.

Tallulah lève le pouce maladroitement. Elle ne sait pas quoi dire. Puis elle se redresse et rentre à l'intérieur du bâtiment. Quand elle la retrouve, Chloe lui lance un regard accusateur.

— Je suis désolée, je ne sais pas ce qui s'est passé, s'excuse-t-elle en s'asseyant à côté d'elle. Elle m'a… kidnappée.

— Chelou, commente Chloe en fronçant les sourcils.

— Carrément, répond-elle d'un air distrait, les yeux dans le vague, la main caressant les courbes de sa bouteille de bière tiède. C'était vraiment bizarre.

12

Juin 2017

Kim et Ryan quittent l'appartement de Kerryanne et traversent la place du village jusque chez Megs pour aller chercher Noah.

Quand elle le leur apporte dans l'entrée, le bébé dort dans le siège auto. Kim ravale son exaspération. Elle avait précisé à Megs que Noah ne devait pas s'assoupir, sinon il ne serait pas fatigué ce soir. Maintenant, elle doit le réveiller, le changer et le préparer pour la nuit, mais il va être de mauvaise humeur et ne voudra pas coopérer. Megs regarde son petit-fils aux cheveux trempés de sueur avec un sourire indulgent.

— Pauvre petit ange ! Il était épuisé, je n'ai pas eu le cœur de le garder éveillé.

Kim sourit d'un air sombre et attrape le cosy.

— Pas grave, marmonne-t-elle.

— J'imagine qu'il n'y a rien de nouveau concernant les enfants… ?

— Non. Rien du tout. Mais, je m'interrogeais, est-ce que Zach t'avait parlé de ce qu'il avait prévu de faire hier soir ?

— Non, à vrai dire, je ne savais même pas qu'ils sortaient, c'est toi qui me l'as appris. Je ne l'ai pas vraiment vu ces derniers jours.

— Donc tu n'étais pas au courant pour…

Kim s'interrompt – est-ce qu'elle peut gâcher la surprise ? –, puis décide que oui, parce que découvrir ce qui est arrivé aux enfants est plus important qu'un secret.

— La bague.

— Quelle bague ?

— De fiançailles. Zach ne t'a pas dit qu'il avait l'intention de demander Tallulah en mariage ?

Megs éclate de rire.

— Non ! Pas du tout.

Kim plisse les yeux. Elle a du mal à comprendre en quoi cette information est hilarante.

— Et tu penses que Zach aurait pu en parler à quelqu'un d'autre ? Un ami, son père ?

— Oui, ses amis, c'est possible, mais je les ai déjà tous appelés, et aucun d'entre eux ne savait où Zach était hier soir. Son père, certainement pas. Ce n'est pas vraiment ce genre d'homme. Pas fameux pour son intelligence émotionnelle, tu sais…

Kim s'empêche de froncer les sourcils. Elle a rarement rencontré une personne aussi peu empathique que Megs.

— Très bien, reprend-elle en soupirant. Bon, je vais rentrer avec le petit bonhomme et essayer de le convaincre de se réveiller, puis de se rendormir.

Megs lui sourit d'un air bête. Elle n'a vraiment conscience de rien.

— S'il te plaît, appelle-moi si tu as du nouveau, insiste Kim. Je vais contacter la police pour leur signaler la disparition de Tallulah ce soir si elle n'est pas de retour. Tu devrais peut-être faire la même chose pour Zach.

— Ils sont sans doute partis faire un petit break, répond-elle avec un haussement d'épaules. Mais enfin, si ça se trouve, je devrais m'inquiéter. Tu as peut-être raison.

Kim s'éloigne et regagne sa voiture en secouant la tête avec incrédulité face à cette mère et grand-mère si peu investie dans son rôle.

Elle consacre la première partie de la soirée à préparer Noah pour la nuit. Comme prévu, il est plein d'énergie et finit par capituler un peu avant 21 heures.

Kim a très envie de boire un verre de vin, mais elle doit garder les idées claires et rester sobre parce que sa soirée ne fait que commencer. Elle est assise dans le salon. Un programme passe à la télé, elle ne sait pas vraiment quoi. Ça crie beaucoup, c'est une émission du samedi soir. Ryan est avachi dans un fauteuil, tapotant sur son téléphone, et seul le tressautement nerveux de son pied trahit son inquiétude.

Elle essaie à nouveau d'appeler Tallulah. Une fois de plus, elle tombe directement sur la messagerie.

Elle lève les yeux vers son fils.

— Zach t'avait dit quelque chose à propos de la demande en mariage ?

Elle comprend que c'est le cas au brusque mouvement de tête que fait son fils et à l'immobilisation soudaine de son pied.

— Hein ?

— Hier, j'ai trouvé une bague dans la poche de sa veste. J'en ai déduit qu'il avait prévu de demander à Tallulah de l'épouser hier soir. Et ça collait avec la soirée qu'il avait organisée.

— Ouais, enfin, il m'a juste dit qu'il y songeait, mais il ne m'a pas indiqué quand il comptait le faire.

— Il t'a dit quoi précisément ?

— Il m'a demandé ce que j'en pensais. Genre, est-ce que je croyais qu'elle accepterait.

— Et tu as répondu quoi ?

— Que j'en savais rien. Ce qui était vrai.

Kim acquiesce.

Elle consulte son portable : 21 heures. Ça fait assez longtemps, se dit-elle. Il est temps.

Son cœur bat à tout rompre et son estomac est noué quand elle appelle la police pour signaler la disparition de sa fille.

Le lendemain matin, un homme très séduisant sonne chez eux. Il porte un costume gris et une chemise crème ouverte, sa carte de police pendant autour du cou.

Il sort son badge de sa veste et le lui montre.

— Inspecteur Dominic McCoy, bonjour, madame. Vous nous avez contactés hier soir au sujet d'une disparition.

Kim hoche vivement la tête.

— Oui, oui. Merci, entrez, s'il vous plaît.

Elle n'a presque pas dormi. Elle a fini par prendre Noah avec elle dans le lit ; impossible de le calmer après son réveil nocturne. Ils ont passé le reste de la nuit tous les deux sur le dos, dans le noir, à regarder le plafond.

À un moment, il s'était retourné vers elle, lui avait attrapé la joue de sa main chaude et avait dit « *ma* ». Il l'avait répété trois fois avant qu'elle ne comprenne qu'il essayait de dire « maman ». Son tout premier mot.

— On peut s'installer ici, indique-t-elle à l'inspecteur McCoy en le guidant dans le salon. Je peux vous proposer quelque chose à boire ?

— Non, merci, je viens d'avaler un café.

Ils s'asseyent de part et d'autre de la table basse, et Kim tend à Noah un paquet de galettes de riz pour l'occuper.

— Mon collègue m'a dit que votre fille n'était pas rentrée vendredi soir, c'est bien ça ?

— Ma fille et son petit ami, qui vit avec nous, confirme Kim. Ils ont tous les deux disparu.

— Quel âge ont-ils ?

— Dix-neuf ans, tous les deux. Depuis mars.

L'inspecteur la dévisage comme s'il était absurde de s'inquiéter de la disparition récente de deux jeunes de dix-neuf ans.

— Mais ils ont un fils. Noah, reprend-elle. Donc ce n'est pas vraiment comme s'ils pouvaient décider de partir sur un coup de tête. Ce sont de bons parents. Très impliqués.

Il acquiesce d'un air pensif.

— Je comprends.

Elle se demande ce qu'il peut bien comprendre. Puis elle répond à ses questions concernant les événements de vendredi et de samedi. Elle lui communique l'adresse de Scarlett, de Lexie, de Megs. Elle hésite à lui parler de la bague, mais se ravise à la dernière minute sans savoir pourquoi.

Au bout d'une demi-heure, il se lève.

— Qu'est-ce qui a pu leur arriver, d'après vous ?

— Eh bien, pour le moment, il n'y a aucune raison de penser qu'il leur est arrivé malheur. Ce sont deux jeunes adultes qui ont beaucoup de responsabilités, c'est la première soirée qu'ils passaient en amoureux depuis longtemps, ils ont peut-être pris goût à la liberté.

— Non, l'interrompt Kim. C'est impossible. Ils ont toujours choyé leur fils. Tous les deux. Surtout ma fille. C'est ce qui compte le plus dans sa vie.

L'inspecteur acquiesce à nouveau.

— Son petit ami avait-il des comportements abusifs, selon vous ? Est-ce que vous aviez remarqué des tensions entre eux ?

— Non, réplique-t-elle presque trop vite, comme si elle essayait de s'empêcher de penser aux doutes qui émergent en elle, petit à petit. Il adore Tallulah. Il est fou d'elle. Presque trop.

— Trop ?

Elle se rend compte de ce qu'elle vient de dire et se reprend.

— Disons que parfois, il lui tape un peu sur les nerfs.

— Moi, ça ne me dérangerait pas, qu'on soit fou de moi comme ça, s'amuse l'inspecteur.

Kim ferme les yeux et hoche la tête. Les hommes n'ont aucune idée des effets de la maternité sur les femmes. Certaines éprouvent le besoin de protéger leur peau, leur corps, leur espace. Quand on se donne entièrement à un bébé, qu'on lui offre tout ce qu'il est humainement possible de partager avec un autre être, la dernière chose dont on a envie, c'est d'avoir un homme dans les pattes qui exige lui aussi qu'on lui accorde de l'attention. Les hommes ne savent pas qu'une main posée sur la nuque peut être perçue comme une supplique, et non un geste d'amour, et que les enjeux sentimentaux deviennent alors trop encombrants, beaucoup trop. Kim se demande parfois si les femmes ne s'entraînent pas à être mères avec les hommes jusqu'au jour où elles ont un enfant, laissant un vide chez leurs partenaires.

L'inspecteur la quitte. Il lui promet d'ouvrir une enquête, sans préciser quand ni comment. Depuis la fenêtre du salon, Kim le voit monter dans sa voiture banalisée, ajuster son rétroviseur, sa carte professionnelle, lisser sa veste, ses cheveux, allumer le moteur et s'éloigner.

Elle se retourne vers Noah dans sa balancelle, qui tient une galette de riz écrasée à la main, et se force à sourire en espérant que cela cachera les larmes qui dévalent le long de ses joues.

— Elle est où ta *mama*, Noah ? Elle est où ?

13

Août 2018

Sophie se baisse pour lire l'inscription gravée sur une petite plaque de bois sous le rosier de l'arrêt de bus.

Roses Tallulah, dans l'espoir de te revoir.

Elle se relève et jette un coup d'œil autour d'elle, cherchant la fenêtre derrière laquelle la pauvre Kim Knox regardait sa fille attendre le bus. Il n'y a pas de maison à proximité de l'arrêt, mais Sophie remarque une sorte d'impasse de l'autre côté de la place, jouxtant l'entrée de Maypole House. Le soleil se reflète dans plusieurs vitres.

Elle traverse à nouveau la place et s'avance dans la ruelle. Six habitations sont disposées en arc-de-cercle autour d'un petit square. Des voitures sont garées à cheval sur le trottoir pour que les autres riverains puissent tout de même passer. Ce sont de petites bicoques datant d'après-guerre, avec une façade en crépi et un porche en bois. Elle se retourne vers la place, essayant de déterminer depuis quelles fenêtres on peut voir l'arrêt de bus. Deux maisons, sans doute. L'une d'elles est assez délabrée, l'autre paraît moderne et accueillante. Il y a des cactus dans des pots cuivrés en guise de jardinières, et Sophie devine un canapé en cuir marron couvert de coussins colorés au fond de la pièce.

Selon l'article de journal, le soir de leur disparition, Tallulah et son petit ami étaient allés au *Swan & Ducks*, le pub que Peter Doody leur avait recommandé le jour de leur emménagement. Sophie fait le tour de la place jusqu'à se retrouver devant l'établissement, qui est très beau, fraîchement repeint dans un camaïeu de gris, avec une petite cour de gravier à l'avant où l'on peut s'attabler, de grands parasols crème, et des ardoises où sont détaillés le menu et l'assortiment de bières.

Elle pousse la porte. C'est un pub gastronomique tout à fait classique : il y a du lambris sur les murs jusqu'à mi-hauteur, du papier peint à motif, des tableaux abstraits, un parquet ancien et des spots halogènes. La femme derrière le bar a une quarantaine d'années et est d'une beauté singulière. Elle porte un tee-shirt noir à manches courtes moulant, un jean foncé et un tablier de serveuse serré autour de la taille. Ses cheveux bruns sont attachés en queue de cheval. Elle s'approche de Sophie avec un sourire, une main posée sur le comptoir.

— Qu'est-ce que je vous sers ?

— Un cappuccino, s'il vous plaît.

— C'est parti.

Elle se retourne vers la grande machine à café en chrome, et Sophie remarque les tatouages qu'elle a à l'intérieur des bras. Au début, elle a l'impression que ce sont des brûlures ou des cicatrices, puis elle comprend que ce sont des empreintes de pas d'enfant.

— J'adore vos tatouages. Les pieds de bébé.

La femme pivote, et Sophie voit son sourire s'effacer. Elle baisse les yeux vers l'un de ses avant-bras et touche le dessin doucement.

— Oh, merci.

Elle se remet aussitôt au travail. Les crachotements et sifflements de l'appareil sont si forts que Sophie renonce à poursuivre la conversation. Son regard s'attarde sur les jambes de la serveuse pendant qu'elle attend son café. Elle est menue, mais porte de grosses bottes militaires en cuir noir qui ont bien vécu. Un souvenir affleure dans la mémoire de Sophie. Elle a déjà vu ces chaussures, très récemment.

Ça y est, elle met le doigt dessus : les photos de la marche blanche pour Tallulah. La mère portait ces mêmes bottes avec une jolie robe à fleurs.

La femme se tourne vers elle, tenant le café de Sophie à la main.

— J'ajoute du chocolat par-dessus ? demande-t-elle, le poudrier de cacao déjà en l'air.

Sophie saisit que c'est elle. La mère de Tallulah, Kim Knox.

Elle se fige.

— Alors ? insiste la serveuse en agitant le récipient.

— Pardon. Oui, s'il vous plaît. Merci.

Kim Knox saupoudre la surface de la tasse avant de la lui tendre. Sophie cherche son porte-monnaie dans son sac, fuyant son regard. Elle a l'impression qu'elle vient de se faire prendre en flagrant délit d'indiscrétion. Elle paie en sans contact et va s'asseoir avec sa boisson dans un petit fauteuil recouvert de velours violet, à côté d'une table basse en laiton. D'ici, elle observe Kim Knox ranger des bouteilles de soda dans les étagères. Elle dégage une énergie étrange. Elle ne doit pas peser plus de cinquante-cinq kilos, mais dans ses mouvements il y a une vigueur qui laisse deviner une force inattendue. Un jeune homme entre dans le pub et fait le tour du bar.

— Salut, Nick !

— Bonjour, Kim ! répond le nouveau venu avant de disparaître par une porte.

C'est donc bien elle, Kim Knox.

Nick réapparaît une minute plus tard et noue un tablier autour de sa taille, puis remonte les manches de sa chemise.

— Tu veux un coup de main ?

— Volontiers, répond-elle en se déplaçant pour lui faire de la place.

Sophie baisse les yeux et feint de lire un texte sur son téléphone.

Elle se demande depuis combien de temps elle travaille ici. Était-elle là le soir de la disparition de sa fille ? Des dizaines de questions tournent en boucle dans sa tête. Elle sent que son duo de détectives imaginaires, Susie Beets et Tiger Yu, est en train de renaître de ses cendres.

Quand elle écrit, elle invente un mystère, et ses deux personnages doivent le résoudre pour elle, c'est sa routine créative. Susie et Tiger n'auraient aucun scrupule à aller questionner cette belle femme triste pour découvrir ce qui est arrivé à sa fille. Ils le feraient sans tergiverser, parce que c'est leur métier. Mais ce n'est pas celui de Sophie. Elle ne mène pas d'enquête. Elle est romancière et n'a aucun droit de s'immiscer dans la vie privée des gens.

Quand elle quitte le pub, quelques minutes plus tard, Kim Knox lui adresse un sourire.

— Bonne journée ! s'exclame-t-elle en se penchant pour ramasser la tasse de café que Sophie a posée sur le bar.

— Merci, à vous aussi.

Sophie exhume un vieux vélo du cabanon dans le jardin, enlève les feuilles mortes et les toiles d'araignée, et se met en route vers Upley Fold.

Après une matinée couverte, le soleil commence enfin à percer. Les haies sentent le cerfeuil et la paille, l'air est lourd et chaud. Elle descend de vélo quand elle arrive devant le manoir et s'avance dans la cour en faisant crisser le gravier. Elle regarde à l'intérieur par la vitre de la porte principale. Quelques enveloppes traînent sur le paillasson, qui ont sans doute été poussées sous la brosse du coupe-bise. Elle ouvre son sac à dos et cherche le cintre en métal qu'elle a emporté dans cette éventualité. Elle s'agenouille et le glisse sous la porte. Elle touche quelque chose. Elle se baisse encore et approche l'objet à l'aide du cintre jusqu'à ce qu'elle puisse l'atteindre du bout des doigts. Elle tire doucement, c'est une enveloppe.

Une lettre adressée à M. Martin J. Jacques. Elle soupire de soulagement. *Jacques*, pas un nom commun dans les environs. Cela devrait lui permettre de mener quelques recherches sur Internet. Elle prend en photo le courrier et le pousse à nouveau sous la porte.

Il est maintenant presque 11 heures. Elle s'accorde encore quelques minutes pour fureter avant de devoir rentrer au village pour son déjeuner avec Shaun. Elle fait le tour de la maison, franchit la belle porte en fer forgé arrondie qui mène aux jardins et à la piscine. Elle jette un coup d'œil par les fenêtres. Elle s'introduit dans une serre et soulève les pots vides, dérangeant les insectes qui se carapatent. Elle attrape une petite truelle rouillée posée sur un banc en bois et la range dans la poche extérieure de son sac. Elle vient d'avoir une idée.

La flèche dessinée sur le morceau de carton cloué à la clôture pointe vers le sol, un peu à gauche. Elle ne sait pas si l'ordre de « Creuser ici » est une instruction précise ou plutôt une indication générale, mais elle plante la lame le plus proche possible de la flèche. Elle sent son cœur battre de plus en plus vite à chaque pelletée de terre soulevée, et l'angoisse se répand dans ses veines.

Il y a quatorze mois, deux jeunes ont disparu entre Les Cendres et le village, potentiellement dans ces bois. Cette pancarte, qui lui avait semblé futile il y a deux jours, qui, pensait-elle, devait être l'un des éléments d'un exercice de cohésion d'équipe ou d'un jeu de piste, ce morceau de carton qu'elle était sûre d'avoir déjà vu quelque part, à un autre moment de sa vie, représente désormais la potentialité de l'horreur absolue. Trouvera-t-elle un lambeau de vêtement ? Un bout d'os ? Une mèche de cheveux entourée d'un ruban en satin poussiéreux ? Elle retient son souffle, et la truelle s'enfonce de plus en plus profondément dans la terre sèche. Chaque fois qu'elle tombe sur un caillou, elle respire à nouveau.

Neuf minutes plus tard, l'outil heurte un petit objet dur. Un cube noir. Elle le sort du sol en grattant avec ses ongles et l'époussette. Un logo doré est incrusté dessus, mais c'est impossible de le reconnaître. À force de le manipuler, elle comprend que c'est l'écrin d'une bague.

Elle l'ouvre avec ses pouces.

À l'intérieur se trouve un solitaire étincelant monté sur un anneau en or.

14

Janvier 2017

Les cours reprennent enfin, ce qui réjouit Tallulah.

Le jour de Noël s'est bien passé, c'était le premier avec Noah.

Son père, Jim, est venu leur rendre visite le 26, c'était seulement la deuxième fois qu'il voyait Noah. Il avait réservé une chambre du *Swan & Ducks* pour deux nuits, et les a même tous invités au restaurant du pub le 27. Il avait adoré Noah, qu'il asseyait sur ses genoux et regardait avec un air de joie absolue en répétant que c'était le plus beau bébé du monde. Son père était habituellement assez hermétique et distant, mais le fait de devenir grand-père semblait avoir fait tomber l'une des lignes de défense installées autour de son cœur.

Les jours suivants, la magie de Noël s'était rapidement dissipée, comme le plaisir de voir Noah dans son costume d'elfe. Pour le réveillon du Nouvel An, elle resterait à la maison pendant que sa mère irait au pub avec ses amis et Ryan à une fête. C'était l'une des premières fois que Tallulah se sentait étouffée par la responsabilité et les limites que lui imposait sa condition de maman.

C'est pourquoi, quand Zach lui avait proposé de l'aider à garder Noah, et même si elle ne voulait pas qu'il se fasse des idées et croie que c'était reparti entre eux, elle avait accepté. Elle n'avait vraiment aucune envie de passer cette soirée seule avec un bébé de sept mois.

Il était arrivé à 21 heures. Il sortait de chez des amis et sentait un peu la bière et le tabac. Pour se protéger du vent glacial, il avait rabattu sa capuche sur sa tête et fourré ses mains dans ses poches. Un sac en plastique noir pendait à son bras.

Elle avait entrouvert la porte pour qu'il puisse se glisser à l'intérieur, et il s'était penché vers elle pour lui déposer un léger baiser sur la joue.

— Bonne année.

— Pas encore !

— Noah dort ? avait-il demandé en levant les yeux vers l'étage.

Tallulah avait acquiescé.

— Ça fait un moment déjà.

— Je suis désolé, je suis en retard. Ils n'avaient pas ce que je cherchais au supermarché, donc j'ai dû m'arrêter au pub. J'ai fait la queue pendant mille ans. Mais j'ai ce qu'il nous faut.

Il avait ouvert le sac pour qu'elle regarde.

Du champagne, encore frais.

Elle avait souri, elle n'avait pas pu s'en empêcher. Elle adorait ça.

— J'ai vu ta mère, avait-il repris en la suivant dans la cuisine.

— Ah oui ?

— Elle avait l'air de bien s'amuser.

— Tant mieux, avait-elle répondu en rangeant la bouteille dans le réfrigérateur et sortant deux bières.

— J'ai pris des trucs à grignoter aussi.

Il avait extrait deux sachets de tortillas et un pot de sauce piquante de son sac.

— Et ça, je sais que tu en raffoles.

Il lui avait tendu un paquet de biscuits enrobés de chocolat. Elle avait souri à nouveau en le remerciant.

Ils s'étaient installés devant la télé avec leurs boissons et les chips. C'était la première fois qu'elle était seule avec lui depuis des semaines, des mois peut-être. En général, il venait en journée pour passer du temps avec son fils. Elle avait eu peur que cela soit un peu étrange, mais cela n'avait pas été le cas. Ils se connaissaient depuis leurs quatorze ans, quand Zach était arrivé dans son collège parce qu'il était victime de harcèlement scolaire dans l'établissement pour garçons qu'il fréquentait. Elle lui avait parlé parce qu'il avait l'air gentil et qu'elle était désolée de ce qu'il avait subi. Rapidement, ils avaient commencé à sortir ensemble, et voilà. Ils étaient depuis devenus l'un de ces couples qui font partie du décor, un couple sans surprise, qui ne suscite ni rumeur ni intrigue.

Ce n'était peut-être pas surprenant que Tallulah se sente si bien en sa compagnie. Ils avaient été copains, amants, ex, et aujourd'hui ils étaient parents. Il n'y avait aucune raison qu'ils ne puissent pas redevenir amis.

Ce soir-là, ils n'avaient pas beaucoup bavardé, ils s'étaient laissé distraire par la télévision, s'étaient montré des vidéos comiques sur leurs téléphones respectifs. À un moment, Zach lui avait pris son portable des mains.

— Vas-y, je veux voir tes photos ! Donne-le-moi !

— Rends-moi ça ! s'était-elle écriée en riant. Qu'est-ce que tu veux voir ?

— Tes photos de Noah.

Elle l'avait laissé faire. Son album photo était presque entièrement constitué de clichés de leur fils. Puis il était arrivé au moment de la fête de Noël à Manton, avait ralenti et commencé à regarder les photos en détail.

— Tu es belle, avait-il commenté en zoomant sur un selfie qu'elle avait fait avec Chloe avant de rentrer. Tu t'étais maquillée.

— Oui, maman m'avait mis de l'eye-liner.

— Ça te va bien, avait-il dit en la dévisageant curieusement. Ça ne te ressemble pas de te pomponner. Et ça, c'est qui ?

Il lui avait montré un autre selfie, l'immortalisant pendant qu'elle dansait avec Scarlett. C'est elle qui avait dû le prendre. Il s'agissait d'une vue en plongée au moment où des paillettes tombaient du plafond, reflétant la lumière. Elles souriaient toutes les deux, l'air extatique.

— C'est Scarlett, une étudiante de Manton.

— Tu parais vraiment heureuse, avait-il fait remarquer en agrandissant l'image sur l'écran. Ça fait longtemps que je ne t'ai pas vue sourire comme ça.

Tallulah avait ri, mal à l'aise. Sa voix recelait une pointe d'accusation, comme si cette joie représentait une trahison.

— On dansait sur la chanson de Mariah Carey. Toi aussi, tu aurais souri.

— Je pensais pas que tu allais aux soirées et tout, avait-il insisté.

L'atmosphère s'était alors franchement tendue. Voilà, c'était exactement pour cela qu'elle ne voulait pas se remettre avec Zach. Devenir mère l'avait transformée en profondeur. Quitter le lycée aussi. Tout comme redevenir célibataire après plus de trois ans en couple. Elle n'était plus la fille douce et romantique qu'elle avait été avant de tomber enceinte, avant qu'il ne l'abandonne et qu'elle doive gérer cette situation seule. Et elle savait bien au fond d'elle que c'était l'ancienne Tallulah Murray qui intéressait Zach.

— Les gens changent, non ?

— Apparemment, avait-il approuvé d'une voix triste.

Quelques minutes avant minuit, ils avaient sorti le champagne du réfrigérateur, attrapé deux verres à pied et s'étaient faufilés dans le jardin. Le chat des voisins était sur le muret, roulé en boule, et les avait détaillés avec curiosité avant de lever le museau vers les étoiles. Il faisait froid, et Tallulah avait frissonné. Ils avaient déjà bu quelques bières et, quand Zach avait passé son bras autour de ses épaules pour la réchauffer, elle n'avait rien dit. Ils avaient mis un compte à rebours sur un téléphone. À minuit pile, Zach avait fait sauter le bouchon, des cris de joie s'étaient élevés des maisons environnantes, des voitures avaient klaxonné, des feux d'artifice avaient explosé dans le ciel, déchirant la nuit noire. Ils avaient levé leurs verres et s'étaient souhaité « bonne année » avant de se serrer dans les bras. Quand l'étreinte s'était terminée, Zach avait regardé sa bouche, et elle s'était dit : « Non, moi je n'ai pas envie, et je ne suis pas sûre d'en avoir à nouveau envie un jour. »

— Tallulah… Putain, je suis désolé de ce que je t'ai fait l'an dernier. C'est, genre, le plus grand regret de ma vie. Tu le sais, pas vrai ?

Elle avait hoché la tête.

— Est-ce que tu pourras me pardonner un jour ?

Il lui avait pris la main.

— Je t'ai déjà pardonné depuis longtemps.

— Alors pourquoi est-ce qu'on peut pas réessayer ?

— Parce que… Je ne sais pas, je n'ai pas envie d'être en couple en ce moment. Noah, ça me suffit.

Elle avait senti ses doigts se crisper autour des siens.

— Mais Noah, il est à nous, on l'a fait ensemble, et ça fait de nous un duo, une équipe. Je ne parle pas juste d'être en couple. Je parle de nous trois.

— Tu as le droit de venir le voir quand tu veux.

— Ouais, avait-il acquiescé d'un ton impatient. Je sais, mais c'est pas pareil, tu comprends… C'est pas comme être avec lui vingt-quatre heures sur vingt-quatre. Comme une vraie famille.

— C'est pas ce que je voulais dire. Bien sûr, ce serait mieux pour Noah si tu étais là tout le temps. Mais je ne sais pas si…

Elle s'était interrompue pour chercher les mots justes.

— Je ne sais pas si ce serait mieux pour moi.

Il avait ri comme s'il ne la prenait pas au sérieux.

— Lula, merde ! On se connaît depuis quatre ans. On est faits l'un pour l'autre. Tout le monde le dit. S'il te plaît. Accorde-moi une autre chance.

— Mais où est-ce qu'on habiterait ?

— Ici ! Ce serait parfait. Tu as un grand lit. Ta mère m'adore. Ryan aussi. Écoute, attends, avait-il repris rapidement, sentant nettement le manque d'enthousiasme de Tallulah. On n'a qu'à faire un test, OK ? D'abord, je passe une nuit. Enfin… je dormirais au pied du lit, avait-il voulu la rassurer. Imagine la tête de Noah quand il va se réveiller et voir que son papa est là. Je pourrais lui donner à manger et, pendant ce temps-là, tu pourrais te reposer. Ce serait bien, avoue.

Il lui avait souri de toute sa hauteur, tirant sur sa main pour qu'elle se rapproche jusqu'à ce que leur visage ne soit plus qu'à quelques centimètres l'un de l'autre, ses yeux plongés dans les siens.

— Tu en dis quoi ? avait-il insisté avant de lui embrasser la paume, en la regardant d'un air mutin, un demi-sourire aux lèvres.

D'un coup, une digue en elle avait lâché, quelque chose s'était noyé dans sa poitrine, et un brasier s'était allumé dans son bas-ventre. Elle avait envie qu'on la touche, mais pas d'être touchée par Zach ; elle avait envie qu'on la désire, mais préférait être seule.

La bouche de Zach avait effleuré la sienne, elle s'était vue avancer vers lui. Soudain, ils s'étaient embrassés, et tous ses doutes s'étaient dissipés. Toutes les contradictions qu'elle ressentait s'étaient cristallisées dans son envie de lui, de sexe, de chair, de son corps en elle. En un instant, il l'avait plaquée contre le mur, ses bras et ses jambes enroulés autour de lui, et en moins d'une minute, c'était fini. C'était ce qu'elle avait voulu, ce qu'elle avait tant désiré. Ensuite, il l'avait portée alors qu'il était encore en elle, qu'elle l'enlaçait de ses membres, il l'avait fait tournoyer dans le jardin, et elle souriait, de tout son cœur, son sang courait dans ses veines, et la lune brillait dans le ciel de velours.

— Je t'aime, Lula. Je t'aime tellement, lui avait-il glissé.

Et elle n'avait pas réfléchi une seconde avant de lui dire qu'elle l'aimait aussi.

Parce qu'à ce moment précis, c'était vrai.

15

Juin 2017

L'inspecteur McCoy quitte la maison de Kim vers 10 heures. Aux alentours de 11 heures, elle reçoit un appel d'un numéro inconnu. Elle se dit que ce doit être la police, qu'il y a des nouvelles, du nouveau, un développement. Son cœur s'emballe, et l'adrénaline l'électrise.

—Allô ?

—Bonjour, je voudrais parler à Kim Knox.

C'est la voix d'une jeune femme.

—C'est moi.

—Euh… c'est Mimi, une amie de Scarlett. Elle m'a dit que vous vouliez me parler.

—Ah ! s'exclame Kim en s'asseyant sur le bord d'une chaise. Merci de me rappeler, Mimi. Tu as un moment pour discuter ?

—Oui, bien sûr.

—J'ai déjà eu l'occasion de m'entretenir avec Scarlett, sa mère et Lexie. Mais elles n'ont pas pu m'éclairer sur ce qui s'était passé vendredi soir. Je me disais que tu avais peut-être vu quelque chose ? Un détail que les autres n'auraient pas remarqué, et qui pourrait expliquer la disparition de Tallulah et Zach.

Un court silence s'ensuit, et elle entend Mimi inspirer longuement. Elle l'imagine avec une cigarette entre ses doigts fins aux ongles rongés.

— Tout ce que je peux dire, c'est qu'ils étaient en froid.

Kim rejette sa tête en arrière.

— Ils se sont disputés ?

— Oui, enfin, j'ai eu l'impression qu'il se tramait une embrouille. Il y avait de la tension entre eux.

Kim se tourne vers la table à manger et change son téléphone d'oreille.

— Comment ça ? Qu'est-ce que tu veux dire ?

Mimi soupire.

— Je suis rentrée pour brancher mon portable. Lula et Zach étaient à l'intérieur, dans la petite pièce derrière la cuisine. Ils ne m'ont pas vue. Quand je suis passée devant la porte, il la tenait par les poignets, et elle essayait de se dégager, mais il ne la lâchait pas, comme s'il voulait l'empêcher de le frapper ou de partir, je ne sais pas. Il avait l'air super énervé.

Kim ferme les yeux. Les mots de Mimi s'insinuent dans la brèche ouverte par ses doutes, dans cet espace où elle se demande comment il aurait réagi si Zach avait essuyé un refus. Cette idée la rend malade. Un scénario commence à prendre forme : et si Zach avait causé la disparition de sa fille ?

— Tu les as entendus parler d'une bague ? D'une histoire de mariage ?

Après un silence qui s'étire, Mimi se racle la gorge.

— Non, pas du tout. Et, toute la soirée, ils étaient très calmes. Franchement, je ne sais pas pourquoi ils sont venus. Ils n'avaient pas particulièrement l'air ravis d'être là, en fait.

Ce dimanche lui paraît interminable. Au lieu de le coucher dans son lit pour la sieste, Kim décide de faire une longue promenade avec Noah, qui dort dans la poussette. Elle scrute les haies, les ruelles, les moindres interstices entre les maisons. Quand elle passe devant Maypole House, ses yeux parcourent l'un des bâtiments résidentiels. Elle pense à Liam, la seule personne présente vendredi soir à qui elle n'a pas encore parlé. Mais, puisqu'il est parti avec Lexie, Kim est certaine qu'il n'a rien à lui révéler.

Elle se trouve maintenant devant le *Swan & Ducks*. La terrasse est bondée, comme toujours les week-ends ensoleillés. Elle voit des bouteilles de prosecco dans des seaux à glace, des pichets de Pimm's, de jeunes enfants perchés dans des chaises hautes que des mères en robe ample, lunettes de soleil sur la tête, nourrissent de petits morceaux de saucisse et de purée tandis que leurs chiens font la sieste à l'ombre des tables.

Kim avance parmi les clients et pénètre dans le pub sombre et frais. Il n'y a presque personne à l'intérieur. Kim va droit vers le bar. Elle reconnaît le jeune serveur, Nick. C'est un acteur qui ne trouve pas de rôle et qui aime flirter avec des hommes plus âgés pour le plaisir de les faire rougir.

— Bonjour ! s'exclame-t-il. On ne vous voit pas souvent au pub, à cette heure-ci. Qu'est-ce que je vous sers ?

— En fait, je ne suis pas venue déjeuner. Je me demandais... Tu travaillais vendredi soir, non ?

— Exactement. Ici, je suis exploité du matin au soir !

— Megs t'a dit pour ma fille et son fils ?

— Oui. Ils sont rentrés ?

— Non, répond-elle d'une voix faible.

Elle inspire profondément pour ne pas laisser libre cours à ses sanglots.

— Non, toujours pas. J'ai prévenu la police. Ils demanderont sans doute à te parler.

— Mon Dieu, c'est terrible. Vous devez être morte de peur.

— Oui, acquiesce-t-elle avec un sourire las. Je suis terrifiée. Ça te dérangerait de me raconter comment s'est déroulée la soirée ?

— En fait, je n'ai pas vu grand-chose… Ils étaient assis là-bas, débute-t-il en désignant une alcôve au fond du bar. Ils étaient mignons comme tout, les amoureux. Il avait acheté une bouteille de champagne. Ils ont commandé un plateau de fruits de mer. Adorables, vraiment. Il y avait un groupe de jeunes à quelques tables de là, je pense qu'ils venaient de Maypole. Bruyants, tapageurs, vous voyez le genre. Ils avaient l'air de connaître votre fille. Ils se sont carrément incrustés à leur table. Adieu le dîner romantique… Je me sentais mal pour eux !

Noah s'agite dans la poussette, et Kim se met à le bercer machinalement.

— Est-ce qu'un élément t'a semblé bizarre ?

— Bizarre ? répète-t-il en adressant un sourire au client qui vient d'apparaître à côté de Kim.

Il prend sa commande puis se retourne vers elle.

— Je ne dirais pas bizarre, non. Beaucoup d'alcool. Et, vu les sommes qu'ils m'ont demandées en liquide contre des paiements en carte, ils ont dû acheter de quoi se défoncer. Ils sont partis quand j'ai fermé le bar. C'est tout, conclut-il d'une voix triste. Merde, Kim, ne vous inquiétez pas. Je suis sûr qu'ils vont resurgir d'une minute à l'autre, c'est obligé. Ils sont si jeunes…

Elle reprend sa promenade et, à la sortie du village, s'arrête devant chez Chloe, l'amie de Tallulah. C'est la dernière maison d'une rangée de pavillons sans jardin qui donnent directement sur la départementale. Chloe lui apprend qu'elle n'a pas parlé à Tallulah depuis bien longtemps. Quand Kim lui révèle que le dernier endroit où sa fille a été vue est la demeure de Scarlett Jacques à Upley Fold, Chloe paraît surprise.

— C'est chelou.

— Pourquoi ?

— Il y a un truc curieux avec Scarlett et sa bande, reprend la jeune femme en haussant les épaules. Ils ont quelque chose de… glauque. L'année dernière, à la soirée de Noël, j'étais avec Lula et, à un moment, Scarlett l'a embarquée. C'était pas très poli d'ailleurs, mais on aurait dit qu'elles se connaissaient déjà. Cependant, je vois pas trop d'où elles se connaîtraient. Elles ont dansé ensemble, puis elles se sont éclipsées pendant dix bonnes minutes. Lula était vraiment tendue quand elle a réapparu. Je sais pas ce qui s'est passé dehors. Tu vois, Scarlett et sa clique se la pètent, ils parlent jamais à personne, mais là, elle discutait avec Lula comme si elles étaient potes. Très étrange. Après ça, on ne s'est plus vraiment fréquenté.

Kim grimace.

— Après la soirée de Noël ?

— Oui, enfin, on se salue quand on se croise, mais on ne traîne plus ensemble.

— Mais, en février, quand tu… quand tu n'allais pas très bien ?

Chloe la regarde sans comprendre.

— Tu traversais une période difficile, et Tallulah est venue dormir chez toi.

— Tu dois confondre.

— Mais non, c'était en février. Tallulah m'a dit que ça n'allait pas fort et qu'elle allait dormir chez toi au cas où tu ferais une bêtise.

Chloe secoue la tête.

— Non, c'est jamais arrivé, ça. J'ai jamais eu de problème, et elle n'a jamais dormi à la maison. Je te jure, on s'est presque pas adressé la parole de l'année. Je l'ai à peine vue. Je suis désolée, Kim, mais elle t'a menti.

16

Septembre 2018

Maypole House se remplit lentement mais sûrement durant le dernier week-end avant la rentrée. Les bâtiments et pelouses s'animent et résonnent de musique, de claquements de porte, de sonneries de téléphone, de bruits de moteur, d'éclats de rire, de cris.

Sophie pensait qu'en déménageant ici elle se sentirait au milieu de nulle part, ce qu'elle redoutait. Étrangement, elle a plutôt l'impression d'être au centre de l'agitation. Assise dans le jardin, elle peut observer les élèves qui quittent leur chambre et se dirigent vers le réfectoire pour le petit déjeuner. Quelques joggeurs trottinent dans le parc. Elle commence à reconnaître certains visages, certains groupes d'amis, et elle réussit même à distinguer, en fonction de leur degré d'assurance, les nouveaux venus des anciens pensionnaires.

Le dimanche soir, avant la reprise officielle des cours, se tient le dîner d'accueil. Le jour des inscriptions est le plus chargé avant la rentrée, car la majorité des élèves arrivent au pensionnat et doivent choisir leurs options. En réalité, la plupart des formalités sont désormais réalisées sur Internet avant l'arrivée des pensionnaires, mais la tradition du dîner demeure, et c'est une bonne occasion pour que les élèves fassent connaissance avant le début des cours. Selon Shaun, la véritable attraction de cette soirée, c'est le repas.

Autrefois, c'était un dîner. Depuis la construction d'une nouvelle résidence, dix ans plus tôt, la population lycéenne avait doublé, et un buffet dansant avait remplacé le dîner assis.

Ce soir, Sophie est bien décidée à être renversante. Pas simplement belle, mais magnifique, à couper le souffle, pour que les élèves parlent d'elle dans son dos et disent : « La copine de M. Gray est trop canon, non ? » Elle ne sait pas pourquoi, mais elle veut impressionner certains des pensionnaires. Pas les plus jeunes, ceux de dix-neuf ans, qui sont presque des hommes avec leur bronzage, leurs cheveux épais et leur démarche assurée.

Elle enfile un caraco en satin au décolleté et dos en dentelle, un pantalon noir moulant et des sandales à talons compensés. Elle se fait une queue de cheval sur le côté. Elle applique sur son visage des soins qui lui garantissent un teint éclatant et opte pour un maquillage lumineux.

Shaun ne la reconnaît pas tout de suite quand elle entre dans le hall.

— Sophie, tu es superbe !

Et elle voit qu'il le pense vraiment.

Le bruit en provenance de la salle à manger est assourdissant. La grande pièce est surmontée d'un plafond voûté en bois, et les fenêtres baignées de lumière sont placées trop haut pour que l'on puisse voir le parc. Il y a cependant trois immenses doubles portes qui donnent sur une pelouse où une tente, des tables et des chaises ont été disposées dans le soleil de cette fin d'après-midi. Sophie et Shaun se promènent à l'extérieur, elle le tient par le bras, souriant à tous les gens qu'ils croisent, s'arrêtant pour saluer. Ils trouvent une table vide où Shaun l'installe avant d'aller leur chercher une boisson. Elle balaie des yeux la scène en attendant son retour. De petits groupes d'élèves forment des poches impénétrables. Ils sont si sûrs d'eux et pourtant pathétiques, ils pensent tout savoir et ne connaissent rien. Ce n'est pas seulement leur jeunesse éclatante, songe-t-elle, mais leur milieu, les privilèges dont ils ont hérité, qui transparaissent dans leur façon de se toucher les cheveux, de tenir leur verre, de faire défiler nonchalamment des photos sur leur téléphone. Ils viennent d'endroits que les gens normaux ne peuvent même pas imaginer, et leur richesse ostentatoire suinte sous leur apparence négligée.

Sophie est issue d'un monde où l'on vit en appartement, où l'on conduit de vieux tacots jusqu'à ce qu'ils vous claquent entre les mains, où les enfants fréquentent les écoles publiques, où l'on fait ses courses au supermarché le week-end, où l'on grignote des biscuits chez sa grand-mère tous les samedis. Elle n'avait manqué de rien : elle avait toujours mangé à sa faim, elle avait eu l'occasion de passer des vacances à l'étranger, de faire des sorties shopping à Oxford Street, de s'offrir des plats à emporter le vendredi soir. Elle savait de quoi serait fait le lendemain. Sa vie était parfaite. Mais elle était mate, pas brillante.

Elle pense aux Cendres, à la famille Jacques, à la piscine qui avait certainement été remplie d'une eau turquoise scintillant au soleil d'été, aux sculptures qui avaient sans doute orné les socles en plexiglas, à la musique qui devait autrefois jaillir des portes du manoir et inonder les pelouses impeccables, et au rire pincé si typique de ces gens qui possèdent plusieurs voitures, des chevaux de concours et un chalet dans les Alpes. Leur fille, Scarlett, avait été élève ici, selon Kerryanne Mulligan.

Shaun s'approche en tenant deux verres de vin et s'assied à côté d'elle.

— Pardon, ça a été un peu long, on m'a tenu la jambe.

— Buvons un coup et allons socialiser.

— Oh, vraiment, on est obligés de s'infliger ça ? demande-t-il en appuyant son front sur l'épaule de Sophie.

Elle passe les doigts dans ses cheveux en riant.

— Je crois bien que oui, tu es le roi ici. Il faut aller à la rencontre de tes sujets.

— Tu as raison, maugrée-t-il en relevant la tête et posant une main sur son genou. C'est inévitable.

Ils n'ont pas le temps d'avaler deux gorgées avant qu'un couple s'invite à leur table. Fleur et Robin, la prof de géographie et le prof de photographie, vivent dans une maison juste à la sortie du village, ont un border terrier nommé Oscar et un lapin, Bafta. Ils sont assez bavards. Un homme d'une cinquantaine d'années à la barbe remarquable, Troy, se mêle à la conversation. C'est le professeur de philosophie et de théologie. Il habite sur le campus et leur donne de nombreuses recommandations concernant les meilleures boutiques des environs : épiceries, cavistes et bouchers. Shaun s'éclipse avec quelqu'un pendant un moment, et Sophie se retrouve seule avec Troy, mais cela ne la gêne pas. Il est d'un abord facile. Ils sont rejoints par une autre personne avec un accent français, puis une avec un accent espagnol. Soudain, sa table grouille de gens dont elle ne parvient plus à mémoriser les noms et les fonctions au sein de Maypole. Elle remarque un jeune homme qui reste à la périphérie du groupe. Il tient une bière d'une main, l'autre est plongée dans la poche de son short bleu marine. Il a les cheveux châtains, courts et ondulés. Il porte une chemise blanche aux manches roulées au-dessus des coudes et des baskets assorties sans chaussettes. Il est beau. Il ressemble un peu à un acteur de cinéma.

Il parle à une dame plus âgée, qu'il n'a pas l'air de bien connaître. Il semble faire un effort pour être particulièrement charmant et poli. Elle le voit se retourner dans sa direction, comme s'il sentait qu'elle l'observait, et détourne le regard. Quand elle lève à nouveau les yeux, la femme est partie discuter avec quelqu'un d'autre, le laissant en plan. Il soulève sa bière et boit une gorgée, l'air pensif. Il la remarque et lui sourit.

—Vous devez être la compagne de M. Gray, devine-t-il en s'approchant d'elle.

—Oui, Sophie. Enchantée.

Il change son verre de main et tend le bras dans sa direction.

—De même. Liam. Je suis auxiliaire de vie scolaire. Je travaille avec les élèves qui ont des besoins spécifiques, qui sont dyslexiques ou dyspraxiques, surtout.

Il s'exprime bien, mais elle remarque un reste d'accent de Gloucester, assez brut.

—Oh, ça doit être très intéressant.

Il hoche vivement la tête.

—Oui, c'est super. Enfin, ce n'est pas mon plan de carrière, c'est temporaire, mais pour l'instant, j'adore ce que je fais.

—Et quel est votre plan de carrière, si ce n'est pas indiscret ?

—Eh bien, commence-t-il en se caressant la nuque et fronçant les sourcils, je ne suis pas encore tout à fait sûr. Je tâtonne un peu, pour être honnête. J'ai vingt et un ans, mais dans ma tête, j'en ai encore quinze… Je ne sais pas trop. Disons que j'ai pris un faux départ.

Il a l'air de s'excuser alors Sophie se met à le rassurer.

—Mais non, vous travaillez et vous avez une tâche très importante, c'est déjà bien plus que beaucoup de jeunes gens de votre âge.

—Oui, peut-être… Alors, que pensez-vous de Maypole House ?

Elle regarde autour d'elle.

— Je crois que ça me plaît. C'est très différent. Je viens de Londres, j'y suis née et j'y ai toujours habité. La campagne, ça fait un petit choc.

— Ce n'est pas la campagne ici, je vous assure ! J'ai grandi dans une ferme du Gloucestershire. Ça, c'était la campagne. Upfield Common, c'est juste un joli écrin de verdure pour les gens qui n'aiment pas vivre en ville.

Sophie lui sourit.

— Vous avez sans doute raison. Vous travaillez ici depuis longtemps ?

— En fait, commence-t-il avec un rictus gêné, j'étais élève avant. Mes parents m'ont expédié ici quand j'avais seize ans pour faire ma seconde, parce que j'étais trop, hum… distrait par certaines personnes dans mon ancien lycée. Ça m'a plu, alors je suis resté jusqu'au bac. Que j'ai raté. J'ai réessayé. Nouvel échec. J'ai pensé faire encore une année, mais… Donc d'abord j'ai été élève ici pendant…

Il ferme les yeux tandis qu'il compte.

— Quatre ans et des brouettes ? Probablement un record pour Maypole. La plupart des pensionnaires viennent pour deux ou trois ans. Mais, maintenant, ils n'arrivent plus à se débarrasser de moi !

Ils rient tous les deux.

— Vous devez savoir beaucoup de choses sur le lycée, son histoire ?

— Oui, je suis le spécialiste mondial de Maypole, c'est vrai.

— Donc si Shaun a besoin d'informations, je peux vous l'envoyer ?

— Parfaitement. N'hésitez pas, je ferai de mon mieux.

— Et… vous étiez là l'été dernier, quand ces jeunes gens ont disparu ? demande-t-elle avec prudence.

Une ombre passe sur le visage de Liam.

— Oui, j'étais là. En fait, j'étais même là-bas.

— Là-bas ? répète Sophie en sursautant légèrement.

— Oui, à la soirée, la nuit de leur disparition. J'étais ami avec la personne chez qui avait lieu la fête. Je n'ai rien vu, bien sûr. Je ne suis au courant de rien. Mais oui, c'est vraiment choquant.

Il change aussitôt de sujet, au grand dam de Sophie.

— Et vous, qu'est-ce que vous faites dans la vie ? Vous avez dû quitter votre boulot à Londres, ou… ?

— Non, répond-elle en secouant la tête. Enfin, avant, j'ai été assistante d'éducation, un peu comme vous, mais dans une école primaire. Maintenant, je suis à mon compte et je travaille à domicile, donc rien n'a vraiment changé à ce niveau-là. Cela dit, je n'ai pas encore tout à fait réussi à me remettre dans ma routine. Je suis constamment distraite.

Elle laisse échapper un petit rire, mais en réalité elle est inquiète : après une semaine complète à Maypole House, elle n'a toujours pas écrit une seule ligne de son prochain livre. Chaque fois qu'elle ouvre son manuscrit et s'apprête à taper, son esprit dérive vers Tallulah Murray, Les Cendres, Scarlett Jacques, le rosier derrière l'arrêt de bus, les pas de bébé roses tatoués à l'intérieur du bras de Kim Knox, et la bague dans l'écrin poussiéreux caché dans son tiroir à maquillage. Elle pense à Martin Jacques, qu'elle a cherché sur Internet après avoir trouvé la lettre, et revoit les photos de cet homme imposant, aux traits creusés et à l'air sérieux, avec ses cheveux gris acier clairsemés. Un homme qui est, à en croire LinkedIn, le PDG d'un fonds spéculatif basé à Guernesey, et qui, selon une autre source, vit seul à Dubai depuis son divorce.

Elle n'a rien découvert sur Mme Jacques et leurs enfants, mais cette séparation semble expliquer pourquoi le manoir des Cendres a été ainsi laissé à l'abandon.

— Oh, je suis sûr que, quand la routine du lycée aura repris, vous retrouverez vos habitudes.

Elle lui adresse un sourire reconnaissant.

— C'est une remarque pertinente. Merci, Liam, vous êtes très sage.

En disant cela, Sophie voit Shaun qui s'approche. Elle est frappée par le contraste entre les deux hommes, par la vingtaine d'années qui les sépare. Shaun, quoique beau et charismatique, est assez vieux pour être le père de Liam.

— Bonsoir, lance-t-il en tendant sa main vers le jeune homme. Liam Bailey, n'est-ce pas ?

— Tout à fait, quelle mémoire !

Ils se rappellent l'occasion de leur précédente rencontre, et la conversation se dilue avec d'autres participants, d'autres sujets. Sophie finit par ne plus être en train de parler avec Liam du tout. Il a été absorbé par un autre groupe. Elle s'éloigne et traverse la pelouse vers le bar. Elle attrape un second verre de vin et retourne à l'extérieur. Elle cherche Shaun du regard, qu'elle trouve en pleine discussion avec Peter Doody et Kerryanne Mulligan.

Elle voit Liam marcher vers la salle à manger et, sans réfléchir, décide de le suivre. Il traverse la grande pièce et sort par les portes opposées. Il passe ensuite par la cour arrière en direction d'une résidence. Elle le voit taper le code de la porte d'entrée et, après un bourdonnement et un clic, il disparaît à l'intérieur. Elle s'installe sur un banc dans la cour, profitant d'un moment de solitude avant d'aller se jeter à nouveau dans la mêlée. Le vin est tiède, mais elle le boit tout de même. Le soleil du soir étincelle entre les nappes de nuages mauves. Elle ferme les yeux et oriente son visage vers la lumière en écoutant le son distant des discussions et des rires.

Elle frissonne légèrement et rouvre les yeux et, ce faisant, elle remarque deux pieds bronzés appuyés sur la rambarde d'un balcon au troisième étage de la résidence, à côté d'une table basse où sont posés un livre et une bière fraîche.

Liam.

Pendant un instant, elle s'imagine l'appeler, se faire inviter, et boire une bière avec lui en lui demandant son opinion sur ce qui a pu se passer aux Cendres ce soir-là.

Mais elle se ravise et rejoint la fête en passant par le cloître.

17

Janvier 2017

Zach passe la nuit du réveillon chez Tallulah et il ne rentrera plus jamais chez lui. Quand Tallulah se réveille, cinq jours plus tard, le matin de la reprise des cours, elle ouvre les yeux dans un lit qu'elle partage avec son fils et le père de celui-ci. Ils n'ont pas recouché ensemble depuis le Nouvel An, mais ils s'asseyent côte à côte sur le canapé le soir, ils s'embrassent pour se dire bonjour et au revoir, ils se prennent dans les bras, ils se touchent.

La mère de Tallulah semble se réjouir de cette situation. Elle sait que Kim se sent coupable d'avoir épousé un homme qui n'était pas fait pour le tumulte de la vie de famille et qui s'était réfugié chez sa mère sans l'ombre d'un remords dès que ses enfants avaient eu besoin de lui. Elle se réjouit que sa fille et Zach se donnent une seconde chance, et de voir Zach aider Tallulah à élever leur bébé.

Elle fait un bisou à sa mère avant de partir au lycée. Elle se retourne devant la maison et voit Zach et Noah à la fenêtre de sa chambre, Zach tenant en l'air la petite main de leur fils et la remuant pour lui. Elle l'imagine dire : « Au revoir, maman, au revoir. » Elle leur souffle un baiser et s'éloigne.

À l'arrêt de bus, elle espère voir Scarlett. Elles n'ont jamais repris le bus ensemble et ne se sont pas parlé depuis la soirée de Noël, mais Tallulah n'arrive pas à se la sortir de la tête. Ces deux rencontres lui semblent importantes, et elle a le sentiment que quelque chose va se passer, un troisième acte, une conclusion. Le bus arrive. Tallulah jette un dernier regard au loin, vers Maypole House, soupire et monte à bord.

Après le déjeuner, Tallulah décide d'aller se promener vers le bâtiment des arts appliqués. Elle n'y est jamais allée avant. C'est un cube bas situé au milieu du campus, plutôt laid. À l'intérieur, des rangées d'autoportraits assez dérangeants sont accrochés aux murs. Elle passe devant une porte où figure l'inscription « Arts appliqués – première année » et regarde par la vitre. La salle est vide et fermée à clé. Elle continue de marcher dans les couloirs et repère enfin le portrait de Scarlett Jacques, première année.

Elle s'immobilise. Dans le tableau, Scarlett arbore un tee-shirt qui découvre son ventre et un short trop grand. Elle est avachie dans un immense fauteuil en velours rouge qui ressemble à un trône et porte un diadème penché sur le côté de la tête, ainsi que des baskets montantes. Elle a les cheveux tirés en arrière, des créoles aux oreilles et de nombreux bracelets en caoutchouc autour des poignets. À ses pieds repose un chien marron gigantesque, qui fait presque sa taille. Il porte une couronne. Tous les deux regardent directement le spectateur, l'animal l'air fier, la jeune femme l'air conquérant.

C'est un portrait saisissant qui attire d'abord l'œil sur Scarlett, puis sur toute une foule de détails : un tas de chargeurs crème et chrome qui étincellent, une petite fenêtre en arrière-plan où l'ombre d'un visage paraît fixer Scarlett, un pistolet sur une table, un iPhone, un plat sur lequel est posé un cœur écarlate qui semble encore battre, un gâteau dont il manque une part, avec un couteau sanguinolent à côté.

Tallulah ne sait pas ce que cela signifie, mais c'est peint à la perfection, dans des teintes délavées de rose, de vert et de gris, avec quelques touches de rouge vif qui interpellent. Elle est admirative.

— Incroyable, n'est-ce pas ?

Elle se retourne. Elle pensait être seule. C'est l'une des amies de Scarlett. Elle ne se souvient pas de son nom.

— Oui, je n'avais jamais vu ce qu'elle faisait, mais c'est vraiment très fort.

— Tu sais qu'elle est partie ?

Tallulah cligne des yeux et sent un poids lui tomber dans l'estomac.

— Comment ça ?

— Scarlett s'est barrée, elle ne reviendra plus en cours.

La fille émet un bruit de bouche, comme si Scarlett était une bulle qui avait éclaté.

— Pourquoi ?

— Personne ne le sait. Je passe ma vie à lui écrire, et elle me répond qu'elle me racontera plus tard parce que là, ce n'est pas possible, donc…

Tallulah pivote vers le tableau.

— Quel dommage…

— Ouais, elle est trop conne. Tout ce travail, tout ce talent, tout ça pour laisser tomber. Mais c'est comme ça. C'est du Scarlett tout craché. Une énigme, ajoute-t-elle avec un sourire. Tu es Tallulah du bus, non ?

Elle hoche le menton.

— Mimi. On s'est vues à la soirée de Noël.

— Ah oui, je me souviens.

Mimi penche la tête et regarde Tallulah d'un air interrogateur.

— Tu es en arts appliqués, toi ?

— Non, mais j'avais envie de voir les tableaux. On m'a dit qu'ils étaient super.

Mimi la dévisage un instant, puis elle se redresse et fait un petit saut.

— Bon, il faut que j'y aille. Si tu vois Scarlett vers chez toi, dis-lui d'arrêter ses conneries et de m'appeler, OK ?

— Oui, je n'y manquerai pas, acquiesce Tallulah dans un sourire.

Les jours suivants, Tallulah ne cesse de penser à Scarlett. Elle sait que son petit ami, Liam, est à Maypole House. Il est tout à fait possible qu'elle l'aperçoive dans les parages. Régulièrement, elle affiche sur son téléphone le selfie qu'elles ont pris à la fête de Noël en essayant de se remémorer ce qu'elle avait ressenti ce soir-là, ce qu'elle était devenue sous le regard incandescent de Scarlett. De temps en temps, elle tape son nom dans son moteur de recherche, à tout hasard, au cas où il apparaîtrait dans un article de journal. Elle ne sait pas où Scarlett habite précisément, simplement qu'on peut y aller à pied depuis le village, ce qui laisse beaucoup de possibilités. Il y a au moins trois hameaux autour d'Upfield Common, et les petites routes regorgent d'allées privées qui mènent à des manoirs comme celui où Scarlett vit sans doute.

Puis un jour, la dernière semaine de janvier, Tallulah l'aperçoit qui descend d'une Smart garée devant le supermarché du village.

On dirait qu'elle est en pyjama sous son manteau en fausse fourrure. Ses cheveux sont hirsutes, et elle porte des baskets fatiguées par-dessus de grosses chaussettes en laine. Dans la voiture, Tallulah distingue un jeune homme qui regarde son portable. Elle entend le bruit étouffé d'une chanson qui provient du véhicule. Un instant plus tard, Scarlett sort du magasin avec un sac en plastique et s'installe dans l'auto. Le garçon lui jette un coup d'œil, range son téléphone et reprend la route en direction de Manton.

Tallulah est pétrifiée. Elle observe la voiture disparaître en espérant par magie découvrir sa destination. Puis elle se souvient d'un détail. Sa mère vient de lui dire que Keziah, l'une des amies de Tallulah à l'école primaire, travaillait au supermarché. Cela fait des mois qu'elle ne l'a pas vue. La dernière fois, sa grossesse commençait à se voir, et Keziah avait posé la main sur son ventre en faisant mine de s'évanouir d'émotion.

Tallulah entre dans le magasin et trouve Keziah derrière l'une des caisses. Son visage s'éclaire immédiatement quand elle la reconnaît.

— Lula ! Tu étais passée où ?

Tallulah sourit en haussant les épaules.

— On va plutôt au centre commercial maintenant, avec la voiture. C'est plus simple pour les couches, le lait et tout…

Keziah lui lance un grand sourire chaleureux.

— Comment va le petit loup ?

— Très bien, il est génial.

— À fond sur tout, j'imagine ?

— Non, pas encore, il est trop jeune. Mais il est cool, franchement, un vrai petit bouddha.

— Il est à la maison avec ta mère ?

— Oui, et avec Zach aussi.

— Oh, je pensais que vous deux…

— C'était fini, mais on s'est remis ensemble. Au Nouvel An.

— C'est chouette ! s'exclame Keziah, visiblement ravie. Je suis super contente. Vous êtes vraiment faits l'un pour l'autre.

— C'est bien, pour Noah surtout, commente-t-elle avec un sourire forcé. Et c'est agréable d'avoir de l'aide, aussi.

— Tu as l'air tellement différente…

— Tu trouves ?

— Oui, je sais pas, on dirait que t'es une vraie adulte maintenant. T'es trop belle !

— Oh, merci.

— Tu devrais sortir avec nous un soir, avec les filles.

— Oui, ce serait sympa, répond-elle sans conviction.

Elle s'est toujours demandé pourquoi elle n'était pas restée en contact avec ses copines de primaire. Mais c'est quelque chose de profond et d'inconscient, qui fait qu'elle se sent mal quand elle s'imagine passer du temps avec elles.

— La nana qui vient de sortir, celle qui était en pyjama. Tu sais qui c'est ?

— La crado, là ?

Tallulah fronce légèrement les sourcils, essayant de réconcilier l'image qu'elle a de Scarlett et ce que quelqu'un d'autre pourrait penser d'elle.

— Celle avec le gros manteau.

— Ouais, c'est la fille qui vit aux Cendres.

— C'est-à-dire ?

— Tu sais, le vieux manoir à Upley Fold ?

Elle secoue la tête.

— Mais si, tu connais. C'est la plus grosse baraque du coin.

Tallulah secoue à nouveau la tête.

— Elle a acheté quoi ?

Keziah lâche un petit rire.

— Pourquoi tu veux savoir ça ?

— Je sais pas. Elle… je la connais vite fait de Manton, et elle est partie d'un coup, sans rien dire, personne ne sait pourquoi. Je suis curieuse, c'est tout.

— Elle a acheté du rhum, du tabac et des tampons, l'informe Keziah en levant les yeux au ciel. Dégueu, franchement.

— Elle n'a rien dit ?

— Mais tu rigoles, là ? Tu penses vraiment qu'une meuf comme ça va faire la conversation à une caissière ?

Elle secoue la tête, puis remarque un client qui fait la queue à côté de Tallulah.

— Faut que je reprenne. Fais des bisous au bébé pour moi, et amène-le la prochaine fois, s'il te plaît. OK ?

— Oui, sans faute, lui répond Tallulah avec un sourire.

Elle rentre à la maison lentement, tout en cherchant des informations sur Les Cendres. Elle trouve une page Wikipédia consacrée à une demeure qui ressemble à un manoir de conte de fées ou à une maison hantée. Elle lit rapidement l'article et découvre une histoire de plantation de café, de grippe espagnole, de tentative d'assassinat, et de corneilles qui picorent les yeux d'un cadavre. Elle se demande pourquoi cette demeure n'est pas plus connue ni ouverte au public, comment est-ce qu'un tel édifice peut être une maison de famille, celle de Scarlett, là où elle est en ce moment même avec son tabac, son rhum et son paquet de tampons.

Sa curiosité prend le dessus, et elle s'accroupit, pose son sac à dos au sol et sort son agenda. Elle l'ouvre à la dernière page et parcourt des yeux la liste des contacts jusqu'à repérer le nom de Scarlett. Avant qu'elle ne puisse même réfléchir à ce qu'elle est en train de faire, elle lui écrit un e-mail.

Salut Scarlett, c'est Tallulah du bus. Je venais aux nouvelles, j'espère que tu vas bien. À bientôt, bisous, T.

Elle appuie sur « envoyer » sans se laisser le temps de changer d'avis, range son agenda dans son sac et rentre voir son fils.

18

Juin 2017

Kim téléphone à l'inspecteur McCoy à 8 heures le lundi matin. Il décroche après quelques sonneries.

— Inspecteur McCoy.

— Bonjour, euh… Désolée d'appeler si tôt. C'est Kim Knox, d'Upfield Common. Je me demandais si vous aviez des nouvelles concernant ma fille Tallulah Murray ?

— Ah, bonjour madame Knox.

Elle l'entend déplacer des dossiers.

— Je suis navré, mais pour l'instant je n'ai rien de plus pour vous. Nous sommes allés voir la maison de Upley Fold, nous avons interrogé la famille, mais cela n'a pas ouvert de nouvelles pistes. Ce matin, on va enquêter au village. Deux de mes collègues vont au pub, le…

Elle l'entend feuilleter son rapport.

— Le *Swan & Ducks*, pour parler avec le gérant, pour voir si on découvre du nouveau.

— Et les bois, vous allez les fouiller ? Il n'est pas impossible qu'ils y soient encore, qu'ils aient décidé de rentrer à pied s'ils n'ont pas trouvé de taxi… Et puis, peut-être qu'il leur est arrivé quelque chose dans la forêt, qu'ils sont tombés dans un vieux puits, par exemple, ou…

Elle inspire profondément. Elle peine à croire qu'elle est sur le point de prononcer ces mots, mais elle n'a pas le choix, c'est important.

— Peut-être qu'ils se sont disputés, poursuit-elle d'une voix précipitée. L'amie de Scarlett, Mimi, m'a dit qu'il y avait eu des tensions pendant la soirée, et que Zach lui avait paru assez menaçant. Elle a même affirmé qu'à un moment il la tenait par… par les poignets.

L'inspecteur cesse de triturer ses papiers.

— Je vois. Avez-vous déjà assisté à ce type de comportement par le passé ? Quand on a discuté hier, j'ai eu l'impression que c'étaient des tourtereaux sans histoires.

Elle déteste cette expression. *Tourtereaux*.

— La réalité, dit Kim dans un soupir, c'est qu'il est très attaché à elle, vraiment accro. Il est très romantique. Je crois que Tallulah le tolérait plus qu'autre chose. Elle aurait préféré être seule. Mais, non, je ne les ai jamais vus se disputer.

— Vous n'avez jamais surpris aucune violence entre eux ?

— Rien. Enfin, Zach peut être caractériel, mais jamais avec Tallulah, ni avec le bébé.

— Selon vous, reprend l'inspecteur qui fait grincer sa chaise en changeant de position, qu'est-ce qui aurait pu être le sujet de cette dispute entre eux, vendredi soir ?

Kim repense à la bague de fiançailles dans la poche de veste de Zach, à la conversation qu'il a eue avec Ryan où il lui confiait ses intentions. C'est quelque chose de si intime qu'elle a du mal à le partager avec un inconnu, comme si elle trahissait Zach. Mais elle doit le lui dire. Cela pourrait être la clé de leur disparition, elle en a bien conscience.

—Vendredi matin, commence-t-elle d'une voix hésitante, j'ai trouvé un écrin dans la poche de veste de Zach. On aurait dit une bague de fiançailles. Un diamant monté sur un anneau en or. Apparemment, Zach avait fait part à mon fils, Ryan, de son intention de demander Tallulah en mariage. Hier, je suis allée parler au serveur du *Swan & Ducks*, et il m'a dit qu'ils avaient commandé du champagne avant que Scarlett et ses amis fassent irruption et s'invitent à leur table. C'est possible, je pense, qu'il lui ait fait sa déclaration. Et qu'elle…

Elle déglutit difficilement.

—Et qu'elle ait refusé.

Un silence s'installe.

—Vous pensez que Zach aurait pu réagir de façon violente ? s'enquiert-il.

—Je ne… je ne sais pas. Mais il n'est pas impossible qu'ils se soient disputés en rentrant de chez Scarlett, que Zach se soit énervé et que… qu'il se soit produit un incident. Peut-être qu'il se cache dans les bois maintenant. On ne peut pas exclure cette hypothèse.

Mais en la formulant tout haut, elle sait que ce n'est pas simplement possible mais probable. C'est un lieu commun : c'est toujours le mari.

—Je vois, commente l'inspecteur. Je pense que nous avons assez d'éléments pour organiser une battue. Je m'en occupe, madame Knox.

—Kim.

—Oui, Kim. On va s'y mettre très rapidement. Je reviens vers vous au plus vite pour vous tenir au courant des résultats.

—On a déjà un peu cherché samedi, dans les bois.

—Ah bon ?

— Mais on n'a rien trouvé, bien sûr, et on n'a rien dérangé non plus, enfin je pense. Je crois que…

— Ce n'est pas grave, l'interrompt-il. Aucun problème. Donc, je reviens vers vous rapidement pour la battue. Et, une dernière chose. J'aimerais m'entretenir avec la famille de Zach. Est-ce que vous auriez un numéro de téléphone, une adresse ?

— Oui, bien sûr, répond-elle avant de lui communiquer les coordonnées de Megs. Vous ne leur direz rien, n'est-ce pas ? À propos de ce que je vous ai révélé sur Zach ? On a un petit-fils en commun, je ne voudrais pas que la situation s'envenime. Ce serait très difficile à gérer. Ce serait…

Il l'interrompt à nouveau.

— Bien entendu. Ne vous inquiétez pas. Nous serons très discrets.

— Merci. Merci beaucoup.

Elle observe Noah en raccrochant. Il est assis dans sa chaise haute et mange des Cheerios. Il la regarde et sourit.

— Sirio ! s'exclame-t-il, les yeux brillants de fierté, en montrant du doigt les anneaux d'avoine. Sirio !

Kim cille et rassemble son courage.

— Oui ! Des Cheerios ! C'est bien, mon ange ! Mais qu'est-ce que tu es intelligent !

Sa voix se brise, et elle se retourne.

Le deuxième mot de Noah. Et Tallulah n'est toujours pas là pour l'entendre.

La battue commence à Upley Fold à midi. C'est ce que Kim souhaitait, mais elle est terrorisée. Soudain, tout le monde se mobilise pour retrouver les deux jeunes gens, alors qu'elle a passé des heures à chercher sa fille sans aucune assistance. Elle est effarée.

Elle reconnaît Megs et Simon à l'orée du bois et se dirige vers eux. Megs se tourne vers elle, et Kim devine la peur sur son visage habituellement placide. Elle dit quelque chose à son mari, qui lève les yeux vers Kim.

— C'est complètement fou, murmure Megs quand elle s'approche d'elle. Je sais que c'est bizarre qu'ils ne soient toujours pas rentrés, bien sûr, mais quand même…

Elle esquisse un geste de la main pour montrer la brigade de police équipée de gilets réfléchissants et accompagnée de chiens d'intervention.

— C'est du délire ça, non ?

Kim se tait, elle ne sait pas quoi répondre.

— Les enquêteurs sont venus vous parler ? finit-elle par articuler.

— Oui, c'était n'importe quoi. Ils sont restés chez nous pendant des plombes. Ils ont posé un tas de questions sur Zach, le genre de garçon que c'était, sur son comportement à l'école, au boulot. Je me demande bien pourquoi ils nous ont interrogés là-dessus. C'est comme s'ils le soupçonnaient d'avoir fait quelque chose de mal.

Elle s'exprime d'une voix calme, mais son regard teinté de reproches n'échappe pas à Kim.

Ryan est à la maison avec Noah, et la police a prié les habitants du village de ne pas se joindre aux recherches pour le moment. Il n'y a donc que Kim avec Megs et Simon, les enquêteurs réunis quelques mètres plus loin, et les agents et leurs chiens qui s'organisent à l'orée des bois.

Kim a peur et elle est en nage ; il fait encore très chaud aujourd'hui.

— Ça va durer combien de temps ? lance Megs aux officiers de police en tenue civile.

L'inspecteur McCoy se retourne, adresse un signe de tête à ses collègues et s'approche d'eux.

—On ne sait pas. Ce qui est positif, c'est qu'à cette période de l'année on a beaucoup de lumière, on va pouvoir mener les investigations jusqu'à la tombée de la nuit. On poursuivra en fonction de ce qu'on trouve sur le terrain. Une équipe va partir de l'arrière du manoir, c'est par là qu'ils auraient pu aller, et l'autre va avancer depuis cet accès, explique-t-il en désignant le portillon qui marque l'entrée de la forêt. Au cas où ils auraient déjà quitté le domaine avant de décider de couper à travers bois. On a donc deux équipes qui vont progressivement se séparer pour couvrir le plus de terrain possible.

—Et on peut savoir ce que vous cherchez, au juste ? s'enquiert Megs d'un air irrité.

—Vos enfants, madame Allister. On cherche Zach et Tallulah.

—Il n'y a aucune chance qu'ils soient là. Kim a déjà vérifié. S'il y avait quoi que ce soit, elle l'aurait trouvé.

—Alors, si vous préférez, on cherche des éléments permettant d'attester que vos enfants sont passés par là, que quelque chose leur est arrivé dans la forêt. On utilisera ces indices pour essayer de reconstituer ce qui s'est produit vendredi soir, et découvrir où ils peuvent être aujourd'hui.

—Vous feriez mieux de rappeler les compagnies de taxi. Je suis sûre qu'ils n'enregistrent pas la totalité de leurs courses. La femme qui tient celle de Manton passe la moitié de son service à pioncer, la tête sur son bureau. Je vous jure, je l'ai vue. Elle cumule tellement de petits boulots qu'elle n'a pas le temps de dormir. Vous devriez l'interroger. Si ça se trouve, elle leur a envoyé un véhicule sans le noter dans le fichier de la compagnie.

L'inspecteur adresse un sourire patient à Megs.

— Vous parlez de Carole Dodds de Taxis First, n'est-ce pas ? Nous avons eu l'occasion de nous entretenir avec elle à deux reprises. Elle était malade vendredi soir, c'est son mari qui la remplaçait. Il a affirmé que toutes les réservations étaient nécessairement consignées dans leur base de données. Ils ne peuvent pas envoyer de taxi en course sans ça.

— Oui, enfin... l'informatique n'a rien d'infaillible. Si on commence à faire confiance aux machines...

— Donc vous pensez qu'ils ont pris un taxi, madame Allister ?

— C'est évident.

— Et ce taxi, où les aurait-il emmenés ?

— Ce sont des gamins, répond-elle vivement. Qu'est-ce que j'en sais ?

L'inspecteur garde son calme.

— Bien, les recherches vont commencer. Vous pouvez rester ici et attendre qu'on vous donne des nouvelles, ou on peut se retrouver au village, comme vous préférez.

Kim dévisage Megs, qui hausse les épaules.

— Si possible, je préfère rester ici tant que vous êtes là, et aller au village quand ils s'en rapprocheront.

— Très bien.

Megs et Simon se regardent.

— Nous, on va rentrer à Upfield et attendre là-bas. Au pub, sans doute.

Elle pose la main sur le bras de Kim, la faisant sursauter.

— On se rejoint au village.

Ils se dirigent tous ensemble vers la route le long de laquelle sont stationnées les voitures.

Megs fait un demi-tour sur le chemin étroit avant de reprendre la route d'Upfield Common. Elle adresse un petit signe à Kim en passant devant elle, et cette dernière le lui rend.

La réaction de Megs face à ce cauchemar la glace. Cela ne fait aucun sens. Certes, les parents se tracassent moins pour leurs garçons que pour leurs filles. Elle est bien placée pour le savoir : elle a un fils et une fille et stresse beaucoup moins quand Ryan sort le soir. Mais cela fait déjà trois jours. Une disparition qui dure aussi longtemps est forcément inquiétante. Pourtant, Megs n'a pas l'air soucieuse le moins du monde. Kim songe un instant que si Megs garde son calme, c'est peut-être parce qu'elle est au courant de quelque chose, parce qu'elle sait que son fils est sain et sauf, mais qu'elle ne peut pas le dire. Non, se reprend-elle immédiatement. Si Megs mentait pour protéger Zach ou la personne responsable de sa disparition, elle ferait au moins semblant d'être préoccupée. Ses réactions sont trop authentiques, trop incompréhensibles. Si elle jouait la comédie, ça sonnerait faux.

Kim se détourne et regarde les policiers s'enfoncer dans les bois avec leurs gilets fluorescents et leurs chiens. Les inspecteurs restent un moment à l'orée de la forêt avant de retourner s'installer dans leurs voitures.

L'atmosphère est étrangement calme. Une auto s'approche. Le couple de personnes âgées à l'intérieur contemple avec curiosité les véhicules de police garés sur le bas-côté et ralentit.

— Qu'est-ce qui se passe ? demande le conducteur à un agent.

— Une enquête est en cours.

— Encore un cambriolage ? s'enquiert la dame.

— Non, il s'agit d'une disparition.

— Quelqu'un d'Upley Fold ?

— Non, Upfield Common.

— Oh, bon courage. J'espère que vous allez le retrouver.

Ils reprennent leur route.

Kim consulte son portable : 13 h 45. Elle écrit à Ryan.

Tout va bien ?

Oui, et de ton côté ?

Pour l'instant, ça va. ☺♥

Les minutes s'écoulent avec une lenteur insoutenable. Chaque fois qu'elle voit un enquêteur décrocher son téléphone, son sang se fige. Elle s'imagine des dizaines de scénarios dans lesquels Zach finit toujours par tuer sa fille dans les bois. Elle l'imagine en train de l'étrangler, de la plaquer par terre. Elle l'imagine en train de brandir un couteau qui vient peut-être de la cuisine de la maison de Scarlett, de s'approcher d'elle par-derrière et de lui trancher la gorge. Elle voit son sang virer au noir en se répandant sur le sol. Elle le voit la rouer de coups, la tabasser, la détruire jusqu'à ce qu'il ne reste plus rien d'elle et que son beau visage soit réduit en bouillie. Elle le voit s'enfuir en titubant, à bout de souffle, les poings meurtris, ensanglantés.

Bientôt, l'un des inspecteurs viendra jusqu'à sa voiture, les traits défaits. Il se penchera à la fenêtre qu'elle baissera. Il lui dira qu'ils ont trouvé quelque chose, et elle saura. Elle saura ce qui est arrivé à Tallulah.

Mais, pour l'instant, rien. Elle observe, elle attend.

19

Septembre 2018

C'est la rentrée à Maypole House. Shaun a pris ses fonctions depuis plusieurs jours déjà, mais aujourd'hui une fébrilité nouvelle et excitante flotte dans l'air, remarque Sophie en le regardant se préparer.

La journée doit commencer par une réunion générale durant laquelle Shaun prononcera un discours sur lequel il travaille depuis des jours. Il s'est entraîné à le prononcer hier soir, au pied de leur lit, en boxer et chaussettes, pendant qu'elle était allongée et jouait le rôle de l'auditoire.

— Parfait ! s'était-elle exclamée en applaudissant à tout rompre. Absolument parfait. Chaleureux, humain, inspirant !

— Pas trop court ?

— Non, juste le temps qu'il faut. C'est impeccable. Et, si j'en juge par l'accueil qu'on t'a réservé au dîner tout à l'heure, le public est déjà conquis.

— Tu penses ?

— C'est évident.

Et c'était vrai. Partout où ils étaient allés discuter, elle avait senti l'affection qu'on lui portait déjà et le profond respect qu'il suscitait autour de lui. Elle avait eu l'impression que les gens étaient vivifiés après lui avoir parlé, flattés par l'attention qu'il leur accordait, que sa seule présence avait réussi à remobiliser les troupes pour le semestre suivant.

Shaun est parti au lycée, et Sophie se retrouve seule. La maison est fraîche et calme. Son ordinateur est ouvert sur la table de la cuisine, son roman lui fait de l'œil, sa messagerie déborde de mails professionnels sur lesquels elle devrait vraiment se pencher. Il faudrait aussi vider le lave-vaisselle et quelques cartons, mais elle n'a aucune envie de s'atteler à ces corvées. Elle s'installe, démarre son navigateur et tape « Liam Bailey ».

Comme elle s'y attendait, des dizaines de résultats apparaissent, mais ce n'est pas le bon individu. Elle ajoute « Maypole House ». Le site web de l'établissement apparaît.

Elle supprime « Maypole House » et ajoute « Scarlett Jacques ».

Aucun résultat.

Elle essaie « Zach Allister ».

Aucun résultat.

Elle soupire et s'enfonce dans sa chaise. Comment est-il possible que deux jeunes gens aillent au pub un vendredi soir, n'en reviennent jamais, et que personne ne sache ce qui leur est arrivé ? Ce mystère la consume. Il est là, partout, entre les branches des arbres de la forêt, dans les couloirs du lycée, sur le balcon de Liam, à la surface de l'étang sur la place du village, au bord de la fenêtre de Kim Knox, près de l'arrêt de bus, dans l'écrin noir où est rangée la bague.

À cette pensée, elle se lève abruptement et se précipite dans l'escalier jusqu'à sa chambre, ouvre le tiroir d'un coup sec et attrape la boîte. Elle en frotte le couvercle avec ses doigts, mais elle ne parvient toujours pas à déchiffrer l'inscription en lettres d'or. Elle va dans la salle de bains et nettoie le coffret avec le coin humidifié d'une serviette. La poussière disparaît, et les lettres brillantes se révèlent. Elle frotte un peu plus fort, ajoute de l'eau, et recommence l'opération. Enfin, elle lit distinctement : « Bijouterie Mason & Fils, Manton ».

Son sang ne fait qu'un tour.

Manton.

C'est la ville la plus proche d'Upfield Common, située à une dizaine de kilomètres à peine. La ville où Tallulah étudiait. Sophie doit s'y rendre à tout prix. Maintenant. Mais elle ne conduit pas. Y a-t-il une compagnie de taxi susceptible de la prendre en charge ici ? Le personnel du lycée pourrait sans doute la renseigner, mais elle ne tient pas à ce que tout le monde sache qu'elle va à Manton. Elle pense à l'arrêt de bus, aux roses Tallulah. Elle glisse l'écrin dans son sac à main, traverse le parc du pensionnat, franchit le portail et va patienter sur le banc en plastique.

Le bus arrive une demi-heure plus tard.

Elle s'installe au milieu du véhicule. Il n'y a que deux autres passagers à bord. Pendant que le bus parcourt lentement les petites routes de campagne jusqu'à la départementale, après le grand rond-point, Sophie imagine Tallulah assise à sa place, son sac à dos posé sur les genoux, un air songeur sur ses traits délicats, le soleil faisant scintiller le piercing de son nez, une mèche de cheveux sombres retombant devant son visage.

Le trajet jusqu'à Manton dure vingt minutes. C'est le terminus. Le chauffeur allume et éteint les lumières pour inviter les voyageurs à descendre.

Sophie indique le nom de la bijouterie dans Google Maps, suit les indications et tourne dans une ruelle perpendiculaire à la rue principale.

C'est une petite boutique ancienne, avec une vitrine basse qui attire le regard. Sophie s'arrête et admire les bijoux exposés avant de pousser la porte. Son cœur s'emballe. C'est exactement le genre de magasin qu'elle utiliserait dans les intrigues policières des *Détectives de Hither Green*. L'espace est saturé d'objets. Derrière le comptoir, un homme au physique atypique, perché sur un tabouret haut, est absorbé dans la lecture d'un roman. Il est minuscule, avec des cheveux blancs coupés très court et des lunettes rouges à monture épaisse. Quand il voit Sophie s'avancer vers lui, son visage s'illumine.

— Bonjour, madame, comment allez-vous ?

— Très bien, merci.

— Que puis-je faire pour vous ?

— J'ai une requête assez surprenante, à vrai dire, commence-t-elle en cherchant la bague dans son sac.

L'homme saute de son siège et lève les mains en l'air.

— Ne tirez pas ! S'il vous plaît ! Prenez tout ce que vous voulez !

Sophie le regarde, les yeux écarquillés.

— Je…

L'homme éclate de rire.

— C'était une blague !

Sophie se dit que ça lui apprendra à prendre au sérieux un homme qui porte des lunettes rouges.

— Ah, je vois, bredouille-t-elle en posant l'écrin sur le comptoir qui les sépare. J'ai trouvé ceci, enterré dans mon jardin. Je me demandais si vous pourriez me dire qui en est le propriétaire. Enfin, je ne sais pas si vous conservez des archives…

— Si, bien entendu ! s'exclame-t-il en tapotant un gros registre en cuir sur le bureau à sa gauche. Toutes mes ventes y sont consignées depuis le jour où j'ai reçu les clés de la boutique, en 1979. Allez, regardons ça.

Il ouvre la boîte et attrape la bague entre son index et son pouce, puis la place sous la lumière blanche de sa lampe de bureau, s'emparant d'une petite loupe pour l'examiner.

— J'aimerais vous dire que je me souviens de cette bague, car j'aime à croire que je garde en mémoire la trace de toutes mes ventes, mais il faut être honnête : certains bijoux sont plus remarquables que d'autres, et ce n'est pas le cas de cette bague. Elle est de facture moderne, et le poinçon indique 2011. C'est de l'or neuf carats et, bien que ce joli petit diamant soit très brillant, il n'est pas de grande valeur. Heureusement, reprend-il en lui lançant un regard espiègle, j'ai un certain sens de l'organisation. Chacun de mes bijoux est répertorié par un numéro, pour faciliter les démarches auprès des compagnies d'assurances en cas de vol ou de cambriolage. Alors, voyons cela…

Il saisit l'écrin et en retire le fond de velours bleu, révélant une petite étiquette qu'il déchiffre à la loupe.

— Et voilà le travail ! se félicite-t-il en adressant un sourire à Sophie. Numéro 8877. Il ne me reste plus qu'à vérifier la référence dans mon registre.

Il semble trouver cette situation fort amusante. Elle affiche un sourire poli tandis qu'il tourne les pages de son cahier, faisant courir son doigt le long des lignes en fredonnant. Puis son index s'arrête sur un point précis.

— Eurêka ! J'ai trouvé ! Cette bague a été achetée en juin 2017 pour la coquette somme de trois cents cinquante livres par un certain Zach Allister.

Sophie est traversée par un frisson qui manque de la faire tomber à la renverse.

— Zach Allister ?

— Oui, résidant à Upfield Common. Le nom me dit quelque chose, maintenant que j'y pense. Vous le connaissez ?

— Non, pas vraiment. À vrai dire, je ne le connais pas du tout. Vous auriez aussi son adresse, que je puisse lui restituer cette bague ?

— Peut-être, répond-il d'un ton dubitatif. Oui, je vais vous la donner. Je ne devrais sans doute pas le faire, mais vous avez l'air digne de confiance. Tenez.

Il pivote son registre vers elle, et Sophie prend rapidement une photo. À l'instant où la lentille de son portable fait la mise au point, elle reconnaît l'adresse. C'est l'impasse où vit Kim Knox. Bien sûr. C'est là que Zach et Tallulah devaient habiter au moment de leur disparition.

— Quelle idée saugrenue, tout de même, d'enterrer ce joli solitaire dans un jardin ! J'imagine que sa demande en mariage n'a pas été acceptée, suppose-t-il avec nostalgie. Vous allez donc la rendre à son propriétaire ?

— Absolument, acquiesce-t-elle d'une voix décidée. Je connais cette adresse, j'y vais de ce pas.

— Je me demande bien ce qui va se passer, s'exclame-t-il en haussant les sourcils.

— Je vous raconterai !

— Je compte sur vous ! J'ai hâte de connaître le fin mot de l'histoire.

— Je reviendrai, c'est promis, conclut-elle en rangeant l'écrin dans son sac et se dirigeant vers la sortie. Merci mille fois !

Une heure plus tard, Sophie est de retour à Upfield Common. Il est presque midi. Elle traverse la place du village vers l'impasse. Il y a de la vie dans la maison de Kim Knox, la fenêtre du salon est entrouverte, et elle entend un rire d'enfant et le bruit de la télévision.

Elle appuie sur la sonnette et recule d'un pas, se racle la gorge. Quand elle prend conscience de ce qu'elle est sur le point de faire, elle hésite à abandonner. Mais elle se convainc que les parents d'un enfant disparu ne désirent qu'une chose : avoir des nouvelles. La bague qu'elle a trouvée pourrait apporter des réponses. La porte s'ouvre, et Kim apparaît, vêtue d'une jupe courte en jean et d'un tee-shirt noir. Elle est pieds nus, et ses cheveux sont attachés en queue de cheval. Elle observe Sophie à travers de jolies lunettes de lecture à monture noire.

— Bonjour.

— Bonjour, je m'appelle Sophie, je viens d'emménager dans le petit cottage près de Maypole House. Il y a une semaine. Au bout de notre jardin démarre un sentier qui mène aux bois, et je sais que ça va vous paraître étrange, mais sur la clôture il y avait une pancarte portant l'inscription « Creuser ici ». Alors j'ai creusé hier, et j'ai déterré quelque chose. Une bague. Selon le bijoutier, elle a été achetée par un certain Zach Allister qui vivait ici. Tenez.

Elle sort l'écrin de son sac et le donne à Kim.

Celle-ci la dévisage avec des yeux ronds, puis baisse la tête vers la boîte, qu'elle prend et ouvre. Le diamant étincelle, éclairant le visage de Kim. Elle referme le coffret d'un geste sec.

— Je n'ai pas bien saisi, où avez-vous trouvé ça ?

Sophie lui répète son histoire.

— Je viens d'aller à Manton pour essayer d'identifier le propriétaire. Le bijoutier tient un registre. Il m'a dit que la bague avait été achetée en juin 2017 par Zach Allister, résidant à cette adresse. Regardez.

Elle lui tend son téléphone pour lui montrer la photo du registre. Elle ne peut rien ajouter. Si elle en disait plus, elle révélerait qu'elle en sait trop sur cette affaire.

Kim blêmit. Soudain, le volume de la télé augmente.

— Baisse le son, Noah, lance-t-elle en se retournant.

— Non ! lui répond-on fermement.

Kim lève les yeux au ciel. Elle a l'air de se demander s'il faut réprimander cet élan de rébellion, puis secoue la tête et pousse la porte derrière elle. Sophie la suit vers le muret du jardin, où elles s'asseyent.

— Cette bague appartient au petit ami de ma fille, reprend Kim en ouvrant la boîte. Il l'a achetée pour elle, pour la demander en mariage. Et, le soir où il devait lui faire sa déclaration, ils ont disparu. Depuis tout ce temps, je me demande ce qui est arrivé à la bague, et vous la découvrez, enterrée dans votre jardin à Maypole House, juste à côté de la forêt qu'on a ratissée de long en large pour les retrouver. Et il y avait une pancarte à cet emplacement ?

— Oui, j'ai même fait une photo parce que ça m'a paru vraiment bizarre. Attendez.

Elle cherche la photo qu'elle a prise avant de commencer à creuser.

Kim affiche une mine ébahie en examinant l'image.

— Le carton a l'air neuf. On dirait qu'il vient d'être mis là.

— C'est ce que je me suis dit aussi en le voyant. Au début, j'ai pensé que c'était peut-être une chasse au trésor qui avait été organisée récemment. Vous savez, Maypole accueille toutes sortes de séminaires pendant l'été. Je n'y ai pas prêté attention sur le moment. Puis j'ai creusé. J'ai l'impression que quelqu'un voulait que je trouve la bague.

Kim lui lance un regard étonné.

— Pourquoi vous ?

— Je l'ignore. Je l'ai vue le jour de notre emménagement. Shaun, mon compagnon, est le nouveau proviseur de l'école. La pancarte était clouée à notre clôture, et je me suis dit…

Sophie s'interrompt par peur d'en dévoiler trop.

— Eh bien, je ne sais pas ce que je me suis dit.

— Il faut que je prévienne la police, murmure Kim d'un air absent. Il faudra qu'ils reviennent. Qu'ils cherchent à nouveau. Et cette pancarte, elle est toujours là ? Vous l'avez laissée à sa place ?

— Oui, répond Sophie en hochant la tête. Je n'y ai pas touché.

— Très bien. Et…

Kim se met à pleurer. Sophie passe aussitôt un bras autour de ses épaules.

— Je suis désolée, je ne voulais pas vous causer tant de peine. Je ne savais pas…

— Ce n'est pas votre faute, se ressaisit Kim en reniflant. Ne vous inquiétez pas. C'est super que vous ayez retrouvé cette bague. Vraiment. La police… ils ne font plus rien depuis des mois. Ils n'ont plus de pistes. Plus d'argent. Ils ont renoncé. Donc ça, c'est très bien. Merci beaucoup. Merci de l'avoir déterrée, de nous avoir trouvés. De nous avoir rapporté cet objet.

À l'intérieur, un enfant crie à tue-tête.

— Mamie, mamie ! Maintenant !

— C'est mon petit-fils, explique-t-elle en se levant. Noah. Il a deux ans et il est en pleine phase d'opposition. Je l'aime de tout mon cœur, mais j'ai vraiment hâte qu'il retourne à la crèche dès la semaine prochaine.

Elle marche jusqu'à la porte, l'écrin à la main, puis se retourne vers Sophie.

— J'ai l'impression de vous connaître. On s'est déjà vues quelque part ?

— Vous m'avez servi un cappuccino au pub l'autre jour.

— Ah oui, c'était vous…

Elle lui adresse un signe d'adieu et un sourire.

— Merci, vraiment. Je vous suis infiniment reconnaissante.

Kim rentre chez elle, et Sophie l'entend parler à son petit-fils par la fenêtre du salon.

— Regarde ce que la gentille dame a trouvé. C'est une bague que ton papa avait achetée pour ta maman, mais il n'a jamais pu la lui offrir. Tu l'aimes ? Elle est jolie, n'est-ce pas ?

20

Février 2017

Les semaines suivantes, chaque fois que Tallulah va en cours, elle espère voir Scarlett et son manteau en fourrure, entendre sa voix, ressentir l'énergie qui émane d'elle. Mais Scarlett est introuvable. L'excitation que Tallulah éprouvait à l'idée de la retrouver s'est dissipée, emportant avec elle tout le reste. Les journées, qui autrefois lui semblaient riches de possibles, lui paraissent désormais mornes et tristes. Tallulah est redevenue la jeune mère studieuse accablée par un fardeau.

Pas Noah.

Zach.

C'est un père parfait, absolument parfait, pour leur fils. Il ne se plaint pas de devoir se lever en pleine nuit, de partager son lit avec un bébé qui a la bougeotte, de changer les couches, de faire d'interminables promenades dans le village avec la poussette. Il a l'air ravi de lire le même livre sans relâche, de répéter les mêmes mots à l'infini. Il lui fait prendre le bain, le sèche, l'habille, lui écrase sa nourriture, lui donne à manger à la cuillère, le nettoie, le porte quand il ne veut pas qu'on le couche, reste assis des heures à côté de son lit quand Noah dort, lui chante des chansons, le chatouille, et l'aime, l'aime, l'aime.

Mais il montre la même intensité avec Tallulah qu'avec son fils. Et elle n'en veut pas. Elle aime Zach en tant que père de son enfant, pas comme un homme. Elle veut qu'il l'aide, qu'il fasse les courses avec elle, qu'il pousse le caddie, qu'il paie sa part. Mais elle ne veut ni ses câlins, ni sa compagnie, ni aucune forme d'intimité avec lui. Elle ne veut pas qu'il soit toujours là. Le problème, c'est qu'il la suit comme son ombre. Si elle va dans la cuisine, il la rejoint. Si elle décide de faire une sieste quand Noah fait la sienne, il veut être avec elle. Si elle s'assied à son bureau pour réviser ses cours, il s'installe dans le lit et envoie des messages à ses copains. Parfois, elle se réfugie dehors pour lui échapper quelques minutes, jusqu'à ce qu'elle entende sa voix plaintive l'appeler.

— Lula, Lula ? T'es où ?

— Je suis là, lui répond-elle en levant les yeux au ciel.

— Mais qu'est-ce que tu fabriques ici ? dit-il en sortant dans le jardin. Tu vas attraper froid.

Et il l'entraîne à l'intérieur et lui sert une tasse de thé avant de s'asseoir avec elle et de lui poser des questions sur des sujets qu'elle n'a pas envie d'aborder. Il la prend dans ses bras alors qu'elle voudrait se soustraire à son contact. Elle déploie des efforts surhumains pour qu'il ne sente pas à quel point elle le rejette de tout son être. Elle se fait violence pour ne pas crier : « Je t'en supplie, fous-moi la paix cinq minutes. »

Le dimanche, Zach va jouer au foot avec ses copains au parc. Tallulah est enfin seule. Avec sa mère, elles préparent des tartines, s'amusent avec Noah. Tout lui paraît alors simple et agréable.

Le premier dimanche de février, Tallulah attend que Zach soit parti, puis descend dans la cuisine.

— Bonjour, ma belle ! s'exclame sa mère en lui déposant un baiser sur le front.

— Bonjour, répond-elle en l'étreignant rapidement puis en se baissant pour embrasser son fils, installé dans la chaise haute. Tout va bien ?

— Oui, mon chat. Et toi, ça va ?

— Oui, oui, acquiesce-t-elle sans conviction avec un hochement de tête.

— Tu as l'air fatiguée. Nuit difficile ?

— Non, il a bien dormi. Il s'est réveillé une fois, mais Zach l'a bercé et il s'est rendormi.

Sa mère sourit d'un air indulgent. Kim voit la présence de Zach comme une expérience dont elle observe les développements avec intérêt, mais en restant spectatrice.

Soudain, Tallulah éprouve le besoin de parler, de vider son sac, de raconter tout ce qu'elle garde cadenassé en elle depuis des semaines. Elle voudrait lui dire qu'il passe son temps à la contrôler, qu'il insiste lourdement pour qu'elle privilégie l'enseignement à distance, qu'il la dévisage toujours bizarrement quand elle rentre à la maison, la tête légèrement inclinée, les yeux plissés, comme s'il la soupçonnait d'une faute, comme si une question lui brûlait les lèvres. Elle voudrait lui dire que Zach n'aime pas qu'elle s'enferme dans la salle de bains quand elle prend un bain, que parfois il s'assied sur les toilettes et pianote sur son téléphone en tapant du pied contre la baignoire pour qu'elle se dépêche. Elle voudrait lui dire que parfois elle a l'impression d'étouffer, que l'oxygène vient à lui manquer.

Mais si elle lui avoue tout cela, que se passera-t-il ? Sa mère prendra sa défense, l'atmosphère dans la maison deviendra insupportable, cette tentative de former une famille se soldera par un échec, et Noah devra grandir sans son père. Si Kim n'y croit plus, tout tombera à l'eau.

— Tu ne veux pas aller regarder Zach jouer ? Il fait beau, et je peux m'occuper de Noah. Vas-y ! Il sera super content de voir que tu es venue. Et, ensuite, vous pourriez même aller boire un verre au pub ?

Tallulah sourit tristement et fait « non » de la tête.

— Merci, mais je préfère rester ici avec vous.

Sa mère lui lance un regard étonné.

— Vraiment ?

— Oui. Ça fait longtemps qu'on n'a pas passé de temps ensemble.

— Depuis que Zach s'est installé, tu veux dire ?

— Oui, voilà.

— Tu n'es pas…

— Tout va bien, l'interrompt Tallulah. Il est un peu collant, c'est tout.

Sa mère l'observe avec insistance.

— Oui, je vois ce que tu veux dire. Vu l'enfance qu'il a eue, j'imagine que ça doit beaucoup le changer d'être là, avec vous deux, entouré de tant d'amour. Il lui faut peut-être le temps de s'habituer ?

— Sans doute, répond Tallulah en coupant une nouvelle tranche de pain de campagne.

— Tu voudrais qu'il te laisse un peu d'air ?

— Non, proteste-t-elle en plaçant la tartine dans le grille-pain. Ça va, c'est le temps de s'habituer, comme tu dis. Et il est génial avec Noah.

Elle se retourne vers son fils avec un grand sourire.

— N'est-ce pas, Noah, qu'il est génial ton papa ? C'est le meilleur papa du monde, pas vrai ?

Noah glousse et frappe ses mains sur le plateau de sa chaise. L'espace d'un instant, ils sont tous les trois, dans la cuisine, heureux, réchauffés par un rayon de soleil hivernal, et Tallulah se dit que oui, tout ira bien.

Le lendemain midi, quand Tallulah sort de cours, Zach est là. Il est tapi dans l'ombre d'un petit bosquet, près de l'entrée du lycée. Tallulah lui lance un regard en coin, puis vérifie l'heure : 13 h 15. Il devrait être au travail. Le lundi, il termine à 20 heures à l'entrepôt de matériaux de construction situé à la périphérie de Manton.

Il se redresse quand il la voit approcher et lui fait un signe de tête. Il jette un regard derrière elle, comme s'il s'attendait à ce qu'elle soit accompagnée.

—Surprise !

—Qu'est-ce que tu fais là ? lui demande-t-elle.

Elle se laisse enlacer brièvement, à contrecœur.

—J'ai dit que j'étais malade. Je ne me sentais pas très bien ce matin. Je pensais que j'avais la crève, mais maintenant ça va mieux. Je me suis dit que j'allais passer te chercher.

Il lui sourit, et Tallulah plonge son regard dans le sien, dans ces yeux qu'elle connaît par cœur depuis qu'elle est adolescente. Des yeux d'un gris profond, sublimés par de longs cils bruns. Elle remarque encore une fois sa peau douce et la petite fossette à gauche de sa bouche. Ce n'est pas le plus beau garçon du monde, mais il a du charme. Il a des traits agréables, sympathiques. Mais aujourd'hui elle y lit une expression différente, une froideur qui est apparue au cours de leur séparation. Son regard s'est durci. Il ressemble à un soldat fraîchement rentré de la guerre, à un prisonnier sortant d'isolement, comme s'il avait vu des choses terribles, comme si des scènes cauchemardesques tournaient en boucle dans son cerveau.

—C'est gentil, merci.

— Je pensais que tu sortirais avec tes amis, reprend-il, le regard dérivant vers les grilles du lycée dont surgissent des grappes d'étudiants allant déjeuner.

Elle secoue le menton.

— Et cette fille ? Celle qui était sur le selfie ?

— Quelle fille ?

Elle sait pertinemment de qui il parle, une fausse candeur éraille sa voix.

— Celle avec laquelle tu as dansé à la fête de Noël.

— Oh, Scarlett ? Elle est partie.

Il hoche la tête, mais ne la quitte pas des yeux, comme s'il essayait de déceler un mensonge.

Un groupe d'étudiants en carrière sociale apparaît à ce moment-là. Tallulah les connaît à peine, mais ils la contemplent avec curiosité. L'un d'eux lui adresse un signe de la main. Elle y répond.

— C'est qui ?

— J'ai cours avec eux, marmonne-t-elle en consultant son téléphone. Le bus passe dans six minutes, on devrait y aller.

Pendant un instant, il ne bouge pas et continue à observer le groupe d'étudiants de l'autre côté de la rue.

— Tu viens ?

Il détourne lentement le regard et la rattrape.

— J'aimerais tellement que tu n'aies pas à faire ça, lâche-t-il après un silence tendu.

— De quoi tu parles ?

— Tes cours. J'aimerais gagner assez d'argent pour nous trois. Comme ça, tu n'aurais pas à travailler.

Elle s'efforce de prendre une lente inspiration.

— Mais moi aussi, je veux subvenir aux besoins de Noah. Je veux participer financièrement. Je ne veux pas renoncer à ma carrière.

— Bien sûr, Lula… Mais bon… Assistante sociale ? Tu sais que ça va être épuisant. Tu vas te donner à fond, et c'est le genre de boulot qui t'occupe l'esprit le soir et le week-end. Tu ne préférerais pas bosser dans un magasin ? Un boulot simple que tu pourrais faire dans les parages ?

Elle s'immobilise et se tourne vers lui.

— Zach, j'ai le bac. Pourquoi est-ce que je serais caissière ?

— Ce serait plus pratique, et tu serais plus près de la maison.

— Manton, ce n'est pas vraiment le bout du monde…

— Non, mais je n'aime pas qu'on soit si loin de Noah pendant la journée. Ce n'est pas bon pour lui.

— Mais il est avec ma mère ! s'impatiente-t-elle.

— Oui, mais ce serait mieux s'il était avec nous.

— Il adore maman.

Zach s'arrête, attire Tallulah vers lui et l'empoigne violemment. Elle lève les yeux et reconnaît l'éclat métallique dans ses pupilles.

— Tallulah, je…

Son regard s'adoucit.

— Je voudrais qu'on soit tous les trois, tout le temps. C'est tout.

Elle se soustrait à son contact et se remet en route d'un pas rapide.

— Allez, viens, j'entends le bus, on a intérêt à courir.

Ils montent dans le véhicule juste avant que les portes se ferment et s'asseyent, essoufflés. Tallulah regarde par la fenêtre en se massant les bras, encore endoloris par la poigne de Zach.

Le dimanche suivant, tandis que Zach joue au foot, Tallulah demande à sa mère si elle peut la laisser seule avec Noah quelque temps.

— Bien sûr, mon ange. Tu vas aller voir le match de Zach ?

— Je ne pense pas, répond-elle en haussant les épaules. Mais j'ai envie de prendre l'air, je vais peut-être passer voir Chloe.

Tallulah sait que c'est faux. Elle ne lui a pas parlé depuis la fête de Noël, quand elle l'a abandonnée pour Scarlett.

— Je peux emprunter ton vélo ?

— Bien sûr, mais tu feras attention, d'accord ? Et mets un casque.

Tallulah embrasse Noah et sa mère, sort et enfourche le vélo rangé contre le côté de la maison. Elle n'en a pas fait depuis ses treize ans, car elle n'est vraiment pas à l'aise sur un deux-roues, mais c'est la seule solution.

Après un départ hasardeux, elle traverse la place principale puis rejoint la direction de Manton. Avant de s'engager sur le rond-point, elle tourne à droite, sur une petite route qui remonte vers le hameau de Upley Fold, vers Les Cendres.

21

Juin 2017

La battue se termine trois heures et demie plus tard. Kim bondit du banc de la place du village où elle attendait et court vers la petite route qui longe Maypole House. Les enquêteurs sortent de la voiture pendant que Megs et Simon se lèvent, la mine lugubre, de la terrasse du *Swan & Ducks* où ils étaient tranquillement en train de boire un verre.

Kim reste d'abord en retrait, laissant les enquêteurs discuter avec les policiers. Elle les observe en retenant son souffle. Ils font des signes de la main vers les bois, haussent les épaules, secouent la tête. Elle se rapproche, tendant l'oreille, ne distinguant que quelques bribes de la conversation.

— Quelles sont les nouvelles ? lui demande Megs en s'arrêtant à côté d'elle.

Elle sent l'alcool. Kim fronce les sourcils et pose un doigt sur ses lèvres.

— J'essaie d'écouter, murmure-t-elle.

— C'est peut-être plus simple d'aller demander, non ? répond Megs en maugréant et s'avançant vers les enquêteurs. Alors ? s'enquiert-elle d'une voix tonitruante.

Kim se retourne et jette un coup d'œil à Simon, qui la dévisage. Elle se sent mal à l'aise et s'éloigne de lui pour rejoindre Megs.

— Rien ! lui apprend cette dernière, l'air triomphant. Ils n'ont absolument rien trouvé.

Elle la défie du regard, comme si cela prouvait que Kim avait eu tort de penser qu'il aurait pu arriver malheur à leurs enfants.

Kim pivote vers l'inspecteur McCoy.

— Je suis désolé, mais nous n'avons rien trouvé et les chiens n'ont rien flairé non plus.

— Ils ont exploré toute la forêt ? Ils ont vérifié du côté de Maypole ? Il y a un autre accès derrière le lycée. Ils l'ont peut-être emprunté ?

— Madame Knox, croyez-moi, nous avons tout ratissé. Cependant, nous n'avons pas récolté le moindre indice suggérant que Tallulah ou Zach soient passés par là. Je suis navré.

Kim sent une boule se former dans son estomac.

— Alors, reprend-elle d'une voix éteinte, qu'est-ce que vous allez faire maintenant ?

— L'enquête continue, bien sûr. Nous allons faire le tour du village avec les chiens, déjà, même si l'analyse des caméras de vidéosurveillance n'a rien révélé. Nous avons fait quelques prélèvements aux Cendres et à Upley Fold, et nous sommes en train de vérifier des empreintes. Nous allons interroger à nouveau les jeunes gens présents vendredi soir. Nous allons demander un mandat de perquisition pour le manoir des Jacques, afin d'avoir accès à leurs caméras. Une équipe sera dédiée à l'analyse des images de vidéosurveillance de toute la circonscription pour essayer de retrouver vos enfants. Demain, nous parlerons aux professeurs de Tallulah et aux collègues de Zach. Il y a encore des dizaines de pistes à explorer et beaucoup de travail. Nous allons faire notre possible pour élucider les circonstances de cette disparition, madame Knox, conclut-il d'un ton encourageant. Faites-nous confiance.

Kim se force à sourire. Son ventre est noué par la colère, l'angoisse et la douleur. La colère que personne ne soit en mesure de lui dire où est sa fille, l'angoisse de ne jamais la retrouver, et la douleur d'imaginer que Zach lui a peut-être fait du mal.

— Voilà, il n'y a plus rien à faire maintenant, soupire Megs avec dédain. Il n'y a plus qu'à continuer à vivre en attendant.

Le nœud dans les entrailles de Kim se resserre, et elle se tourne vers Megs.

— Mais putain, c'est quoi ton problème ? Hein ? C'est quoi ton putain de problème ? Nos enfants ont disparu depuis trois jours. Trois jours ! Et tout ce que tu fais, c'est te plaindre, et soupirer ! Tu te comportes comme si tout ça te faisait royalement chier ! Eh bien, Megs, je suis vraiment désolée de te traîner ici alors que tu préférerais boire un coup au pub ou te prélasser dans ton jardin. Mais c'est quoi ta vie, Megs, hein ? Qu'est-ce que tu fais ? En tout cas, il y a un truc que tu ne fais pas, de toute évidence, c'est te soucier de tes enfants. Ni même de ton seul petit-fils.

Quand elle termine sa tirade, Kim est épuisée. Elle ferme les yeux un long moment avant de les rouvrir. Elle sent la main de l'inspecteur se poser sur son avant-bras et la déloge.

— Ça va, marmonne-t-elle d'une voix sinistre. Je rentre chez moi, maintenant. Merci, inspecteur. Je vous en prie, tenez-moi au courant si vous avez du nouveau.

Puis elle s'éloigne à grands pas des policiers et de leurs chiens, des voisins curieux, de Megs qui est encore bouche bée, et de Simon avec son regard de pervers. Elle s'installe dans sa voiture et va se garer dans son impasse, où elle reste assise jusqu'à ce que le moteur s'arrête, le visage plaqué contre le volant, les joues baignées de larmes, criant le nom de sa fille. *Tallulah, Tallulah, Tallulah.*

22

Septembre 2018

Sophie marche sans but dans le parc de Maypole House en rentrant de chez Kim Knox. En théorie, elle devrait être en train de se vider la tête, de reprendre ses esprits, de se remettre dans des dispositions propices à l'écriture. Mais en réalité, chaque fois qu'elle croise quelqu'un sur son chemin, elle espère que ce sera Liam Bailey.

Elle n'est pas fière d'être à l'affût de ce beau jeune homme sur le lieu où travaille son compagnon, mais si elle arrive à percer le mystère qui entoure Tallulah Murray, Zach Allister et Scarlett Jacques, elle pourra enfin se remettre à la tâche. Pourtant, quand elle voit Liam sortir du bâtiment principal, son cœur s'emballe, son souffle s'accélère, et elle se sent rougir. Elle doit se calmer, respirer un grand coup, avant de pouvoir l'interpeller de façon naturelle.

— Liam, bonjour ! Enfin un visage familier !

Il la reconnaît tout de suite.

— Sophie, c'est bien ça ?

— Tout à fait. Comment allez-vous ?

— Pas trop mal, j'allais chez moi chercher un livre pour un élève.

Il se croit obligé de se justifier, comme si elle venait de le prendre en défaut. Sophie se rappelle qu'elle est la « femme » du proviseur et qu'à ce titre elle peut sembler impressionnante.

— Très bien, acquiesce-t-elle avant de changer de sujet. Moi, je me promène, je fais tout pour ne pas travailler.

— Oui, vous m'avez dit que vous aviez du mal à vous concentrer. Vous exercez dans quel domaine ?

— Je suis romancière.

Le visage de Liam s'illumine.

— Incroyable ! C'est génial. Et vous êtes publiée ? Enfin, j'imagine que oui, sinon vous ne diriez pas que vous êtes romancière, mais que vous écrivez un roman.

— Bien vu, dit-elle avec un petit rire. Mais la plupart du temps, quand j'annonce que je suis romancière, la première chose que mes interlocuteurs veulent savoir, c'est si je suis publiée. Oui, j'ai plusieurs titres en librairie. Et non, vous n'avez certainement jamais entendu parler de moi, sauf si vous êtes Danois, Suédois ou Norvégien. Ou, éventuellement, Vietnamien. Mes romans rencontrent un certain succès là-bas.

Il hoche la tête, l'air émerveillé.

— C'est fou. Je trouve ça incroyable que vos livres soient traduits dans toutes ces langues et que des gens vous lisent aux quatre coins du monde. Vous écrivez quel genre de romans ?

— Des polars qu'on appelle dans le jargon « cosy crime ».

— J'en ai déjà entendu parler. Ce sont des enquêtes sur des meurtres, mais sans violence, non ?

— Oui, répond-elle avec un sourire, dans les grandes lignes.

— J'aimerais beaucoup en lire un ! Vous écrivez sous votre vrai nom ?

— Non, j'ai un pseudonyme : P.J. Fox.

— Et comment s'appelle votre livre ?

— C'est une série intitulée *Les Détectives de Hither Green*. Mais je ne suis pas sûre que ce soit vraiment votre tasse de…

— Attendez, l'interrompt-il en sortant son téléphone de sa poche. Je vais noter ça. Vous pouvez répéter ?

Elle lui redonne les références en le regardant taper laborieusement. Il zoome sur l'écran avec un doigt, et pas avec ses deux pouces comme le font les gens de sa génération. Elle se mord les lèvres pour ne pas rire.

— Voilà. Je vais en acheter un ou deux.

Elle sourit et remarque qu'il est sur le point de partir.

— Au fait, vous vous souvenez qu'hier vous m'avez dit que vous étiez un expert sur tout ce qui concerne Maypole House ?

Il sourit puis fronce les sourcils.

— Pourquoi est-ce que j'ai l'impression que j'aurais mieux fait de me taire ?

— Ne vous inquiétez pas, le rassure-t-elle en souriant, je n'essaie pas de vous piéger. À tout hasard, est-ce que vous connaissez bien les bois aux environs de Maypole ?

Elle esquisse un geste en direction de la forêt.

— Pourquoi ?

— Ça va vous paraître étrange, mais j'ai déterré quelque chose derrière notre maison. Un objet qui semble avoir un lien avec deux jeunes gens qui ont disparu l'année dernière. Et j'ai l'impression qu'on l'a placé là délibérément, pour que je le trouve. Ou que Shaun le trouve. Je me disais que vous pourriez peut-être m'éclairer à ce sujet.

Il tourne son regard vers les arbres, et Sophie voit passer une ombre sur son visage.

— Oui, bien sûr. Tout à l'heure ? On peut en discuter un peu plus tard. Je finis à 16 heures. Si vous voulez, je peux venir chez vous ?

— Parfait, répond-elle, car elle sait que Shaun ne rentrera pas avant 18 heures. Je vous attends à 16 heures.

Sophie a découvert de nouveaux éléments sur Les Cendres ces deux derniers jours. En plus de la page Wikipédia, on recense des informations relatives au manoir sur de nombreux sites web sur le patrimoine, l'histoire et l'architecture de la région. Elle est même tombée sur un article rédigé par un historien résidant à Manton. Il décrit le domaine comme un « patchwork de styles et d'époques évoquant une pièce montée extravagante, embellie par la diversité de ses influences architecturales ». Il raconte lui aussi les événements relatés sur Wikipédia, mais dans un registre de langue plus fleuri qui redonne vie aux personnages ayant vécu au manoir au fil des siècles. L'épisode au cours duquel l'assassin se prend le pied dans un piège à loups dans la forêt est narré dans les moindres détails, et rien n'est épargné au lecteur. Apparemment, cet incident avait eu lieu en plein été, et le piège se trouvait dans une clairière exposée au soleil. L'homme blessé, immobilisé, avait littéralement été condamné à y rôtir, sa peau se couvrant de cloques comme un « cochon à la broche », jusqu'à ce qu'on trouve son cadavre, six jours plus tard.

À la fin de son article, l'historien fait une brève allusion aux derniers propriétaires des Cendres.

> Aujourd'hui, le manoir appartient à une famille originaire des îles Anglo-Normandes. Selon les demandes de permis déposées, une véranda a été ajoutée à la suite de l'aile georgienne, une piscine a été creusée derrière le bâtiment principal, et une petite dépendance a été construite à côté du bassin, ornée d'anciennes colonnes

qui auraient autrefois appartenu à un manoir de York incendié par un amoureux éconduit. Ces aménagements continuent à sublimer une demeure qui n'a jamais cessé d'évoluer à travers les siècles, dont l'histoire n'a pas fini de s'écrire.

Un passage en particulier retient l'attention de Sophie. L'historien évoque en quelques lignes un élément apparemment sans importance.

Une vieille rumeur fait état d'un tunnel qui relierait Les Cendres à la forêt environnante. Il aurait été creusé pendant la première révolution anglaise, au milieu du XVIIe siècle. Cependant, ni l'entrée ni la sortie de ce passage secret n'ont été localisées, malgré les efforts des différents habitants du manoir.

Sophie avait frissonné en lisant cela.

Elle consulte l'heure. Liam ne devrait pas tarder à arriver. Elle met l'appareil photo de son portable en mode selfie et vérifie son visage. Jugeant son apparence un peu terne, elle rehausse ses cils de mascara et ajoute une touche de baume rosé sur ses lèvres. Un instant plus tard, on frappe à la porte.

— Bonjour, c'est Liam.

Elle referme les pans de son cardigan au-dessus de sa robe d'été un peu trop décolletée pour l'occasion.

— Liam, merci d'être venu!

Elle décèle une pointe de nervosité dans son sourire.

— Je doute franchement de vous être d'une quelconque utilité, mais je veux bien essayer. Est-ce que je peux…

Il désigne l'entrée derrière Sophie.

Il la suit dans la cuisine, puis dans le jardin.

Elle ouvre le portillon et lui indique la pancarte. Liam la regarde un moment sans rien dire.

— C'est bizarre. Et vous avez…

Il mime l'action de creuser.

— Oui. J'ai trouvé… ceci, annonce-t-elle en lui montrant la photo de la bague sur son téléphone.

Elle scrute ses traits, espérant qu'une réaction le trahira, mais il ne laisse rien transparaître.

— Une bague, donc.

— Oui, et j'ai découvert à qui elle appartenait.

— Vraiment ?

Encore une fois, rien dans le comportement de Liam ne pourrait suggérer qu'il a déjà vu le bijou, qu'il en connaît l'existence ou l'histoire.

— Je suis allée chez le bijoutier. Apparemment, c'est Zach Allister qui l'a acquise en juin 2017.

Liam écarquille les yeux.

— Le bijoutier m'a donné son adresse, et j'y suis allée hier. Je l'ai rendue à la femme qui vit dans cette maison. Kim Knox, la mère de Tallulah Murray.

Elle attend un instant avant de reprendre. Elle ne veut pas dire quelque chose qui pourrait le heurter et l'empêcher de se livrer.

— Qu'est-ce que… Que s'est-il passé ce soir-là, d'après vous ?

Il soupire et baisse la tête. Puis, subitement, il plonge son regard dans celui de Sophie.

— Vous avez un peu de temps devant vous ?

Deuxième partie

23

Liam était déjà à Maypole House depuis deux ans quand Scarlett Jacques avait débarqué au beau milieu de l'année. Elle n'était pas en internat comme lui, elle rentrait chez elle le soir. Sa famille, originaire de Guernesey, venait de s'installer dans la région.

Un matin de janvier, elle était entrée dans le self avec ses cache-oreilles et sa minijupe. À l'époque, elle s'habillait encore comme une adolescente. Elle avait les cheveux bruns, une frange droite, deux tresses et un piercing à l'arcade. Son visage émergeait d'une longue écharpe verte enroulée autour de son cou, comme un serpent sortant d'un panier. Elle frissonnait dans son pull en laine, même s'il faisait bon dans le bâtiment.

Liam l'avait observée pendant qu'elle choisissait son repas sur les présentoirs : de petits pains, du jambon, un paquet de corn-flakes, un chocolat chaud, un œuf dur. On reconnaissait les nouveaux à la quantité de nourriture qu'ils empilaient sur leur plateau. Elle s'était retournée, puis, immobile, son plateau dans les mains, les coudes ouverts comme des ailes d'oisillon, elle avait cherché une place du regard, par-dessus sa grosse écharpe. Liam l'avait vue tressaillir, puis elle s'était installée à côté d'un radiateur, à une table vide. Il avait continué à la regarder un moment tandis qu'elle écalait son œuf dur avec ses ongles roses.

Les jours suivants, il ne l'avait pas recroisée. Quand, enfin, il l'avait à nouveau aperçue, elle était entourée d'autres élèves, et la métamorphose était frappante : elle avait l'air d'une reine mère. Elle ne tremblait plus et n'arborait plus ce regard inquiet dissimulé dans une écharpe qui recouvrait la moitié de son visage. En moins d'une semaine, elle était passée d'adorable à inaccessible.

Liam lui avait fait la cour assez ouvertement pendant ces courtes journées de janvier. Il venait de la campagne, et ses parents étaient agriculteurs : s'il aimait une fille, il n'allait pas rester à se tourner les pouces en attendant qu'elle s'en rende compte. Au début, elle n'avait pas semblé très réceptive à son numéro de charme. Clairement, il n'était pas son genre. Il était trop franc, trop entier, pas assez intelligent, pas assez populaire.

— Tu vois, le problème avec toi, Liam Bailey, c'est que tu es trop beau, lui avait-elle dit un soir au café du pensionnat. Je ne sais pas comment gérer ce type de physique.

Il avait levé le poing en l'air.

— *Yes !* s'était-il exclamé, car ce supposé excès de beauté lui paraissait être un obstacle parfaitement surmontable.

Ils avaient fini par s'embrasser durant les vacances d'hiver, alors que le lycée était quasiment désert et que les amis de Scarlett étaient rentrés chez eux. Elle l'avait invité dans un haras, et ils avaient passé la journée à cheval. Elle portait un pull bleu marine et un manteau matelassé assorti qui devait appartenir à sa mère. Avec sa bombe, elle ressemblait aux filles avec lesquelles il avait grandi. Quand ils s'étaient embrassés, elle avait les joues roses et fraîches. Après leur baiser, l'air s'était chargé d'électricité, et

Liam avait su à ce moment précis que, pour la première fois de sa vie, il connaissait le grand amour, l'amour fou.

Quand les vacances avaient pris fin et que ses amis étaient revenus à Maypole, Liam s'attendait à ce que Scarlett l'ignore, mais l'inverse s'était produit, et il avait été accepté par sa garde rapprochée.

Mimi. Jayden. Rocky. Roo.

Ils étaient tous en arts plastiques et avaient des personnalités fortes, exubérantes, bien différentes de celle de Liam, qui était devenu leur mascotte. Ils le taquinaient et le surnommaient « Nounours » ; il ressemblait, disaient-ils, à une peluche géante. Ils imitaient son accent de la campagne et plaisantaient en affirmant que, dans ces coins reculés d'Angleterre, les gens baisaient des moutons et épousaient leurs cousines. Cela ne dérangeait pas Liam, il avait un certain sens de l'autodérision, et il aimait aussi taquiner les autres. Il appelait la clique de Scarlett « les groupies », parce qu'ils ne se réunissaient que lorsque leur idole était là. Le reste du temps, c'était chacun pour soi, et ils arpentaient le campus en solitaire, les yeux rivés sur leur téléphone.

— Ça va ? Tu fais quoi ? demandait Liam quand il croisait un de ses amis.

— J'attends Scarlett.

Au cours de cette première année, Scarlett avait beaucoup changé. D'une fille de bonne famille qui montait des chevaux et portait des tresses, elle était devenue une adolescente délurée qui utilisait une fausse carte d'identité pour aller se faire tatouer à Londres et consommait de la drogue. Elle avait coupé ses cheveux bruns et les avait décolorés. Son visage s'était couvert de piercings : la lèvre, le nez, la langue. Liam détestait ce dernier. Dès qu'il voyait le scintillement dans la bouche de Scarlett, il en avait l'estomac noué. Elle ne mettait plus de vêtements féminins et s'habillait comme un jeune voyou du Bronx. Liam n'y voyait pas d'inconvénient. Quand ils passaient du temps ensemble, elle était Scarlett, tout simplement, la fille dont il était tombé amoureux en la regardant écaler un œuf.

Ils étaient restés ensemble pendant un an et demi. Liam n'était pas un garçon compliqué, il était très tolérant, patient, et ne se laissait déstabiliser ni par les sautes d'humeur de Scarlett ni par ses amis extravagants. Pendant quelques mois, il avait séjourné dans la maison de Scarlett, Les Cendres, un manoir de Upley Fold. Liam avait déjà vu de très belles demeures à la campagne, mais jamais rien de tel. La maison avait été en travaux pendant des mois. Les camions et remorques faisaient des allers-retours. Tous les matins, de bonne heure, ils étaient réveillés par les bruits du chantier. On faisait des essais de peinture sur des pans de murs avant de les repeindre, et toutes les pièces étaient jonchées d'échantillons de papier peint et de cartons de carrelage haut de gamme.

C'était Joss, la mère de Scarlett, qui coordonnait les travaux de rénovation. Quand on connaissait sa fille, sa personnalité n'avait rien de surprenant : tonitruante, autoritaire, narcissique. Liam n'avait vu le père qu'une fois ou deux. Martin Jacques travaillait à la City et possédait un pied-à-terre au cœur de Bloomsbury. Il était grand et fin, assez froid, avec une houppette de cheveux argentés et un tic nerveux qui faisait tressaillir sa joue.

Il y avait aussi le grand frère de Scarlett, Rex, à peine plus âgé que Liam. Un mec génial avec qui il s'entendait à merveille, bien qu'il puisse se montrer un peu prétentieux et à fleur de peau, comme sa mère.

Les Jacques adoraient Liam. Ils faisaient tout pour l'intégrer à la famille, qu'il se sente à l'aise. Joss lui donnait toujours quelque mission : un tuyau qui fuyait et qu'il fallait réparer, une bouilloire à bricoler, une voiture à déposer au garage pour le contrôle technique. Liam était très heureux d'endosser ce rôle, celui du garçon débrouillard sur qui l'on peut compter pour remettre un tapis de course en état de marche ou éloigner les renards de la propriété.

Puis tout avait changé. Scarlett avait passé son bac en juin 2016 et était partie faire du bateau avec sa famille une bonne partie de l'été. Liam avait été invité, mais il était rentré chez lui pour aider ses parents à la ferme, car son père s'était bloqué le dos. Quand elle était revenue de ses vacances et Liam des Cotswolds, ils avaient eu peu d'occasions de se retrouver avant qu'elle ne commence son année d'arts appliqués au lycée professionnel de Manton. Liam, lui, restait à Maypole, car il n'avait pas validé l'ensemble de ses examens. Sans les déjeuners partagés, sans les heures de temps libre entre les cours qu'ils passaient dans la chambre de Liam à faire l'amour ou regarder la télé, sans la proximité quotidienne, leur relation si naturelle, si évidente, s'était essoufflée à la fin du premier trimestre. Juste avant Noël, Scarlett avait invité Liam au *Swan & Ducks*, lui avait offert une bière et un fish and chips avant de lui annoncer que, dorénavant, il valait mieux qu'ils soient seulement amis.

— Je m'en doutais un peu, avait-il répondu en haussant les épaules.

— Ça te rend triste ? lui avait-elle demandé d'un air inquiet en se mordant la lèvre inférieure.

— Oui, très triste.

— Je suis désolée.

Elle lui avait pris la main.

— Tu n'as pas à être désolée. Tu as la vie devant toi et envie d'autre chose. Je comprends.

— J'ai le droit de changer d'avis ?

Il avait ri.

— Je te donne un quart d'heure, pas plus.

Elle avait posé sa tête sur son épaule, puis l'avait regardé intensément.

— Je vais sûrement exploser en plein vol sans toi, tu sais. Péter les plombs. Je vais peut-être… Je ne sais pas, faire des trucs terribles.

— Ne dis pas de bêtises.

— Je suis très sérieuse. C'est grâce à toi que je garde le cap. Tu es mon ancre. Et là, j'ai l'impression de larguer les amarres. Je ne sais pas ce qui va m'arriver ensuite.

— Je ne vais pas disparaître, avait-il repris avec douceur. Je reste là-bas, pour toi, avait-il dit en faisant un geste en direction de Maypole.

— Oui, mais…

Sa voix s'était brisée, et une ombre était passée sur son visage.

— Qu'est-ce qu'il y a ?

— Rien, rien du tout.

Elle avait esquissé un faible sourire, puis ils s'étaient étreints un long moment. Liam avait humé son parfum en s'efforçant de ne pas pleurer, de ne pas lui montrer qu'elle venait de l'anéantir.

Pendant les vacances de Noël, Liam était rentré chez lui. Ça n'allait pas trop, mais personne ne l'avait remarqué. Sa famille n'avait pas le temps de se soucier de ses états d'âme. Il avait trois frères, une sœur, des nièces et des neveux, sans compter les vaches sur le point de vêler, les clôtures à réparer, les bottes de foin à déplacer. Quand il était revenu à Maypole en janvier, Scarlett lui était presque sortie de la tête.

Presque.

Au bout de quelques jours de cours, il avait décidé d'abandonner son projet de rattrapage. C'était pour être près de Scarlett qu'il avait choisi de rester à Maypole. Sans elle, il ne se sentait plus à sa place dans ce pensionnat où tout le monde était bien plus jeune que lui. Il pouvait intégrer un lycée agricole et y poursuivre ses études. Il n'avait plus aucune raison d'être ici. Il allait quitter Maypole pour aider son père à la ferme jusqu'à la fin de l'année scolaire. Le jour de son départ, il avait reçu un appel de Scarlett.

— J'ai besoin de toi, Nounours.

Au début, il ne l'avait pas reconnue. Sa voix avait changé. Il y décelait de la peur.

— Qu'est-ce qu'il y a ?

— Je ne peux pas te raconter au téléphone. Tu veux bien venir à la maison, s'il te plaît ?

Liam avait regardé autour de lui et vu ses sacs à moitié faits, les étagères vides, un chapitre de sa vie prêt à se refermer pour en débuter un nouveau. Il avait prévu de partir à 18 heures, il ne lui restait donc plus beaucoup de temps. Il avait répondu dans un soupir :

— Bien sûr, évidemment. Je peux être là d'ici une ou deux heures.

— Non, j'ai besoin que tu viennes maintenant.

— D'accord. J'arrive dans dix minutes.

— Et alors, lui demande Sophie, qu'est-ce qu'elle voulait ?

— Elle faisait une sorte de crise de nerfs. Elle tremblait, roulée en boule. Sa mère prétendait qu'elle jouait la comédie pour attirer l'attention. C'était peut-être vrai. En tout cas, je ne pouvais pas la laisser. Elle avait besoin de moi. J'ai dit à mon père que je n'allais pas rentrer tout de suite, et je me suis installé chez elle. Puis

Maypole a cherché à recruter un assistant, et je me suis dit que je pouvais faire ça pendant quelques semaines, histoire de rester dans les parages.

Il soupire.

— Et, un an et demi plus tard, je suis encore là.

— Pourquoi est-ce que vous n'êtes pas retourné chez vous quand Scarlett est partie ?

— Parce que je ne savais pas qu'elle ne reviendrait pas, lâche-t-il d'un air peiné. Je croyais qu'ils s'étaient absentés pour les vacances d'été. Puis septembre est arrivé, et ils n'étaient toujours pas revenus. Alors je me suis dit qu'ils rentreraient pour les fêtes de Noël, mais non. La nouvelle année a commencé, Scarlett a cessé de répondre à mes messages, à mes appels, et j'en ai déduit qu'elle avait tourné la page. Que c'était fini. Mais, comme je me plaisais bien à Maypole, je suis resté.

— Et cette soirée de juin, au bord de la piscine, reprend Sophie en essayant de ne pas le brusquer. Qu'est-ce qui s'est passé ?

Il relève la tête et soupire.

— Franchement, je n'en sais rien. J'ignore même pourquoi ils étaient là. Le mec, Zach, paraissait un peu agité. Il y avait de l'eau dans le gaz entre lui et sa copine. Elle n'avait manifestement pas envie de poursuivre la soirée chez Scarlett, et il a lourdement insisté. Une fois qu'on s'est retrouvés là-bas, aux Cendres, ils n'avaient pas l'air dans leur élément. Ils ne faisaient aucun effort pour se mêler au reste du groupe. Le mec semblait faire la gueule. Peut-être qu'il était jaloux…

— Jaloux ? De quoi ?

Liam cille, Sophie voit qu'il retient son souffle.

— Je sais pas… De cet énorme manoir, de la richesse de Scarlett, ce genre de choses. Clairement, cette soirée était un peu gênante. À un moment, Lexie, qui vit ici aussi… C'est une amie, la fille de Kerryanne, vous voyez ?

Sophie hoche la tête.

— Lexie retournait sur le campus en voiture, et je n'avais plus envie de rester. On leur a proposé de les ramener en ville, Tallulah a dit « oui » tout de suite, mais son mec ne voulait pas et l'a convaincue de s'attarder. Je me suis senti mal pour elle. J'ai raconté tout ça à la police à l'époque, bien sûr. Je crois que Kim, la mère de Tallulah, avait des soupçons sur Zach. Elle avait l'air de penser qu'il avait joué un rôle dans leur disparition. Qu'il l'avait tuée avant de prendre la fuite. Mais si ça s'était produit, on aurait forcément retrouvé des indices. Là, il n'y a rien : aucune piste, aucune trace. C'est incompréhensible. Ils étaient là, et puis d'un coup, plus rien. Pas une goutte de sang. Deux personnes évaporées du jour au lendemain. Ça paraît dingue, non ?

Il baisse les yeux vers le portable de Sophie et agrandit la photo de la bague.

— Et maintenant, ça recommence.

24

Février 2017

Le regard de Tallulah se perd au loin, au bout de l'allée qu'elle observe à travers la grille en fer forgé, vers la maison de Scarlett qui émerge de la cime des arbres, en haut d'une butte. La route est encore bien longue. Elle descend de son vélo, se faufile par l'entrée étroite prévue pour les piétons à côté du portail, enfourche à nouveau sa bicyclette et poursuit son chemin.

Elle ne sait pas pourquoi elle est là, ni ce qu'elle vient y faire. Soudain, elle s'est sentie au bord de l'asphyxie, et elle a eu besoin de s'échapper, même une minute, pour pouvoir respirer.

Plus elle s'approche du manoir, moins elle en croit ses yeux. La demeure est somptueuse et semble tout droit sortie d'un rêve.

Elle cale son vélo contre un mur et avance vers la porte en faisant crisser le gravier blanc.

Pendant un instant, elle hésite à passer un coup de fil à Scarlett pour lui permettre de se cacher ou de faire comme si elle n'était pas chez elle. Mais, quand elle saisit son portable, elle se rend compte qu'elle n'a pas de temps à perdre : Zach rentrera du foot dans une heure. Elle s'est donné la peine de venir jusqu'ici et elle a très envie de voir Scarlett. Elle appuie sur la sonnette, se racle la gorge, remet ses cheveux en place, se racle encore la gorge.

— J'arrive ! crie une voix féminine.

C'est elle, c'est Scarlett. Elle déverrouille la porte et l'entrebâille. Tallulah se rend compte qu'elle retient son souffle depuis qu'elle a sonné. Scarlett la dévisage. Pendant un bref moment, le silence s'installe. Tallulah est sur le point de renoncer, de dire qu'elle s'en va, mais avant même qu'elle puisse ouvrir la bouche, Scarlett secoue doucement la tête en clignant plusieurs fois des yeux.

— Mon Dieu, mais c'est Tallulah du bus.

Un chien gigantesque surgit derrière elle. Elle le reconnaît, c'est celui du tableau qu'elle a vu au lycée. Il est monumental.

— Salut. Je suis désolée de débarquer à l'improviste, mais j'ai vu Mimi qui m'a dit qu'il fallait absolument que tu l'appelles. J'ai promis de passer le message si je te croisais. Je t'ai aperçue, l'autre jour, mais tu es montée dans une voiture à toute vitesse, et je n'ai pas pu te parler. Je connais un peu la fille qui bosse au supermarché, et elle m'a dit où tu habitais, alors j'ai pensé que… que je pouvais te transmettre le message en personne. Voilà.

— Tu m'as envoyé un mail, non ?

— Oui, après t'avoir vue.

— Et je ne t'ai pas répondu.

— C'est vrai, mais c'est pas grave. Je m'attendais pas à ce que tu répondes.

— Comment tu es arrivée jusqu'ici ?

Tallulah se retourne vers le vélo.

— Ben… j'ai pédalé.

Le chien s'avance jusqu'à elle. Il la regarde en jappant bruyamment.

— Je peux le caresser ?

— Mais oui, bien sûr. Vas-y ! Il adore se faire caresser par des inconnus. Il se laisse facilement corrompre.

Tallulah enfonce sa main dans l'épaisse fourrure en souriant.

— C'est vrai que tu aimes les chiens, ça me revient. Tu avais même dit que tu voulais en adopter un. Tu l'as fait ?

Tallulah secoue la tête et s'accroupit pour se mettre à hauteur de l'animal.

— Il s'appelle comment ? demande-t-elle en le grattant sous le museau.

— Toby.

— Ça lui va bien.

Pendant un moment, elles ne disent plus rien. Puis Tallulah se redresse.

— Bon, tu sais tout. Mimi dit qu'il faut que t'arrêtes de faire de la merde et que tu leur répondes parce qu'ils s'inquiètent.

Tallulah essaie de déchiffrer l'expression de son visage. La jeune femme a l'air encore plus maigre qu'avant, ses cheveux ont repoussé et laissent apparaître des racines noires, elle n'est pas habillée de façon exubérante comme à son habitude, mais porte un jean droit et un vieux pull sur lequel on peut lire « Yacht Club de Guernesey » au-dessus d'un petit drapeau rouge et blanc.

— Tu entres ? lui propose-t-elle.

— Euh… OK. Si tu veux. Ça ne te dérange pas ?

— Non, pas du tout.

— Je ne peux pas rester longtemps, il faut que je sois chez moi à 14 heures. Donc…

— On peut boire une tasse de thé. Il n'y a personne à la maison, c'est calme, c'est bien.

Tallulah la suit dans le hall puis dans une cuisine extraordinaire, une sorte d'énorme cube en verre adossé au manoir. Même aujourd'hui, alors que le ciel est couvert, tout est extrêmement lumineux grâce à la dizaine d'halogènes qui se réfléchissent sur les surfaces et placards brillants. Une table en bois délicat, entourée de chaises en velours gris, est placée devant deux grandes portes coulissantes qui donnent sur un solarium, puis, en contrebas, sur ce qui ressemble à une piscine. Au plafond, un lustre en plexiglas orné de perles rouges. Les murs de brique sont peints en blanc, et des tableaux abstraits y sont suspendus. De l'autre côté de la pièce se trouve un coin salon avec un grand canapé bleu électrique et un écran plasma gigantesque.

Le chien emboîte le pas à Tallulah et se couche à ses pieds quand elle s'assied.

— Il préfère les visiteurs à sa propre famille. C'est lamentable ! s'exclame Scarlett en remplissant la bouilloire.

— Il est adorable, tu as de la chance, lui répond Tallulah avec un sourire. Dis-moi, tu veux que je fasse passer un message à Mimi et aux autres ?

Scarlett, le dos tourné, lâche un soupir.

— Je ne veux plus entendre parler de Mimi, ni de Roo. Ni d'aucun d'entre eux. Donc non. Ne leur dis pas que tu m'as vue.

— Vous vous êtes disputés ?

— Non, ce n'est pas ça. Je…

Elle ouvre la porte du réfrigérateur et en sort une bouteille.

— Tu prends du lait ?

Tallulah hoche la tête.

— C'est compliqué. Je préfère ne pas en parler.

Elle finit de préparer leur thé et apporte les tasses à table.

— Tout va bien au lycée ?

— Je m'ennuie un peu.

— Tu fais quoi, déjà ?

— Médiation sociale.

— Ah, tu veux travailler dans le social ?

— Oui, acquiesce-t-elle en attrapant sa tasse. C'est ce qui est prévu.

— J'en ai bien l'impression ! Visiblement, tu es quelqu'un de très empathique.

Tallulah a un petit rire nerveux.

— Et toi, qu'est-ce que tu veux faire ?

— Crever, annonce-t-elle d'une voix sombre. Oui, ce serait pas mal ça.

Elle se reprend rapidement.

— Je te montre un truc incroyable ?

— D'accord, répond Tallulah, décontenancée.

Elle pose sa tasse et se lève. Toby se redresse difficilement.

— Bon, par contre, tu ne dois pas le raconter, OK ? Vraiment, c'est un truc de fou, et je suis la seule personne au monde à être au courant. Dans une minute, tu seras la deuxième. Je peux te faire confiance ?

Tallulah hoche la tête.

— Bien sûr.

Scarlett la dévisage un moment comme si elle la jaugeait, puis sourit.

— Parfait. Suis-moi.

Elles déambulent dans la maison, entre le fumoir, la salle de musique, le dressing, les couloirs, les bureaux, la salle à manger, les salons, la bibliothèque, jusqu'à une pièce épurée contenant un bureau noir laqué sur lequel sont posées une lampe en laiton et une toile d'art abstrait. Au fond, une petite porte en bois fermée avec un loquet.

— Ici, c'est l'escalier de la tourelle, déclare Scarlett en ouvrant la porte et levant la tête.

Elle fait un pas de côté pour que Tallulah puisse voir l'étroit escalier en colimaçon avec ses hautes marches en pierre. C'est le genre d'ouvrage devant lequel les touristes font la queue pour monter en haut d'une cathédrale.

— Waouh !

— Mais ce n'est pas ça qui est incroyable. C'est ça.

Scarlett tombe à genoux et sort un étrange objet de la poche arrière de son jean. Il a l'air ancien, un peu rouillé, et ressemble à une longue poignée qui s'évase à l'extrémité. Elle l'insère entre la première marche de l'escalier et le sol, puis l'utilise comme un levier pour desceller la dalle. Elle la retire avec précaution et la pose derrière elle. Un frisson parcourt l'échine de Tallulah quand elle sent l'air glacé qui s'échappe de l'ouverture.

— J'ai trouvé un livre sur l'histoire des Cendres, explique Scarlett. Dedans, il était question d'un passage secret. Pour s'échapper. Cette aile a été construite en 1643 pendant la première révolution anglaise, et les propriétaires avaient demandé à l'architecte de creuser un tunnel au cas où ils devraient prendre la fuite en toute discrétion. Mais les plans de la maison ont disparu dans un incendie qui a détruit la moitié de la propriété, poursuit-elle en faisant la grimace et en tâtonnant dans l'ouverture. D'ailleurs, c'est pour ça que le domaine s'appelle « Les Cendres », car la charpente et tous les arbres autour avaient brûlé. La maison est restée vide pendant près de soixante-dix ans jusqu'à ce qu'un petit couple de Londoniens l'achète – sans doute des hipsters de l'époque qui cherchaient une ruine à retaper, une baraque avec du caractère. C'est eux qui ont fait construire l'aile georgienne. À ce moment-là, c'était un truc ultramoderne, personne n'avait jamais vu ça. Tous les gens du coin voulaient visiter la maison. Le couple a passé des années à chercher le tunnel, en vain. Quand ils ont vieilli, ils sont rentrés à Londres sans avoir percé le mystère.

Au début du XIXe siècle, tout le monde avait fini par croire que c'était une légende, et qu'il n'y avait jamais eu de passage. Jusqu'à ce qu'en 2017 une jeune femme nommée Scarlett Jacques, désœuvrée parce qu'elle n'allait plus en cours et traversait une crise existentielle, ne se mette en tête de trouver ce tunnel. Après de longues journées de recherches, enfin, elle eut une illumination. Et si…

Scarlett inspire et tire de toutes ses forces, relevant soudain la grande dalle au pied de l'escalier avant de la poser à côté du premier morceau.

— Et si l'architecte s'était dit que le meilleur moyen pour dissimuler un escalier, c'était de le placer sous un escalier apparent ? Et si cette poignée bizarre suspendue à un crochet dans la chaufferie depuis toutes ces années était en réalité la clé permettant d'accéder au passage ?

Elle se redresse et écarte les mèches de cheveux de son visage.

— Eh bien, mesdames et messieurs, reprend-elle en désignant le trou théâtralement, figurez-vous que cette jeune femme a eu bien raison de se fier à son intuition.

Tallulah n'en revient pas. Elle jette un coup d'œil dans l'ouverture, puis se retourne vers Scarlett.

— C'est fou…, murmure-t-elle.

Le chien inspecte les dalles de pierre, puis passe devant Tallulah et se met à renifler bruyamment autour du trou.

— Tu veux descendre ? propose Scarlett en allumant la lampe torche de son téléphone.

— Il vaudrait mieux que je rentre. Et j'ai la phobie des araignées. Vraiment. Je fais des crises d'angoisse, et tout.

— Viens juste voir la pièce en bas de l'escalier. Il n'y a pas d'araignées, je te jure. C'est génial. Allez !

Tallulah s'imagine dans un tunnel infesté d'araignées levant les yeux vers Scarlett, en haut des marches, dans la lumière, riant comme une démente en reposant la dalle pour condamner l'entrée.

Tallulah n'a dit à personne qu'elle rendait visite à Scarlett. Elles sont seules dans la maison. Tout ce qui resterait d'elle, ce serait sa bicyclette, mais Scarlett n'aurait aucun mal à s'en débarrasser. Si elle l'enfermait ici, personne ne l'entendrait, personne ne la retrouverait.

Elle repense à l'autoportrait dans le bâtiment des arts appliqués de Manton, le couteau à gâteau taché de sang, le pistolet, le cœur battant sur un plateau, et se demande qui elle est réellement. Qui est Scarlett Jacques ?

Mais quand elle lève les yeux, elle voit cette fille géniale, celle que tout le monde envie, qui la regarde avec un sourire taquin.

— Allez, je ne vais pas te manger.

Tallulah descend dans le tunnel en s'agrippant aux briques humides des murs à chaque pas.

25

Juillet 2017

Les jours défilent à toute allure, et juillet s'annonce. Noah a maintenant treize mois. Kim ne travaille plus à mi-temps à l'agence immobilière du village. Ryan annule ses premières vacances entre copains à Rhodes. Sur le calendrier de la cuisine, Kim voit une inscription à la date du 17 juillet. *Dernier jour de cours, Tallulah.* Elle pleure.

La police a enfin eu l'autorisation de perquisitionner le manoir des Jacques, mais les enquêteurs n'ont rien trouvé de particulier. D'après eux, le système de vidéosurveillance des Cendres n'avait pas été activé ce soir-là. Aucune caméra ne fonctionnait.

— C'est ma faute, avait affirmé Joss Jacques sur un ton contrit. Je ne suis jamais les instructions qu'on me donne. Ça rend mon mari complètement dingue.

Quelque temps après, Scarlett et sa famille avaient pris un avion pour leur maison de Guernesey et ils n'étaient jamais revenus.

À la fin du mois, Kim avait annulé ses vacances au Portugal. Elle avait passé des heures à rêver avec sa fille en regardant les photos de ce petit hôtel familial doté d'une garderie. Elle imaginait déjà Noah jouer avec d'autres enfants, y faire ses premiers pas, se baigner avec ses brassards, son maillot de bain et son bob dans la piscine gonflable. La dame qui lui a répondu au téléphone s'était montrée particulièrement compréhensive quand Kim lui avait expliqué la situation. Elle avait intégralement remboursé sa réservation. Kim avait pleuré pendant une demi-heure après ce coup de fil.

Son ex-mari, Jim, lui rend visite régulièrement. Il reste quelques nuits, le plus longtemps possible avant que le devoir ne l'appelle au bureau ou auprès de sa vieille mère, puis il rentre à Glasgow. Kim préférerait qu'il ne vienne pas du tout. Il n'apporte rien de bon, il ne la rassure pas, ne l'aide pas, et Kim doit, du fait de sa présence, acheter plus de nourriture, plus de thé, et faire plus de lessives.

Un jour d'août, il arrive chez elle et, dès qu'il franchit la porte, Kim sait qu'il s'est passé quelque chose. Il a l'air bouleversé.

— Je viens de croiser cette femme, annonce-t-il en posant son sac et sa veste dans l'entrée. La mère.

— Megs ?

— Elle-même. Tu ne sais pas ce qu'elle m'a dit ?

Kim baisse les yeux. Elle évite tout contact avec Megs et Simon depuis le jour de la battue. Elle change de trottoir quand elle les aperçoit et sort des magasins s'ils y entrent.

— Non, raconte-moi.

— Selon elle, Tallulah et Zach sont partis pour se marier en cachette. Et, depuis, ils sont en lune de miel et se la coulent douce. Elle m'a dit que c'était trop pour eux d'avoir eu le bébé si jeunes, qu'elle n'était pas surprise qu'ils se barrent.

Kim soupire en secouant la tête.

— Et toi, tu lui as répondu quoi ?

— Qu'elle était folle. Qu'il fallait qu'elle consulte.

— Simon était là ?

— Ouais.

— Il t'a parlé ?

— Pas vraiment.

— Tu lui as rappelé qu'aucun des deux n'a prélevé le moindre sou de leur compte en banque depuis le soir de leur disparition ?

— Oui. C'est parce qu'ils n'utilisent que des espèces, apparemment.

— Mais bien sûr ! s'écrie Kim en levant les yeux au ciel. Ils sont probablement en train de se prélasser au milieu de billets dans la suite pour les mariages du *Ritz* ou du *Carlton* à l'heure qu'il est.

— Je suis tellement énervé. Tellement. Comment est-ce qu'ils peuvent prendre ça à la légère ? Alors que leur fils… que peut-être leur fils…

Puis Jim s'écroule en pleurs.

Et enfin, pour la première fois depuis la disparition de leur fille, Kim a l'impression que Jim et elle sont sur la même longueur d'onde, qu'ils partagent la même angoisse, la même colère, la même rage. Alors elle tend les bras, et ils s'enlacent un long moment. C'est la première fois qu'ils sont si proches depuis plus de dix ans, alors Kim se dit qu'elle est soulagée qu'il soit là, qu'il puisse vivre cet enfer avec elle, qu'ils se soutiennent. Jusqu'à ce qu'elle sente sa joue contre la sienne, son entrejambe un peu trop près de sa cuisse, et que ses lèvres se posent sur sa bouche. Alors elle se met à crier, elle le repousse vivement, fort, si fort qu'il manque de tomber. Ils se défient du regard, son cœur bat à tout rompre, puis il s'éloigne, ramasse sa veste et son sac, ouvre la porte d'entrée puis la referme doucement derrière lui.

Septembre arrive vite, et Kim voit une nouvelle note sur son calendrier : *Début des cours, Tallulah.* Elle n'a plus de larmes à verser.

Noah a quinze mois. Il marche et parle. Ryan sort avec une certaine Rosie et passe son temps avec elle dans sa chambre. Kim n'a plus d'argent et doit demander un prêt à la banque.

L'inspecteur McCoy l'appelle régulièrement pour l'informer des avancées de l'enquête – ou plutôt pour lui avouer à quel point elle stagne. À chaque nouvelle conversation, il devient de plus en plus évident qu'ils ont exploré toutes les pistes imaginables. Les traces de pneus dans l'allée menant au manoir étaient celles de la voiture de Lexie Mulligan. Les images de vidéosurveillance des principales routes des environs n'avaient rien révélé. Le chef de Zach n'avait que des compliments à faire sur le comportement de son employé. Quant à Tallulah, ses professeurs l'encensaient. Une marée de visages inexpressifs, de têtes qui font « non ». Personne n'a la moindre idée de ce qui a pu leur arriver.

Kim est hantée par l'image de Zach empoignant Tallulah aux Cendres ce fameux soir d'été, cette bague dans sa poche. Parfois, elle se rend dans la chambre de sa fille, espérant y trouver un indice qui lui permettrait de percer le mystère, de la sortir de l'impasse. Mais il n'y a rien, et les mois passent.

Le mois de juin est déjà là. Noah a deux ans et va chez le coiffeur pour la première fois. Le jour de la disparition de Tallulah, Kim organise une veillée à la bougie dans le village, afin de raviver l'intérêt des gens autour de la disparition de Tallulah et Zach. Megs et Simon quittent Upfield Common pour se rapprocher de leurs filles qui viennent d'avoir des enfants. Ils ne prennent même pas la peine de lui dire au revoir. Kim trouve une place pour Noah à la crèche de l'église St Bride's quatre jours par semaine et commence à travailler au *Swan & Ducks* le midi. Elle rembourse son prêt. Ryan et Rosie se séparent. Ryan a une nouvelle copine, Mabel, qui a un appartement à Manton. Il emménage avec elle. Aujourd'hui, la vie de Kim ressemble à cela : déposer Noah à la crèche, bosser au pub, aller chercher Noah à la crèche, faire les courses, la cuisine, et manger. Elle ne sort pas le vendredi soir parce qu'elle n'a personne pour garder Noah. Elle boit du vin toute seule et regarde des émissions sur des ratages de chirurgie esthétique ou sur des chiens rescapés avec des prothèses de hanche.

Rien ne change.

Rien ne se passe.

Jusqu'à un matin de septembre, quinze mois après la disparition de Tallulah. Ce jour-là, une femme sonne à sa porte, une femme magnifique avec des cheveux blonds et une jolie robe d'été. Elle s'appelle Sophie et lui rapporte une bague qu'elle vient de retrouver. Il s'agit de celle que Zach avait achetée pour Tallulah. Elle était enterrée dans le parc de Maypole House, sous une flèche indiquant où creuser.

Et voilà. Enfin. Une preuve que quelqu'un sait quelque chose, que l'histoire de Tallulah n'est pas encore terminée.

Quand Sophie s'en va, Kim attrape son téléphone et cherche dans sa liste de contacts un numéro qu'elle n'a pas composé depuis des mois.

— Bonjour, Dominic, c'est Kim.

Au bout d'un moment, elle avait arrêté de l'appeler « inspecteur McCoy », et lui « madame Knox ».

— Il y a du nouveau.

26

Septembre 2018

— Euh… Soph ? Il y a un inspecteur de police qui te demande. Il est à l'accueil.

C'est Shaun au bout du fil. Il a l'air inquiet et confus.

— Ah, je vois. C'est normal.

Un silence s'ensuit. Sophie comprend qu'elle est censée lui expliquer la situation.

— J'ai trouvé quelque chose dans les bois, et apparemment, c'est lié à la disparition de deux personnes.

— Quel objet ?

— Tu sais, la pancarte clouée à la clôture du jardin avec l'inscription « Creuser ici » ? J'ai creusé. Et j'ai déterré une bague de fiançailles.

— Non, tu ne m'as rien dit.

— J'ai seulement découvert le nom du propriétaire hier, et tu étais au travail, alors…

— Bref, l'interrompt-il. Qu'est-ce que je…

— Je peux venir et lui parler là-bas ? s'enquiert-elle, le souffle court.

— Oui, je vais demander qu'on vous réserve une salle.

Puis il raccroche sans un mot. C'est la première fois qu'il s'adresse à elle sur ce ton-là.

L'inspecteur McCoy est très séduisant, avec son bronzage parfait, ses cheveux châtains éclaircis par le soleil, et sa chemise bleu ciel sous son costume marine.

Il est installé dans une petite salle de réunion située derrière l'accueil. Par la porte vitrée, Sophie distingue une tête qui essaie de voir ce qui se passe à l'intérieur. Tout le monde est au courant qu'un enquêteur est au lycée, la nouvelle est sur toutes les lèvres. Et le fait qu'il soit là pour interroger la compagne du nouveau proviseur donne à la situation un parfum de scandale.

L'homme se redresse quand elle s'avance dans la pièce et lui serre la main.

— Merci d'être venue. Je suis désolé de vous déranger pendant les cours.

— Aucun problème. Je ne travaille pas ici, donc…

— Je vois, répond-il en se rasseyant. J'imagine que vous savez pourquoi je suis là.

— À cause de la bague ?

Il lève les yeux de son carnet.

— Oui, celle que vous avez découverte dans le parc de l'établissement, c'est bien ça ?

— Tout à fait.

— Quand l'avez-vous trouvée ?

— Il y a quelques jours. D'abord, je l'ai rangée dans un tiroir parce que je ne savais pas quoi en faire. Mais ça me trottait dans la tête. Finalement, je l'ai sortie, j'ai nettoyé l'écrin et lu le nom du bijoutier. Je suis allée le voir hier, puis j'ai voulu restituer la bague à son propriétaire, mais il n'habite plus à l'adresse que le bijoutier m'a donnée. Apparemment, c'est une femme qui vit là-bas maintenant, Kim. Elle m'a appris qu'il avait disparu.

— Je vous le confirme. Il a disparu en juin 2017 avec sa petite amie. On pense que, le soir en question, il avait prévu de la demander en mariage. La réapparition de cette bague après tout ce temps est un élément suffisant pour rouvrir l'enquête.

Sophie acquiesce d'un bref hochement de menton, essayant de ne rien laisser paraître de son excitation.

— Je comprends.

— Mme Knox nous a indiqué que vous aviez trouvé la bague en suivant des instructions laissées sur un morceau de carton ?

— À vrai dire, il y avait une pancarte clouée à la clôture de notre jardin, avec une flèche. Je peux vous la montrer, si vous voulez. Elle est encore là, je n'y ai pas touché.

— Oui, je veux bien.

Il range son stylo et son carnet dans la poche de sa veste puis se lève.

Elle le guide à travers le parc jusqu'à leur cottage.

— Je l'ai remarquée le jour de notre emménagement. Je me suis dit que ça avait dû rester là après une chasse au trésor ou un jeu de piste, poursuit-elle en ouvrant le portillon et désignant la barrière. Au début, je n'y ai pas vraiment prêté attention.

L'inspecteur observe la clôture et regarde Sophie d'un air interrogateur.

Elle baisse les yeux.

La pancarte a disparu.

27

Février 2017

Tallulah arrive à la maison trente secondes après Zach.

Il est en train de défaire ses lacets, assis dans l'escalier, une serviette autour du cou, les cheveux luisants de sueur. Il la regarde sans comprendre.

— Salut ! lui lance Tallulah comme si de rien n'était.

— Tu faisais quoi ?

— Un petit tour.

— À vélo ? demande-t-il avec une expression incrédule.

Elle éclate de rire.

— Oui, à vélo, tu vois bien !

— Mais il sort d'où ?

— C'est celui de maman.

— Et Noah ?

— Quoi ?

— Tu l'as laissé ?

— Oui, je l'ai confié à maman. Elle m'a dit de sortir prendre l'air et faire un peu d'exercice. J'avais mal à la tête.

Il retire sa deuxième chaussure et la pose à côté de la première.

— Tu es allée où ?

— J'ai fait un tour par là, répond-elle avec un geste vague.

Elle ouvre son manteau, l'accroche dans l'entrée et appelle sa mère.

— Je suis là !

Elle suit sa voix dans le salon, où elle est installée avec Noah sur les genoux. Tallulah attrape son fils et le couvre de baisers avant de le serrer dans ses bras.

— Comment ça va, mon beau bébé ? Hein ?

Sentir son petit corps après la visite chez Scarlett la rassure instantanément. Elle a encore la chair de poule en songeant aux murs humides du tunnel sous Les Cendres, et n'arrête pas de dégager des toiles d'araignée imaginaires de son visage et de ses cheveux depuis qu'elle est remontée à l'air libre.

— C'est complètement dingue, non ? lui avait dit Scarlett une fois qu'elles étaient descendues.

Tallulah avait souri nerveusement en se frottant les avant-bras.

— Carrément flippant.

— Oui, mais c'est trop cool qu'on soit les premières à venir ici depuis trois ou quatre siècles ! Genre, les dernières personnes avant nous portaient des perruques et parlaient comme Shakespeare.

— Tu es déjà allée jusqu'au bout ?

— T'es folle ou quoi ? avait répondu Scarlett. On sait pas ce qu'il y a là-dedans. Le Démogorgon, si ça se trouve !

Elle avait frissonné et tiré sur les manches de son pull. Tallulah, en tremblant, avait enfoui ses doigts dans la fourrure douce de Toby qui les avait suivies en bas des marches.

Scarlett avait aussi caressé son chien. Ses doigts avaient effleuré les siens. Soudain, Tallulah avait eu le souffle court. Elle avait relevé la tête vers Scarlett qui avait soutenu son regard avec un sourire en coin.

Quelques instants plus tard, Tallulah était partie et avait pédalé à en perdre haleine jusqu'à Upfield Common. Elle essayait de mettre le plus de distance possible entre elle et les ténèbres du tunnel, les doigts de Scarlett, l'énergie presque écœurante qui avait circulé entre elles. Cela révélait en elle quelque chose de si éloigné de celle qu'elle pensait être qu'il lui semblait être coupée en deux.

Maintenant, elle est assise, Noah sur les genoux, elle embrasse le sommet du crâne de son fils et inspire son odeur, profitant de ce parfum familier.

— C'était comment, ce petit tour ? lui demande sa mère.

— Ça m'a fait du bien.

Zach entre dans la pièce.

— Alors, le match ? s'enquiert Tallulah en espérant qu'on ne parlera plus de son excursion.

— Super ! s'exclame-t-il en se laissant lourdement tomber à ses côtés et posant la main sur sa nuque. On les a défoncés. Quatre-zéro.

Il sent le sport, l'homme, la transpiration. Soudain, elle est dégoûtée par cette proximité entre eux, par la sensation de sa paume sur sa peau, par ces effluves masculins.

— Tu ne prends pas de douche ?

— Je sens mauvais ? se vexe-t-il en se reniflant les aisselles.

— Mais non, proteste-t-elle en se forçant à sourire. Tu es juste couvert de la sueur des autres…

Il sourit également et referme ses doigts sur sa nuque avant de se lever.

— Reçu cinq sur cinq.

Il sort de la pièce, et tandis que le bruit de ses pas résonne dans l'escalier, sa mère se tourne vers elle.

— Il est vraiment bien, Zach. Je suis tellement heureuse que tu l'aies laissé revenir dans ta vie.

Tallulah sourit à contrecœur.

Tu n'as pas vu le regard qu'il vient de me lancer dans le couloir. Tu ne sais pas comme il me dévisage quand tu n'es pas là. Le ton tranchant sur lequel il s'adresse à moi. Ses yeux qui me transpercent comme des lasers. Tu ne vois pas tout ça.

Le lendemain matin, Scarlett est à l'arrêt de bus.

— Salut, Tallulah du bus ! l'apostrophe-t-elle en se décalant sur le banc pour lui faire une place. Bon lundi ! Tu as l'air fatiguée.

— Qu'est-ce que tu fais ici ? Tu reprends les cours ?

— Certainement pas. Je voulais juste te voir.

Tallulah écarquille les yeux.

— Pourquoi ?

Scarlett pose la main sur son bras et la tête sur son épaule.

— Parce que tu m'as manqué.

— Mais bien sûr…, se moque Tallulah en jetant un coup d'œil de l'autre côté de la place, en direction de sa maison.

Peut-être qu'en ce moment même quelqu'un l'observe en compagnie de cette fille aux cheveux bleus.

Scarlett se redresse et s'écarte d'elle. Puis elle plonge ses poings dans les poches de son manteau en fourrure. Elle lui lance un regard perçant.

— Est-ce que tu m'aimes bien ?

— Oui, répond Tallulah en riant.

— Je veux dire… Est-ce que tu m'aimes vraiment bien ?

— Je ne comprends pas.

— Tant pis. Je m'ennuie tellement, dit Scarlett dans un soupir. C'est l'horreur.

— Pourquoi est-ce que tu ne reviens pas à Manton ?

— Impossible.

— Mais pourquoi ? J'ai vu ton tableau. Tu as beaucoup de talent. Qu'est-ce qui s'est passé ? Pourquoi tu es partie ?

Scarlett baisse les yeux et soupire à nouveau.

— Oh, à cause de trucs.

Elles tournent toutes les deux la tête vers le bus en l'entendant approcher.

— Je viens avec toi, lui annonce la jeune femme en se levant. Pour te tenir compagnie.

Tallulah jette un nouveau regard vers sa maison. Elle sait qu'on l'épie.

Elles s'installent au fond du véhicule. Scarlett se serre contre Tallulah, qui est assise à côté de la fenêtre. Elle commente le paysage, l'odeur du bus (qui pue les pieds), les tennis de Tallulah qu'elle adore (19,99 livres chez New Look), parle de son ennui intersidéral, de son frère qui lui manque, de sa mère qu'elle déteste, de ses seins qu'elle préférerait plus gros, de son nez imparfait, de ses dents qu'elle voudrait plus grandes, de Londres où elle aimerait vivre, de sa voix qu'elle ne supporte pas, de la peinture qui lui manque, d'adopter un chiot, et du rôti de bœuf qu'elle adore avec toutes sortes d'accompagnements. Pendant ce temps-là, Tallulah hoche le menton, sourit, tout en se demandant pourquoi elle lui raconte tout ça et pourquoi elle se colle à elle.

Enfin, quand le bus passe le rond-point et s'approche de la ville, Scarlett se tait et regarde à travers une autre fenêtre. Tallulah attend quelques secondes avant de parler. Scarlett est comme un chat qui vous laisse lui gratter le ventre avant de vous donner un coup de griffe et de s'enfuir à toutes pattes.

Elle pose doucement sa main sur son bras.

— Ça va ?

Scarlett hausse les épaules, et Tallulah remarque que ses yeux s'embuent.

— Oui, tu sais, je suis juste une gosse de riche névrosée qui fait une crise à la con, lui répond-elle d'une voix frêle. Ne fais pas attention à moi. Je n'en vaux pas la peine.

— Qu'est-ce qui s'est passé avec ton copain de Maypole ? s'enquiert Tallulah, se disant qu'elle a peut-être le cœur brisé.

— On n'est plus ensemble, marmonne Scarlett en secouant la tête. On s'est séparés avant Noël.

— Oh, je suis désolée.

— Non, ne t'en fais pas. Ça va. C'est moi qui ai rompu. Notre relation avait déjà trop duré. Je n'étais pas amoureuse de lui. Mais, tu vois, il me rendait quand même heureuse. Avec lui, je me sentais en sécurité. Maintenant, je suis toute seule, et j'ai l'impression de casser tout ce que je touche. Je suis un peu hyperactive, j'ai besoin de quelqu'un qui m'apaise. Quelqu'un qui me rappelle comment je dois me comporter. Liam était vraiment parfait pour ça. Il me manque.

— Tu ne veux pas te remettre avec lui ?

Scarlett fait « non » de la tête.

— C'était la bonne décision. Je lui ai rendu sa liberté.

Elle se tait un instant.

— Et toi ?

Tallulah la regarde sans comprendre.

— T'as un mec ?

— Ah. Ouais, plus ou moins. On s'est séparés l'année dernière, puis on s'est remis ensemble au Nouvel An.

— Pourquoi ?

Tallulah ouvre la bouche sans être capable d'articuler quoi que ce soit. Les mots qu'elle pourrait utiliser pour décrire son fils, sa maternité, sa vraie vie, sont prêts à se déverser, mais lui restent en travers de la gorge. Elle ne parvient pas à les prononcer. Une fois qu'ils auront résonné, elle redeviendra la jeune mère sérieuse et pourra dire adieu à Tallulah du bus.

— Je ne sais pas, finit-elle par répondre. Je commence à croire que c'était peut-être une erreur.

— Merde alors ! s'exclame Scarlett en fronçant les sourcils.

— Ouais… Il a changé depuis la dernière fois. Il est plus…

Elle passe en revue une dizaine d'adjectifs avant de trouver le bon.

— Oppressant.

Scarlett souffle en secouant vivement la tête.

— Oh non, non, non. Les mecs qui veulent contrôler leur copine, c'est très grave. Il faut que tu te sortes de là. Et vite.

Tallulah se retourne vers la fenêtre, sans dire ce qu'elle devrait lui dire, sans expliquer que les choses ne sont pas si simples, qu'il vit avec elle et qu'ils ont un fils.

— Oui, murmure-t-elle. Tu as raison.

— C'était qui la fille à l'arrêt de bus, ce matin ?

Tallulah sursaute. Zach est allongé sur leur lit, encore dans sa tenue de travail. Elle ne s'attendait pas à le trouver là, il est rentré plus tôt que prévu.

— Zach, tu m'as fait peur ! répond-elle en posant la main sur sa poitrine. Qu'est-ce que tu fais ici ?

— J'avais la migraine. Je suis parti plus tôt.

Elle le regarde, l'air incrédule.

— Tu n'aurais pas pu prendre de quoi soulager ton mal de crâne ?

— Je n'avais pas de médocs.

Il se redresse et enlace ses genoux.

— C'était la fille de la photo, non ? Celle de la soirée de Noël ?

— Oui, elle vit dans le coin.

— Je croyais qu'elle n'allait plus en cours.

Elle cligne des yeux. Pourquoi est-ce qu'il se souvient de ça ?

— C'est vrai, mais elle allait en ville, là.

Il hoche la tête.

— Vous aviez l'air proches.

Tallulah hausse les épaules.

— C'est bizarre, non ? Une fille que tu connais à peine, mais que tu as en photo sur ton téléphone et qui te fait un câlin à l'arrêt de bus comme si c'était ta meilleure amie.

— Elle est comme ça, c'est tout, un peu intense, rétorque-t-elle en ouvrant son sac et sortant ses cahiers.

Noah fait la sieste dans la chambre de sa mère, elle a prévu d'en profiter pour avancer sur ses devoirs.

— Je vois. Et elle vit où, cette fille un peu intense ?

— Je ne sais pas, ment-elle en déglutissant. Pas très loin, c'est tout ce que je sais.

Il acquiesce puis se lève lentement du lit. Il se plante devant elle, la scrutant avec attention, et pose un doigt sous son menton pour qu'elle incline la tête. Il la sonde du regard.

— Tu as changé.

Elle se soustrait à son contact et s'éloigne de lui.

— Non, pas du tout.

Il l'empoigne par le bras.

— Me tourne pas le dos. Je suis en train de te parler.

Elle ne peut réprimer un mouvement de recul.

— J'ai des trucs à faire pour le lycée. Je n'ai pas le temps de jouer à ça.

— Ça ? Nous, tu veux dire ? Tu n'as pas de temps pour nous ?

— Exactement, réplique-t-elle, le cœur battant à tout rompre.

Je n'ai pas le temps pour nous. J'ai du temps pour Noah, pour mes cours, et c'est tout. Pas pour nous. Tu as raison.

Un profond silence s'installe. Zach se balance d'un pied sur l'autre.

— Qu'est-ce que ça signifie, Lula ?

— Rien de particulier. Tu as dit que je n'avais pas de temps pour nous, et je suis d'accord sur ce point. J'ai pas le temps. J'ai jamais le temps.

— Mais si tu voulais, tu le trouverais, le temps. Alors, c'est quoi le problème ? Tu ne veux pas que ça marche ? Parce que moi je bosse, Lula, au cas où ça t'aurait échappé. Je bosse pour rapporter de l'argent à ma famille. Tous les jours. Et je fais tout ce que je peux pour Noah, vingt-quatre heures sur vingt-quatre. Et c'est marrant, mais malgré tout ça, j'ai encore du temps pour toi. Pour nous. Alors pourquoi toi tu n'en as pas ?

— Je ne sais pas.

Ils se taisent un moment, puis Zach soupire et l'attire vers lui, la plaque contre son torse, et la serre si fort qu'elle sent ses côtes ployer, ses poumons se contracter, son souffle s'éteindre dans sa gorge.

28

Septembre 2018

Une fois de plus, la police fouille les bois. En voyant les rubalises flotter dans la brise de fin d'été, Kim remonte dans le temps, jusqu'à cet après-midi de juin, un an plus tôt. Elle ressent à nouveau le poids de Noah dans ses bras, la sueur dans son dos, la richesse éclatante du manoir des Jacques, le bleu turquoise de leur piscine, les regards vides de Megs et Simon, les relents de rosé dans leur haleine, les jappements des chiens qui s'enfonçaient dans l'obscurité verdoyante. Un frisson traverse son corps. Elle se reprend et sourit quand elle voit l'inspecteur McCoy sortir de sa voiture banalisée.

—Bonjour.

—Bonjour, Kim ! C'est reparti pour un tour.

—On dirait bien.

Il l'éloigne de quelques mètres des véhicules et s'immobilise sous le couvert d'un grand arbre.

—La pancarte a disparu. Je suis allé chez Sophie Beck ce matin, et le panneau n'est plus là. Le clou oui, mais plus le carton. Heureusement, elle avait pris une photo, on va pouvoir travailler à partir de ça. Elle écrit des romans policiers, paraît-il, elle doit être du genre à ne rien laisser au hasard.

— Ah bon ? demande Kim, visiblement surprise.

— On ne dirait pas, hein ? Elle ne ressemble pas beaucoup à Agatha Christie.

— Pas vraiment, non…

— Enfin, on a envoyé l'image à un graphologue et à l'équipe de police scientifique. On dirait bien que quelqu'un essaie d'attirer notre attention. Quelqu'un qui savait qu'un nouveau proviseur avait été nommé, et qui voulait qu'on trouve la bague. Quelqu'un qui a envie de jouer avec nous, j'ai l'impression.

— Pourquoi est-ce que quelqu'un ferait ça ?

Dominic soupire.

— Oh, croyez-moi, quand on travaille dans la police, on voit des tas de bizarreries. Et si tout le monde se comportait de manière rationnelle, je n'aurais plus de boulot. À mon avis, il s'agit de quelqu'un qui sait quelque chose depuis le départ, mais qui ne s'est pas encore fait connaître. Cette personne est sans doute au courant de ce qui est arrivé à Zach et Tallulah. Et elle n'a plus envie de se taire. Peut-être parce qu'elle trouve regrettable que le coupable n'ait pas été arrêté.

Kim tressaille en entendant le mot « arrêté ». Il implique qu'on a fait du mal à sa fille. Il laisse entendre que Tallulah est morte. Pendant les quinze mois qui se sont écoulés depuis cette chaude nuit d'été, pas une seule fois Kim n'a envisagé cette possibilité. Ce scénario-là ne se présente que dans ses pires cauchemars.

— C'est frustrant, mais les caméras de surveillance de Maypole ne filment pas cette partie du parc. Il y a bien une caméra à l'entrée du cottage, mais pas dans le jardin. On est quand même en train de visionner les bandes qu'on a pu récupérer, mais à moins que quelqu'un passe devant la caméra avec la pancarte, un marteau et un clou à la main, on risque d'avoir du mal à identifier celui qui a fait ça. Enfin, on ne sait jamais, conclut-il avec un sourire encourageant.

Kim ferme les yeux et s'efforce de sourire.

— Ça va ?

— Non, je ne me sens pas bien.

— C'est tout à fait normal, la réconforte l'inspecteur en posant ses doigts sur son bras. Mais nous y sommes, Kim, l'affaire va peut-être prendre un autre tournant. Enfin un peu d'espoir.

— Oui, sans doute.

Elle appelle Ryan quand elle rentre et lui annonce que l'enquête est relancée. Il est l'heure de déjeuner, mais elle n'a pas faim. Elle glisse la main dans le paquet contenant les céréales préférées de Noah et avale un à un les pétales récoltés dans sa paume, comme un poney mangerait des morceaux de sucre. Elle regarde l'horloge. Encore trois heures avant d'aller récupérer son petit-fils à la crèche. Dominic lui a dit qu'il lui téléphonerait en fin de journée pour la tenir informée. Elle ne travaille pas au *Swan & Ducks* aujourd'hui. Quand elle avait remarqué cette pause dans son planning la semaine précédente, elle s'était réjouie, elle avait eu hâte d'avoir une journée pour elle. À présent, elle préférerait être au pub pour s'occuper et ne pas penser de façon obsessionnelle aux recherches du côté de Maypole House.

Elle démarre son ordinateur et tape « Scarlett Jacques » dans son navigateur, ce qu'elle fait régulièrement. Rien de nouveau. Un vieux compte Instagram. Une page Facebook abandonnée. Un fil Twitter inactif.

Elle tape ensuite « Joss Jacques », mais sa recherche n'aboutit sur rien. Malgré tous ses efforts, elle ne parvient pas à se souvenir du nom du frère de Scarlett, ce beau jeune homme qui tenait une bière quand il lui avait ouvert la porte.

Ce n'est pas non plus la première fois qu'elle essaie de joindre Mimi depuis leur dernière conversation, le jour de la disparition de Zach et Tallulah. Comme d'habitude, l'appel n'aboutit pas. Elle soupire et se passe la main dans les cheveux. Tous les témoins potentiels, ceux qui étaient là ce fameux soir, ceux qui pourraient savoir ce qui s'est passé, se sont évaporés dans la nature. Il ne reste plus que le gentil Liam, l'ex de Scarlett, et Lexie Mulligan, qui revient régulièrement au village pour rendre visite à sa mère.

Ça ne peut pas être une coïncidence, se dit-elle, qu'ils aient tous disparu, abandonné leur maison, les réseaux sociaux, leurs études, leurs amis. Que cette bague perdue resurgisse ainsi, que quelqu'un tente de toute évidence de relancer l'enquête. Pourquoi ? Pourquoi maintenant ? Et qui se cache derrière cela ?

Elle repense au gentil Liam, ce grand nounours avec son accent de la campagne. Il est toujours là, lui, alors qu'il avait toutes les raisons de partir. Il est encore au village, à Maypole House, où il est devenu assistant. Il savait qu'un nouveau proviseur allait arriver. Il connaissait le petit chemin derrière la maison au bout du parc. Et il se trouvait aux Cendres lors de la soirée. Et s'il avait trouvé la bague ? Peut-être que Zach l'avait fait tomber quelque part, que Liam l'avait ramassée et gardée ?

Ou peut-être… Non.

Elle secoue la tête pour chasser cette pensée. Liam est si doux. Il n'aurait jamais fait de mal à Zach et Tallulah. Impossible. Mais peut-être qu'il sait ce qu'il s'est produit. Peut-être qu'aujourd'hui ce secret lui pèse trop.

Elle écrit un message à Dominic.

Vous devriez peut-être reparler à Liam Bailey.

Un instant plus tard, il lui répond.

Bonne idée.

29

Septembre 2018

Les policiers s'activent à l'orée de la forêt. Par la fenêtre de la cuisine, Sophie observe un agent en gilet jaune et son épagneul, équipé lui aussi d'un harnais réfléchissant. Elle se retourne quand elle entend la porte d'entrée s'ouvrir et se refermer.

— Je suis là !

Shaun entre dans la pièce, l'air fatigué et nerveux.

— Merde, Sophie, mais qu'est-ce que tu as fait ?! s'exclame-t-il en posant son badge sur le comptoir.

— Cette bague, elle appartenait à un jeune homme du coin. Tu sais, ce couple dont je t'ai parlé, qui s'est évaporé dans la nature l'année dernière. Le garçon avait acheté la bague chez un bijoutier de Manton et allait demander sa copine en mariage ce soir-là. Puis ils ont disparu, la bague aussi, et…

Les mots jaillissent de sa bouche à toute vitesse. Elle se sent étrangement coupable.

— Quelqu'un voulait qu'on la trouve ?

Elle lui lance un regard surpris. Elle ne s'attendait pas à ce qu'il comprenne si rapidement.

— J'en ai bien l'impression.

Il ouvre le réfrigérateur, sort un paquet de jambon et se met à préparer un sandwich.

— Tu en veux un ? lui propose-t-il.

— Non, je mangerai plus tard. Quand la police sera partie.

— Franchement, je n'avais pas besoin de ça. Un nouveau boulot, une nouvelle année scolaire, et des cadavres dans les bois, bordel.

Il soupire.

— Tu penses qu'on va retrouver leurs corps ? demande-t-elle, le souffle court.

— J'en doute. Les flics ont quadrillé tout le secteur au moment de leur disparition. Mais qu'ils découvrent quelque chose ou non, les journalistes vont se jeter sur cette affaire. Et je vais me retrouver au cœur d'un véritable cirque médiatique.

Il conclut sa tirade par un nouveau soupir.

— Tu me détestes ?

— Bien sûr que non. Mais pourquoi est-ce que tu ne m'as pas parlé de cette bague ? Tu aurais pu me la montrer. Et me dire que tu allais la restituer à cette femme.

Il tartine deux tranches de pain de mie. Elle voit sa mâchoire se contracter, ses doigts crispés. Elle repense à l'homme bronzé qui portait des tee-shirts et des bermudas avec lequel elle avait passé ses dernières semaines à Londres, l'homme au sourire charmant qui avait dans les yeux l'éclat de quelqu'un qui n'arrive pas à en croire sa chance. Qu'est-il devenu ?

— Tu avais d'autres chats à fouetter. Je m'ennuyais un peu, sans doute, et je me suis dit que ce serait amusant de mener l'enquête. Mais ça a pris plus d'ampleur que je ne l'aurais imaginé. Je suis désolée que ça te retombe dessus, vraiment. J'espère que ça va vite s'essouffler.

—Alors ça, permets-moi d'en douter, réplique-t-il en rangeant le beurre au réfrigérateur. La police veut interroger un membre de nos équipes.

Sophie tressaille.

—Vraiment ? Qui ça ?

—Liam Bailey, l'un de nos auxiliaires de vie scolaire. Tu as discuté avec lui au dîner de rentrée, je crois. Apparemment, il était là le soir où le couple a disparu.

Il pose la seconde tranche de pain et coupe l'ensemble en diagonale.

—À mon avis, on n'a pas fini d'en entendre parler.

—Mais si la police découvre ce qui leur est arrivé, ce serait incroyable, non ?

Il croque dans son sandwich et s'adosse au comptoir, les chevilles croisées, les yeux rivés au sol, immobile. Elle le voit s'essuyer du doigt le coin de la bouche et l'entend mâcher doucement.

—Je suis désolée…

Il lève le nez vers elle, et son visage se détend. Il lui sourit.

—Mais non, ce n'est pas ta faute. Et si ça permet d'élucider les circonstances de leur disparition, la suite de l'histoire te donnera raison. Mais j'aurais préféré que tu m'en parles, c'est tout. On forme une équipe, toi et moi. On est un couple, n'est-ce pas ?

Elle sourit, soulagée que son humeur s'améliore.

—Oui, bien sûr. Je t'aime.

Après un moment de silence, il la regarde et lui dit qu'il l'aime aussi.

—Tu me raconteras ce qu'il se passe avec cet assistant ? lui demande-t-elle tandis qu'il range son assiette dans le lave-vaisselle et attrape son badge. Avec Liam Bailey. Je serais curieuse de savoir.

Sophie occupe son après-midi à se promener dans le parc et à déambuler dans les couloirs, pour épier les recherches de loin. Le garde-chasse et Kerryanne Mulligan supervisent les investigations dans les bois. Entre les cours, les élèves s'arrêtent pour observer les policiers. À mesure que le parfum de scandale se répand à Maypole House, elle sent son pouls s'accélérer. Elle repense au moment où elle a pris la truelle dans la serre des Jacques, à ses doigts fouillant la terre, à l'angoisse qu'elle avait éprouvée à l'idée de faire une découverte macabre. Elle est stupéfaite que sa trouvaille puisse mener à ça : les policiers, les chiens et peut-être une nuée de journalistes.

Vers 15 heures, Sophie est tiraillée par la faim, mais les aliments sains stockés dans son réfrigérateur ne lui font pas envie. Elle décide d'aller voir s'il y a quelque chose de plus tentant dans les distributeurs du lycée. Elle déniche quelques pièces au fond de son sac et les insère dans la machine, puis sélectionne un paquet de chips au vinaigre et une barre chocolatée. Elle les récupère et se dirige vers le cloître derrière le réfectoire. Elle s'installe sur le même banc que le soir du dîner d'accueil, quand elle avait vu Liam Bailey sur son balcon.

Le soleil fait une brève apparition entre deux nuages, et elle ferme les yeux pour profiter des rayons. Quand elle les rouvre, Liam est planté devant elle. Elle sursaute.

— Pardon, je pensais que vous m'aviez entendu arriver.

Elle rit, gênée d'avoir été surprise en pleine séance de bronzette.

— Ce n'est pas grave, Liam. Comment allez-vous ?

— Je suis lessivé. Je viens de subir un interrogatoire en règle. La police semble penser que j'ai un lien avec la bague que vous avez trouvée.

À son regard incrédule, Sophie devine qu'il est sous le choc. Elle se déplace sur le banc et lui fait signe de s'asseoir. Il pivote vers le lycée.

—Il faut que je retourne en cours, j'ai déjà raté une heure…

—En deux mots, racontez-moi ce qu'ils voulaient savoir.

—Toujours les mêmes trucs sur la soirée de la disparition. Qui était là, à quelle heure je suis parti, ce que j'ai vu, ce que je n'ai pas vu. J'ai déjà répondu à ces questions mille fois. Ils m'ont montré la bague et m'ont demandé si je l'avais déjà vue avant. Je leur ai dit que vous m'aviez montré une photo.

Sophie hausse les sourcils.

—Vraiment ?

—Ouais, je voulais être le plus transparent possible, alors j'étais obligé de leur en parler. Mais ne vous tracassez pas, ils n'ont pas particulièrement réagi. J'espère que c'est fini, cette fois. Qu'ils ne vont pas revenir pour me poser encore les mêmes questions, parce que franchement, c'est une perte de temps.

Il gonfle les joues puis souffle longuement.

—Allez, je remonte. Bon appétit, lui glisse-t-il en jetant un coup d'œil à ses chips.

—Liam, le retient-elle un instant. Vous croyez que la famille Jacques pourrait être responsable de tout ça ? Qu'ils auraient pu les faire disparaître ?

—Bien sûr, j'y ai pensé. C'est la seule théorie qui tienne la route.

—Mais pourquoi leur auraient-ils fait du mal ? Et pourquoi est-ce qu'on n'aurait rien retrouvé chez eux ? Et la bague, alors ? Qui l'a enterrée là ? Et dans quel but ?

Il secoue le menton lentement.

—Il faut vraiment que j'y aille, mais si vous voulez, on pourra en rediscuter plus tard.

— Oui, si ça ne vous dérange pas.

Il lui fait un signe de tête en souriant puis s'éloigne, avant de se retourner vers elle.

— Au fait, je voulais vous dire, j'ai commandé vos romans, toute la série ! Je les ai reçus ce matin. J'ai commencé à lire tout de suite.

— C'est adorable, Liam, mais il ne fallait pas vous sentir obligé…

— Je ne me sens obligé de rien, ça me fait plaisir.

Quand Shaun rentre à la maison à 20 heures, la police est partie, et Maypole semble avoir retrouvé son calme.

Le soleil s'est déjà couché, le jour d'été a laissé place à un soir d'automne. Sophie est à genoux dans la chambre d'amis, vidant des cartons. Elle essaie peut-être de se faire pardonner le stress supplémentaire que représente cette enquête pour Shaun qui vient à peine de prendre ses fonctions. Ses enfants viennent ce week-end, il est temps de commencer à aménager leur espace. Il l'appelle depuis le vestibule.

— Je suis là, dans la chambre des petits ! Je descends.

Mais, avant même d'avoir eu le temps de se relever, elle l'entend monter l'escalier. Il voit qu'elle a fait les lits avec des draps fraîchement lavés, les mêmes qu'ils avaient dans leur chambre de Lewisham. Il remarque qu'elle a décoré les murs avec les affiches de Londres, qu'elle a plié des serviettes de bain au pied des lits, qu'elle a installé les lampes de chevet et les tapis en peau de mouton. Il se détend aussitôt.

— Oh, Sophie, merci, merci beaucoup. J'avais ça dans un coin de ma tête. J'allais m'y mettre… J'allais… je ne sais pas. Je ne sais pas ce que j'allais faire. Je te suis tellement reconnaissant. Tu n'aurais pas dû…

— Ce n'est rien, ne t'inquiète pas. Je n'arrive pas à me concentrer assez pour écrire en ce moment. Ça me fait du bien de m'occuper de ce genre de choses.

Elle se redresse et observe la pièce. Elle a fait du bon travail.

— Tu veux aller au pub ? lui demande-t-il en la tirant vers lui. Dîner là-bas ?

Elle repense à son déjeuner à base de chips et de barre chocolatée. Elle n'a rien contre un vrai repas et un verre de vin avec Shaun, loin de Maypole.

— Donne-moi deux minutes, je vais enfiler un pull.

— Ils sont venus ici, tu sais, dit-elle à Shaun en s'asseyant à une table dans l'espace lounge à gauche du bar. Zach et Tallulah. Ils étaient au pub avec des anciens élèves de Maypole House, puis ils ont poursuivi la soirée chez une fille qui habitait hors du village. Liam Bailey était avec eux, tout comme la fille de Kerryanne.

Shaun hoche la tête.

— Plus j'en apprends sur cette affaire, plus je la trouve déconcertante.

— Tu en as discuté avec Peter Doody ?

— Oui, je l'ai appelé tout à l'heure. Il n'a pas dit grand-chose, il s'est montré assez distant. Visiblement, il n'a pas du tout envie d'en parler.

— Mais il travaillait déjà ici à l'époque, non ? Il devait être au courant du lien entre Maypole et les disparus ?

— Oui, d'ailleurs, il a été très investi. Il s'est chargé de gérer les journalistes et la partie communication, dirons-nous, pour que les parents ne s'inquiètent pas. C'est vrai que ça n'a rien à voir avec le lycée, les élèves ou leurs parents. Ceux qui étaient à la soirée ne fréquentaient déjà plus Maypole quand tout ça s'est produit. Quant à Liam et Lexie, ils étaient rentrés avant qu'il ne se passe quoi que ce soit. Les bois ne font pas partie du parc, donc pour Peter, ça ne nous concerne pas, et il tient à ce que ça reste ainsi.

— Et l'ancienne proviseure, Jacinta Machin-chose ? Elle était encore là quand c'est arrivé ?

— Oui, elle était dans l'œil du cyclone. Ça a été un vrai cauchemar pour elle, d'après ce qu'on m'a dit.

Un serveur vient à leur table. C'est le même homme qui discutait avec Kim quand Sophie avait bu un café au pub il y a quelques jours. Il leur adresse un sourire radieux.

— Bonsoir, bonsoir ! Comment allez-vous ?

Sophie lui sourit.

— Très bien, merci. Et vous ?

— Je suis au bout de ma vie, condamné à travailler comme un forçat, plaisante-t-il en levant les yeux au ciel. Alors, qu'est-ce qui vous ferait plaisir ?

— On n'a pas encore regardé le menu, répondent-ils en chœur sur un ton désolé.

— Est-ce qu'on pourrait avoir une bouteille de vin ? demande Shaun.

— Bien sûr. Et ce ne sera pas du luxe, vu la journée. La police est de retour dans les parages.

— Ils sont venus ici ? s'enquiert Sophie.

— Oui… Vous savez, ces deux jeunes qui ont disparu l'été dernier ? Apparemment, l'enquête reprend. Il y a quand même un avantage : l'inspecteur est super sexy, se réjouit-il avec un sourire d'une blancheur éclatante. Bref, vous souhaitiez du vin ?

Ils commandent une bouteille et, quand le serveur repasse derrière le bar, Shaun se penche vers Sophie.

— Eh bien, on dirait que le loup est dans la bergerie. Que feraient Tiger et Susie s'ils devaient résoudre cette affaire ?

Elle rit au trait d'humour de son compagnon et hausse les épaules. Mais elle sait parfaitement ce que feraient ses personnages. Ils voudraient s'entretenir avec la femme qui dirigeait le lycée au moment de la disparition.

Ils iraient parler à Jacinta Croft.

30

Février 2017

Ce soir-là, Tallulah reçoit un texto de Scarlett. Son portable gazouille dans sa main alors qu'elle est assise sur le canapé avec Zach. Elle sent ses yeux se braquer sur son écran, qu'elle éteint immédiatement quand elle voit s'afficher le nom de Scarlett.

— C'est qui ?

— Personne. Chloe, c'est tout.

— Qu'est-ce qu'elle veut ?

— Ch'ais pas. Probablement me raconter des potins.

Il voudrait l'assaillir de questions, mais sa mère est là. Zach se montre sous son meilleur jour quand Kim est dans les parages.

Elle doit attendre vingt minutes que Zach sorte de la pièce pour pouvoir lire le message. Elle pose son portable sur le canapé afin de pouvoir le ranger rapidement si Zach revient.

Yo Tallulah du bus ! Tu viens chez moi après les cours vendredi ? Je serai seule à la maison. Soirée pyjama ?

Son cœur se met à battre à tout rompre. Scarlett pense que Tallulah est une fille de dix-huit ans comme les autres, qu'elle peut aller et venir à sa guise, qu'elle n'a pas de responsabilités. Tallulah se surprend à rêver à cette autre version d'elle-même, celle qui serait libre et qui se dirait : « Bon, j'ai pas cours le lendemain, je peux aller chez Scarlett, boire quelques verres, me coucher super tard, manger des céréales avec la gueule de bois le lendemain dans sa cuisine de luxe. » Soudain, elle désire ardemment la vie de cette autre Tallulah. Elle se tourne vers la porte du salon pour vérifier que Zach n'est pas là. Comme elle ne l'entend pas, elle répond, le plus vite possible.

Pourquoi pas. Je t'appelle demain.

Pendant la semaine qui suit, Tallulah invente toute une histoire autour de Chloe. Sa camarade, raconte-t-elle à sa mère, se fait harceler par des étudiants à Manton. Elle ne peut pas en parler à ses parents, parce que cela rendrait la situation encore plus difficile. Chloe a des pulsions suicidaires, elle menace de s'ouvrir les veines.

Kim lui conseille d'alerter l'un de ses professeurs. Mais Tallulah lui explique que Chloe ne veut surtout pas que ça se sache, encore moins au lycée.

À 16 heures le vendredi, Tallulah dit à Kim que Chloe vient de l'appeler, qu'elle est au plus mal, et qu'il faut qu'elle aille chez elle.

— Tu pourrais t'occuper de Noah jusqu'au retour de Zach ?

Sa mère acquiesce aussitôt.

— Bien sûr, aucun problème. Tiens-moi au courant. N'hésite pas si je peux aider. Et si tu as l'impression qu'elle va trop loin, tu m'appelles, OK ?

Elle pose sa main sur la joue de sa fille.

— Tu es si gentille... Chloe a de la chance de pouvoir compter sur toi. Je suis fière de toi.

Tallulah se sent tellement coupable qu'elle en a la nausée. Elle part avant de se trahir et s'éclipse sans même dire au revoir à Noah. Elle arrive devant la maison de Chloe en sortant du village et s'arrête un moment, au cas où d'éventuels témoins passeraient par là et pourraient ainsi attester de sa présence sur les lieux. Dans les poches de sa veste, une culotte propre, une brosse à dents et sa carte bancaire.

Elle reste immobile une ou deux minutes, puis se remet à pédaler. Zach empruntera cette même route dans à peu près une heure, en rentrant du travail, donc elle baisse sa capuche et roule dans l'ombre et sur les trottoirs quand ils sont séparés de la chaussée par des arbres. Elle quitte la route principale avec soulagement, puis franchit la grille des Cendres et écrit à Scarlett.

Je suis là.

— Tu es toute jolie ! la complimente Scarlett en lui prenant le vélo des mains et en allant le poser contre le garage.

— Euh… non, pas du tout. Je suis venue direct et je me suis même pas regardée dans le miroir.

— Je t'assure ! Si j'en crois mes yeux, tu es ravissante.

Tallulah lui sourit et la suit dans la maison.

Toby les salue dans le hall et les escorte jusqu'au canapé.

— C'était bien, les cours ?

— Je n'y suis pas allée aujourd'hui. J'ai cours que trois jours par semaine.

— Ah bon ? Pourquoi ?

— C'est comme ça que marche le cursus, lui répond-elle sans révéler qu'elle a tout organisé avec son prof principal pour que son planning lui permette de s'occuper de Noah.

— Le reste du temps, tu étudies à la maison ?

— Ouais.

— C'est cool. Tu as ta chambre ?

— Oui.

Techniquement, ce n'est pas un mensonge. C'est bien sa chambre. Même si elle la partage avec son copain et un bébé de huit mois.

— C'est comment, chez toi ?

— C'est… Je sais pas. Une maison ordinaire. Tu vois. Une porte, des fenêtres, un escalier, des pièces. C'est pas comme…

Elle ouvre grand les bras pour désigner l'impressionnante véranda dans laquelle elles sont assises.

— Oui, enfin, il n'y a pas grand-chose qui ressemble aux Cendres.

— Et ton ancienne maison, à Guernesey ?

— Pour être honnête, elle est tout aussi spectaculaire. Au bord de la falaise, avec une vue imprenable sur la mer. On l'a toujours.

— Waouh ! s'exclame Tallulah.

Elle n'en revient pas qu'on puisse posséder non pas une, mais deux demeures d'exception.

— Sans oublier l'appart de mon père à Bloomsbury.

— Vous avez un appartement à Londres ?

— Un loft au dernier étage d'un immeuble qui donne sur le British Museum. Très chouette.

Tallulah secoue la tête.

— Ça fait quoi d'être aussi riche ?

Scarlett se lève, un sourire aux lèvres.

— C'est cool. Mais, tu sais, ce serait aussi bien d'avoir un père qui a envie de vivre avec moi, une mère aimante et un frère qui ne passe pas son temps chez ses potes. Ce serait sympa de former une vraie famille avec des gens normaux.

Elle se tourne vers le bar derrière elle.

— Je te sers un rhum, ou il est trop tôt ?

Tallulah regarde l'immense horloge accrochée au mur à côté d'elle : 17 heures. Zach doit être en train de sortir du travail. Dans environ quarante-cinq minutes, il arrivera à la maison, et sa mère lui expliquera où est Tallulah. Il essaiera forcément de l'appeler, elle ne répondra pas, puis lui enverra un mensonge par texto. Elle ne peut pas être alcoolisée à ce moment-là. Il faut qu'elle ait les idées claires.

— Je vais attendre un peu.

Scarlett lui sourit et s'éloigne du bar.

— Toi, tu vas avoir une bonne influence sur moi. Je m'en doutais. Un thé, alors ?

— Avec plaisir.

Le ciel commence à s'obscurcir. Tallulah voit les nuages former des hématomes sombres au-dessus des arbres du jardin. La nuit va réduire ses options.

— Tu vas rester dormir ? lui demande Scarlett comme si elle lisait dans ses pensées.

— Je ne sais pas. Peut-être.

— Peut-être ? la taquine-t-elle.

— Oui, on verra, répond Tallulah avec un sourire.

Elle se rend compte qu'elle est en train de flirter, ce qu'elle n'a jamais fait de sa vie.

L'idée l'émerveille, et elle observe le corps de Scarlett, sa silhouette déliée, son avant-bras mince et pâle sur lequel elle a retroussé son pull élimé jusqu'aux coudes, ses os saillants. Rien ne lui échappe, ni les peluches sur ses chaussettes de sport ni les poils de chien sur son jogging. Ses cheveux sont remontés sur sa tête en un chignon désordonné, tenu par un chouchou. Elle décèle un bouton sur son menton et remarque que ses lèvres sont craquelées ; elle devrait appliquer du baume. Elle regarde cette fille trop maigre, négligée, qui ne s'est peut-être pas lavée aujourd'hui, ni cette semaine. Elle voit une fille qui boit du rhum quand elle est seule, se coupe de ses amis quand ils deviennent trop envahissants, et quitte son copain qu'elle juge trop bien pour elle. Elle contemple une jeune femme au bord du précipice, qui cherche tout de même à se raccrocher à quelque chose, à quelqu'un, à Tallulah.

— Je vais voir ce que je peux faire pour te convaincre, dit-elle en remplissant la bouilloire.

— Où est ta mère ?

— Elle va dîner au restaurant à Londres avec mon père ce soir. Dès qu'elle le soupçonne d'avoir une maîtresse, elle lui rend des visites surprises.

— Elle pense qu'il la trompe ?

— Oui, un truc dans ce goût-là.

— Et tu crois qu'elle a vraiment du souci à se faire ?

— Est-ce qu'il a une liaison ? se questionne-t-elle en haussant les épaules. J'en sais rien. Sans doute. Il est vieux et riche. Les vieux riches se tapent plein de meufs.

Elle renifle et allume la bouilloire.

— En tout cas, je m'en fous. C'est leurs histoires.

Elles s'installent avec leurs tasses de thé, et Scarlett lance une playlist sur les enceintes Bluetooth. Elles discutent un peu de leur vie, des parents, de leurs projets. Il fait complètement nuit, à présent, et Tallulah sursaute quand son portable se met à vibrer.

Elle le retourne, regarde l'écran, voit s'afficher le nom de Zach et le repose.

— C'était qui ?

— Personne.

Quelques secondes plus tard, l'appareil vibre à nouveau. Elle le reprend.

— Je suis désolée, je devrais sans doute répondre.

Zach lui a écrit.

Laisse tomber Chloe. Dis-lui d'aller voir un psy. J'ai besoin de toi. Noah aussi.

Elle soupire avant de taper.

Je reste ici pour le moment. Peut-être que je vais dormir chez elle.

Son téléphone s'agite encore. Cette fois, elle rejette l'appel et met son portable en silencieux. L'adrénaline court dans ses veines et lui fait tourner la tête. Elle inspire profondément pour se calmer.

— Il y a un problème ?

— Non, t'inquiète…

Elle consulte à nouveau l'horloge : 17 h 51.

— C'est l'heure du rhum, non ? demande-t-elle d'un ton espiègle.

— Grave, approuve Scarlett en se levant d'un bond. Je m'en occupe.

Tallulah se réveille le lendemain matin baignée de la lumière pâle du soleil filtrée par de lourds rideaux crème. Elle attrape son portable : 7 h 15. Sur l'oreiller à côté d'elle se trouve l'un des pieds de Scarlett, d'une blancheur parfaite. Ses ongles sont soigneusement entretenus, vernis en noir. L'œuvre d'une esthéticienne, sans aucun doute, ce qui va à l'encontre de l'image brute et rebelle que Scarlett veut se donner. Tallulah observe ces orteils et se représente Scarlett, assise dans un fauteuil en cuir dans le salon de beauté à côté de la gare de Manton, avec ses murs roses et ses coussins pailletés, son téléphone à la main, les jambes tendues vers une Vietnamienne portant un masque.

Tallulah n'a jamais fait de pédicure ni de manucure. Cela la gênerait tellement…

Elle commence à se relever, et sa gueule de bois se confirme. Elle regarde les messages qu'elle a reçus. Zach lui en a envoyé treize. Elle ne les lit même pas. Il y en a aussi un de sa mère, expédié à 2 heures du matin.

Comment ça se passe avec Chloe ? Zach m'a dit que tu restais dormir là-bas. Tout va bien avec Noah. Je t'aime.

Elle s'extrait lentement de l'épaisse couette de Scarlett et se glisse hors de l'immense lit, posant les pieds sur une carpette toute douce, en peau de mouton. Quelques mèches de cheveux bleus émergent à l'autre bout de la couette. Un souvenir lui revient en un éclair. Sa main plongée dans cette chevelure colorée, sa bouche trouvant celle de Scarlett…

Elle secoue la tête de toutes ses forces.

Non, non, non, non.

Ça n'est pas arrivé.

Sa mémoire lui joue des tours.

Elle se retourne à nouveau vers Scarlett, sa silhouette sous les draps, la tête au pied du lit. Pourquoi est-elle à l'envers ?

Puis le souvenir refait surface ; elle se voit repousser les doigts de Scarlett, avoir un mouvement de recul, retirer sa main de ses cheveux.

— Non, je ne suis pas comme ça, lui avait-elle murmuré.

Scarlett s'était écartée d'elle et lui avait lancé un regard dur.

—Alors tu es comment, Tallulah du bus ?

—Je suis moi, c'est tout, avait-elle répondu.

Scarlett avait posé un index sur ses lèvres minces, là où celles de Tallulah s'étaient posées un instant plus tôt, et avait soupiré.

—Tant pis pour moi, alors. Mauvais timing.

Tallulah n'avait pas compris ce qu'elle voulait dire par là. Mais elle lui avait demandé d'appeler un taxi, elle voulait rentrer chez elle.

—Mais non, il est 2 heures du mat', reste ici. On dormira tête-bêche, je te jure, avait-elle promis, la main sur le cœur.

Tallulah s'étire et marche sur la pointe des pieds, attrapant son jean et son téléphone au passage.

Dans la salle de bains en marbre, elle écrit à sa mère.

Je viens de me réveiller. Tout va bien. Je serai à la maison d'ici une demi-heure. Comment va Noah ?

Sa mère lui répond immédiatement.

Très bien, il a mangé. Prends ton temps. Aucune urgence, rentre quand tu peux.

Elle la remercie avec trois cœurs d'affilée. Puis, la boule au ventre, elle ouvre les messages de Zach.

C'est des conneries.

T'as pas de temps pour moi, mais t'en as pour elle ?

Noah pleure parce que t'es pas là.

Tu crois vraiment que t'es une bonne mère, là ?

T'as pas le droit de faire ça !

Merde, mais rentre à la maison, sérieux.
Tu joues à quoi, bordel ?
Va te faire foutre, Tallulah.

Entre les textos, il lui a envoyé des messages vocaux de Noah qui pleure. Et, derrière les larmes de son fils, elle entend Zach qui le console à voix basse.

« C'est rien, mon bonhomme, tout va bien. Maman est avec quelqu'un qui est plus important que toi, mais t'inquiète pas, mon amour. Papa est là pour toi et papa t'aime plus que tout… »

Elle relève la tête en entendant le plancher craquer devant la salle de bains et s'empresse de ranger son portable.

— Lula ?

— Ouais.

— Ça va ?

— Oui, je suis aux toilettes.

— J'ai cru entendre pleurer un bébé.

— Chelou, lui répond-elle d'une voix blanche.

Après un moment de silence, elle entend le parquet craquer à nouveau.

— Ouais, chelou.

Elles prennent leur petit déjeuner ensemble, comme Tallulah l'avait imaginé. Jambes nues, tee-shirts amples, les restes du maquillage de la veille, l'haleine du matin. Le ciel dehors est gris sale, lourd de neige. Il fait froid dans la grande véranda derrière la maison. Scarlett lui lance une couverture en fausse fourrure quand elle la voit frissonner.

C'est dans cette pièce qu'elle l'a embrassée hier. Sur ce canapé. Tallulah touche le coussin en cuir contre lequel elle était assise quand Scarlett s'était rapprochée d'elle et avait posé une main sur sa joue.

— Tu sais que tu es magnifique ?

Elle se souvient de la décharge qui l'avait traversée quand elle avait compris ce qui était en train de se produire.

— Je ne suis pas…, avait-elle protesté dans un souffle.

— Pas quoi ?

Elle n'avait pas répondu parce qu'elle en était incapable. Elle ne savait pas ce qu'elle était. Sa seule certitude, c'était que quand elle était avec Scarlett, elle avait l'impression de pouvoir être n'importe qui.

Maintenant, Scarlett lui sourit avec tendresse.

— Tu es tellement mignonne…

Tallulah grimace.

— T'es trop bizarre.

Puis elle reprend une expression sérieuse.

— Est-ce que tu as déjà… Enfin, est-ce que tu es, genre, lesbienne ?

— Toujours ces étiquettes ! s'exclame Scarlett d'un ton faussement théâtral. C'est chiant et débile, non ?

— Mais… est-ce que je suis la première fille que… ?

— Oui. Tu es la première. Enfin… en dehors de toutes les autres, ajoute-t-elle avec une moue espiègle.

— Vraiment ?

— Oui, vraiment. Tu es la première fille depuis longtemps. Depuis très, très longtemps.

Le portable de Tallulah vibre à nouveau. Elle le regarde rapidement. Zach, encore.

Tallulah, qu'est-ce que tu fous ?

Il continue de la harceler. Cette fois, c'est une photo de Noah. Avec le visage de Zach collé au sien, l'air énervé.

Pendant un instant, elle a peur. Zach pourrait s'en prendre à leur fils. Elle se lève puis se rassied. Non, songe-t-elle. Zach ne ferait jamais de mal à Noah. Impossible. Mais il l'utilise pour la contrôler.

— Ça va ?

— Ouais, c'est… mon copain.

— Il te fait la misère ?

— On peut dire ça.

— Il supporte pas que tu fasses ta vie sans lui ?

— En gros.

Scarlett lève les yeux au ciel.

— Les hommes. C'est vraiment de la merde…

Elle se penche vers Tallulah et braque sur elle ses iris vert clair.

— Ne le laisse pas te manipuler. Pense à ta gueule. Sois forte.

Tallulah hoche la tête. C'est ce qu'elle a prévu de faire.

— Si tu rappliques maintenant, il aura gagné. Ce sera encore plus facile pour lui de te dominer la prochaine fois. Tu piges ?

Elle acquiesce à nouveau. Scarlett s'enfonce dans le canapé.

— Courage, Tallulah.

En entendant ces mots, Tallulah sent un brasier s'allumer en elle, un feu primitif et incandescent, qui part de son bas-ventre et se répand dans son cœur, coule dans ses veines, et elle se redresse d'un bond, s'approche de Scarlett, la chevauche, peau contre peau, et l'embrasse.

31

Septembre 2018

Le lendemain, Sophie appelle son coiffeur à Deptford et prend un rendez-vous pour la fin de matinée.

— Je vais à Londres aujourd'hui pour me faire couper les cheveux avant le voyage au Danemark, apprend-elle à Shaun.

— Quel voyage ?

— Tu sais, je t'en ai parlé. Lundi prochain, je vais au Danemark. Je serai de retour le mardi soir.

Il hoche la tête d'un air distrait.

— Et tu ne peux pas prendre rendez-vous chez le coiffeur du village ?

— Non, pas vraiment. Et puis j'ai envie d'aller à Londres. Je vais peut-être en profiter pour déjeuner avec des amis.

— Bonne idée.

Elle est sûre qu'il aura oublié cet échange d'ici une demi-heure.

— Qu'est-ce qui se passe avec la police aujourd'hui ? lui demande-t-elle en le regardant mettre sa cravate. Ils reviennent ?

— Aucune idée. Je ne vais pas tarder à le découvrir.

Il rabaisse son col et ajuste son nœud de cravate devant le miroir. Au moment de leur rencontre, elle avait aimé le costume sérieux de Shaun, ses cheveux poivre et sel, ses belles chaussures en cuir, et trouvait adorable que certains élèves de sixième l'appellent « papa ». Quand elle sortait avec ses amis, elle leur disait : « C'est tellement agréable d'être enfin avec un homme qui ne se comporte pas comme un ado attardé. » Et ils hochaient la tête avec enthousiasme en la félicitant. Mais, à présent, elle perçoit différemment cette maturité qui la rassurait au début de la relation. Elle y décèle une certaine forme de sévérité, de rigidité. Il noue sa cravate de plus en plus haut, la serre de plus en plus. Sa mâchoire est contractée. Ses étreintes sont brèves, presque brutales.

Elle s'approche de lui et l'embrasse sur la joue. Il lui lance un regard surpris.

— On va passer un super week-end avec les enfants.

— J'espère. J'ai hâte.

Il avait été très facile de retrouver Jacinta Croft, l'ancienne proviseure de Maypole House. Elle est aujourd'hui la directrice d'un lycée privé pour filles dans le quartier de Pimlico, à Londres. En haut du communiqué de presse annonçant sa nomination, le visage de Jacinta souriait à Sophie. Une blonde sans âge en chemisier crème avec une chaîne en or.

Sophie quitte le salon de coiffure vers midi, prend le train de Deptford à London Bridge, puis descend dans le métro.

Le vrombissement moite de la rame l'enveloppe, l'odeur familière du métal huilé et de l'air recyclé, les journaux gratuits abandonnés sur les sièges, le doux roulis du wagon. Elle ferme les yeux et inspire longuement.

Une fois à Pimlico, elle suit les indications de son téléphone et arrive devant le lycée de Jacinta ; un bâtiment jacobéen avec deux escaliers en miroir qui se rejoignent au niveau de la porte d'entrée.

Elle ne lui a pas écrit. Son mail aurait forcément atterri chez une assistante ou une secrétaire, et elle aurait reçu une réponse polie lui suggérant de laisser la police s'occuper de l'affaire. Au lieu de cela, elle sonne et annonce à l'interphone qu'elle voudrait prendre un prospectus.

Une fois à l'intérieur, elle se met à parler à la jeune femme de l'accueil de sa belle-fille, Pixie, qui habitait à New York et s'installe à Londres le mois prochain pour rejoindre son père. Pixie est très brillante, créative, douée en langues, et veut devenir avocate. Elle lui pose de nombreuses questions sur le lycée, et quand elle demande des renseignements sur la nouvelle directrice, le visage de l'employée s'illumine. Elle lui dit que Jacinta est une femme exceptionnelle, qu'elle a complètement transformé l'établissement, que les élèves l'adorent, qu'elle est très bienveillante et attentionnée.

— Ça a vraiment l'air d'être une personne sensationnelle. J'imagine qu'il n'est pas possible de la rencontrer, si ?

— Oh non, je suis désolée. Elle a des réunions tout l'après-midi.

— Je comprends, mon frère est proviseur lui aussi, dans un pensionnat d'Upfield Common. Il croule sous le boulot !

— Upfield Common, vous dites ?

— Oui, dans le Surrey. Vous connaissez ?

— Non, pas vraiment, mais je crois que c'est là que Jacinta travaillait avant d'arriver ici. Comment s'appelle le lycée ?

— Si je me souviens bien, c'est Maypole House.

La jeune femme frappe dans ses mains.

— Oui, c'est ça ! Elle travaillait là-bas. Quelle coïncidence ! Et votre frère en est le proviseur ?

— Oui, il vient juste de prendre ses fonctions. C'est fou comme le monde est petit !

Sophie ne sait pas encore où ses mensonges vont la mener, et alors qu'un récit impromptu commence à prendre forme dans son esprit, elle voit son interlocutrice lancer un regard fervent par-dessus son épaule et se lever.

— Oh, Jacinta !

Sophie se retourne et aperçoit une femme menue qui traverse le hall d'entrée. Elle est vêtue d'un pull noir à col roulé et d'un pantalon rouge en tartan. Ses cheveux blonds sont noués en un chignon complexe en bas de sa nuque, et elle porte de très hauts talons, dans une tentative évidente de paraître plus grande. Elle sourit d'un air incertain à la réceptionniste.

— Alice, que puis-je faire pour vous ?

— Je suis désolée, je sais bien que vous êtes occupée, mais cette dame est venue se renseigner pour l'inscription de sa belle-fille, et nous avons un peu discuté. Vous n'allez pas me croire, mais son frère est le proviseur de votre ancien lycée !

Jacinta ferme à moitié les paupières et dévisage Sophie. Elle triture son collier de perles.

— Mon ancien lycée… ? Pardon, mais comment vous vous appelez ? Je n'ai pas bien saisi.

— Susie, lui répond rapidement Sophie. Susie Beets.

— Jacinta Croft, se présente-t-elle en lui tendant une petite main de porcelaine. Enchantée. Votre frère travaille à Maypole House ?

— Oui, il vient de commencer, et c'est déjà la catastrophe ! Au bout de deux jours, la police a débarqué, et les enquêteurs sont partout dans le lycée, apparemment.

Elle scrute le visage de Jacinta, qui cille plusieurs fois, et remarque un spasme musculaire sous sa pommette.

— Vraiment ? demande-t-elle en la guidant à l'écart de l'accueil, vers une alcôve boisée où sont gravés les noms de celles qui l'ont précédée à la tête de l'établissement.

— Oui ! renchérit Sophie d'un air ingénu. Des jeunes gens auraient disparu l'année dernière, et la police a trouvé de nouveaux indices dans le parc de Maypole. Mais si vous y étiez avant, vous êtes peut-être au courant ?

Elle lance cette dernière question en ouvrant grand les yeux. Elle incarne si bien Susie Beets qu'il ne reste plus une once de Sophie en elle.

Le visage fin de Jacinta tressaille.

— Le couple, vous voulez dire ?

— Oui, c'est ça, je crois. Mon frère ne m'a pas donné beaucoup de détails.

— Ils étaient très jeunes et ils avaient un bébé. C'était horrible, commente-t-elle en secouant la tête. On n'a jamais retrouvé leur trace. Mais les rumeurs qui ont circulé ensuite… Tellement de ragots, de théories complotistes. Je ne sais pas si votre frère vous l'a précisé, mais avant de disparaître, le couple avait passé la soirée chez une ancienne élève de Maypole. Sur place, il y avait une autre de nos élèves, un de nos assistants, et la fille de notre intendante. Ça a été très compliqué à gérer pour le pensionnat, même si aucun de ces jeunes n'était scolarisé à Maypole au moment des faits. C'est l'une des raisons qui m'ont poussée à changer d'horizon, ajoute-t-elle avec un soupir. Votre pauvre frère, il n'aura pas eu de répit. Qu'est-ce qu'ils ont trouvé exactement ?

— Je crois que c'était une bague, ou quelque chose comme ça. Juste à l'orée des bois, derrière sa maison.

— Une bague ? répète Jacinta en fronçant les sourcils. C'est étrange. Je pensais que vous alliez dire…

Elle s'interrompt.

Sophie l'interroge du regard.

— Rien… Je ne suis pas sûre qu'une simple bague soit suffisante pour faire avancer le dossier.

Ses yeux se posent sur l'horloge derrière Sophie.

— Je suis désolée, mais il faut que j'y aille. Je compte sur vous pour transmettre mes salutations à votre frère. Souhaitez-lui bonne chance de ma part.

Sophie sourit et la remercie à nouveau. Puis elle se retourne pour partir et esquisse un signe de la main à l'intention de la réceptionniste, Alice.

Elle s'approche de la porte vitrée quand la jeune femme l'appelle.

— Madame Beets, votre prospectus pour Pixie !

Sophie pivote vers elle et va chercher le document qu'elle lui tend.

— Merci beaucoup ! J'allais oublier !

Sophie expire longuement en tournant au coin de la rue, vers le pont de Vauxhall. Elle se débarrasse du papier dans une poubelle. En consultant son téléphone, elle se rend compte qu'il est encore tôt. Elle n'est pas pressée de rentrer à Upfield Common, alors elle écrit à son amie Molly, qui travaille à côté de la gare de Victoria, lui demandant si elle est disponible pour déjeuner. Elle lui répond immédiatement que oui.

Quelques minutes plus tard, en se glissant sur la banquette en cuir d'une brasserie très animée aux murs pistache, Sophie se sent libérée du poids de ces derniers jours : l'isolement de sa nouvelle existence, le profond silence qui règne la nuit dans leur chambre à l'orée de la forêt, le petit rosier derrière l'abribus, le visage triste de Kim Knox essuyant des verres derrière le comptoir du *Swan & Ducks*, la nervosité de Shaun, sa cravate au nœud trop serré, ses lèvres pincées. Soudain, elle a l'impression qu'elle n'a jamais quitté Londres, que tout cela n'est pas réel. Elle est là, en compagnie de Molly, à savourer un verre de vin. Trois hommes en costume attablés plus loin les dévorent du regard. Quand le déjeuner touche à sa fin, Sophie a un choc en prenant conscience du fait qu'elle ne va pas rentrer chez elle à Deptford, mais qu'un train lourd et bruyant l'attend à la gare pour l'emmener loin de la capitale.

— Tu sais, la vie ici me manque énormément, avoue-t-elle à son amie en remettant son manteau.

— L'herbe est toujours plus verte ailleurs. Moi, je donnerais cher pour aller vivre à la campagne, avec un beau proviseur, sans payer de loyer.

Sophie se force à sourire.

— Tu as raison… Mais je me sens un peu… perdue.

— Tu vas trouver tes repères. Ça ne fait même pas deux semaines que tu es là-bas. Je sais que tu vas y arriver, tu es du genre à t'adapter facilement, Sophie, depuis toujours.

Il est presque 14 h 30 quand Sophie et Molly se séparent devant le restaurant. Pendant un moment, Sophie reste immobile, ses pieds comme scellés au trottoir. Elle lance un regard de l'autre côté de la rue, vers la silhouette sombre de la gare. Elle n'est pas prête à rentrer. Pas encore. Elle prend le métro jusqu'à Oxford Circus et marche pendant une heure dans les rues bondées de passants qui avancent soit trop vite, soit trop lentement. Elle déambule à l'aveugle dans un magasin Zara, un Gap, puis s'engouffre par l'un des côtés du Selfridges et en ressort de l'autre sans avoir rien regardé. Son cerveau est en ébullition. Elle se rend compte qu'elle n'a aucune envie de retourner à Upfield Common, et cette pensée la tétanise.

Elle continue à se balader sans but. Elle s'installe dans un Starbucks et boit un thé qu'elle laisse infuser trop longtemps. Elle feuillette les livres en librairie, observe les titres rangés dans l'étagère « Fiction D-F ». Un seul exemplaire de sa série policière signée P.J. Fox. Comment est-elle censée vendre si ses livres ne sont pas disponibles en librairie ? Elle fait un tour dans l'immense Primark de Marble Arch et en ressort avec trois culottes en dentelle qui lui ont coûté sept livres.

Il est 16 h 30. Elle ne veut toujours pas rentrer.

Elle repense à Jacinta Croft en errant dans les petites rues de Mayfair vers Park Lane. Elle s'était censurée à un moment de leur conversation. Quand Sophie avait mentionné la bague. Qu'avait-elle dit, déjà ? Qu'elle pensait qu'on aurait découvert autre chose dans les bois ?

Sophie trouve le numéro du lycée de Jacinta sur Internet et appelle. À sa grande surprise, on la met en ligne avec la directrice immédiatement. Un instant plus tard, elle entend la voix chaleureuse mais professionnelle de Jacinta.

— Je savais bien que j'aurais rapidement de vos nouvelles.

32

Septembre 2018

Le téléphone de Kim sonne. Elle l'attrape sur le coin de l'évier et voit s'afficher le nom de Megs. Elle se demande pour quelle raison elle peut bien l'appeler, puis se souvient.

Elle décroche et la salue.

— Kim, c'est Megs.

— Oui. Tu as eu Dominic ?

— Oui, hier. Qu'est-ce qu'il se passe ?

— Il t'a raconté pour la bague ?

— Oui, oui. Il m'a dit qu'ils avaient encore fouillé ces satanés bois. Mais c'est tout. Il y a autre chose ?

— Non, répond Kim avec un soupir. Ils ont parlé à Liam et à la fille de Kerryanne. Ils ont aussi envoyé au labo la photo de la pancarte qui indiquait l'emplacement de la bague. Ils vont faire une analyse graphologique et espèrent trouver des indices.

— Des indices ? Et sur la bague, il y en avait ?

— Je ne sais pas, je l'ai donnée à la police. Mais la femme qui l'a trouvée avait nettoyé l'écrin pour déchiffrer le nom de la bijouterie. Ça m'étonnerait qu'il reste des empreintes là-dessus.

Megs marmonne un juron.

— Bon, et comment ça va sinon ?

Kim sursaute légèrement. Elle ne s'attendait pas à ce que Megs lui pose ce genre de questions.

— Ça va. J'ai un peu peur, forcément.

— Oui, c'est vraiment bizarre, hein ?

Kim ne réagit pas. Elle laisse une chance à Megs de prendre des nouvelles de son petit-fils. En vain.

— Bon, tiens-moi au courant, reprend Megs. J'arrive pas à croire qu'on va peut-être enfin connaître la vérité.

— J'espère. Et toi, comment ça va ?

À l'autre bout du fil, elle entend Megs prendre une profonde inspiration.

— Pas très bien, mais que veux-tu… c'est comme ça. Il faut pas se laisser abattre et essayer de continuer à vivre.

— Qu'est-ce qui s'est passé, d'après toi ? Tu crois qu'ils se sont fait la malle tous les deux ? Il me semble que c'était la piste que tu privilégiais, mais je me trompe peut-être.

Elle l'interroge avec délicatesse, comme si elle tenait dans ses mains un tout petit œuf qu'elle craignait de casser.

— Oui, c'est ce que je pensais. C'est toujours le cas, d'ailleurs. C'est la seule hypothèse qui tienne la route.

— Peut-être… Il y a peut-être des parents qui abandonnent leur bébé pour aller vivre la belle vie au soleil, oui. J'imagine que ça s'est déjà produit. Il existe sans doute des gens qui font ça. Mais pas Tallulah. Ni Zach. Il adorait Noah. Il allait demander Tallulah en mariage. Il était en train d'économiser pour qu'ils puissent acheter un appartement. C'est probablement moins douloureux de croire qu'ils ont pris un nouveau départ ailleurs et qu'ils font tout pour ne pas être retrouvés, mais ça me paraît insensé. Absolument impossible.

— Parfois, je me demande si…

Megs s'interrompt.

— Je ne sais pas, reprend-elle. Tu penses que c'est vraiment le fils de Zach ?

Kim a l'impression qu'on vient de lui asséner un coup de massue sur la tête. Elle ne répond pas. Les mots lui manquent.

— Enfin… c'est juste une théorie, mais ça pourrait expliquer tout ça.

— Expliquer quoi ?

— Ce qui s'est passé ce soir-là. Peut-être que Zach s'est rendu compte qu'il n'était pas le père, et qu'ils se sont disputés. Peut-être qu'il s'est senti tellement trahi qu'il est parti pour ne jamais revenir. Peut-être qu'un malheur est arrivé à Tallulah une fois qu'elle s'est retrouvée seule. Ou peut-être qu'elle ne s'est pas sentie capable de vivre avec le poids de la honte. Je ne sais pas.

Kim ouvre la bouche pour protester, mais aucun son n'en sort.

— Moi, poursuit Megs, je n'ai jamais trouvé que Noah ressemblait beaucoup à Zach. Normalement, les bébés ressemblent à leur père, non ? Alors que Noah, pas du tout. Et je ne me suis jamais vraiment sentie liée à lui, tandis qu'avec mes autres petits-enfants…

Kim met fin à la conversation en appuyant rageusement sur son écran, et jette son téléphone sur le comptoir comme s'il venait de la brûler. Elle s'adosse au mur.

Le voilà enfin, le fin mot de l'histoire. Megs suppose que Noah n'est pas le fils de Zach. Elle pense que Tallulah a couché avec quelqu'un d'autre et a fait croire à Zach qu'il était le père pour qu'il s'occupe de lui. Même si Zach l'avait suppliée pendant six mois de lui accorder une seconde chance. Et ce n'est pas tout : Megs pense que Zach et Tallulah ont disparu chacun de leur côté. Ce pauvre Zach, cocu et humilié, serait parti la queue entre les jambes, laissant Tallulah se faire massacrer dans la nuit ou abandonner son enfant, rongée par la culpabilité ?

Kim regarde autour d'elle dans la cuisine. Elle voit les fantômes de ces moments qui ont mené à cette situation inconcevable. Le petit Noah dans sa chaise haute, les joues roses, tapant du poing sur le plateau, émerveillé d'avoir réussi à tirer la langue. Tallulah le filmant avec son portable, pleurant de rire. L'amour qui les unissait tous les trois. La joie qui imprégnait toutes les pièces de la maison. Et maintenant Tallulah n'est plus là, et Noah est un petit garçon de deux ans au tempérament difficile, obsédé par les écrans. Qu'il soit à la crèche ou ici, il fait tout pour pousser Kim à bout. Il lui tire la langue non parce qu'il peut le faire, mais parce qu'il veut exprimer le dégoût que lui inspire sa nouvelle vie. Une vie de bric et de broc depuis la disparition de sa mère. Kim se sent si seule, son monde lui semble tellement étriqué. Elle veut qu'on lui rende ce qu'elle avait avant, tout ce qu'elle avait.

Elle laisse sa tête retomber sur son épaule et pleure toutes les larmes de son corps.

33

Mars 2017

Un matin de mars, Scarlett revient en cours. Tallulah la voit sortir de la Tesla noire de sa mère. Derrière le volant, elle distingue d'abord une ombre portant des lunettes de soleil, une chevelure sombre, le scintillement de pierres étincelantes sur les doigts agrippés au volant recouvert de cuir, puis la silhouette reconnaissable entre mille de Scarlett qui s'extrait de la voiture, la capuche sur la tête, les épaules affaissées. La portière claque, la Tesla s'éloigne, et Scarlett croise le regard de Tallulah.

— Salut, toi.

Tallulah sent son ventre se nouer. Cela fait dix jours qu'elle a dormi chez elle, et elle ignore depuis ses appels, ses messages, ses Snapchat, ses vocaux, et la séquence un peu inquiétante et insensée de gifs de personnes qui dansent, supplient, s'embrassent, sautent, tournoient, se prennent dans les bras. Elle n'avait pas répondu aux selfies tristes, aux photos de Toby avec la légende : « Ouaf, ouaf, tu reviens quand, madame ? » Elle laisse son téléphone en mode silencieux pour que Zach ne se rende compte de rien.

— Salut.

— Je suis là à cause de ma mère. Elle m'a dit que si je ne retournais pas en cours, elle m'enverrait vivre chez ma grand-mère. Elle a appelé le proviseur, et me revoilà.

Tallulah se frotte les bras pour se réchauffer avant de mettre ses poings dans ses poches. Il fait très froid ce matin, et les nuages se délestent d'une pluie gelée.

— Je suis désolée de ne pas t'avoir répondu.

Scarlett hausse les épaules sans desserrer les lèvres.

— Tu sais, Zach est toujours dans les parages.

— Tu aurais pu venir dimanche, quand il jouait au foot.

Scarlett n'a plus rien de son espièglerie habituelle ; elle paraît très nerveuse.

— Il est encore énervé à cause de vendredi soir.

Tallulah déteste s'entendre prononcer ces mots. Elle se trouve pathétique.

— Mais on s'en fout de ce qu'il pense. Tu as dix-huit ans, Tallulah, et vous n'êtes pas mariés. Dis-lui d'aller se faire foutre.

— Je ne peux pas.

— Pourquoi ? Qu'est-ce qui se passerait ?

— Rien, rien du tout, répond-elle rapidement.

Le souvenir de ses poignets pris en étau entre les mains de Zach s'impose à elle.

Elles marchent ensemble jusqu'aux portes du lycée sans parler. Puis Scarlett brise le silence.

— Il se passe quoi entre toi et moi ?

Tallulah regarde autour d'elles pour s'assurer que personne ne peut les entendre.

— Je ne sais pas, je…

Elle s'arrête et se retourne vers Scarlett.

— Je ne sais pas ce que je ressens, ce que je pense, lui murmure-t-elle rapidement.

— En tout cas, faire comme si ça n'avait pas existé ne risque pas de t'aider à comprendre.

— Sans doute, mais j'ai besoin de temps. C'est nouveau pour moi.

— J'ai menti au fait, avoue la jeune femme d'une voix douce. Ce n'est pas ma mère qui m'a obligée à revenir ici. C'est moi qui ai demandé.

Tallulah la dévisage avec curiosité.

— Je me suis dit que, comme ça, on pourrait passer du temps ensemble. Sans que Zachouille le casse-couilles soit là pour te dire ce que tu peux et ne peux pas faire.

Tallulah sourit.

Zachouille le casse-couilles.

— Il faut que j'y aille, reprend-elle avec sérieux. Je suis déjà en retard.

— On se voit ce midi alors ? Au self ?

Tallulah sent sa détermination s'effriter peu à peu face à une Scarlett qui ne veut pas en rester là, qui exprime l'envie de vivre quelque chose avec elle.

— Scarlett…, l'appelle-t-elle alors qu'elle tourne les talons.

— Oui ?

— Tout ça, c'est un secret, n'est-ce pas ? chuchote-t-elle en faisant un geste circulaire entre elles deux. Personne ne doit savoir.

Scarlett hoche la tête et lève la main droite.

— Parole d'honneur, promet-elle à voix basse. Toi et moi, c'est tout.

Puis elle pose ses doigts sur sa bouche et lui envoie un baiser. Elle lui souffle « à tout à l'heure » avant de s'éloigner.

Les semaines suivantes, une routine s'instaure entre Tallulah et Scarlett. Le lundi matin, la mère de Scarlett la dépose au lycée en allant à son cours de yoga. Les filles se retrouvent devant les grilles. Le mercredi et le jeudi, Scarlett rejoint Tallulah à l'arrêt de bus d'Upfield Common. Elles s'installent au fond du bus et discutent à bâtons rompus. Le midi, elles déjeunent parfois ensemble au réfectoire, où Tallulah joue le rôle de la nouvelle amie très discrète de Scarlett. Mimi, Roo, Jayden et Rocky l'ignorent. Elle ne leur en veut pas ; elle fait tout son possible pour ne pas se faire remarquer, et que personne ne puisse deviner qu'elle occupe une place importante dans la vie de Scarlett.

Le lundi après-midi, puisqu'elles terminent toutes les deux les cours assez tôt et que Zach travaille tard, elles se retrouvent à l'écart du lycée, au coin de la rue, et se rendent au petit salon de thé de la rue principale de Manton, là où elles ne risquent pas de croiser d'autres élèves, et elles commandent une théière et deux parts de gâteau. Elles s'asseyent dans un renfoncement où elles peuvent se regarder dans les yeux, se tenir la main et se toucher les jambes sous la table sans que personne ne les voie. Et même si quelqu'un les voyait, personne ne sait qui elles sont.

Enfin, le dimanche, quand Zach va jouer au foot et que la mère de Scarlett va nager avec une amie à la piscine de Manton, Tallulah enfourche son vélo et dévale les petites routes, le cœur impatient et joyeux. Scarlett vient lui ouvrir la porte des Cendres, et elles se ruent dans sa chambre, se jettent sur le lit. Dans l'aura dorée qui les entoure, Tallulah sent se dissiper toute la tension accumulée au cours de la semaine. Elles se murmurent des mots tendres à l'oreille, le souffle chaud et les lèvres douces. Blotties l'une contre l'autre, elles tiennent à distance le reste du monde, leurs étreintes sont un refuge. Après, Tallulah ne veut pas prendre de douche, elle ne veut pas faire disparaître les traces merveilleuses que Scarlett laisse sur sa peau. Elle rentre chez elle retrouver son petit ami et son bébé en sentant encore le goût de son amoureuse, de ses draps, du parfum français que sa tante lui offre chaque année pour son anniversaire, parce qu'elle lui a dit qu'elle l'aimait quand elle avait cinq ans. Et personne ne s'en rend compte. Pas même Zach, qui semble accepter sa nouvelle activité dominicale : faire du vélo dans la campagne pour se sentir mieux dans son corps et retrouver sa silhouette d'avant la grossesse. Il pense que l'odeur qu'il remarque sur sa peau est celle de sa sueur. Que le rose à ses joues lui vient de l'air frais de la nature.

Tallulah a l'impression de mûrir, d'éclore pendant ces semaines où l'hiver laisse place au printemps. Dans sa vie, elle a désormais deux sources de joie : son fils et son amoureuse dont personne ne connaît l'existence. Les jours se font plus longs, les nuits plus chaudes, Noah grandit et se montre de plus en plus câlin, Scarlett teint ses cheveux en lilas et se fait tatouer les initiales de Tallulah sur le côté du pied : TM.

— Si quelqu'un pose la question, je dirais que c'est pour « trademark ».

Malheureusement, Zach fait encore partie du décor et il est tout sauf une source de joie.

Il fait des heures supplémentaires à l'entrepôt en espérant économiser suffisamment pour qu'ils puissent emménager dans un appartement tous les trois. Il tient à jour un tableau et le montre à Tallulah tous les soirs.

— Regarde, dit-il en désignant des nombres. Si le mois prochain je peux avoir ma promotion et devenir assistant chef de rayon, je gagnerai 68 livres de plus par semaine. Plus les heures sup'. Et ma mère pourra nous prêter deux mille, je pense. Donc, d'ici l'été, on devrait avoir 13 559 livres de côté. Bien sûr, on devra faire de la propriété partagée, mais il y en a de très bien, j'en ai vu juste à la sortie de Reigate, par exemple. Tiens.

Il fait défiler sous ses yeux des annonces pour des logements minuscules, sans jardin pour Noah, à des kilomètres d'ici, de sa mère, de Manton, de Scarlett. Elle hoche la tête.

— C'est vraiment mignon, dit-elle tout en pensant que non, non, non, elle ne veut pas vivre là-bas avec lui.

Elle passe son temps à rêver d'un monde sans Zach, à imaginer ce à quoi il ressemblerait, à songer au bonheur de n'exister que pour Noah et Scarlett.

Début avril, Zach et elle ont dix-neuf ans et ils organisent une fête commune – une soirée modeste dans un restaurant de Manton qui sert des burgers, avec la famille seulement, sans amis, pour ne pas dilapider les économies qu'il faudra investir dans cet appartement où Tallulah n'a aucune intention d'habiter, pour se payer une vie que Tallulah n'a aucune intention de faire sienne. Le samedi matin, Zach a prévu une visite.

Toute la matinée, pendant qu'il se douche et s'habille, il est survolté.

— Dix-neuf ans ! Dix-neuf ans, et prêt à acheter son premier appart. La classe !

Kim les conduit jusqu'à l'emplacement des futurs appartements. Depuis la voiture, ils observent les petits immeubles en cours de construction au bord de la nationale. Les bâtiments sont faits de briques gris foncé, avec des bardages en plastique sombre censés imiter le bois. Chacun se déploie autour d'une cour carrée où ont été plantés de jeunes arbres, encore entourés de barrières et de tuteurs, et une pelouse couverte d'un filet de protection. Une femme dans un bureau vitré les accueille chaleureusement. Elle s'extasie sur leur jeune âge et la beauté de

Noah, tout en leur parlant du bonheur de posséder son « tout premier chez-soi ».

Elle leur fait visiter trois appartements. Il y fait extrêmement froid, ça sent la peinture fraîche et la colle. Leur voix résonne dans les espaces vides. L'un des logements donne sur la nationale, l'autre sur cour, et le troisième sur les derniers pavillons de la banlieue de Reigate. Les cuisines sont blanches, étincelantes, pensées pour ressembler aux spacieuses cuisines des riches, tout en ne mesurant qu'un dixième de leur taille. Le tablier de la baignoire est constitué de carreaux de céramique gris sombre qui rappellent le revêtement extérieur du bâtiment. C'est très propre. Très moderne. Tout ce que Tallulah déteste. Sa mère souligne les atouts de chaque appartement. Il lui semble que la conversation se déchaîne au-dessus de sa tête entre sa mère, Zach et l'agent immobilier. Ils évoquent les plans, le potentiel du lieu, la chambre qui conviendrait le mieux à Noah, la couleur qu'ils pourraient choisir pour les murs, la vie de quartier, le nouveau supermarché qui va ouvrir dans la zone industrielle voisine. Tallulah se sent engourdie, et tout cela lui donne le vertige ; elle a peur de ce qu'elle est en train de laisser lui arriver, elle s'en veut de visiter des appartements gelés avec un homme qu'elle voudrait voir disparaître. Elle a dix-neuf ans et elle est amoureuse de Scarlett.

Sur la route du retour, elle est assise à l'arrière et caresse la main de son fils, qui dort. À l'avant, Zach et sa mère discutent. Au bout d'un moment, Kim se retourne vers elle.

— Qu'est-ce que tu en as pensé, ma chérie ?

— C'était bien.

— Tu aimes lequel, toi ?

— Celui qui donnait sur cour, répond-elle consciencieusement, car elle sait que c'est celui que Zach préfère et qu'on ne lui posera pas plus de questions.

Cette nuit-là, entre la chaleur étouffante de Zach et de Noah qui dorment avec elle, Tallulah décide qu'elle racontera tout à Scarlett le lendemain matin. Elle lui dira qu'elle est mère, qu'elle a un fils de dix mois, que les vergetures que Scarlett parcourt parfois du doigt ne sont pas là par hasard, mais parce qu'elle a porté un bébé de 3 kilos 600 grammes. Elle va lui proposer d'arrêter de se cacher, lui demander d'être officiellement avec elle, puis elle racontera tout à sa mère, à Zach, et elle empêchera sa vie de se propulser vers cet avenir fait d'un petit ami dont la présence lui donne l'impression de manquer d'air, d'un appartement en bordure de nationale et d'une multitude de secrets. Elle va reprendre les rênes de son destin, de son identité. Elle sera la version d'elle-même la plus authentique, la plus vraie, la plus honnête, la meilleure, la plus juste et la plus pure.

Le lendemain, par la fenêtre de sa chambre, elle regarde Zach sortir de la maison avec sa tenue de sport, puis jette ses affaires dans son sac, descend dans la cuisine à toute vitesse, embrasse Noah et sa mère, enfourche le vélo dans l'allée, attache son casque et pédale à en perdre haleine vers Les Cendres.

Mais, quand elle arrive devant chez Scarlett, elle découvre un autre vélo posé là où elle laisse habituellement le sien. Elle regarde autour d'elle : personne. Peut-être est-ce celui du jardinier, d'une femme de ménage, ou de l'employé chargé de l'entretien de la piscine. Elle sonne, le cœur battant après sa course folle. Elle a hâte de retrouver Scarlett. Son amie lui ouvre la porte. Elle est encore en pyjama, les cheveux ramassés en un chignon désordonné, et un jeune homme apparaît derrière elle, en jean, avec un pull bleu marine classique à col camionneur.

Scarlett contemple Tallulah puis son invité.

— Lula, Liam. Liam, Tallulah.

Tallulah lui lance un regard inquisiteur. Scarlett tend la main vers son cou pour cacher un suçon. Elle ne porte pas de soutien-gorge. Puis ses yeux se posent sur Liam, qui la dévisage sans comprendre.

— Enchanté.

Il est pieds nus, lui aussi, et ses chaussures n'ont pas l'air d'être dans les parages.

— Liam est venu hier soir, explique-t-elle, la main toujours autour du cou. J'étais super mal, ma mère n'était pas là. Il a décidé, enfin on a décidé…

— C'était moi, l'interrompt-il. J'ai décidé de rester dormir parce qu'on avait un peu bu…

— Oui, c'était plus prudent. C'est tout.

— Voilà, et maintenant, j'allais partir, mais je ne sais plus où j'ai mis mes chaussures.

Il commence à chercher dans le hall, pendant que Tallulah observe Scarlett.

— C'est quoi, ce délire ? murmure-t-elle entre ses dents.

— J'ai pas le droit de t'appeler, répond Scarlett en haussant les épaules. Alors je l'ai appelé, lui.

Soulevant les doigts de Scarlett, Tallulah découvre la marque violacée d'un incontestable suçon.

— C'était un peu bizarre hier. On n'a pas couché ensemble. On a juste… tu vois…

Tallulah ouvre la bouche pour répliquer, mais la referme en voyant Liam les rejoindre, tenant une paire de chaussures de marche en cuir marron. Elle a les larmes aux yeux. Elle a envie de crier et de vomir. Elles se taisent pendant que Liam lace ses boots et s'apprête à partir. Il se penche vers Scarlett et dépose un baiser furtif sur sa joue. Scarlett se racle la gorge et sourit fermement.

— Merci d'être venu. T'es génial.

— Au revoir, Tallulah, à la prochaine.

— C'est ça, marmonne-t-elle d'une voix sèche.

Il s'en va, laissant les deux jeunes femmes seules dans l'entrée. Scarlett s'approche d'elle et lui prend la main. Tallulah tressaille.

Scarlett lève les yeux au ciel.

— Je te jure qu'il ne s'est rien passé. C'est Liam, c'est tout. Entre nous, il y a un passif. On a beaucoup trop bu. C'était complètement con, mais sans conséquence.

Tallulah ne sait pas quoi répondre. Elle croise les bras, les yeux rivés au sol, les sourcils froncés.

— Franchement, Tallulah, tu ne peux pas vraiment me reprocher ça. Tu vis avec ton mec, putain ! Et me dis pas que tu couches pas avec.

Tallulah pense aux brèves étreintes avec Zach ; elle préfère expédier ça, histoire qu'il ne la sollicite pas à un moment qui l'arrange encore moins.

— Maman va faire un tour avec Noah à l'étang, on a cinq minutes, lui avoue-t-elle.

Zach se dépêche. Grâce à quoi, Tallulah s'offre un répit de deux semaines sans qu'il la harcèle, sans qu'elle ait à se préoccuper de ça. Alors oui, ils couchent ensemble, mais cela n'a rien à voir avec les dimanches matin qu'elles passent dans l'immense lit de Scarlett aux draps si doux. Rien du tout.

— Ce n'est pas pareil.

— Bien sûr que si. C'est du réconfort. C'est l'habitude. C'est un moyen de les garder sous le coude. Parce qu'on pourrait avoir besoin d'eux.

— Waouh…

— Quoi ? Lula, tu sais bien que c'est vrai. Zach, il te sert à quoi ? Qu'est-ce qui justifie que tu ne le largues pas, que tu continues à coucher avec lui ? Il te donne forcément quelque chose.

— Non, il ne me donne rien.

— Alors pourquoi est-ce que tu restes avec lui ?

— Je veux le quitter, mais on est ensemble depuis toujours. C'est le seul homme avec qui…

Elle s'interrompt un instant en sentant ses yeux s'embuer.

— Je couche avec parce que je suis obligée. Pour des raisons dont tu n'as pas idée. Mais toi, tu n'avais pas à faire ça avec Liam hier. Tu n'es même pas avec lui. Il sait que tu ne l'aimes plus, que c'est terminé. Alors pourquoi tu agis ainsi ?

Scarlett soupire et lance à Tallulah un regard amoureux qui la met hors d'elle.

— Parce que… c'est comme ça.

— C'est comme ça ?

— Écoute, je ne suis pas… Je peux avoir des priorités, mais je ne veux pas de limites.

— Comment ça ?

— Toi, tu es ma priorité. Tu es la personne la plus importante de ma vie. Mais ça ne signifie pas qu'il n'y a personne d'autre. Il y a des gens qui ne sont pas aussi importants que toi, pour qui je ne ressens pas la même chose, mais ils sont là, et je ne vais pas les oublier.

— La monogamie, c'est pas ton truc, c'est ça que tu es en train de me dire ?

— Si tu veux… Mais, s'il te plaît, arrête ça. On recommence. Il y a des pains aux noix de pécan dans la cuisine. Ils datent d'hier, mais ils sont encore délicieux. Allez, viens. Tu m'as tellement manqué…

Elle meurt d'envie de s'asseoir sur le grand canapé bleu de la véranda de Scarlett en léchant le glaçage d'un pain aux noix de pécan sous une couverture douillette avant de monter dans la chambre pour admirer le corps de Scarlett pendant que

Toby serait allongé au pied du lit. Mais ce n'est pas pour ça qu'elle est venue ici. Elle est venue pour révéler la vérité à Scarlett, pour se donner à elle complètement. Maintenant qu'elle sait que Scarlett ne pourra jamais lui rendre la pareille, que son jardin secret est peuplé d'autres gens, elle se ravise. Ce n'est pas ce qu'elle souhaite pour elle-même, pour son fils, pour leur futur. Aux yeux de Scarlett, elle n'est sans doute qu'une distraction, comme Liam. Une aventure. Une expérience à faire pour savoir si c'est ce qu'elle veut ou non, pour pouvoir se dire plus tard, quand elle sera une femme accomplie, qu'elle s'est tapé un beau campagnard qui portait des pulls à col camionneur, qu'elle s'en est lassée et est passée à une fille qui vivait dans un petit pavillon et voulait devenir assistante sociale. Et, après elle, il y aura quelqu'un d'autre.

Elle regarde Scarlett, les yeux humides.

—Non. Je rentre chez moi. Oublie tout ça. Oublie-moi. Je mérite mieux.

Elle claque la porte en sortant, enfourche son vélo et pédale le plus vite possible, les larmes troublant sa vision. Les derniers mots adressés à Scarlett tournent en boucle dans sa tête. Elle se demande si elle les pensait vraiment.

34

Septembre 2018

Sophie retrouve Jacinta Croft dans un petit bar à vins au coin de la gare à 18 heures. Shaun a essayé de l'appeler, il veut savoir où elle en est. Elle s'apprête à lui répondre quand elle voit approcher l'ancienne proviseure.

— Je ne peux pas rester longtemps, lui annonce la directrice en posant sur la table son sac en cuir marron.

— Moi non plus, j'ai un train dans trente minutes.

— Très bien. Dans ce cas, passons commande sans tarder.

Elle interpelle une serveuse et demande deux verres de vin français sans concerter Sophie, puis se retourne vers elle.

— Chère Susie Beets, j'ai fait mes recherches après votre départ. Un détail ne collait pas.

— Vraiment ?

— J'imagine que vous n'êtes pas l'inspectrice fictive d'une série de livres écrits par une certaine P.J. Fox. Je pense que vous êtes plutôt P.J. Fox elle-même, c'est-à-dire Sophie Beck, née à Hither Green, dans le sud-est de Londres, en 1984, reprend-elle avec un sourire compassé.

— En effet, je suis désolée. Je…

— Écoutez, je travaille dans l'éducation privée. Plus rien ne m'étonne. Mais pourquoi avez-vous menti ?

— Je voulais vous rencontrer sans vous exposer à des conséquences. Je suis la compagne du nouveau proviseur de Maypole House, pas sa sœur. C'est moi qui ai trouvé la bague dans le parc.

Leurs verres arrivent. Jacinta attrape le sien rapidement et boit une longue gorgée tout en scrutant Sophie.

— Je ne discute pas tous les jours avec des auteures de polars qui se prennent pour des détectives, mais je crains de ne pas avoir beaucoup d'infos à vous apprendre. Cela étant, lorsque vous m'avez dit que la police avait fait une découverte dans le parc, je pensais qu'il s'agissait d'autre chose.

— À quoi songiez-vous ?

— Apparemment, il y aurait un tunnel secret dans le manoir où vivait Scarlett.

— J'en ai entendu parler. Il aurait été creusé pendant la première révolution, n'est-ce pas ?

— Oui. J'ai beaucoup pensé à ce tunnel quand tous ces événements se sont produits. J'en ai discuté avec la police, ils ont effectué des recherches, mais la famille Jacques n'a jamais localisé l'entrée. Les précédents propriétaires non plus. Avant eux, la demeure était restée inoccupée pendant longtemps. Ils ont fait appel à des historiens et à des architectes, mais cela n'a rien donné. Ça s'est arrêté là. Mais je me demande encore… Vous savez, cette famille, les Jacques, c'étaient des gens assez particuliers, assez narcissiques. Tous.

— C'est-à-dire ?

— Cette jeune femme, Scarlett, n'était plus élève au moment des faits, mais elle avait passé deux ans avec nous. C'était une très jolie fille, mais elle était profondément dérangée, selon moi.

Elle exerçait une sorte d'emprise sur les autres. Elle leur faisait croire qu'elle avait besoin d'eux, que sans eux elle s'effondrerait et qu'eux seuls pouvaient la maintenir en vie. À mon avis, elle savait parfaitement ce qu'elle faisait. Sa mère était une femme épouvantable. Tout dans l'apparence. Le père, je l'ai rencontré une fois, à l'entretien d'admission de Scarlett. Il s'était éclipsé au milieu de notre échange pour prendre un appel. Il était très distant. Froid. Cette famille me faisait penser à des icebergs issus du même glacier, qui dérivaient ensemble sans jamais se rejoindre. Alors, quand j'ai appris que les deux ados disparus avaient passé la soirée de la veille chez les Jacques, j'ai eu un mauvais pressentiment.

—Mais il n'y avait pas de lien entre eux, si ? Enfin, d'après ce que j'ai lu, le couple venait de rencontrer les anciens élèves de Maypole ce soir-là.

—Ce n'est pas tout à fait juste. La jeune femme et Scarlett étaient toutes les deux étudiantes au lycée professionnel de Manton.

—Mais, selon les jeunes présents à cette fête, elles ne se connaissaient pas vraiment.

—Encore une fois, je n'en suis pas si sûre. Il y avait une autre ancienne élève de Maypole, Ruby. Elle n'était pas à la soirée aux Cendres, mais elle a dit à la police qu'elle pensait qu'il se passait quelque chose entre les deux jeunes femmes. Je ne me souviens plus de son nom…

—Tallulah.

—Oui, voilà. Elle pensait qu'il y avait un truc entre Scarlett et Tallulah. Apparemment, Scarlett était bisexuelle et avait été avec Ruby à l'époque où elles étaient à Maypole. Et la propriétaire d'un salon de thé de Manton a déclaré qu'elle avait souvent vu Tallulah dans son établissement en compagnie d'une jeune femme qui ressemblait à Scarlett. Mais Scarlett a démenti, avançant que la gérante du salon devait la confondre avec une autre étudiante.

Jacinta lève les yeux au ciel et porte son verre à sa bouche, puis le repose avant même d'avoir bu une gorgée.

— Le petit ami de Scarlett, Liam. Vous l'avez rencontré ?

— Oui, acquiesce Sophie en se sentant rougir légèrement à la mention du jeune homme.

— Il avait participé à cette soirée. Il a affirmé qu'il n'avait jamais vu Tallulah avant ce soir-là, mais…

Jacinta soupire.

— Je ne sais pas. J'ai toujours eu l'impression qu'il ne disait pas toute la vérité. Qu'il protégeait Scarlett, peut-être, parce qu'il était fou amoureux d'elle. Quand elle a rompu, ça lui a brisé le cœur. Même à Maypole, on s'en était tous rendu compte.

— Étrange… Quand il m'en a parlé, il n'avait pas l'air ému.

— Alors il ne vous a pas tout dit. Moi, j'étais là. Je l'ai vu errer dans les couloirs comme une âme en peine, poursuit Jacinta en touchant le bord de son verre du doigt. Vous savez, je pense que ça a été l'année la plus difficile de ma vie. J'étais terriblement stressée. J'ai découvert que mon mari me trompait, et nous nous sommes séparés. Puis, un après-midi, il est parti se promener et n'est jamais revenu. Nous étions en plein divorce à ce moment-là, et notre relation était tendue. Il ne venait nous voir que les week-ends. Au début, je ne me suis pas inquiétée. J'ai pensé qu'il était rentré chez lui sans me dire au revoir. Mais, ce soir-là, il n'a pas appelé pour parler à son fils, ni le soir suivant. Il ne répondait pas à nos messages et ne prenait pas de nouvelles du chien. Alors j'ai signalé sa disparition. La police a fait une battue dans les bois et n'a rien trouvé. J'ai dû accepter, au bout d'un certain temps, qu'il ne voulait plus faire partie de nos existences. Qu'il voulait disparaître. Vivre avec cette autre femme, sans nous.

Elle pousse un long soupir.

— Puis ces jeunes gens ont disparu à leur tour, et ça a été la goutte d'eau pour moi. J'ai passé les pires moments de ma vie. Je n'avais pas d'autre choix que de partir.

Sophie arrive à Maypole House juste avant 20 heures. Shaun vient de rentrer après une dure journée de travail, il a l'air épuisé et cherche un verre dans la cuisine avec laquelle il ne s'est pas encore familiarisé. Elle s'approche derrière lui et passe ses bras autour de sa taille, déposant un baiser sur sa chemise froissée, à hauteur de l'omoplate.

— Je suis de retour.

— Je vois ça, répond-il sans se retourner. C'était comment, Londres ?

— Très chouette, déclare-t-elle en s'écartant de lui. Regarde comme mes cheveux sont brillants !

Il pivote et plonge une main dans son impeccable brushing.

— Tu es très belle, la complimente-t-il avec détachement. Je suis content que tu aies passé une bonne journée.

Sophie ne lui dit rien de ce qu'elle a vraiment fait aujourd'hui. Elle aimerait pouvoir lui faire part de ses découvertes, mais il n'approuverait sans doute pas sa démarche.

— Merci. Ça m'a fait du bien de sortir et de me distraire un peu.

— Tout va bien ? s'enquiert-il, la tête légèrement inclinée.

— Oui, bien sûr.

— Je me demande si tu te plais ici, si tu t'y retrouves dans notre relation, si tu n'as pas trop de mal à t'habituer au déménagement. Tu t'adaptes bien ?

— Ouais, enfin… je ne sais pas. Ce n'est pas…

— Tu regrettes d'être venue ici avec moi ? la coupe-t-il.

— Non, rétorque-t-elle en essayant d'être convaincante. Je ne regrette rien.

Elle voit son visage se détendre immédiatement.

— Tant mieux.

— Je savais ce qui m'attendait. Je savais tout ça. Et ça va, je te promets. Je veux que tu puisses faire ton travail le mieux possible, sans t'inquiéter pour moi. S'il te plaît.

Il laisse échapper un profond soupir, lui sourit et la tire vers lui pour la prendre dans ses bras et cacher ses regrets, sa culpabilité et sa peur. Malgré les mots qu'ils viennent d'échanger, ils savent bien, l'un comme l'autre, que cela ne va pas fonctionner, que ce qui les a unis à Londres, l'idylle menée entre deux appartements, avec des amis différents, a disparu. Ils se sont précipités vers cette nouvelle étape, aveuglés par l'été, le sexe, la perspective de vivre à deux dans cette campagne anglaise aux pelouses parfaitement entretenues. Aujourd'hui, la réalité les rattrape.

Le portable de Shaun vibre. Il s'écarte pour vérifier qui l'appelle. Il ne peut pas se permettre d'ignorer son téléphone ; tout appel pourrait concerner ses enfants, ce que Sophie comprend parfaitement.

— C'est Kerryanne. Elle veut que je passe la voir. Elle dit que c'est urgent.

— Tu veux que je t'accompagne ?

Sophie voit le doute s'imprimer sur son visage. Il devrait dire « non ». Mais, vu la teneur de leur discussion, il acquiesce.

— Oui, tu peux venir.

Le ciel est déjà sombre quand ils avancent sur le chemin de gravier qui mène à la résidence. C'est la première soirée fraîche, ce mois-ci. L'automne n'est plus très loin, et Sophie, jambes nues, frissonne sous son gilet fin.

Kerryanne, bras croisés, les attend devant la porte de l'immeuble. Elle a l'air soulagée de les voir arriver.

— Je suis vraiment désolée de vous déranger aussi tard, mais il faut absolument que vous voyiez ça.

Elle les guide le long du bâtiment, du côté où les balcons surplombent les bois, sous la grande terrasse de son propre appartement, et désigne du doigt un parterre de fleurs.

— Ce n'est pas moi qui l'ai repérée, c'est Lexie. Elle est rentrée de Floride ce midi. Elle était sur la terrasse, et voilà. Elle n'y a pas touché. Heureusement, je l'avais déjà mise au courant des derniers développements de l'affaire, donc elle a tout de suite compris.

Après le parterre de fleurs, il y a une grande pelouse, puis un sentier de gravier qui descend jusqu'à un portillon donnant sur les bois. À cet endroit précis, cachée derrière les fleurs mais apparemment visible depuis le balcon, se trouve une pancarte clouée à un tronc d'arbre. Sophie lit les mots « Creuser ici », inscrits au marqueur noir à côté d'une flèche pointée vers le sol.

35

Septembre 2018

Noah s'endort dès que Kim le met au lit. Il a passé la soirée à hurler. Kim ne se souvient pas bien de ses propres enfants à cet âge-là. Sa mémoire a occulté certains détails. Il lui semble que l'un des deux faisait des crises au supermarché. Sans doute Tallulah, mais elle n'en est pas certaine. Depuis quinze mois, Kim n'arrive plus à se rappeler quoi que ce soit de négatif au sujet de sa fille. Elle se remémore le visage de Tallulah quand elle lui appliquait de l'eye-liner dans sa chambre avant la soirée de Noël à Manton : l'éclat pâle de sa peau, la courbe parfaite de son nez, le rose de ses lèvres charnues, sa beauté fragile, discrète, qu'elles ont gardée pour elles comme un secret. Elle ne parvient pas à concilier l'image de cette jeune femme calme, rayonnante, avec la furie de deux ans qui s'époumonait au supermarché. Il ne peut pas s'agir de la même personne. Elle se persuade souvent que ce souvenir n'a jamais existé, ou qu'il s'agissait de Ryan, ou du gamin de quelqu'un d'autre. Pas sa fille. Pas Tallulah.

Mais elle n'a pas ce type d'œillères en ce qui concerne son petit-fils. Elle a beau l'aimer, elle le trouve très difficile. Un troisième enfant n'avait jamais fait partie de ses projets. L'occasion s'était pourtant présentée. Il y avait eu un homme, un ou deux ans après sa séparation de Jim, un homme qui voulait lui faire un bébé. Elle avait une trentaine d'années, et Ryan allait entrer en primaire. Pendant un moment, elle en avait eu envie. Mais, en y réfléchissant, elle appréhendait les innombrables nuits sans sommeil et le stress d'une troisième bouche à nourrir. Elle s'était vue à l'âge qu'elle a aujourd'hui, avec ses deux enfants jeunes adultes, et elle avait aimé cette projection. Elle avait dit « non » à cet homme doux qui voulait un bébé avec elle, cet homme qui attendait plus de leur relation de couple, et ce refus les avait éloignés. Il avait fini par la quitter, et ça en était resté là. Elle avait choisi de ne pas avoir de troisième enfant. Pourtant, c'est ce qui lui arrive malgré elle aujourd'hui, et c'est un petit garçon en colère, anxieux, tourmenté, qui l'épuise jour après jour.

À présent, il dort. Ils ont survécu à une nouvelle journée ensemble. Elle l'aime tout autant que les deux enfants à qui elle a donné naissance, surtout maintenant qu'il est assoupi et qu'elle a douze heures de répit.

Elle ouvre une bouteille de vin et se sert un petit verre. Le baiser froid de l'alcool lui procure un plaisir instantané. Elle boit une deuxième gorgée et attrape son téléphone pour faire défiler machinalement son fil Facebook. Mais, au moment où elle sélectionne l'icône bleue sur son écran, un appel s'affiche.

Dominic McCoy.

Elle se racle la gorge et répond.

— Kim, bonsoir. C'est Dominic. On a trouvé un nouvel indice à Maypole House. Vous pouvez venir ?

Son sang ne fait qu'un tour.

— Euh… Je viens de coucher Noah. Je suis toute seule. Je n'ai personne pour le garder. Vous pouvez me dire ce qui se passe ?

Un silence.

— Kim, donnez-moi cinq minutes. Non, dix. J'arrive. À tout de suite.

Dix minutes s'écoulent. Au bout de dix-huit, l'ombre de Dominic se découpe derrière la porte vitrée de Kim. Elle lui ouvre avant qu'il sonne et l'invite dans le salon. En l'attendant, elle a reversé le contenu de son verre dans la bouteille qu'elle a remisée au réfrigérateur. Elle a aussi réorganisé les coussins de son canapé et rangé les jouets de Noah. Elle s'est fait une queue de cheval et a enfilé des chaussettes pour que Dominic ne voie pas l'état de ses pieds.

— Comment allez-vous ? lui demande-t-il en s'installant dans le fauteuil bleu dans lequel il s'assoit toujours quand il vient la voir.

— Ça va, merci. Je suis un peu fatiguée.

— Oui, j'imagine bien…

Il ne porte plus d'alliance, ce que Kim a remarqué il y a environ six mois. Et il a perdu du poids. Elle le fixe avec insistance, espérant qu'il lui annoncera une découverte décisive.

— Kerryanne Mulligan nous a appelés il y a une heure. Sa fille a remarqué quelque chose dans le parc de Maypole, depuis leur terrasse. Elles sont allées voir et ont trouvé ça.

Il lui montre une photo sur son téléphone. La pancarte ressemble à s'y méprendre à celle que la compagne du proviseur a trouvée dans son jardin la semaine dernière.

— Qu'est-ce que c'était ? s'enquiert-elle d'une voix rauque.

Cette fois, il affiche une autre photo sur l'écran. Elle regarde l'image. C'est un objet étrange dans un sachet en plastique étiqueté. Elle ne comprend pas.

— C'est quoi ?

— Pour être honnête, j'espérais que vous pourriez nous renseigner là-dessus.

Elle pose ses doigts sur l'écran et agrandit l'image. C'est un outil en métal, avec une sorte de pointe tordue au bout, comme une petite truelle.

— Je ne sais pas du tout ce que c'est. Aucune idée.

Dominic paraît déçu.

— On l'a envoyé au labo. J'espère qu'ils vont pouvoir nous expliquer de quoi il s'agit. Nous attendons toujours leur retour concernant la présence d'éventuelles traces sur la bague et l'écrin, mais sincèrement, les chances pour qu'on retrouve une empreinte exploitable sont infimes. Apparemment, on a reçu le résultat des analyses graphologiques, je verrai ça demain matin. Il nous reste encore pas mal de pistes à explorer.

Il lui sourit, elle sait qu'il essaie de rester optimiste, mais elle voit bien que l'affaire ne progresse pas comme il l'espérait. Pour elle, c'est nécessairement douloureux, il s'agit de la disparition de sa fille. Pour lui, c'est une enquête qui s'embourbe.

— Merci, Dominic, lui dit-elle en s'efforçant de sourire. Merci pour tout.

— J'aimerais pouvoir faire plus. Ce n'est pas assez, j'en suis conscient. Mais ça, c'est une avancée, reprend-il en rangeant son téléphone dans sa poche. Quelqu'un sait visiblement quelque chose sur les circonstances de la disparition de votre fille et veut nous mettre sur la piste. Tendez l'oreille, Kim, restez sur le qui-vive. Si vous remarquez quoi que ce soit qui puisse avoir un lien avec notre dossier, vous m'appelez tout de suite, d'accord ?

Il la regarde d'un air grave, et elle lui sourit.

— Bien sûr.

L'espace d'un instant, elle songe qu'elle pourrait lui proposer un verre de vin, mais elle se ravise immédiatement ; il n'a certainement pas le temps, il est en service, il a une voiture à conduire, des enfants à coucher. S'il est ici avec elle, c'est pour les besoins de l'enquête. Alors non, évidemment qu'il ne voudra pas rester boire un verre avec une femme triste et fatiguée. Elle se lève et le raccompagne à la porte d'entrée.

— Je vous appelle demain matin. Bonne fin de soirée, Kim.

— Merci, répond-elle en s'agrippant au chambranle.

Elle a besoin d'un homme dans sa vie. Pour l'heure, il n'y a qu'elle et Noah, cette maison pleine de souvenirs, et toutes ces questions sans réponse. Kim referme derrière lui et plaque sa main contre sa bouche pour s'empêcher de pleurer.

36

Mai 2017

Au fil des jours de cours et des soirées mornes qu'elle passe assise à côté de Zach sur le canapé, avec le babyphone posé sur la table basse, le printemps prend ses atours estivaux. À ce stade de son développement, la tête du bébé pèse trop lourd pour qu'il soit capable de la tenir tout seul, ce qui les fait rire, et ils doivent toujours la rehausser avec un coussin quand il s'endort dans la voiture.

Le projet d'acheter un appartement en banlieue de Reigate tombe à l'eau quand la banque leur refuse le prêt. Zach reprend son tableur et analyse ses relevés de compte en fulminant. Acheter un appartement est devenu une obsession, comme si le fait de devenir propriétaire à dix-neuf ans était la preuve qu'il a réussi sa vie. Ils se sont mis à coucher ensemble le mercredi après-midi, quand Zach rentre tôt du travail, que Kim est à l'agence immobilière, Ryan au lycée et que Noah fait sa sieste. C'est la même routine chaque semaine, une série de mouvements répétés jusqu'à ce qu'au bout d'une dizaine de minutes Zach jouisse sans un bruit, la figure enfoncée dans un oreiller. Après, Tallulah se précipite dans la salle de bains sur la pointe des pieds et se demande qui est cette fille nue aux yeux vides et aux seins gonflés qui la regarde. Chaque fois, elle est soulagée à l'idée que ce soit fait. Pendant la période de répit qui s'annonce, son corps lui appartient.

Les jours se succèdent et s'allongent. Les partiels approchent, et Tallulah se concentre sur ses révisions et passe de moins en moins de temps avec Zach sur le canapé. Il l'interrompt constamment en faisant irruption dans la chambre pendant qu'elle travaille, inventant toujours de nouveaux prétextes pour la déranger.

Au lycée, elle croise Scarlett presque tous les jours, mais elles s'ignorent, si bien que Tallulah se demande parfois si elle n'a pas tout imaginé. Ses amis ne l'avaient jamais vraiment acceptée dans leur groupe et semblent ravis qu'elle ne s'asseye plus avec eux. Ils passent à côté d'elle en lui faisant un geste discret de la main. Au self, le midi, Tallulah mange seule ou en compagnie d'autres étudiants qui se destinent à des carrières dans le social. Elle n'a pas parlé à Scarlett depuis ce dimanche matin où elle l'a surprise avec son ex, un suçon dans le cou. Durant quelques jours, Scarlett lui avait envoyé des messages plaintifs sur WhatsApp et Snapchat. Tallulah l'avait finalement bloquée.

Pourtant, malgré le temps qui file et l'impasse dans laquelle se trouve leur relation, le désir qu'elle ressent pour Scarlett est encore aussi brûlant que lorsqu'elles étaient ensemble. Tallulah a mal quand elle se souvient de leurs dimanches matin, de leurs doigts entrelacés sous la table du salon de thé de Manton. Lorsqu'elle ferme les yeux, le parfum des bougies de la chambre de Scarlett l'assaille, la sensation de ses lèvres sur sa peau, et le rouge lui monte aux joues. Elle veut tout cela. Mais c'est impossible : elle a un enfant et des responsabilités. Elle ne peut pas partager sa vie avec quelqu'un qui juge acceptable de se bécoter avec son ex alors que sa copine arrive chez elle. Elle se doit de donner de bonnes bases à Noah, or Scarlett est tout sauf stable.

Puis un mardi matin, tandis qu'elle se promène à la mare aux canards avec Noah, un sachet de pain rassis calé dans la capote de la poussette, elle remarque une silhouette familière de l'autre côté de la place du village. Scarlett a cours le mardi. Elle ne devrait pas être là. Elle ne devrait pas être à Upfield Common.

Tallulah panique. Elle hésite à faire demi-tour et à rentrer à la maison au pas de course, mais Scarlett fond sur elle et la dévisage avec stupeur.

Tallulah baisse la tête, prend une profonde inspiration, puis avance vers Scarlett.

— C'est ton bébé ?

Tallulah acquiesce.

— Oui. C'est Noah, mon fils.

Scarlett la sonde du regard, essayant de déterminer si c'est la vérité. Puis elle s'accroupit et se penche vers l'enfant. Le cœur de Tallulah se met à battre plus vite, elle a peur que Scarlett l'attrape, le pince, lui fasse du mal. Elle tire la poussette vers elle, mais Scarlett se contente de dire bonjour à Noah.

— Salut, toi ! murmure-t-elle en caressant la joue du bébé.

Noah l'observe, les yeux écarquillés, intrigué. Scarlett relève le visage.

— Il est tellement beau ! s'exclame-t-elle.

— Merci.

Scarlett rit nerveusement.

— Lula, merde… T'es une maman.

Tallulah soupire en hochant la tête.

— Pourquoi est-ce que tu m'as rien dit, putain ?

— Je pouvais pas, rétorque-t-elle. Tu peux éviter les grossièretés ? ajoute-t-elle en se détestant d'avoir à faire ce rappel à l'ordre.

Ces termes la blessent quand elle est avec Noah. Scarlett plaque ses mains sur ses lèvres.

— Mince, je suis désolée.

— C'est pas grave. C'est juste qu'il commence à essayer de parler en ce moment, et je m'en voudrais toute ma vie si son premier mot, c'était… tu vois.

— Bien sûr, t'as raison, approuve Scarlett avec un sourire.

Elle se redresse et enfouit les poings dans les poches de son étrange blouson en patchwork. Elle s'est coupé les cheveux, ne les a pas coiffés, et elle a une poussée d'acné autour de la bouche. Mais Tallulah la trouve toujours aussi renversante.

— Pourquoi est-ce que tu ne me l'as pas dit ? demande-t-elle à nouveau.

— Je sais pas, répond Tallulah en haussant les épaules.

— C'est pour ça que tu restes avec ce loser. Je comprends mieux maintenant.

Tallulah se met sur la défensive.

— Parle pas comme ça de lui.

— Comme tu veux, concède Scarlett en haussant à son tour les épaules.

Elles se dévisagent un moment. Noah gémit et donne des coups de pied.

— Il faut que je reprenne la promenade.

Elle ne lui propose pas de l'accompagner, Scarlett lui emboîte déjà le pas.

— J'en reviens pas, Lula. Tu m'as rejetée parce que j'avais embrassé mon ex alors que pendant tout ce temps t'avais un putain de bébé !

Tallulah lui lance un regard courroucé.

— Pardon, excuse-moi. Mais je n'arrive pas à… Enfin, personne à Manton ne sait que tu as un enfant. Je ne capte pas. Pourquoi tu le caches ?

— Tu te trompes. Il y a plein de gens à Manton qui savent que j'ai un fils, mais ce n'est pas le genre de personnes que tu fréquentes.

Scarlett lève les yeux au ciel.

— Bien sûr, c'est moi la méchante. Comme d'hab. Jamais les autres. Pourtant, la réalité, c'est que tu as gardé cet énorme secret, alors que moi je ne t'ai jamais rien dissimulé. Jamais. J'ai toujours été super honnête. Même ce dernier dimanche. Tu sais, j'aurais pu dire à Liam de partir avant, et tu ne l'aurais jamais vu. Mais je n'ai pas fait ça. Parce que, même si c'était pas idéal, je ne voulais rien te cacher. Je ne voulais pas te mentir. J'en suis incapable, en fait. C'est mon gros problème. Alors ça, franchement…, continue-t-elle en esquissant un geste vers la poussette, c'est vraiment…

Tallulah enclenche les freins quand elles atteignent l'étang, détache Noah et le prend dans ses bras.

— Ça n'a rien à voir, répond-elle d'une voix blanche. Tu ne peux pas comparer.

Elle saisit une tranche de pain sec et en détache un morceau. Noah l'attrape et tente de le jeter, mais il tombe aux pieds de Scarlett, qui le ramasse.

— Essaie encore, chaton.

Elle prend sa petite menotte, l'aide à lancer et s'émerveille quand le pain touche la surface de l'eau.

— Bien joué ! s'écrie-t-elle en lui tapant dans la main.

Noah la regarde, subjugué.

— Tu sais que j'adore les bébés, Lula. Je te l'ai déjà dit. Je ne pige pas.

Tallulah détache un autre morceau de pain et le donne à Noah.

— J'aurais dû te le dire, t'as raison. Mais je ne pouvais pas parce que…

Elle se tait pour choisir ses mots avant d'ajouter :

— Parce que je voulais te montrer que j'étais comme toi, tu comprends, quelqu'un de libre.

— Mais tu as un mec, Lula ! C'est l'inverse de la liberté !

— Un copain, c'est pas permanent. Un bébé, oui. Je dois m'occuper de lui tout le temps. Je suis sa mère vingt-quatre heures sur vingt-quatre. Pour toujours. C'est énorme.

— Ouais, Lula, mais la vie, c'est comme ça. Tout est énorme. Toi et moi, on avait cette relation incroyable, et c'était la plus belle chose qui me soit jamais arrivée. Dès l'instant où je t'ai vue à l'arrêt de bus, j'ai su qu'on allait se trouver, qu'on allait s'aimer, et qu'on était faites l'une pour l'autre. Puis c'est arrivé, et tu m'as rendue heureuse, put…

Elle s'interrompt en lançant un regard vers Noah, se censure, et reprend :

— … tellement heureuse. Et je sais bien que j'ai merdé avec Liam, mais je me disais que tant que tu avais Zach dans ta vie, tant que notre histoire était clandestine, ce qu'il y avait entre nous n'était pas vraiment réel.

Noah parvient à jeter son morceau de pain dans l'eau, et elles l'applaudissent tandis que plusieurs canards se précipitent pour l'avaler. Scarlett tend la main et caresse la tête de Noah.

— Il est trop mignon…

Tallulah est tiraillée entre le plaisir et l'appréhension. Elle serre Noah contre elle, et Scarlett retire sa main.

— Tu sais, on pourrait le faire. Vraiment. Mais j'ai l'impression que tu me prends pour une jolie fille un peu débile, non ? Je comprends, c'est souvent l'image que je renvoie. C'est vrai. C'est plus simple de composer avec des gens qui te sous-estiment. Mais je ne suis pas idiote, Lula. J'ai déjà vécu une sacrée vie, il m'est arrivé plein de trucs, pas toujours roses. J'ai grandi, j'ai appris et…

j'ai mûri. Je pourrais m'occuper d'un bébé avec toi. Mais la vraie question, c'est : est-ce que toi, tu te sentirais capable d'assumer notre relation ?

Tallulah lui adresse un regard circonspect.

— Le dire aux gens ?

Scarlett hoche le menton.

Tallulah se tourne vers l'étang et les canards aux têtes courbées qui plongent pour trouver le pain mouillé. Elle s'imagine l'annoncer à son entourage. Sa mère accepterait facilement. Ryan serait sans doute surpris, mais ça ne serait pas un problème pour lui. Les gens de Manton s'en ficheraient. Il y a tout de même une personne à qui elle ne se sent pas capable d'avouer la vérité.

— Je ne pourrais pas le dire à Zach. Il me tuerait.

— Pardon ? l'interroge Scarlett, les yeux écarquillés.

— Oui, il me tuerait.

— T'es sérieuse ?

Tallulah ferme les yeux. Elle se représente son visage, sa mâchoire serrée quand il est furieux, son poing qui s'abat, le frémissement de ses narines, cette façon bien à lui de la fusiller du regard. Elle se souvient de la violence avec laquelle il l'a empoignée quand elle avait admis ne pas avoir de temps pour lui. Si elle devait lui annoncer qu'elle le quittait pour une femme, elle s'exposerait à bien pire. Zach n'est pas ouvert d'esprit. Il ne se soucie pas du politiquement correct. C'est bien le fils de sa mère : taciturne, égoïste, réactionnaire, un peu raciste, un peu homophobe, un peu misogyne. Elle ne le remarquait pas quand elle avait quatorze ans et qu'elle était amoureuse de lui, mais ses opinions s'étaient durcies au fil des années. S'il apprenait qu'elle couchait avec Scarlett, il se sentirait humilié. Puis son humiliation laisserait place à la colère. Elle a bien conscience de sa force, il la menace souvent.

— Oui, répète-t-elle. Je pense qu'il n'hésiterait pas.

— Lula. Il t'a déjà fait du mal ?

Tallulah fait « non » de la tête.

— Pas vraiment.

— Qu'est-ce que ça veut dire ?

— Non, il ne m'a jamais frappée.

Scarlett passe ses doigts dans ses cheveux courts, lentement, s'écarte de quelques pas, puis revient.

— Lula, merde. C'est grave. Tu l'aimes, au moins ?

— Avant, je l'aimais.

— Et maintenant ?

Tallulah hausse les épaules et renifle.

— Non, dit-elle calmement, plus maintenant. Plus vraiment.

— Tu veux passer le reste de ta vie avec lui ?

Tallulah secoue la tête avec désespoir. Elle a les larmes aux yeux, mais se retient de pleurer.

— Non, répond-elle d'une voix brisée. Surtout pas.

— Il faut que tu te sortes de cette relation, alors. Que tu le quittes. Tu ne peux pas continuer comme ça. Tu ne peux pas vivre dans la peur.

— Mais comment je fais ? Comment ?

Troisième partie

37

Mai 2017

Le lendemain après-midi, quand elle rentre de cours, Tallulah emmène Noah se promener au moment où normalement elle devrait le mettre au lit pour sa sieste. Au moment où elle est supposée rejoindre Zach pour coucher avec lui. Elle met son portable en mode silencieux, et augmente la musique à plein volume dans ses écouteurs pour s'empêcher de visualiser Zach quand il rentrera et trouvera la maison vide.

Elle va au supermarché et cherche Keziah dans le magasin. Elle la repère dans le rayon boulangerie, en train de ranger des paquets de levure.

— Salut ! lui lance-t-elle.

Keziah se retourne, regarde Tallulah puis la poussette. Quand elle voit Noah, elle plaque ses paumes sur sa bouche et étouffe un cri suraigu.

— Oh, mon Dieu ! s'extasie-t-elle avant de baisser les mains. Lula, il est tellement mignon…

Tallulah sourit et sent une chaleur agréable se répandre dans son cœur, comme chaque fois qu'on la complimente sur son fils.

— Merci ! Je suis désolée, il dort, mais j'avais promis que je viendrais avec lui.

— Il a quel âge, maintenant ?

— Onze mois.

— Oh là là, comme ça file. J'ai l'impression que t'es tombée enceinte il y a cinq minutes !

Tallulah sourit à nouveau.

— Comment va Zach ?

— Ça va, ça va.

— Vous êtes encore ensemble ?

— Oui, on peut dire ça, répond-elle, gênée.

— Ça doit être dur avec un bébé, non ?

— Ouais, c'est pas facile tous les jours. Surtout de vivre ensemble. Et, au fait, je voulais te dire, tu te souviens que tu avais parlé de passer une soirée ensemble avec les filles de l'école ?

— Carrément ! s'exclame Keziah avec entrain. D'ailleurs, on sort demain soir, au *Swan & Ducks*. Tu veux venir ?

— Grave ! se réjouit Tallulah, dont le plan se met parfaitement en place. Ce serait trop bien. À quelle heure ?

— Vers 19 heures ? Enfin, dès que c'est possible pour toi, quoi. Avec ce petit gars !

Keziah prend à nouveau un air triste, ce qu'elle fait dès qu'elle regarde Noah, comme s'il était si mignon qu'il lui donnait envie de pleurer.

— Super, à demain alors !

Tallulah sort avec la poussette et marche une heure de plus, jusqu'à l'autre bout du village, là où il y a des HLM, puis regagne la place principale par les petits chemins. Elle prend son temps afin de revenir environ trente minutes avant le retour de sa mère et de Ryan. C'est le temps qu'il lui faut pour la dispute qui s'annonce. Son cœur s'emballe quand elle arrive dans l'impasse. Elle tourne la clé dans la serrure et pousse la porte.

— Coucou ! s'écrie-t-elle.

Noah est encore endormi, elle le laisse dans sa poussette et jette un coup d'œil dans le salon.

Zach est assis sur le canapé, son téléphone à la main. Il lui lance un regard sombre.

— T'étais où, putain ?

Elle ferme la porte derrière elle.

— Je faisais une balade avec Noah. Il faisait si beau, j'ai eu envie de m'aérer après mes révisions.

— Je t'ai appelée, genre, mille fois. Pourquoi tu m'as pas répondu ?

Elle extrait son téléphone de la poche de son pull à capuche.

— Merde, je suis désolée. Il était en silencieux.

— « Merde, je suis désolée. Il était en silencieux », répète-t-il en singeant sa voix. Quel genre de mère sort sans rien dire à personne et met son portable sur silencieux ?

— Moi, apparemment, dit-elle d'un ton détaché alors que son cœur bat à tout rompre.

— J'avais aucune putain d'idée d'où vous étiez. Vous auriez pu être morts.

— Mais on est là, donc tout va bien.

Il secoue la tête.

— Incroyable. C'est incroyable. Et, en plus de ça, on est mercredi. C'est *notre* jour.

— Merde, Zach, j'avais oublié. Je suis vraiment désolée.

— Non, c'est faux. Ça se voit que t'es pas du tout désolée.

— Mais si, je te jure. C'est juste que j'avais fini de réviser et qu'il faisait super beau, c'était l'heure de la sieste de Noah, et je me suis dit que ce serait cool de sortir un peu… J'avais complètement zappé qu'on était mercredi.

— T'avais *zappé* qu'on était mercredi ?

Il pousse un grognement et lève les yeux au ciel.

— Et voilà, ça recommence. Chaque fois que je pense qu'on avance, que tu prends notre relation au sérieux… J'aurais dû m'en douter. En fait, t'en as rien à cirer : toi, moi, Noah, ça veut rien dire pour toi. Parfois, j'ai l'impression que tu attends juste une occasion de nous larguer, Noah et moi, parce qu'en fait t'en as rien à foutre des autres, tu penses qu'à ta gueule.

Tallulah ravale sa colère. L'idée qu'elle pourrait abandonner Noah est monstrueuse, inimaginable. Elle penche la tête sur le côté.

— Bref.

— Bref ?

— Oui, apparemment, je ne suis pas à la hauteur de tes attentes, et tu sais mieux que moi ce que je veux et ne veux pas. Donc je vais pas perdre mon temps à discuter avec toi, soupire-t-elle. Je vais me préparer un thé. Tu veux quelque chose ? propose-t-elle en se dirigeant vers la cuisine.

Il fait « non » de la tête. Elle voit un muscle de sa joue tressauter sous l'effet de la colère.

— Au fait, j'ai croisé Keziah au village, lui lance-t-elle depuis la cuisine. Tu sais, cette fille avec qui j'étais en primaire. Elle m'a invitée à boire un coup avec les autres au pub demain soir. Ça ne te dérangerait pas de garder Noah ?

Silence glacial. Tallulah retient son souffle.

Un instant plus tard, Zach apparaît dans l'embrasure de la porte, les poings serrés.

— Pardon, mais c'est qui Keziah ?

— Keziah Whitmore, j'étais en primaire avec elle. Elle bosse au supermarché.

— OK, donc ça fait cinq ans que je te connais, je t'ai jamais entendu évoquer cette meuf, et tout à coup, tu veux passer une soirée avec elle ?

— Oui, acquiesce-t-elle en refermant la porte du réfrigérateur. Demain soir.

— Et comment tu comptes payer tes verres ?

Elle hausse les épaules.

— Je sais pas. Je demanderai un peu d'argent à maman.

— Donc moi, je me crève le cul tout le temps, je m'achète jamais rien, je dépense pas un seul centime, j'essaie de nous trouver un endroit pour vivre, et toi tu vas au pub avec cette nana chelou dont j'ai jamais entendu parler avant ?

— Je t'ai jamais demandé de travailler autant, répond-elle calmement. Je t'ai jamais dit de pas dépenser ton argent. Ni que tu ne pouvais pas sortir. Et, franchement, j'ai même pas envie qu'on achète un appart. Je veux continuer à habiter ici avec maman.

Elle lui lance un bref coup d'œil. Elle voit sa mâchoire contractée.

— Pardon ?

— Je veux pas déménager. Je veux rester ici avec maman.

— Bordel, mais t'es vraiment une gamine, Tallulah, grogne-t-il. T'as vraiment pas grandi. Tu penses que la vie, c'est tranquille, que tu peux faire tout ce que tu veux avec ta petite maman. Mais on a un fils. On a des responsabilités. On n'est plus des gosses. Réfléchis un peu, bordel.

Il s'approche d'elle, et elle sent la chaleur de son souffle sur son visage.

— Je pense que tu devrais aller vivre ailleurs.

L'air entre eux est électrique.

— Quoi ?

— Je pense qu'on devrait se séparer. J'ai plus envie d'être avec toi.

Tallulah garde les yeux au sol, mais la rage de Zach sature l'atmosphère de la pièce.

Un nouveau silence s'ensuit, Tallulah déglutit. Elle attend qu'il la frappe, qu'il lui crie dessus, que la colère explose. Mais rien de tel ne se produit. Après quelques secondes, elle le sent s'adoucir, rapetisser, elle voit ses épaules s'affaisser, puis il s'éloigne. Elle le suit dans l'entrée. Il se penche sur Noah qui dort dans sa poussette et lui murmure quelque chose. Tallulah en a la chair de poule. Elle se rapproche et scrute chacun de ses mouvements, le corps tendu, prête à tout pour protéger son fils. Elle entend la ceinture qu'on déclipse et observe Zach soulever délicatement l'enfant et le porter contre son épaule. Noah ne bouge pas, il dort profondément. Sa grosse tête roule doucement dans le creux du cou de Zach, qui dépose un baiser sur le sommet de son crâne.

Son regard croise celui de Tallulah.

— Tu peux pas me virer, Tallulah, assure-t-il d'une voix dure et déterminée. Il est hors de question que je parte.

38

Septembre 2018

Sophie est assise à son bureau à côté de la porte d'entrée. L'étrange odeur de pétrole et de cendres qui subsistait dans cette pièce depuis leur emménagement a enfin commencé à se dissiper, et elle s'est mise à travailler ici, sous la fenêtre qui donne sur le parc du campus, là où elle peut observer les allées et venues. Shaun lui a dit que la police avait déterré au pied de l'arbre une sorte de levier, un outil en métal avec une poignée et une pointe, un objet très ancien. Personne ne sait ce dont il s'agit, ni pourquoi on l'a trouvé là, ni qui l'a enterré. C'est un mystère.

Mais un autre détail intrigue Sophie.

La pancarte a été repérée par Lexie Mulligan, la fille de Kerryanne, quelques heures après son retour de Floride. Elle a dit l'avoir remarquée depuis la terrasse où elle était en train de fumer. Plus tôt dans la journée, Sophie était allée en repérage dans le parc, où elle s'était rendu compte avec stupéfaction que la terrasse de Kerryanne était bien trop basse pour permettre de distinguer la pancarte. Elle en est certaine : Lexie a menti.

Sophie démarre son ordinateur et tape son nom dans la barre de recherche. Elle clique sur le lien vers son compte Instagram :

@lesvoyagesdeLexie. La jeune femme a l'air très différente sur ses publications. Dans la vraie vie, elle est jolie, sans plus. Sur ses photos, elle ressemble à un mannequin. Là, elle porte une robe de chambre en satin noir brodée de roses et est assise les jambes croisées, un cocktail à la main, sur un balcon surplombant une piscine en forme de cœur. La légende est une publicité à peine dissimulée pour l'hôtel. Sophie découvre qu'elle a 72 000 abonnés. Le séjour à l'hôtel lui a sans doute été offert en échange de la visibilité que Lexie leur donne. Sophie, qui n'a que 812 abonnés, suppose qu'avec ce niveau d'influence sur les réseaux sociaux Lexie doit recevoir de nombreux cadeaux et des compensations financières de la part des entreprises qu'elle met en avant. Pourquoi une adulte qui paraît avoir une carrière florissante vit-elle encore avec sa mère dans un petit logement sur le campus d'un pensionnat du Surrey ?

Perdue dans ses pensées, elle lève la tête vers la fenêtre et aperçoit Lexie en train de marcher dans le parc. Elle porte un legging coloré, un pull à capuche noir, deux tresses et tient un sac de courses. Elle ne ressemble pas du tout à la fille du compte Instagram. Sophie l'observe se diriger vers la résidence. Quelques minutes plus tard, elle voit la baie vitrée de la terrasse de Kerryanne s'ouvrir, et la jeune femme apparaît, une tasse entre les mains. Son regard se promène sur le parc de Maypole, les bois, puis elle fait volte-face et rentre à l'intérieur de l'appartement.

Il y a quelque chose d'un peu étrange dans sa gestuelle, quelque chose de mécanique. Sophie étudie à nouveau ses posts Instagram, qu'elle déroule : Cuba, la Colombie, le Québec, Saint-Barth, Copenhague, Belfast, les îles Hébrides, Pékin, le Népal, Liverpool, Moscou… Sophie en a la tête qui tourne. Elle continue cependant à regarder jusqu'à ce qu'elle identifie une image plus familière : Lexie devant le portail de Maypole. Derrière elle, la lumière des vitraux dans le hall orne le sol en pierre de petites touches de couleur. Elle porte un manteau en fausse fourrure qui lui descend aux chevilles et un chapeau en laine verte avec un pompon. À ses côtés se trouvent deux immenses valises. Le post est légendé par l'expression : « *Home sweet home* ».

Sophie n'en revient pas. En lisant les commentaires, elle se rend compte que les gens qui suivent Lexie pensent que ce sont les portes de chez elle, qu'il s'agit de sa maison. Et Lexie ne fait rien pour rétablir la vérité. Elle entretient l'illusion.

Sophic rcmarque un commentaire de @kerryannemulligan.

Et ta maman a hâte de te retrouver !

Sophie n'en croit pas ses yeux. Kerryanne elle-même semble disposée à faire croire que Lexie vit dans un manoir georgien.

Elle est toujours absorbée par sa lecture quand on frappe à la porte du jardin. Elle ferme son portable et traverse la maison, en appelant pour savoir qui est son visiteur.

— Sophie, c'est Liam.

Elle inspire profondément.

— Ah, j'arrive.

Elle se regarde dans le miroir et rejette ses cheveux en arrière. Elle ouvre la porte et lui décoche un large sourire.

Il tient un roman dans ses mains.

Elle l'observe et remarque qu'il s'agit d'un de ses livres, le premier de la série, celui qu'elle a écrit quand elle était encore assistante scolaire et qu'elle doutait d'être lue par quiconque. Et le voilà, entre les grandes et belles mains de ce charmant jeune homme. Ses mots se sont immiscés dans sa tête, et elle éprouve un certain plaisir à cette idée.

— Je suis désolé de vous déranger, s'excuse-t-il, la sortant de ses pensées, mais j'ai terminé votre bouquin hier soir, et… je l'ai adoré. Franchement, j'ai trouvé ça génial. Si vous avez un moment, j'aurais voulu vous poser une question. Mais je peux revenir plus tard si vous êtes occupée.

Elle le dévisage un instant et lui fait signe qu'elle est disposée à discuter avec lui.

— Merci, je suis… C'est très gentil… Je veux dire, merci, entrez.

Il la suit dans la cuisine en tapotant la couverture du livre.

— Je n'en ai pas pour longtemps. C'est juste que… Enfin, je me suis interrogé par rapport au livre. Susie Beets, c'est vous ?

Sophie cligne des yeux. Elle ne s'attendait pas à ça.

— Enfin, vous avez les mêmes initiales, elle est blonde, a la trentaine, elle est originaire du sud de Londres et a travaillé dans une école…

— Non, ce n'est pas moi. C'est plutôt comme une bonne amie. Ou la sœur que je n'ai jamais eue, explique-t-elle en reprenant une réponse qu'elle a déjà donnée par le passé. D'ailleurs, je pense que Tiger me correspond davantage, tant dans son tempérament que dans ses opinions.

— Vraiment ? s'enthousiasme Liam. Intéressant ! J'avais vraiment l'impression de vous reconnaître à travers Susie Beets. Je trouve que vous lui ressemblez beaucoup. Même vos chaussures.

— Mes chaussures ? demande-t-elle en baissant la tête.

Elle porte des baskets blanches, comme souvent.

— Non, vous ne les décrivez pas, mais dans mon esprit, elle porte des baskets blanches, elle aussi. Parce que c'est ce que vous portez.

Sophie ne sait pas quoi répliquer.

— Je ne décris pas ses chaussures ?

Liam secoue le menton.

— Non, jamais.

— Eh bien, merci d'avoir remarqué ça, reprend-elle, le souffle court. La prochaine fois que j'évoquerai sa tenue, je ferai une allusion à ses chaussures spécialement pour vous.

— C'est vrai ?

— Oui, bien sûr.

— Incroyable ! Et ce serait dans quel livre ? Vous en écrivez un autre, en ce moment ?

Elle lance un regard vers l'entrée, là où se trouve son ordinateur.

— En théorie, oui. Mais je n'arrive pas à avancer depuis que je suis arrivée ici, pour être honnête. Et ce n'est pas faute d'essayer.

— Le syndrome de la page blanche ?

— Pas tout à fait. Ce type de blocage relève d'un vrai problème psychologique. Ça peut durer des années. Dans les pires cas, certains auteurs ne s'en remettent jamais.

— Pourquoi est-ce que vous n'arrivez pas à écrire, alors ?

— Pour plusieurs raisons. Mais surtout à cause de cette bague, je pense. Et de tous ces événements.

Liam hoche la tête.

— C'est un peu angoissant, non ?

Il trépigne et manipule le livre avec une certaine nervosité. Il a l'air anxieux.

— J'espère qu'on va découvrir qui est derrière tout ça. Je me demande ce qu'on trouvera la prochaine fois. Peut-être que quelqu'un, au moment où nous parlons, est en train d'enfouir une nouvelle surprise quelque part pour les enquêteurs.

— Un étrange jeu de piste.

— Oui, c'est ça. Franchement…

Il s'interrompt et se masse la nuque de sa main libre.

— Je ne comprends pas. Rien du tout. Si des gens savent ce qui s'est produit, pourquoi ne pas le révéler directement à la police ?

— Peut-être parce qu'ils sont liés à la disparition ?

Il frissonne.

— Ça me fout les jetons. Vraiment. Bon… je devrais vous laisser, reprend-il. Je voulais vous demander ça, c'est tout. Si vous étiez Susie Beets. Et vous parler des chaussures.

Il tapote une nouvelle fois le roman, puis se dirige vers la porte du jardin.

Une fois qu'il est parti, Sophie retourne à son bureau et s'assied sans rien faire, imaginant le beau Liam, seul dans sa chambre, lisant son livre. Elle essaie de se remémorer l'intrigue, en vain. Elle va chercher le carton qui contient les romans de P.J. Fox. Elle coupe le scotch et fouille jusqu'à dénicher celui qu'elle cherche, le premier. Assise au bout de son lit, elle le feuillette en vitesse. Et c'est là qu'elle comprend d'où vient ce souvenir qui flotte dans son inconscient depuis le jour de leur arrivée. Elle se plonge dans la lecture.

Susie ouvrit le portillon grinçant et jeta un coup d'œil dans la rue. La nuit avait commencé à tomber, et les pavés mouillés se paraient d'or sous la lumière des réverbères. Elle resserra les pans de son manteau de laine et s'apprêtait à s'engager dans les ténèbres lorsque quelque chose attira son attention dans le parterre de fleurs à sa gauche. Il y avait une pancarte en carton clouée à la clôture de bois. Au marqueur noir, quelqu'un avait griffonné les mots « Creuser ici » avec une flèche pointée vers le sol.

39

Mai 2017

Assis sur le lit, Zach observe Tallulah se pomponner pour sortir.

— C'est n'importe quoi, putain.

— Tu peux arrêter de me regarder, s'il te plaît ?

— Mais, bordel, ces filles ne capteraient même pas si tu n'y allais pas. Elles n'en ont rien à cirer !

— Qu'est-ce que tu en sais ?

— Parce que tout le monde s'en fout. Les gens vivent comme s'ils étaient le centre du monde. Ils pensent qu'ils vont manquer aux autres s'ils ne viennent pas, mais tout le monde s'en branle.

— Donc, si t'allais pas jouer au foot un dimanche matin, personne ne s'en rendrait compte ?

— C'est différent. Là, c'est une équipe. T'as besoin d'un certain nombre de joueurs. Ce qui n'est pas vraiment le cas pour aller boire des verres dans un pub de merde.

Tallulah ne répond pas. Elle se concentre sur ses boucles d'oreilles, échangeant les clous et anneaux en argent qu'elle porte habituellement contre des boucles plus sophistiquées qui s'accrochent en haut de son oreille et descendent jusqu'au lobe. Le genre de bijou que porte Scarlett.

— C'est quoi, ça ?

Elle lui jette un regard incendiaire dans le miroir, mais ne répond pas.

— Tu ne vas pas donner son bain à Noah ? Il commence à être tard.

— Tu me fais la leçon sur notre emploi du temps alors que tu te casses ? J'hallucine…

Tallulah lève les yeux au ciel.

— Pour une fois que je sors, pas la peine d'en faire toute une histoire.

— Le problème, c'est pas que tu sortes. T'es jamais là, de toute façon. Tu vas encore dépenser de l'argent alors qu'on essaie d'économiser.

Elle se retourne et plante son regard dans le sien.

— Je te l'ai déjà dit, je veux pas déménager. Je veux pas acheter d'appartement. Je veux rester ici.

— Peut-être bien, mais j'en ai rien à foutre de ce que tu veux. Ce n'est pas pour toi. C'est pour Noah.

— Noah ne veut pas non plus aller vivre dans un minuscule appartement près de la nationale. Il veut habiter ici. Il aime cette maison. La campagne juste à deux minutes. La crèche de l'autre côté de la place. Sa mamie. Son oncle. Ta mère.

Un ange passe.

— Tu sais que ma mère pense que Noah n'est pas mon fils ? lance-t-il en plissant les yeux.

Tallulah se fige.

— Elle est persuadée que tu n'en veux qu'à mon argent. Et plus j'y réfléchis, plus je me dis qu'elle n'a pas tort. Pendant des mois, tu n'as pas voulu de moi dans ta vie. Tu voulais que je garde mes distances…

— Tu m'as larguée quand je t'ai annoncé que j'étais enceinte, rétorque-t-elle en serrant les dents.

— Et pourquoi, à ton avis ?

— Qu'est-ce que j'en sais ? Vas-y, je t'écoute.

— Parce que je ne te croyais pas. Je pensais que tu n'étais pas vraiment enceinte, que t'essayais juste de me piéger. Parce qu'on faisait tellement attention, ça, j'en suis sûr. Je ne vois pas comment ça aurait pu arriver, alors je me suis dit que oui, toutes ces fois où soi-disant tu révisais pour tes exams, où tu étais trop occupée pour me voir, en fait tu voyais quelqu'un d'autre. Et que c'est de lui que tu étais tombée enceinte. Ça ne pouvait pas être moi.

— Donc tu m'as plaquée parce que tu pensais que j'étais enceinte d'un autre ?

— Ouais, en gros.

— N'importe quoi.

— Et puis quand je t'ai vue avec le bébé, tu avais l'air si heureuse, si belle… et le bébé était super craquant, et je me suis dit…

Sa voix se brise.

— Je me suis dit que j'éprouverais pas ça si j'étais pas le père. Je pensais que j'aurais su. Que je l'aurais senti si c'était le gamin d'un autre. Et, chaque fois que je le voyais, j'étais de plus en plus dingue de lui. Je savais que c'était mon fils, même s'il ne me ressemblait pas vraiment. Là, tu vois, reprend-il en se cognant la poitrine. C'est mon fils. Et ma mère se trompe. Je sais qu'elle se trompe. Parce que c'est mon fils, pas vrai ?

Les yeux de Zach sont pleins de larmes. Il paraît désespéré. Un moment, le cœur de Tallulah s'emplit de pitié pour lui, et elle se voit s'avancer vers lui et l'enlacer.

— Mais oui, bien sûr que c'est ton fils. Je te le jure, lui murmure-t-elle à l'oreille.

Il passe ses bras autour d'elle et la serre contre lui, et elle sent ses larmes rouler sur sa joue.

— S'il te plaît, Lula, ne sors pas ce soir. Reste avec moi. Je peux aller nous acheter une bouteille de vin, des chips. Juste pour nous deux. S'il te plaît.

Tallulah pense à Keziah, à cet étrange petit groupe de copines de l'école, qui ont toutes un début de vie adulte si différent du sien, avec leurs boulots alimentaires, leur désir de rencontrer un homme et d'avoir des enfants, comme si c'était tout ce qui comptait. Elles la dévisageront sans doute comme une bête de foire. Elles lui parleront de la maternité, de la vie de couple comme si c'était le but ultime, plutôt que quelque chose qui peut arriver par accident. Elle se les représente, assises sur les banquettes en velours du *Swan & Ducks*, buvant des coupes de prosecco et s'esclaffant de leur rire suraigu pour un oui ou pour un non. Elle se demande si elle ne ferait pas mieux de siroter un verre de vin avec Zach, profitant d'un rare moment de tendresse après toutes ces semaines de méfiance et de remarques acerbes. Elle se voit essayer de le raisonner, de lui dire qu'il pourrait retourner chez sa mère, qu'ils pourraient organiser la garde partagée en bonne intelligence, comme ils le faisaient avant qu'il ne vienne s'installer chez Kim. Elle songe que, s'ils peuvent s'entendre ce soir, ils pourront peut-être avoir un échange plus apaisé et trouver un accord satisfaisant. Car ce qu'ils veulent plus que tout, tous les deux, c'est Noah. Et peut-être que Zach pourra accepter que c'est suffisant, qu'il n'a pas besoin d'avoir Tallulah en plus, qu'il n'a pas besoin de ce genre de relation, que d'autres filles l'aimeront tel qu'il est, qu'elles ne se contenteront pas de le tolérer pour essayer désespérément de former une famille, des filles qui voudront faire des projets d'avenir avec lui, qui auront envie de coucher avec lui, des filles qui ne préfèrent pas les filles.

Alors elle hoche la tête contre la sienne.

— D'accord. Faisons ça. Ce sera bien. Je vais écrire à Keziah. Je reste avec toi.

40

Septembre 2018

Le lendemain matin, Sophie décide de rester au lit quand Shaun se lève pour aller travailler. Elle a mal dormi. Elle s'inquiète de l'arrivée des jumeaux ce soir. Pippa, son ex-femme, viendra les déposer, et il faudra faire face à ce moment gênant. Elle sait que tout ira bien avec Jack et Lily, ce sont des enfants solides et faciles, sans doute parce qu'ils sont jumeaux. Mais elle est tout de même angoissée à l'idée de devoir jouer à la maman pendant deux jours et deux nuits, de devoir s'occuper d'autrui après toutes ces heures passées plongée dans la disparition de Zach et Tallulah. La météo prévoit de la pluie pour tout le week-end, ce qui signifie que ses plans pour les enfants tombent à l'eau. Ils n'auront d'autre choix que de rester à la maison ou d'aller déjeuner au pub du village. Mais ce qui l'a empêchée de fermer l'œil, surtout, c'est sa conversation avec Liam et l'extrait déroutant de son livre.

Après son départ, elle l'avait cherché sur Instagram et avait fini par trouver son compte, avec un portrait de lui et le pseudo @NounoursBailey, ce qui lui avait semblé très étrange. Il n'y avait pas beaucoup de publications, vingt ou trente tout au plus. Mais l'une d'elles l'avait fait réagir immédiatement. Elle datait de juin 2017. La photo avait été prise dans l'arrière-cour du *Swan & Ducks*, Sophie reconnaissait la grande horloge en fer forgé qui décorait le mur. C'était un cliché de Liam, Scarlett et Lexie. Ils se tenaient par les épaules, Scarlett tirait la langue, son piercing étincelait au soleil. En légende, Liam avait écrit : « Mes belles ».

Liam et Lexie étaient donc amis.

Il y avait sept mentions « j'aime » associées à cette photo. Sophie avait regardé si les « like » venaient de gens qu'elle connaissait. L'un d'eux avait été posté par Kerryanne, un autre par une certaine @AmeliaDisparue. Elle avait cliqué sur le profil et était tombée sur le compte d'une jeune femme aux cheveux blonds, fins, et au visage d'elfe. Sa bio indiquait : *Poids plume perdu dans ce p**ain de monde.*

Sa page était constituée d'images assez abstraites de paysages, et la dernière publication datait du 16 juin 2017. Le cœur de Sophie s'était mis à battre plus fort. Le scintillement sombre de l'eau dans la nuit, un morceau de bouée en plastique rose vif, l'ombre d'une main tenant une cigarette allumée, les silhouettes floues de corps blottis sous une couverture. Elle avait zoomé sur l'image pour l'agrandir, mais ne parvenait pas à identifier les personnes en arrière-plan. La photo n'avait ni légende, ni mention « j'aime », ni commentaire. Elle était suspendue là, comme une bulle de bande dessinée vide, sans contexte, sans signification. Mais Sophie était convaincue qu'il s'agissait d'un moment décisif de la soirée lors de laquelle Zach et Tallulah avaient disparu.

Elle avait ensuite été distraite par une cascade de mails arrivant dans sa messagerie, ce qui était toujours le cas à cette heure de la journée, quand les gens qui travaillaient dans les bureaux s'occupaient des dernières urgences avant de terminer leur boulot. Et Shaun n'était toujours pas rentré. Ce soir-là, au lit, son cerveau en ébullition avait essayé d'assembler les diverses informations dont elle disposait, d'accorder les sensations dissonantes qu'elle ressentait pour les différents protagonistes, et avait passé en revue les questions sans réponse. Dans ses rêves, elle avait vu une piscine, une bouée rose, d'étranges outils en métal, et Liam Bailey qui écrivait au surligneur sur ses baskets blanches en lui disant qu'il fallait qu'elle se rase les jambes.

Maintenant, elle est adossée à son oreiller et fait défiler des pages sur son téléphone sans réfléchir. Ses courses doivent arriver à 10 heures, elle a passé une commande avec des aliments sains et équilibrés pour les jumeaux, mais aussi du vin et des friandises que les enfants découvriront émerveillés, comme si c'était la première fois qu'ils voyaient des galettes de riz nappées de chocolat, et du lait pour les céréales. À part ça, sa journée est libre. Elle devrait boucler sa valise pour le Danemark : elle part aux aurores lundi matin, un taxi vient la chercher à 4 h 30 pour l'emmener à l'aéroport, et les jumeaux restent avec eux jusqu'à dimanche soir. Elle devrait occuper sa journée de façon raisonnable, répondre à ses mails, se préparer pour le voyage et se détendre avant l'arrivée des enfants.

Mais elle entend une étrange petite musique dans sa tête, une ritournelle qui l'invite à continuer de creuser, au propre comme au figuré. Elle tape « Amelia Disparue » sur Google. Le soir de la disparition, il y avait quelqu'un d'autre, en plus de Liam, de Lexie et de la mère de Scarlett. Une certaine Mimi. Tout comme les Jacques, elle s'est rendue introuvable sur Internet. Mais Mimi, se dit Sophie, pourrait bien être le surnom d'Amelia.

Sa recherche fait remonter la chaîne YouTube d'une certaine Mimi Melia. Elle clique.

D'un coup, elle se redresse dans son lit.

Sur son écran, elle voit apparaître la même jeune femme aux cheveux blonds et au visage elfique qu'elle a aperçue sur Instagram hier. Elle est dans sa chambre. Elle ajuste l'angle de la caméra avec laquelle elle se filme et commence.

« Bonjour, tout le monde ! Bienvenue sur ma chaîne. Je m'appelle Amelia, Mimi, ou comme vous voulez. En fait, je m'en fiche. Aujourd'hui, j'avais envie d'évoquer ma lutte contre la maladie cœliaque, qu'on appelle aussi l'intolérance au gluten. Mais, comme certains d'entre vous le savent, je lutte aussi depuis quinze mois contre autre chose. Je subis le stress post-traumatique d'un accident qui s'est produit l'été dernier et dont je n'ai jamais pu parler afin de protéger quelqu'un. Mais je me suis récemment rendu compte que cette personne n'est pas celle que je croyais, et… »

Elle s'interrompt et baisse la tête. Elle porte un débardeur blanc, ses bras sont maigres, très pâles. Elle relève le regard.

« Je ne peux pas trop en révéler. En réalité, je ne peux rien dire, mais… »

Elle laisse planer un silence théâtral.

« Ce grand secret semble enfin sur le point d'être divulgué, reprend-elle en croisant les doigts. Et vraiment, vous n'allez pas en revenir, je vous jure. »

Elle ferme ses deux poings et les ouvre d'un coup en imitant le bruit d'une explosion.

La vidéo s'achève, et Sophie reste immobile, pétrifiée, bouche bée. Elle la visionne à nouveau. Elle a été postée hier.

Sophie n'est pas sûre que cette Mimi soit celle qui était aux Cendres le soir de la disparition, mais cette jeune femme a un jour réagi à une photo de Liam, Lexie et Scarlett prise au *Swan & Ducks*, et elle mentionne un événement dramatique qui serait survenu il y a un peu plus d'un an, un accident dont elle n'a pas le droit de parler, mais qui l'a traumatisée.

Sophie se lève d'un bond, pose son téléphone sur le lit et va prendre sa douche.

Vingt minutes plus tard, elle est devant chez Kim Knox.

Kim vient lui ouvrir, un tube de mascara à la main. Derrière elle, Sophie entend son petit-fils qui crie. Kim ferme les yeux, secoue la tête et soupire avant de se retourner vers sa visiteuse.

— Pardon, je pensais que c'était le livreur.

— Je suis désolée de vous déranger si tôt, Kim. J'imagine que vous êtes très occupée, mais je voulais vous montrer quelque chose, très rapidement. Vous avez une minute ?

— Oui, bien sûr, entrez. Pardon, c'est un peu le foutoir ici, c'est toujours comme ça le matin. Vous avez des enfants ?

— Non. Enfin, je côtoie les jumeaux de mon compagnon. Donc techniquement non, mais je m'occupe souvent d'enfants. Ils arrivent ce soir pour passer le week-end avec nous, donc je vais bientôt avoir mon propre foutoir à gérer.

La maison de Kim est charmante, peinte dans de douces nuances de gris, de bleu sarcelle et de rose pâle, avec des abat-jour cuivrés et quelques pans de papier peint coloré représentant des oiseaux de paradis. Mais c'est un véritable capharnaüm. Le sol est jonché de chaussures, de jouets et de cartons vides. La télé braille dans le salon, et le petit garçon hurle encore plus fort. Il est dans la cuisine, installé dans une chaise bleu vif devant une table en formica blanc, où il mange des céréales avec une cuillère en plastique.

— Allez, Noah, il faut se dépêcher. On part dans dix minutes.

— Non. Pas la crèche.

Il jette sa cuillère sur la table et envoie des éclaboussures de lait partout. Kim s'empare d'un torchon mouillé posé sur le coin de l'évier et nettoie le liquide avant d'attraper le bol de son petit-fils et de l'emporter vers le lave-vaisselle.

— Nan, nan ! Tu rends !

— Si tu veux le bol, tu dois promettre de tout manger proprement.

Il hoche la tête d'un air solennel, et elle le lui redonne. Il le prend entre ses mains et le pousse lentement vers le bord de la table. Kim le rattrape in extremis avant qu'il tombe.

— C'était ta dernière chance. Maintenant, tu finis ton jus de fruit, et on y va.

— Nan. On n'y va pas.

— Je peux repasser plus tard, peut-être ? propose Sophie.

Kim soupire.

— Vous vouliez me parler de quoi ?

— J'ai fait une recherche sur les réseaux sociaux, sur les comptes des jeunes gens qui étaient aux Cendres ce soir-là. J'ai découvert la chaîne YouTube d'une certaine Amelia. Je me demande s'il ne s'agirait pas de Mimi.

— Mimi ? Mimi Rhodes ?

— Oui. Elle a posté une vidéo hier, une séquence étrange. Je voulais vous la montrer pour savoir si c'était vraiment elle.

— Je vois. Laissez-moi deux minutes pour m'occuper de Noah, et je vous rejoins dans la rue. On ira à la crèche ensemble, si c'est possible pour vous.

— Oui, bien sûr. J'ai tout mon temps. Je vous attends dehors.

Elle sort de la maison, les oreilles vibrant encore à cause des cris de Noah. Elle patiente quelques minutes au bout de l'impasse, puis Kim apparaît, les cheveux coiffés en un chignon fait à la va-vite, ses lunettes sur le nez et sans maquillage, avec dans la poussette son petit-fils en pleurs.

Après quelques pas, il commence à se calmer. Sophie les regarde.

— Ça va aller ?

Kim acquiesce.

— Oui, on est enfin prêts. On a instauré un système de récompense, hein, Noah ? Qu'est-ce qui se passe si on arrive au bout de l'arc-en-ciel ?

— Legoland !

— C'est ça, on ira à Legoland. Et, pour l'instant, on en est où sur l'arc-en-ciel ?

— La moitié !

— Exactement. Alors il faut continuer à faire des efforts, surtout le matin, pour ne pas être en retard à la crèche. Hein, Noah ?

— Oui ! Et après, Legoland !

Ils ont déjà traversé la moitié de la place et s'approchent de l'étang. Sophie sort son portable et met la vidéo en mode plein écran, orientant l'appareil sur le côté tandis qu'elles marchent.

— C'est elle ? Mimi Rhodes ?

— Je… je ne suis pas tout à fait sûre. Je ne l'ai vue que deux fois, au commissariat. Et elle était rousse à l'époque, pas blonde. Mais oui, ça lui ressemble.

— Et moi ?! s'écrie Noah.

Kim soupire et se tourne vers Sophie.

— Ça ne vous dérange pas ? Il veut toujours tout voir…

Sophie tend son téléphone à Noah. L'enfant l'attrape et dévisage la jeune femme.

— Un peu triste. L'a l'air triste, la dame.

— Oui, je crois qu'elle l'est, répond Kim.

Quelques instants plus tard, elles arrivent devant la petite école primaire qui se trouve dans la rue derrière le *Swan & Ducks*. Autour d'elles, une foule d'enfants en uniforme gris et bleu. Sophie est submergée par une vague de souvenirs du temps où elle était assistante scolaire. Dans la cour de l'école se dresse un petit bâtiment en préfabriqué séparé par une clôture en bois. La crèche.

— Vous voulez boire un café au pub ? propose-t-elle à Kim.

— D'accord.

Une fois installées, elles regardent la vidéo en entier.

— Je pense que c'est elle, sans hésiter. Vous pourriez m'envoyer le lien ? Il faut que je la transfère à l'inspecteur qui dirige l'enquête.

— Bien sûr. Vous me donnez votre numéro ?

Elle envoie le lien à Kim sur WhatsApp, et elles attendent que le message lui parvienne avant de poser leurs téléphones.

— Vous vous intéressez de près à la disparition de ma fille, commente Kim en faisant tourner sa tasse dans la soucoupe.

— Dès que j'ai découvert cette pancarte « Creuser ici », j'ai voulu en savoir plus. Je ne voudrais pas vous sembler trop curieuse, mais j'écris des romans policiers, donc je prends ce genre de signes très au sérieux. Et quand Kerryanne m'a parlé de la disparition…

— Kerryanne Mulligan ? l'interrompt Kim.

— Oui, répond Sophie en se rendant compte qu'elle vient de trahir les confidences de l'intendante. C'était sans doute indiscret de sa part, mais quand je lui ai indiqué ma profession, elle m'a dit qu'il y avait eu des battues dans les bois l'été dernier. Et je me suis demandé si la pancarte que j'avais vue n'était pas liée à… Zach et Tallulah. Et vous connaissez la suite. Mais il y a un autre élément… quelque chose de très étrange…

Kim lève les yeux vers elle et se fige.

— Vous savez l'outil bizarre qu'ils ont trouvé au pied d'un arbre, à côté d'une des résidences…

Kim hoche la tête.

— Je peux me tromper, bien sûr, mais j'ai l'impression que la fille de Kerryanne n'aurait pas pu voir la pancarte depuis la terrasse. Je pense qu'elle était ailleurs quand elle l'a repérée.

— Où ?

— Dans l'appartement de Liam Bailey, peut-être ?

Elle lui montre la photo Instagram de Liam et Lexie dans la cour du pub.

— Vous voyez, ils sont amis. Je ne le savais pas. Elle était peut-être chez lui quand elle a aperçu la pancarte. Je crois que…

Elle se tait. À vrai dire, elle n'a encore aucune certitude.

— C'est sans doute un point que vous pourriez aborder avec les enquêteurs, si vous leur parlez. Au cas où ils n'auraient pas exploré cette piste. Mais je suis sûre qu'ils y ont songé.

Kim acquiesce à nouveau.

— Pourquoi est-ce qu'on me fait subir ça ?

Sophie frissonne en entendant le ton brut de sa voix.

— Pourquoi est-ce qu'on me cache la vérité ? Pourquoi ces gens sont si cruels avec moi ? Et cette fille, Mimi, elle doit forcément être en relation avec quelqu'un qui vit ici, n'est-ce pas ? Sinon, elle ne serait pas au courant des récents rebondissements. Et son informateur est probablement celui qui laisse des indices. Je ne comprends pas pourquoi ils jouent avec mes nerfs. Ni pourquoi la moitié des jeunes qui étaient à cette soirée se sont évaporés dans la nature, et pourquoi ceux qui restent nous mènent en bateau, merde…

Son timbre s'est fait plus grave, et la serveuse les interpelle.

— Kim, ça va ?

— Oui, oui, ça va, lâche-t-elle dans un soupir.

Elle prend son téléphone et le range dans son sac à main.

— Je vais parler à Dominic de cette vidéo. On va voir ce qu'il pourra me dire.

— Dominic ?

— L'inspecteur en charge de l'enquête.

— Ah oui, la vraie.

Kim sourit.

— Oui. Et je suis désolée, je ne suis pas une grande lectrice. Je crois que je n'ai pas ouvert un bouquin depuis mes dix-neuf ans. Avant la naissance de ma fille. Sinon, je vous demanderais les titres de vos livres. Mais, de toute manière, je n'en ai sûrement pas entendu parler.

Sophie envisage un instant de parler à Kim du passage de son roman que quelqu'un a scrupuleusement mis en scène dans la réalité, et du fait que Liam Bailey est venu chez elle hier, ce titre à la main, en tapotant la couverture d'une façon qu'elle juge assez sinistre rétrospectivement. Elle décide de ne rien en dire. Révéler cela mettrait en cause son impartialité, et elle a besoin que Kim lui fasse confiance.

— Ne vous inquiétez pas, lui répond-elle avec un sourire. Mes livres ne sont pas très connus.

41

Mai 2017

Scarlett sort du bâtiment des arts appliqués et marche vers Tallulah d'un pas décidé. Elle tient un petit carton à dessin contre sa poitrine.

Tallulah se retourne et s'efface dans l'ombre d'un arbre. Trop tard, Scarlett l'a vue. Elle se dirige à grandes enjambées vers elle, la prend par le bras et l'entraîne derrière le bâtiment.

— Alors ? lui demande-t-elle, les yeux pleins d'espoir. Tu l'as fait ? C'est fini ? Comment tu te sens ?

Tallulah baisse la tête. Il fait sombre et humide dans cette petite allée goudronnée, couverte de mousse et de salpêtre.

— Ça va. J'y travaille, c'est en cours.

Scarlett la dévisage, incrédule.

— Mais… Tu t'es dégonflée, c'est ça ? Merde, Tallulah, qu'est-ce qui s'est passé ?

— Je sais pas, enfin… Je lui ai dit que je voulais qu'on se sépare, que je ne voulais plus être avec lui, ni qu'on achète un appart. Je pensais qu'il allait me hurler dessus ou pire, mais pas du tout. Il a…

Elle frissonne.

— Il a pris Noah dans ses bras, il le serrait fort contre lui, et il m'a répondu qu'il partirait pas. Et j'avais l'impression que c'était une sorte de menace. Tu vois ? Qu'il allait faire du mal à Noah si je le quittais. Et j'ai laissé tomber parce que c'était trop flippant. Et, hier soir, je devais aller au pub, et il s'est mis à pleurer. Il m'a dit qu'il avait peur que Noah ne soit pas son fils. Je suis restée avec lui, et on a parlé toute la nuit. Tu piges ? On a bu du vin, on a discuté tranquillement, ça n'était pas arrivé depuis longtemps. Je lui ai dit ce que je ressentais, que je ne voulais plus qu'on soit ensemble, mais que je voulais quand même élever Noah avec lui, et il l'a bien pris.

— Du coup, il rentre chez sa mère ?

Tallulah se tortille, mal à l'aise.

— Non, enfin… pas tout de suite. Il veut quand même acheter un appartement, même si c'est pas pour nous, mais pour pouvoir bien s'occuper de Noah. Il veut pas retourner habiter chez ses parents, et je le comprends. Pas très cool, sa mère. Et son père, j'en parle même pas, donc je lui ai dit qu'il pouvait rester à la maison jusqu'à ce qu'il se trouve un appart.

— Rester…? Dans ton lit ?

— Ouais, mais c'est pas grave, ça. On peut mettre un oreiller entre nous. C'est pas un problème. On se connaît depuis qu'on est gamins. C'est du provisoire. Il a déjà pas mal d'économies. C'est l'affaire de quelques semaines, maximum…

— Et, les mercredis aprèm, tu devras encore…

— Non ! proteste Tallulah avec véhémence. C'est terminé, ça. Il reste encore un peu à la maison pour des raisons pratiques, c'est tout. Et dans quelques semaines ce sera fini. Il s'en ira.

— Et après ?

Tallulah lui lance un regard interrogateur.

— Une fois qu'il sera parti, est-ce que toi et moi… Est-ce qu'on pourra…?

Tallulah soupire.

— Je ne peux pas me projeter. Et, apparemment, t'es encore hétéro, toi. Tu fais des trucs avec des mecs. Moi, j'ai un bébé et, si je me lance dans une relation, il faut que ce soit du sérieux. J'ai pas l'impression que tu sois capable de ça, honnêtement.

Elle voit Scarlett se décomposer, avant de se ressaisir.

— T'as raison. Vraiment. Je suis trop conne. Ça a toujours été comme ça. Mais je peux m'améliorer, continue-t-elle d'une voix théâtrale qui fait sourire Tallulah, puis elle reprend un air grave et pose sa main sur l'avant-bras de Tallulah. J'ai fait de la merde, Lula, mais je veux essayer de changer. J'ai presque vingt ans. Je suis plus une gamine. Je te promets. Dis-moi que j'ai droit à une seconde chance.

Tallulah fait un pas en arrière en entendant des gens approcher. Quand ils s'éloignent, elle se retourne vers Scarlett.

— Je sais pas. J'arrive pas à réfléchir. Il faut que je gère Zach. Il faut qu'il aille vivre ailleurs et que je reprenne ma vie en main. Après, j'y verrai plus clair. Pour l'instant, c'est impossible. Vraiment. Je suis désolée.

Scarlett acquiesce.

— Je comprends. C'est normal. Moi, je vais être sage comme une nonne et t'attendre. S'il te plaît, Lula, ne le laisse pas te manipuler, OK? Parce qu'il va tout faire pour te garder. Je sais qu'il va essayer.

— Je te jure que non. Il a bien saisi le message, cette fois.

Scarlett plisse les yeux et la regarde sans y croire.

— Je te jure, la rassure-t-elle.

Scarlett hoche la tête, puis caresse la joue de Tallulah avant de tourner les talons, laissant sur sa peau la brûlure d'une peur inconnue.

42

Septembre 2018

— Bonjour, Dominic, c'est Kim. Je me demandais si vous aviez pu regarder la vidéo que je vous ai envoyée.

— Non, pas encore, je suis vraiment désolé. Je vais le faire tout de suite et je vous tiens au courant. Mais on a du nouveau. On a réussi à retrouver Martin Jacques, le père de Scarlett. Enfin, son assistante nous a assuré qu'il allait se mettre en contact avec nous. Apparemment, il est très occupé à Abu Dabi. On essaie toujours de localiser le reste de la famille. Ils étaient à Guernesey, mais cela fait au moins deux semaines que plus personne ne les a vus. Kim, croyez-moi, nous faisons tout notre possible. Ça avance. C'est lent, j'en conviens, mais on n'a pas vraiment les moyens de travailler efficacement ces derniers temps, avec les coupes budgétaires. Et, quand l'enquête est au point mort pendant des mois, ça complique encore la situation…

Quand les cadavres sont déjà froids, pense Kim. *Quand le sang a séché. Quand il n'y a plus personne à sauver.*

— Je fais de mon mieux pour qu'on progresse, Kim. Je ne pense qu'à ça, je vous jure.

Elle perçoit l'émotion dans sa voix. Elle s'efforce de ne pas laisser libre cours à la sienne.

— Oui, bien sûr, Dominic. Je le sais très bien. Mais je suis…

— Oui, je sais…

Une certaine fébrilité imprègne leur échange, créée par l'énergie du désespoir, de la frustration, des fausses pistes, mais qui résulte aussi du lien qui s'est tissé entre eux alors que le monde de Kim s'effondrait.

— Merci, Dominic, reprend-elle après un soupir. Merci pour tout ce que vous faites.

— C'est normal.

Il raccroche, et elle reste un moment immobile devant la fenêtre de la cuisine, le regard perdu vers les arbres au bout du jardin. Elle repense à la jeune femme maigre et triste qui parle devant sa caméra quelque part, qui sait ce qu'il se passe à Maypole House. Elle se souvient brutalement, et aussi vivement que si elle était en train de le vivre, de cet après-midi brûlant de juin, de la marche jusqu'aux Cendres, de la sueur ruisselant dans son dos, de Ryan qui berçait Noah dans sa poussette, des gouttes d'eau sur les épaules de Scarlett qui dévalaient le long de ses bras, de son frère, très beau garçon, une bière à la main, de cette mère nerveuse dans son ample robe blanche, de la façon dont Scarlett évitait son regard, de l'intonation avec laquelle elle prononçait le nom de sa fille. Lula. Pendant toute la discussion, elle avait été froide, distante, mais quand elle avait dit son nom, sa voix était devenue rugueuse, lourde, comme si ce surnom lui tenait à cœur. Kim repense à cette nuit que Tallulah avait prétendu passer chez Chloe parce que son amie avait des idées suicidaires. Qu'avait-elle fait ce soir-là ? Elle pense à tous ces dimanches matin pendant lesquels Zach jouait au foot, quand Tallulah partait faire un tour de vélo dans la campagne. À son visage frais, éclatant, consumé de secrets, à son retour. Elle se souvient d'une de leur conversation.

— Où est-ce que tu vas te promener, quand tu sors ? Chaque fois que tu rentres, on dirait que tu reviens du pays des merveilles.

Tallulah lui avait souri.

— Sur les petites routes du coin, là où il n'y a personne. Le paysage est magnifique.

— Et tu t'arrêtes parfois, pour explorer les environs ?

— Oui, lui avait-elle répondu en enlevant le bavoir de Noah. Je m'arrête et je pars à l'aventure.

Il y avait eu à ce moment-là dans sa voix une intensité similaire à celle de Scarlett quand elle prononçait le nom de Lula. Une autre image s'impose à elle : Scarlett dans son drap de bain, les cheveux mouillés, posant la main d'un mouvement vif sur son pied pour cacher les lettres TM. Un dessin que Kim avait remarqué puis oublié, parce qu'il lui semblait impossible que cette jeune femme dont elle n'avait jamais entendu parler ait les initiales de sa fille tatouées sur la peau. Pourtant, elle se souvenait des doigts de Scarlett dissimulant les deux lettres. Tout était bien là, sous ses yeux, depuis le début.

Elle prend son téléphone, trouve le numéro de Sophie et lui écrit à toute vitesse.

Sophie, c'est Kim. Vous êtes occupée ? On peut parler ?

La réponse arrive immédiatement.

Quand vous voulez.

43

Juin 2017

Les jours qui suivent leur discussion à cœur ouvert, tout va bien entre Zach et Tallulah. Zach est détendu et agréable. Il fait la cuisine, donne le bain à Noah, joue avec lui et passe du temps sur son ordinateur à faire des prévisions financières sans prier Tallulah de s'impliquer. Il la laisse tranquille pour ses révisions. La nuit, ils dorment avec leur fils entre eux, et Zach ne tente aucun rapprochement. Il se prépare tous les matins pour aller au travail et rentre le soir sans faire d'histoires. Tout se passe paisiblement.

Puis, début juin, juste après le premier anniversaire de Noah, Scarlett écrit à Tallulah en lui demandant de l'attendre après les cours pour qu'elles prennent le bus ensemble. Elles se retrouvent dans la rue devant le lycée. Scarlett est en plein dans ses partiels. Cela fait deux jours qu'elle peint une nature morte.

— Un artichaut et un os, précise-t-elle en marchant à ses côtés. Je te jure, ça fait deux jours que je regarde un artichaut et un os.

— Et qu'est-ce que ça représente ?

— Rien de spécial. C'est juste des trucs de chez moi. J'ai pris l'os de Toby. Ça ne lui a pas trop plu. Mais le résultat est pas mal, je pense. Je les ai mis sur du velours noir, et j'essaie de composer un tableau à la façon des peintres hollandais.

— Tu finis quand ?

— Mercredi prochain. Le jeudi, je rends mon portfolio, et ensuite je fête ça en allant au pub vendredi soir.

— Avec qui ?

— Avec la clique, et peut-être Liam, ajoute-t-elle en observant sa réaction.

Tallulah hausse les épaules.

— Tu fais ce que tu veux, ça me concerne pas.

— Non, mais en tant qu'amis. Il n'y a rien entre nous, je te jure. Ce qui s'est passé ce soir-là, c'était une erreur. J'ai été trop conne, désolée.

— Scarlett, c'est bon, t'as pas à te justifier.

— Mais si ! Je veux t'expliquer. Et me l'expliquer à moi aussi. J'ai toujours été du genre à agir d'abord et à réfléchir ensuite, sans jamais songer aux conséquences. Écoute, je sais que tu penses que j'ai la belle vie et que je n'ai jamais eu à faire face à des épreuves. Mais c'est faux. Il m'est arrivé quelque chose de grave, très grave. Un peu après notre rencontre. Et c'est à cause de ça que j'ai arrêté les cours. Et que j'ai eu besoin d'être seule pendant des semaines.

Tallulah lui lance un regard interrogateur et attend qu'elle continue. Scarlett soupire.

— Viens avec moi boire un café au village. Je te raconterai tout.

Elles s'installent dans un coin calme du *Swan & Ducks* et commandent un Coca Light pour Tallulah et un chocolat chaud avec une larme de rhum pour Scarlett. À cette heure de la journée, le pub est presque désert, et le soleil s'engouffre par les fenêtres ouvertes. Un homme est assis au bar, un beagle allongé à ses pieds.

— Ça, c'est un bon toutou, dit Scarlett en désignant l'animal.

Elle fait ça chaque fois qu'elle croise un chien, elle ne peut pas s'en empêcher.

— Bon, on est là pour écouter ta terrible confession.

Scarlett se tortille légèrement.

— Je n'arrive pas à croire que je vais te le dire. Tu vas me détester encore plus.

— Je ne te déteste pas.

— Mouais. Enfin, tu dois me promettre que jamais, jamais tu ne répéteras un mot de ce que je vais te révéler. Jamais.

— Je te le promets.

— Je suis hyper sérieuse. C'est important.

— Moi aussi.

Scarlett cligne des yeux plusieurs fois, comme si elle se préparait.

— Au début de l'été dernier, quand les vacances ont commencé, j'étais très seule. Liam était rentré chez ses parents. Ma mère faisait des allers-retours à Londres tout le temps. Il n'y avait plus personne ici, et je m'ennuyais à mourir. Je me sentais très, très isolée. Un jour, je suis allée au lycée pour voir Lexie, reprend-elle en faisant un signe de la main vers Maypole. J'avais besoin de voir quelqu'un. Avec Toby, on est partis à travers bois. Il faisait très beau. Je portais une petite robe, des bottines, et je transpirais à mort, même dans la forêt. À un moment, j'ai vu un homme arriver en face de moi, et j'ai eu peur. J'aurais aimé avoir un putain de rottweiler à la place de ce gros nounours de Toby, et être un peu plus habillée. Il s'est approché, et là je me suis détendue. C'était un type que je connaissais de vue. Et quand j'ai aperçu son chien, j'ai compris que c'était M. Croft.

— Monsieur Croft ?

— Oui, le mari de Jacinta Croft. La proviseure. Tu sais, cette minuscule dame toute fine qui ressemble à une vieille figurine de Polly Pocket ?

Tallulah secoue la tête. Elle ne s'est jamais intéressée aux gens de Maypole.

— Si tu la voyais, tu saurais de qui je parle. Bref, son mari s'appelle Guy. Il est grand, chauve, assez discret. Il développe des sites web. Il travaillait à la maison et s'occupait de leur fils. On ne le voyait pas souvent. Avant ce jour-là, je l'avais jamais calculé. Je l'ai identifié grâce à son chien, un labrador noir, Nelson. Un brave clebs.

Tallulah jette un coup d'œil à son téléphone. Il est déjà presque 16 heures. Normalement, elle rentre chez elle vers 16 h 15. Elle va bientôt devoir y aller, et Scarlett lui parle d'un chien nommé Nelson.

— Forcément, Toby m'a traînée vers le labrador et, pendant que ces deux-là se reniflaient, on s'est mis à papoter avec Guy. Il m'a dit qu'il était tout seul chez lui, que Jacinta était partie à Londres avec leur fils pour quelques semaines et qu'il les rejoindrait un peu plus tard. Enfin bref, je te passe les détails. Pendant qu'il me parlait, je voyais bien qu'il matait mes seins. Normalement, ça aurait dû me donner envie de gerber, mais là, je ne sais pas pourquoi, ça m'a excitée.

Tallulah pose son verre de soda d'un coup sec sur la table et avale de travers.

— Putain, mais Scarlett, je veux pas entendre ça ! s'écrie-t-elle.

— Pardon, je suis désolée, c'est dégueu. Mais, s'il te plaît, laisse-moi finir.

— Franchement, je sais pas si je peux t'écouter.

— Donc on discute de trucs super chiants, et en même temps je me dis que j'ai envie de coucher avec, peut-être que j'étais en train d'ovuler, j'en sais rien. En tout cas, je l'ai regardé et, je te jure, j'ai pensé : *Vas-y, prends-moi maintenant.* Et…

Tallulah lève une main vers Scarlett et ferme les yeux.

— Non.

— S'il te plaît, il faut que je le dise à quelqu'un. C'est important.

Tallulah soupire.

— Vas-y.

— Je voyais bien qu'il voulait la même chose. Et franchement il a genre quarante ans, et il est chauve, meuf. Et même pas beau. Je lui ai dit que j'allais à Maypole, alors il a proposé de faire le chemin avec moi. On parlait, et la tension sexuelle montait, et en sortant des bois on s'est retrouvés devant chez lui. Il m'a invitée à boire un verre d'eau. Et voilà.

Tallulah la fixe avec dégoût. Elle ne sait pas quoi dire.

— On a passé ce mois-là à baiser. J'ai fait que ça pendant des semaines. Je sortais promener le chien dans la forêt, je frappais à la porte du cottage des Croft, il m'ouvrait, on niquait, et je repartais. C'était génial. Un peu glauque, avec le recul, mais ça me plaisait. Genre, quand t'y penses, c'est vraiment un truc bizarre, non ? Le sexe, sa mécanique, ses gestes. Ceux de l'homme, ceux de la femme, et pourquoi ça se passe ainsi. Si tu y réfléchis vraiment, tu n'auras plus jamais envie de le faire parce que c'est dégueu. Mais, à ce moment-là, on ne pensait à rien. On s'ennuyait, on était seuls, et on avait toujours envie de se faire du bien. Je ne peux pas l'expliquer autrement. Quand j'y repense, je comprends pas. C'était comme une amourette d'été, mais avec une dimension malsaine. Après quelques semaines, il est reparti à Londres, et je suis allée faire du bateau avec Rex et ma mère. À la fin de l'été,

Liam est revenu, et j'ai commencé les cours à Manton. Avec Guy, on a décidé d'arrêter la relation et de tourner la page. Pendant un certain temps, ça a marché. Je ne le voyais pas, il ne m'écrivait pas. Puis un jour, au moment où je t'ai rencontrée pour la première fois, dans le bus, je suis allée au supermarché et je suis tombée sur lui par hasard. Nos regards se sont croisés, on a échangé quelques mots, et je suis partie. Mais il y avait un truc qui clochait, je me sentais pas bien. Quelques heures plus tard, il m'a envoyé une photo de sa bite.

Tallulah ouvre grand la bouche, puis la couvre de ses mains.

— Non, murmure-t-elle entre ses doigts.

— Si. Je l'ai effacée tout de suite et je lui ai envoyé « NON » en lettres capitales. Il n'a pas réagi. Un autre soir, je pense qu'il était bourré, il s'est mis à me bombarder de textos, de photos de sa teub, de déclarations d'amour, de haine, tout et n'importe quoi. Il m'a dit que sa femme n'était jamais là, que son fils était parti faire ses études, que je lui manquais, qu'il ne pouvait pas vivre sans moi. Je supprimais tous ses messages, je ne lui répondais pas, et puis le soir de la fête de Noël, je t'ai reparlé, et vraiment ça m'a bouleversée. Je t'ai trouvée incroyable et, en même temps, il arrêtait pas de me harceler par téléphone. Je ne voulais plus retourner vers Maypole, ni au village, je ne voulais plus voir personne. J'ai rompu avec Liam quelques jours plus tard. Puis Noël est arrivé, je me suis terrée avec ma famille, et j'ai fait la morte. Je me disais que, quand je retournerais en cours en janvier, j'y verrais plus clair et que je pourrais prendre un nouveau départ. Mais un jour, entre Noël et le Nouvel An, je suis sortie promener Toby dans la forêt, et j'avais mes écouteurs. C'était le début de l'après-midi, mais il faisait déjà sombre, surtout dans les bois. J'étais juste à côté de chez moi, et là…

Elle se tait et baisse la tête.

— Quelqu'un est arrivé derrière moi, a plaqué sa main sur ma bouche, brutalement, et m'a tirée en arrière. J'ai cru que j'allais avoir une crise cardiaque. C'était lui, bien sûr. M. Croft. Guy. Il me souriait, comme si c'était une blague. Il a montré mes écouteurs pour que je les enlève, et il se comportait comme si c'était complètement normal de faire ça à une fille dans les bois alors qu'il fait à moitié nuit. Je les ai enlevés et je l'ai engueulé. Il m'a dit : « Je vais la quitter. » Je comprenais rien. Il a enchaîné : « Je vais quitter Jacinta. Il n'y a plus rien entre nous. C'est fini. J'ai loué un appartement. Viens vivre avec moi. » Ça m'a fait rire, et je lui ai balancé une phrase du genre : « J'ai dix-huit ans, je fais mes études, j'habite avec ma mère, donc tu vas où tu veux, mais sans moi. » J'avais peut-être l'air de pas le prendre au sérieux, je sais pas. C'était un truc de fou, quand même. Là, il s'est mis à pleurer, et Toby s'est mis à chouiner, parce qu'il fait toujours ça quand quelqu'un pleure. J'ai rigolé, car c'était quand même marrant, un vieux gars qui chiale et un saint-bernard qui pigne aussi. Lui, ça ne l'a pas fait rire du tout. Il m'a regardée en mode « Ferme ta gueule » et il s'est mis à m'embrasser. C'était brutal, désespéré. Moi, je suis entrée dans une sorte de transe. C'était automatique. J'étais dans cet état chelou, et je faisais tous les mouvements. Sans réfléchir, comme un robot. Je me disais : « Laisse-le faire. » Comme ça, j'empêchais que ce soit un viol, parce que je ne pouvais pas supporter cette idée. Donc je me suis convaincue qu'on avait juste baisé. Et après...

Elle marque une pause et respire profondément. Tallulah entend les larmes qui se forment dans sa voix depuis quelques secondes.

— Après, il m'a regardée en soufflant comme un bœuf. Il m'a dit : « J'y vais. » J'ai rien répondu, il est parti, et je voyais bien qu'il était en flip parce qu'on venait de faire ce truc bizarre et ambigu, qui avait pas l'air d'un rapport consenti. Il le savait, moi aussi, mais on n'a rien dit. Il s'est barré, et je ne l'ai plus jamais revu.

Tallulah ne sait pas quoi dire.

— C'est affreux. Comment tu te sens, maintenant ?

Scarlett mélange son chocolat chaud et hausse les épaules.

— Je ne sais pas. Après, je me sentais comme écorchée… à nu. Je ne savais plus qui j'étais, ce que je faisais. Tous les soirs, je me répétais que quand je me réveillerais le lendemain je me sentirais normale, mais c'était de pire en pire. Je ne pouvais pas en parler à ma mère. À personne, en fait. Un jour, j'ai pété un plomb, j'ai appelé Liam, je l'ai supplié de venir me voir. J'avais prévu de tout lui raconter. Mais quand il est arrivé, tout ce que je voulais, c'était du réconfort, qu'il s'occupe de moi. Mais, dès que je fermais les yeux, je sentais la main de Guy sur ma bouche. Sur moi. Dès que j'apercevais Toby, je me disais qu'il savait. Que c'était un témoin. Je me demandais ce qu'il avait vu, ce qu'il pensait. Est-ce que c'était un viol ? Est-ce que j'étais une victime ou une pute ?

Scarlett s'essuie les joues en soupirant. Elle lâche sa cuillère et boit une gorgée de son chocolat.

Tallulah pose la main sur son bras.

— C'est un cauchemar.

Scarlett hoche vivement la tête.

— Oui, c'est exactement ça. La lumière du crépuscule. La brutalité du moment. Et ensuite, il a disparu. Personne ne parlait jamais de lui, personne ne prononçait son nom. Peut-être qu'il n'avait jamais existé. Peut-être que j'avais tout imaginé. J'avais l'impression de vivre un de ces mauvais rêves qui te hantent pendant longtemps. J'étais vraiment au bout de ma vie. Et puis, quelques semaines plus tard, on sonne à ma porte un dimanche matin, et c'était toi. Tallulah du bus. Venue me sauver.

Elle s'interrompt. Tallulah la scrute avec attention. On dirait qu'elle n'a pas fini sa confession, qu'elle a encore quelque chose à avouer.

— Et après ?

— Rien, répond-elle en déglutissant. Rien du tout.

Il est presque 16 h 30 quand Tallulah quitte le pub. Elle est épuisée. Elle vérifie son téléphone rapidement pour s'assurer que personne n'a essayé de la joindre. Elle le range dans la poche de son jean et s'engage sur la place principale. Elle distingue au loin la silhouette de Maypole House. Quelque part dans le bâtiment se trouve Jacinta Croft, cette femme dont l'époux a eu une relation adultère l'été dernier. Il y a aussi Liam Bailey, le lycéen que Scarlett a trompé avec le mari de la proviseure. Et elle, Tallulah Murray, une jeune mère qui s'éprend d'une fille pour la première fois. Tout cela la dépasse. Elle regarde sa maison. Là se trouve un jeune homme, Zach Allister, le père de son fils. À des centaines de kilomètres se trouve son père à elle, un homme qui aime sa propre mère plus que son ex-femme et ses enfants, et de l'autre côté de la place, il y a Megs et Simon Allister, qui ont cinq enfants qu'ils ne savent pas aimer. Bien au-delà, après le village, s'élève la forêt, le monde secret où Scarlett s'est peut-être fait violer par un homme qui a l'âge d'être son père. Et il n'y a aucune réponse, nulle part, aucun chemin évident à emprunter. La seule chose claire et nette dans son esprit à ce moment précis, c'est Noah.

Elle accélère l'allure en s'approchant de chez elle, impatiente de le prendre dans ses bras. Elle entend le bruit du bus qui s'arrête en face de l'entrée de Maypole. Les portes grincent en s'ouvrant, et une silhouette familière descend du véhicule et bifurque vers la maison. C'est Zach. Il revient tard du travail aujourd'hui, elle pensait qu'il serait déjà arrivé. Voilà pourquoi il ne lui a pas écrit et n'a pas non plus essayé de l'appeler. Elle presse le pas pour le rattraper. Il se tourne vers elle, la dévisage, ses traits se déforment, et elle le voit fourrer un objet dans la poche de sa veste. Elle fait comme si elle n'avait rien remarqué et lui sourit. Il a l'air tellement inquiet qu'elle ait pu découvrir ce qu'il cachait qu'il ne semble pas se rendre compte qu'elle devrait déjà être à la maison.

— Tu rentres plus tard que prévu ! lui lance-t-elle.

— Oui, je suis allé en ville après le boulot pour m'acheter un nouveau chargeur de téléphone.

Ils s'arrêtent sur le trottoir pour laisser passer une voiture. C'est celle de Kerryanne Mulligan, l'intendante de Maypole. Elle connaît tout le monde et tout le monde la connaît. Elle leur adresse un geste de la main, auquel ils répondent. Une fois chez eux, Zach suspend sa veste à une patère dans l'entrée et file dans le salon faire des papouilles à Noah. Tallulah glisse rapidement les doigts dans la poche du vêtement et en sort le sachet. C'est un petit sac plastique vert foncé floqué au nom de la bijouterie Mason & Fils. Elle jette un coup d'œil à l'intérieur et y trouve un écrin avec le même logo imprimé en lettres d'or. Elle s'apprête à l'ouvrir quand elle sent une présence derrière elle. Elle range le sachet à sa place à toute vitesse et lève les yeux. C'est sa mère.

— Ça va, ma chérie ? Tu es rentrée tard aujourd'hui.

Tallulah se force à sourire.

— Oui, ça va. Le partiel a été décalé, donc on a fini un peu après.

Tout en parlant, elle s'éloigne de la veste de Zach comme si elle était radioactive. Elle se rend dans le salon où Zach porte Noah dans ses bras. Il embrasse les mains potelées de leur fils et lui souffle dans la paume. Tallulah n'a pas besoin d'ouvrir la boîte pour savoir ce qu'elle contient. Elle a l'impression d'étouffer.

Elle comprend ce que cela signifie : Zach ne la laissera jamais en paix, il fait semblant de se préparer à aller vivre ailleurs. Il la mène en bateau, devine-t-elle. Il la ménage, il la met dans de bonnes dispositions, il gagne du temps.

Le visage de Noah s'illumine en un immense sourire quand il voit sa mère, et l'enfant tend les bras vers elle. Elle l'étreint tendrement et essaie de ne pas tressaillir quand Zach les enlace tous les deux.

44

Septembre 2018

La sonnette du cottage retentit. C'est un carillon ancien dont on n'a plus l'habitude aujourd'hui, au temps des portables et des sonneries électroniques. Elle est particulièrement puissante et fait sursauter Sophie chaque fois.

Kim l'attend derrière la porte.

— Pardon, s'excuse Sophie en posant une main sur son cœur. Je ne me fais toujours pas à cette sonnette. Entrez, entrez.

Kim la suit dans la cuisine et la regarde remplir la bouilloire au robinet.

— Je viens de parler à Dominic, il n'a toujours pas pu visionner la vidéo de cette Amelia. C'est tellement frustrant. Je sais bien que la police fait le maximum, mais plus le temps passe, plus l'enquête piétine. Vous, vous avez une autre approche. Vous avez trouvé cette vidéo, et vous écrivez des romans policiers, ajoute-t-elle avec un sourire résigné. Ces dernières heures, je revois des tas de détails, des fragments que je n'arrive pas à assembler. Des souvenirs.

— De quel genre ?

— Du jour qui a suivi la disparition, par exemple. Je suis allée parler à une amie de Tallulah avec qui elle allait en cours,

Chloe. Elle vit près d'ici, rue de l'église. J'avais toujours pensé qu'elles étaient proches. Quelques mois plus tôt, Tallulah avait passé une nuit chez elle parce que Chloe se sentait très mal. Donc, forcément, c'est elle que je suis allée interroger en premier. Tallulah n'avait pas beaucoup d'amis, vous savez. Elle était tellement occupée avec Noah, et avec Zach aussi, d'une certaine façon. Je suis allée la voir, et elle m'a appris qu'elles n'étaient plus trop copines, que Tallulah n'avait jamais dormi chez elle, et qu'à la fête de Noël au lycée Tallulah s'était éclipsée avec Scarlett Jacques. Pourtant, Scarlett m'a juré qu'elle ne connaissait pas vraiment ma fille avant cette soirée. Et là, tout à l'heure, quand je vous ai écrit, un autre souvenir a refait surface. Je n'y avais pas prêté attention sur le moment. Quand je suis allée rendre visite aux Jacques, Scarlett était dans la piscine, elle était sortie de l'eau, et j'avais remarqué, là, sur le côté de son pied, explique-t-elle en montrant l'emplacement, qu'elle avait un tatouage avec les lettres TM.

Sophie lui lance un regard interrogateur.

— TM. Comme Tallulah Murray. Et depuis, je retourne tout dans ma tête, je me souviens d'autres détails, j'essaie de voir l'histoire différemment, d'imaginer que ma fille avait une liaison avec Scarlett. Si Zach l'avait découvert, que la vérité avait éclaté ce soir-là aux Cendres, alors peut-être…

Elle s'interrompt.

— Bref. Et puis, il se passe des choses. C'est évident maintenant. L'outil déterré au pied de l'arbre. Je suis certaine que c'est en lien avec l'enquête. Je sais que la police essaie de retrouver les Jacques, mais j'ai l'impression qu'on touche au but. Je ne peux pas solliciter Dominic constamment, alors j'ai besoin de quelqu'un d'autre. Et je n'ai personne. Enfin, bien sûr, j'ai des amis. Et mon fils. Mais je n'ai personne à qui je peux demander de se plonger dans cette affaire avec moi. Et je me disais si vous, peut-être… Mais ça doit vous sembler très bizarre.

— Non, répond Sophie avec assurance. Pas du tout. C'est une excellente idée. Pour être sincère, j'avais très envie de vous aider, mais je ne voulais pas passer pour une voyeuse.

Kim lui sourit.

— Je serais ravie que vous m'aidiez. Vraiment. J'ai l'impression que vous vous débrouillez bien avec les réseaux sociaux et Internet. Il y a peut-être d'autres indices à découvrir de ce côté-là. Peut-être qu'on arrivera même à localiser les Jacques avant la police.

Sophie hoche la tête et sent son cœur battre de plus en plus vite.

— Oui, c'est possible.

Elle va dans l'entrée, attrape son ordinateur portable, le pose sur la table de la cuisine et l'ouvre.

— On va les trouver.

Elles s'installent côte à côte, et Sophie commence sa recherche. Elles regardent à nouveau la vidéo et passent en revue les commentaires. Il y en a trois. Le dernier leur glace le sang. Il a été écrit par une certaine Cerise.

Enlève ça TOUT DE SUITE.

45

Juin 2017

Les jours suivants, les petites marques d'affection commencent à se multiplier.

Zach remet une mèche de ses cheveux derrière son oreille, lui caresse la nuque, passe son bras autour du bébé la nuit, enlaçant aussi Tallulah. Ces gestes ne sont pas sexuels, ils sont souvent si rapides qu'elle n'a pas le temps de les prendre en compte et de s'en plaindre. Elle voit parfois sa mère sourire chaleureusement quand elle remarque une démonstration de tendresse. Elle se dit certainement que sa fille a de la chance d'avoir un homme si gentil, si prévenant, si amoureux dans sa vie. Mais ces attentions lui donnent la chair de poule. Elle voudrait repousser sa main, lui crier de lui foutre la paix. Elle pense au petit écrin noir dans la poche de sa veste, et une alarme sourde retentit dans son esprit. Elle sent que c'est pour bientôt. Dès que Zach se racle la gorge ou prononce son prénom, elle cesse de respirer, terrifiée à l'idée qu'il lui pose la question fatidique.

Un après-midi ensoleillé de juin, alors qu'il est assis sur le lit, avec son ordinateur, il lève les yeux de l'écran, vers elle.

— Tu sais, je crois que j'étais un peu trop obsédé par cette histoire d'appartement. Par mes économies. J'ai envie de nous faire plaisir, lui dit-il en souriant, d'une voix enjouée. Tu veux qu'on aille au pub ce soir, tous les deux ? C'est moi qui t'invite.

— Ce soir ? répète-t-elle doucement. Je ne peux pas, il me reste encore beaucoup de révisions à faire.

Il se redresse, les yeux luisants.

— C'est quand ton dernier partiel ?

— Vendredi prochain.

— OK, alors ce soir-là, on ira au pub. Je vais demander à ta mère si elle veut bien garder Noah. Je réserverai une table.

Tallulah sent sa poitrine s'affaisser. Ce sera ce soir-là.

— C'est gentil, mais ne dépense pas ton argent pour moi, répond-elle d'un ton léger. Je serai crevée ce soir-là, je ne serai pas de très bonne compagnie. Pourquoi tu ne sors pas plutôt avec tes copains ?

Il secoue le menton.

— T'es folle ! Je vais pas payer pour que mes potes se bourrent la gueule ! Allez, toi et moi. C'est acté.

Ses yeux ont dû la trahir, car Zach s'approche d'elle.

— Pas de pression, lui glisse-t-il en prenant ses mains. C'est juste une soirée pour nous. On mérite bien ça, non ?

Elle n'a pas l'énergie de le contredire et hoche la tête avec un sourire forcé, en songeant qu'elle avisera le moment venu. Au moins, elle ne sera plus sur les nerfs du matin au soir, à redouter qu'il ne fasse sa demande. Au moins, cela lui laissera le temps de se préparer. Zach embrasse ses doigts et les lâche.

— Je te laisse travailler, je vais réchauffer le repas de Noah. Ça te va ?

— Oui, merci beaucoup, Zach.

Il sort de la chambre, refermant la porte derrière lui avec une délicatesse inhabituelle. Une précaution qui lui glace le sang.

Le lendemain midi, elle retrouve Scarlett à Manton.

Elle l'emmène à l'écart, derrière le bâtiment des arts appliqués.

— Je crois que Zach va me demander en mariage.

— Quoi ?

— Il a acheté une bague. Je l'ai trouvée dans sa poche. Et là, il veut qu'on sorte un soir la semaine prochaine. Et il est super gentil, attentionné, mignon…

— Merde, Lula. Qu'est-ce que tu vas faire ? Jure-moi que tu lui diras « non ».

— Bien sûr. Je ne peux pas l'épouser. Mais après ? Il va péter un câble. Il va me menacer de partir avec Noah. Il va me pourrir la vie. Il fait des efforts pour que je lui dise « oui », c'est tout. Si je refuse, ça va le rendre fou.

— Tant pis pour sa gueule, rétorque Scarlett en lui attrapant le bras. On s'en fout de ce qu'il dit, de ce qu'il pense, de comment il réagit. Tu ne lui dois rien. C'est ton bébé. C'est ton destin. Il faudra bien qu'il accepte ton choix et qu'il passe à autre chose.

Tallulah acquiesce, mais elle n'est pas convaincue. Noah est son fils, mais c'est aussi celui de Zach. Et Zach est le genre de père dont un enfant a besoin : affectueux, aimant, travailleur, loyal, fiable. C'est un bon modèle. Pendant un instant, elle se dit qu'elle préférerait qu'il ressemble aux jeunes bons à rien qui font la une de la presse à scandale, ceux qui plantent leur graine et changent de crémerie, qui oublient les anniversaires et ne rendent jamais visite à leur progéniture. Elle n'aurait aucun scrupule à tenir Noah éloigné de lui si c'était le cas. Elle ne se sentirait pas coupable d'empêcher son fils de vivre avec lui, ni d'altérer leur relation en la réduisant à quelques brefs week-ends dans un appartement sinistre.

— Et s'il refuse de tourner la page ? S'il n'accepte pas ma décision ? S'il pique une crise ? Si Noah ne me le pardonne jamais ? Et si je regrette ?

— Si tu regrettes ? répète Scarlett en ouvrant grand les yeux. Mais comment est-ce que tu pourrais regretter de ne pas épouser un type que tu n'aimes pas et qui veut te mettre en cage ? Tu es folle ou quoi ?

Tallulah secoue la tête.

— Non, mais… je ne sais pas. Pense à toutes ces femmes, ces filles qui donneraient cher pour avoir ce que j'ai. Qui rêvent d'un homme qui fait toujours passer sa famille en premier. Si je dis « non », c'est comme si je me moquais du rêve de ces gens.

— Mais ce n'est pas ton rêve à toi ! Putain, Tallulah, ce n'est pas pour toi, reprend Scarlett avec un regard dur. Qu'est-ce que tu veux ? C'est quoi ton but dans la vie ? Une fois que tu auras décroché ton diplôme et que ton fils ira à la crèche, tu te vois où ?

Tallulah lève le visage vers le ciel. Elle commence à bouillonner. Un gros nuage blanc passe lentement devant le soleil. Elle fixe de toutes ses forces le cercle pâle que l'astre y découpe. Elle serre les poings, puis les ouvre à nouveau. C'est une question qu'elle n'a jamais osé se poser. Toute sa vie, elle a été passive. Ses bulletins scolaires indiquaient toujours qu'elle était une bonne élève, mais que ses professeurs auraient aimé qu'elle participe davantage en classe. En primaire, elle s'était liée avec des camarades qu'elle n'appréciait pas vraiment. Puis elle avait rencontré Zach à un moment compliqué, un âge où les autres filles s'inquiétaient que leur plan du samedi soir tombe à l'eau, que les garçons ne répondent pas à leurs messages, que les copines disent de la merde dans leur dos. Avoir un petit ami stable lui avait permis de se concentrer sur les cours, sur ses études, d'avancer pas à pas, naturellement, sans réfléchir, jour après jour. Jusqu'à ce qu'elle se rende compte qu'elle n'avait pas eu ses règles depuis plus d'un mois, qu'elle achète un test de grossesse, qu'elle le fasse un mardi matin avant d'aller au lycée au début de la terminale et qu'elle voie se former les deux lignes, qu'elle fasse un second test dans la foulée et qu'elle se rende à l'évidence : « Eh ben voilà, je suis enceinte. » Elle avait essayé d'estimer la date de son terme. Ça tombait après le dernier examen du bac, et elle s'était dit qu'elle pouvait le garder. Elle était ce genre de personne. Sa mère lui avait donné le nom d'une rebelle, d'une rivière, d'une star de cinéma, mais cela ne lui correspondait pas du tout. Toute sa vie, elle s'était laissé porter, jusqu'à ce matin dans la cuisine de Scarlett où elle avait enfin fait un choix et l'avait embrassée. C'était le seul événement de son existence qu'elle avait provoqué.

Elle baisse les yeux jusqu'à ce qu'ils rencontrent ceux de Scarlett.

— Je ne sais pas, murmure-t-elle d'une voix désolée.

— Tu veux être avec moi ?

Elle hoche la tête sans parvenir à articuler le moindre mot.

— Tu veux quoi d'autre ?

— Noah.

— Et ?

— Et… je ne sais pas. Je veux être libre.

— Oui, c'est normal. Bien sûr. Tu as dix-neuf ans. Tu es canon. Tu es sympa. Tu veux être libre. Avoir un bébé, ça ne t'empêche pas de l'être. Sortir avec moi non plus. Rien ne devrait t'enchaîner. La dernière chose dont tu as besoin en ce moment, c'est d'une bague au doigt. Il faut que tu rompes avec lui. Et ça, c'est l'occasion rêvée. Laisse-le faire sa déclaration. Dis-lui « non ». Votre relation ne s'en remettra pas. Ce sera fini une fois pour toutes. Refuse sa demande en mariage, et ta vie pourra commencer.

Tallulah acquiesce tout en l'écoutant parler. Quand Scarlett se tait, elle sent une décharge électrique se propager dans toutes les cellules de son être et elle s'approche d'elle, la plaque contre le mur et l'embrasse sauvagement. Au bout d'une minute, elle fait un pas en arrière, hors d'haleine. Elle plonge son regard dans celui de Scarlett et voit des lumières vives y danser. Elle lit l'émerveillement sur ses traits, elle sent la chaleur de son souffle contre sa peau, elle est éblouie par sa beauté et se dit qu'elle l'aime. Qu'elle l'aime. Qu'elle l'aime…

— J'aimerais tellement qu'il ne soit plus là, reprend-elle en touchant du bout des doigts le visage de Scarlett. Si seulement il pouvait disparaître…

46

Septembre 2018

Kim observe les doigts de Sophie s'activer sur le clavier à la recherche d'une dénommée Cerise.

— Ça doit être Scarlett, non ? l'interroge la romancière.

Kim la regarde sans comprendre.

— La couleur. Le prénom Scarlett a la même racine que le mot « écarlate ».

— Oh, mais oui, approuve Kim. C'est certainement elle. On devrait en parler à Dominic, non ?

Sophie soupire.

— Je ne sais pas. La police utilise ses propres techniques pour retrouver les Jacques. Peut-être qu'on devrait garder cette info pour nous pour le moment. Histoire d'éviter toute confusion.

Kim acquiesce, elle sent que Sophie a raison.

Elles passent en revue les comptes Instagram des principaux suspects : Liam, Lexie, Mimi, Scarlett. Puis elles consultent les profils de ceux qui ont commenté ou aimé certaines publications. Sophie murmure le nom Cerise à intervalles réguliers, puis s'arrête soudainement.

— Regardez !

Elle tourne l'écran vers Kim.

— C'est le compte de qui ?

— Ruby Reynolds. Roo. L'une des amies de Scarlett. Elle vit encore dans les environs, si j'en crois les photos.

Elle clique sur l'image d'une brunette adossée à un arbre, vêtue d'une vieille veste en cuir et d'une petite robe d'été.

— C'est à deux pas d'ici, non ? demande Sophie en faisant un geste vers le village. Sur la place principale.

— Oui, confirme Kim en approchant son nez de l'écran. Juste à côté de l'étang.

— Elle a été postée il y a dix jours. Et regardez, reprend Sophie en pointant un nom dans la liste des « j'aime ». Il y a quelqu'un qui s'appelle CeriseJack. Scarlett Jacques.

La photo de profil met en scène deux cerises rouges qu'une bouche s'apprête à avaler. La langue est percée. Sophie dévisage Kim.

— Scarlett a un piercing à la langue, explique-t-elle, le souffle court. Je l'ai remarqué sur une photo du compte de Liam Bailey.

Sophie clique et arrive sur la page du compte. Étrangement, il est accessible sans aucune restriction.

— Pas d'abonnés, c'est bizarre.

Elle fait défiler les clichés de plus en plus vite. CeriseJack semble vivre sur un bateau. Les photos sont assez mystérieuses : des couchers de soleil sur l'océan, la crête moutonneuse des vagues, le bec luisant d'un dauphin dans la paume d'une main, des jambes bronzées sur un siège en cuir crème avec une grosse patte de chien posée sur la cheville.

Kim observe en particulier la dernière photographie.

— Vous pouvez zoomer là-dessus ?

Sophie agrandit l'image.

— Vous voyez, là, sur le côté du pied ? Il y a une marque noire. Juste là.

Sophie hoche la tête.

— Est-ce que c'est…

— Oui, c'est là que j'ai vu son tatouage. TM. Mon Dieu… C'est Scarlett. C'est Scarlett Jacques ! Les photos datent de quand ?

Sophie les fait à nouveau défiler. La plus récente a été postée hier. La plus ancienne, deux semaines plus tôt.

Kim s'éloigne de l'écran et expire longuement. Scarlett Jacques est sur un bateau. Avec son chien, son téléphone, ses pieds parfaitement vernis, à poster de jolies photos sur Instagram. Une vague de colère brûlante déferle en elle.

Sophie continue à cliquer et étudie toutes les images du compte. Elles ont assez peu de « j'aime », mais Sophie consulte systématiquement les profils concernés.

— Vous reconnaissez quelqu'un ?

— Non, répond Kim.

Soudain, un nom connu apparaît. Elles se figent, retenant leur souffle.

@lesvoyagesdeLexie.

47

Juin 2017

Tallulah est assise à sa coiffeuse. Zach n'est pas encore rentré du travail, elle a une heure devant elle. Noah est en bas avec sa mère, qui vient de lui dire d'aller se préparer.

— Prends le temps de te pomponner. Ça fait si longtemps que tu n'es pas sortie !

Elle a passé tous ses partiels. Dans quelques semaines, l'année scolaire se terminera, et elle aura enfin un peu de répit. Ce soir, Zach va lui demander de l'épouser, elle dira « non ». Elle espère que ce refus tirera un trait définitif sur cet amour de jeunesse qui n'a que trop duré. Elle entend sa mère chantonner et sourit. Elle veut retrouver sa maison rien que pour elle. Elle veut retrouver sa chambre, son lit. Pour elle, sa mère, son frère, son bébé. Un jour, elle fera une place à Scarlett dans sa vie. Elle ne sait pas encore comment. Il y a des couples gays à Upfield Common. Deux profs de Maypole House qui vivent dans un petit cottage à côté du *Swan & Ducks* et sortent promener le lévrier qu'ils ont adopté dans un refuge le week-end. Il y a aussi Gia, une fille avec qui Tallulah allait à l'école et dont elle avait toujours voulu devenir l'amie parce qu'elle était tellement chouette. Elle est désormais avec une femme plus âgée qui vient donner un cours de méditation une fois par semaine dans la salle commune. Ce ne serait donc pas particulièrement scandaleux pour le village, mais à l'échelle de l'existence de Tallulah, ce serait une révolution. Elle n'est pas encore sûre de pouvoir assumer sa relation avec Scarlett. Ni de supporter les regards, les questions, et l'idée qu'elles deviennent l'attraction du coin. Il faudrait que les choses se fassent progressivement, de telle sorte que les gens ne s'en rendent pas vraiment compte.

Pour l'instant, elle doit se concentrer sur sa soirée au pub, une soirée dont dépend son avenir. Elle a l'impression que c'est là que se joue son destin. Elle soupire, son mascara à la main. Elle veut se faire belle, pas pour Zach, mais pour Scarlett qui sera aussi présente. Elle a promis de veiller sur elle au cas où la situation dégénérerait, au cas où Zach deviendrait fou. Tallulah applique deux couches de mascara, puis arrange sa coiffure. Scarlett est jalouse de ses cheveux. Les siens sont fins et abîmés par des années de décolorations et de colorations successives. Parfois, elle attrape une de ses mèches et la caresse.

— Ça fait quoi d'être si jolie ? lui avait-elle demandé un jour.

Tallulah avait souri.

— C'est génétique… Ma mère a de beaux cheveux, mon père aussi.

— Et ton fils ?

— Oui, mon fils aussi. On a tous de beaux cheveux dans la famille.

— Tu as tellement de chance ! Mets-toi à ma place deux minutes et imagine avoir ça sur la tête ? avait-elle repris en tirant sur ses pointes desséchées d'un air dégoûté.

— Mais on s'en fout, c'est juste des cheveux. Tu es quand même plus belle que n'importe qui d'autre. Et tu le sais.

— Je ne suis pas belle. Ma mère est magnifique. Moi, malheureusement, je ressemble à mon père.

Un autre jour, Tallulah lui avait posé une question.

— Tu crois que je rencontrerai tes parents, un jour ?

Scarlett avait acquiescé.

— Bien sûr !

— Tu penses qu'ils me trouveront à la hauteur ? J'imagine qu'ils ont l'habitude que tu fréquentes des gens plus comme toi, non ? Des gens riches.

— Tallulah, mes parents sont tellement obsédés par leur nombril que si je sortais avec un cheval de course, ils ne s'en rendraient même pas compte. Sans déconner. Ils ne remarquent rien de ma vie. Jamais. Et ta mère ? Tu penses que je la rencontrerai ?

— Oui ! Ma mère est géniale. Tout ce qui lui importe, c'est que je sois heureuse. Alors c'est sûr, elle t'aimera.

À l'époque, la conversation avait la saveur d'un rêve. Il y avait tellement d'obstacles à surmonter avant d'apercevoir la clairière ensoleillée de leur bonheur. Mais, aujourd'hui, elles la touchent du doigt. Ce soir, tout peut changer.

Elle brosse ses cheveux, les sépare en deux et se fait des tresses.

Elle choisit une tunique en mousseline qui met en valeur sa silhouette, et enfile un short en jean.

Elle regarde la jeune adulte qui se tient dans le miroir en pied.

Cette dernière la dévisage à son tour.

Tallulah est une femme forte. Une lesbienne. Une mère. Une future assistante sociale. Elle est plus que ce qu'elle s'imaginait être. Bien plus. Et tout commence maintenant, se dit-elle en rentrant le ventre, ajustant le tombé de son haut léger. Elle songe à la vie qui l'attend, dès demain. Une vie où elle sera libre de faire ce qu'elle veut. Et ça commence maintenant.

Elle descend retrouver Noah et sa mère en guettant le retour de Zach.

48

Septembre 2018

Kim et Sophie traversent le parc jusqu'à la résidence où vit Kerryanne. Sophie tient son ordinateur portable sous le bras. Kim tape le numéro d'appartement de l'intendante, et une voix féminine répond à l'interphone.

— Bonjour, Lexie, c'est Kim. Est-ce que je peux monter un instant ?

— Euh… oui, bien sûr.

La porte s'ouvre, elles pénètrent dans le hall et s'avancent vers l'ascenseur.

— C'est mieux si je parle, non ? demande Kim.

— Oui, évidemment.

Lexie se tient sur le seuil de l'appartement. Elle est pieds nus et porte un legging imprimé et un sweat à capuche. Elle jette un regard surpris à Kim avant de se tourner vers Sophie.

— Entrez, propose-t-elle avant de s'effacer sur leur passage.

Dans le salon, le canapé est transformé en lit, et des habits jonchent le sol.

— Pardon, je n'ai pas encore défait mes bagages. Je suis un peu nomade, donc je vis pas mal dans ma valise, explique-t-elle en écartant du pied quelques vêtements épars. On peut s'asseoir au bar dans la cuisine.

Elles s'installent sur les tabourets hauts, et Lexie pivote vers Kim.

— Tout va bien ?

Sophie lui lance un regard encourageant pour lui signifier qu'elle est là pour la soutenir si elle en ressent le besoin.

— Pas tout à fait, commence Kim en démarrant l'ordinateur. En fait, je suis assez perturbée par toutes ces histoires de pancartes et d'objets enfouis. Je me suis remise à penser à tout ce qui s'est passé depuis la disparition de Tallulah. Sophie a trouvé une vidéo en ligne, postée par cette fille qui était à la soirée, Mimi. Tu te souviens d'elle ?

Lexie hoche la tête.

— Oui, vaguement. Mes souvenirs ne sont plus aussi clairs après tout ce temps, mais je me rappelle qu'il y avait une autre fille ce soir-là, oui.

— Dans sa vidéo, Mimi semble savoir ce qui se trame à Maypole. Ça me paraît bizarre, parce que seules les personnes qui vivent ici peuvent être au courant. Ça veut dire que quelqu'un du village est en contact avec elle.

Kim s'interrompt. Sophie voit une ombre planer sur le visage de Lexie.

— Voilà, donc j'ai commencé à me poser des questions, je suis allée voir Sophie, et on a effectué quelques recherches sur les réseaux sociaux, mais cette fois en partant de Mimi. Et là, on a découvert le compte Instagram d'une certaine CeriseJack.

Cette fois, Lexie a du mal à cacher à quel point elle est déconcertée. Elle secoue légèrement la tête, puis acquiesce.

— OK.

— On pense qu'il s'agit de Scarlett Jacques. Sur un bateau. Et regarde, reprend Kim en orientant l'écran vers Lexie. Cette photo a été postée récemment, et tu as réagi à cette publication.

Un silence inconfortable s'installe. Le malaise de Lexie est palpable.

— C'est bien toi, @lesvoyagesdeLexie ?

— Oui, c'est mon compte, mais je ne me souviens pas d'avoir liké ce post. Et je ne sais pas qui est CeriseJack. Qu'est-ce qui vous fait penser que c'est Scarlett ?

— Eh bien, à cause du nom, d'abord. Cerise pour Scarlett, Jack pour Jacques. Puis il y a ce chien avec ses pattes énormes. Les Jacques avaient un saint-bernard. Et ensuite, il y a ça…

Kim agrandit le pied sur la photo.

— Ce tatouage. Je l'ai vu sur Scarlett le lendemain de la disparition de Tallulah.

— Kim, je te jure que je ne suis pas ce compte.

Elle attrape son téléphone et ouvre Instagram avant de tourner l'écran vers elle.

— Je ne suis presque personne, tu vois ? Et il n'y a pas de CeriseJack. Sincèrement, j'ignore d'où vient ce « like ».

Sophie observe Lexie. Elle a l'air sincère. C'est pourtant la même jeune femme qui fait croire à ses abonnés qu'elle vit dans un immense manoir georgien, et qui prétend avoir vu la pancarte « Creuser ici » depuis son balcon alors que c'est absolument impossible.

— On n'a pas besoin de suivre un utilisateur pour aimer ses photos, intervient Sophie. Il suffit de connaître son pseudo.

— Est-ce que quelqu'un d'autre connaît ton mot de passe ?

Lexie hausse les épaules.

— Oui, ma mère. Parfois, je lui demande de répondre aux commentaires quand je voyage et que je ne peux pas me connecter.

— Ta mère ?

— Oui, répète-t-elle en les regardant l'une après l'autre. Mais ça ne peut pas être elle.

Sophie inspire longuement.

— Mais ta mère connaissait bien Scarlett, n'est-ce pas ?

— Oui, mais elle ne sait pas où elle est en ce moment. C'est impossible qu'elle l'ait trouvée sur Instagram.

— Pourquoi ? demande Sophie.

— Ce serait trop bizarre. Pourquoi est-ce qu'elle serait encore en contact avec elle ?

— Je ne sais pas, dit Sophie dans un soupir. Mais, d'après mes informations, Scarlett était une personne très charismatique. Tout le monde l'aimait. Elle avait sa bande d'amis. Liam. Son ancienne proviseure, Jacinta Croft, affirme qu'elle avait une fâcheuse tendance à manipuler les autres. On pense que Tallulah et Scarlett se connaissaient en fait bien mieux que ce que Scarlett a voulu admettre. Il n'est pas inimaginable que ta mère soit restée en contact avec elle en secret.

Lexie secoue la tête avec force pendant que Sophie argumente.

— Non, c'est impossible. Vous faites fausse route, c'est clair.

Sophie lui adresse un sourire triste.

— Lexie, tu n'es pas souvent ici. Ta mère vit seule la plupart du temps. Qui sait ce qu'elle fait en ton absence ? C'est quelqu'un de très attentionné. Ça ne m'étonnerait pas du tout qu'elle soit encore en relation avec Scarlett.

Lexie ne répond pas pendant un moment.

— Alors qu'est-ce que vous comptez faire ? Vous allez lui parler ?

Sophie et Kim échangent un regard.

— Oui, confirme Kim. On voudrait bien discuter avec elle.

— Mais elle n'a rien à voir avec tout ça, je vous jure.

Sophie referme le portable et le range sous son bras. Alors qu'elle retourne dans le salon, un objet qui dépasse de la valise de Lexie attire son attention.

L'un de ses romans.

49

Juin 2017

— Tu es magnifique ! s'émerveille Zach en entrant dans la cuisine. Regardez-moi ça.

Il se tourne vers Kim et lui sourit.

— Ta fille est super canon.

Kim admire sa fille, un sourire aux lèvres.

— Oui, elle est très belle.

Zach s'approche de Tallulah et l'embrasse sur la joue. Puis il attrape Noah dans sa chaise haute et le fait tournoyer autour de la pièce jusqu'à ce que le petit garçon éclate de rire. Zach est d'une bonne humeur désarmante, envahissante, contagieuse. Mais elle n'y succombe pas tout à fait. Tallulah s'efforce de sourire quand il lui dépose le bébé dans les bras.

— Je vais me doucher. Je me dépêche.

Il disparaît, puis Kim se tourne vers elle.

— Dis donc, quelqu'un est de bonne humeur.

— Oui, on dirait.

— C'est chouette de le voir si heureux. Il avait l'air assez préoccupé, ces derniers temps, à cause de cette histoire d'appartement.

Tallulah hoche la tête sans desserrer les lèvres.

— Vous fêtez quelque chose de spécial ce soir ?

— Non, répond-elle d'un air détaché. Je pense qu'il s'est tellement privé pour faire des économies qu'il a envie de profiter un peu.

— Vous le méritez tous les deux. Vous êtes incroyables. Vous travaillez dur et vous démenez pour Noah. Il est grand temps que vous vous fassiez plaisir.

— Tu es sûre que ça va aller avec Noah ? Il est vraiment difficile ces jours-ci.

— Ne te stresse pas, la rassure Kim. Au pire du pire, on se couchera tard. C'est la première fois que je fais du baby-sitting depuis des années, alors ça m'est égal. Je veux juste que vous passiez une très bonne soirée, une soirée mémorable, ajoute-t-elle avec un regard taquin. Je ne veux pas que tu penses à Noah, à moi, ni à quoi que ce soit de négatif. D'accord ?

Tallulah s'étonne de l'emploi de ce mot, mémorable, et du ton de sa mère. Est-elle au courant ? Est-ce que Zach lui a fait part de ses intentions ? Est-ce qu'il est ringard au point de lui avoir demandé sa permission ? Cette possibilité l'inquiète au plus haut point.

— Promis, je ne penserai ni à toi ni à Noah, assure-t-elle avec un sourire.

— C'est bien. Et si vous buvez un peu trop et que tu veux faire la grasse matinée demain, je m'occuperai de Noah, d'accord ?

Tallulah hoche la tête, rassied Noah dans sa chaise haute et tend les mains vers Kim.

— Un câlin ?

Kim l'accueille en souriant, à bras ouverts.

Elles s'étreignent dans la cuisine baignée de soleil pendant que Zach se douche à l'étage. Noah grignote le coin d'un livre et les observe avec curiosité, l'air grave. C'est comme s'il comprenait que sa vie aussi allait changer ce soir. Tallulah ne peut retenir une larme. Elle l'essuie rapidement pour que sa mère ne la remarque pas.

50

Septembre 2018

Il est 16 heures. Kim l'a quittée deux heures plus tôt pour aller chercher Noah à la crèche. Sophie enfile un gilet, attrape son téléphone et sort dans le parc. Les cours sont terminés, et des dizaines d'élèves se prélassent sur la pelouse. Elle pense à Scarlett et à sa clique. Grande et svelte, comme Liam l'avait décrite, avec les cheveux bruns au naturel, une robe courte, des collants noirs et de grosses bottes, suivie par son groupe d'admirateurs.

Puis elle l'imagine en bateau, ses mèches décolorées brûlées par le soleil, assise avec son chien, postant des photos de la mer de façon sporadique, peut-être stratégique, de sorte que quelques personnes sachent qu'elle est encore en vie. Mais qu'en est-il de Tallulah, de Zach ? Et du mari de Jacinta Croft ?

En marchant, elle ressasse les mêmes pensées. Quelques élèves lui sourient ou la saluent. Elle leur répond poliment. Elle n'a aucune idée de qui ils sont, mais ils savent qu'elle est la compagne de M. Gray, et ils doivent désormais aussi savoir qu'elle est romancière. Ici, elle jouit d'un statut privilégié auquel elle ne s'habitue pas.

Elle s'assied sur un banc du cloître et cherche « CeriseJack » sur Internet. Des dizaines de résultats s'affichent, notamment pour des cerises au marasquin. Elle sélectionne l'onglet « images » et fait défiler les photos. Des cerises, des bouteilles d'alcool, des cocktails. Rien ne paraît être lié à Scarlett Jacques.

Elle lève les yeux en sentant quelqu'un s'approcher. C'est Liam. Elle lui sourit.

— L'homme de la situation.

— Ah bon ?

— Oui, en fait, si vous n'êtes pas occupé, j'aurais bien aimé discuter avec vous.

— Bien sûr. Ici ? Ou…

— Comme vous préférez.

— Vous pouvez venir chez moi, si vous voulez. J'étais en train de rentrer. J'ai des bières au frais.

— Parfait, allons-y, approuve-t-elle avec un grand sourire.

L'appartement de Liam ne ressemble pas du tout à celui de Kerryanne. C'est un studio rectangulaire avec un lit d'un côté, un canapé de l'autre, une kitchenette dans un renfoncement, et une porte vitrée qui donne sur un petit balcon.

— C'est douillet, commente-t-elle en passant en revue le contenu de sa bibliothèque.

— Merci, répond-il en suspendant sa veste à une patère derrière la porte d'entrée. C'est petit, mais ça me convient. Voilà.

Il rassemble quelques papiers posés sur le canapé et invite Sophie à s'asseoir.

Le studio est bien rangé, sent bon et déborde de vie.

— Vous avez passé une bonne journée ? demande-t-il en se dirigeant vers le réfrigérateur.

— Je ne sais pas trop. J'étais avec Kim Knox, la mère de Tallulah. On a essayé de retrouver Scarlett Jacques en ligne.

Il sort deux bières et lui en tend une. Elle continue de détailler le logement. Il y a quelques tableaux aux murs, le plus marquant étant une grande toile, un portrait. Elle le scrute pour tenter de comprendre ce dont il s'agit : une jeune femme assise sur un trône, avec un chien à ses pieds. Soudain, Sophie désigne la peinture de l'index.

— C'est…

— Scarlett, oui. Un autoportrait. Elle me l'a offert.

— Je peux le regarder de plus près ?

— Bien sûr, allez-y.

Elle abandonne sa bouteille sur la table basse et s'approche du tableau. Scarlett et le chien sont coiffés de couronnes. La jeune femme a l'air impérial, les mains posées sur ses genoux en tailleur, chaque doigt orné d'une grosse bague dorée. À l'arrière-plan, plusieurs objets sont disposés sur des tables, parmi lesquels un cœur palpitant sur un plateau et une tranche de gâteau dégoulinant de sang.

— Dites donc… C'est un peu… étrange ?

— Un peu, répond-il en haussant les épaules.

— Qu'est-ce que ça signifie, à votre avis ? Ce cœur, par exemple. Qu'est-ce que ça représente ?

— Elle ne m'a jamais trop expliqué le tableau, pour être honnête. Un jour, elle a débarqué avec et m'a demandé si je le voulais, et j'ai dit « oui » parce que j'ai pensé que ce serait sympa dans mon appart, et aussi parce que ça me faisait plaisir d'avoir un souvenir d'elle…

Sa voix s'éteint.

— Vous savez, j'ai vu Jacinta Croft, l'autre jour, et on a parlé de Scarlett. Elle m'a dit que vous aviez le cœur brisé après votre séparation.

Il hoche la tête et boit une grande gorgée de bière.

— Pas faux. Une fille comme Scarlett, on n'en rencontre pas beaucoup dans sa vie, surtout un gars comme moi. Avec elle, tout était plus excitant. Je me sentais unique au monde parce qu'elle m'avait choisi, vous comprenez ? Mais ça n'a pas marché. Maintenant, je suis passé à autre chose.

— Vous avez quelqu'un en vue ?

— Non, pas vraiment. Enfin, je suis inscrit sur des applis de rencontres, mais ce n'est pas non plus ma priorité.

— Alors, avec Lexie…

Il lève les yeux vers elle, l'air confus.

— Lexie Mulligan ? Ah non, pas du tout. On est amis, oui, mais non… Je ne pense pas qu'elle soit intéressée par les mecs, d'ailleurs. Elle avait des sentiments pour Scarlett pendant un moment. Bref. Il n'y a rien avec Lexie. Ni avec personne. Pour l'instant.

— Vous vous rappelez, l'autre soir, quand la police a trouvé la seconde pancarte « Creuser ici » ?

Il acquiesce d'un hochement de tête.

— Est-ce que Lexie était chez vous ce jour-là ?

— Ici, dans mon studio ?

— Oui.

— Non, pourquoi ? Lexie n'est jamais venue chez moi.

— Je peux aller sur votre balcon ?

— Allez-y.

Sophie fait coulisser la porte et sort. Elle regarde vers le parterre de fleurs, se dresse sur la pointe des pieds et se penche. Même à cet angle et cette hauteur, elle ne peut pas apercevoir l'endroit où la pancarte avait été clouée. Elle observe autour d'elle, au-dessus, mais il n'y a pas d'autres balcons. Lexie a forcément menti quand elle a prétendu avoir repéré la pancarte depuis chez elle. Elle ne l'a certainement pas découverte par hasard. Elle connaissait l'existence de cette pancarte non parce qu'elle l'avait vue, mais parce qu'elle ou sa mère l'avait placée là.

Alors que Sophie retourne s'asseoir sur le canapé, son attention est attirée par un autre tableau accroché au mur, plus petit que l'autoportrait de Scarlett, mais exécuté de la même manière, avec la même palette puissante, agressive. C'est un escalier de pierre, en colimaçon, dont les marches peintes dans les teintes vives de l'arc-en-ciel se coulent l'une dans l'autre, la peinture dégoulinant comme de la cire chaude. Un rayon doré descend d'une fenêtre ronde située en haut de la tourelle, et troue le sol au bas des marches, dans des volutes violacées aux reflets argentés. À côté de cette ouverture se trouve un couteau taché de sang.

— Qu'est-ce que c'est ? s'enquiert-elle.

— Un autre tableau de Scarlett. Elle l'a peint pendant sa dépression. Elle m'a dit qu'il fallait que je le garde, pour la postérité.

— Mais c'est quoi, cet escalier ?

— Je ne sais pas. On dirait l'escalier des Cendres, celui qui se situe dans l'aile la plus ancienne du manoir. Dans la tourelle. Ça mène à une pièce avec des meurtrières. Ils ne l'ont jamais utilisée. Elle était trop petite pour mettre des meubles.

Sophie continue à détailler ce tableau, essayant d'en percer le mystère.

— Elle avait déjà fait allusion à cet escalier ?

Elle approche son nez de la toile. Une aura lumineuse nimbe la première marche, comme s'il y avait quelque chose derrière. Le sang du couteau coule dans cet interstice et y disparaît. En regardant l'instrument de plus près, elle se rend compte qu'il ne s'agit pas d'un couteau, mais plutôt d'une sorte de crochet. C'est un levier. Son pouls s'emballe.

— Je peux prendre une photo ?

— Si vous voulez, répond Liam. Vous pensez que ça peut être un indice ?

Elle acquiesce.

— Oui, dit-elle avec détachement alors que l'adrénaline court dans ses veines. Ce n'est pas impossible.

51

Juin 2017

Zach et Tallulah traversent la place du village vers le pub, profitant de l'ombre intermittente qu'offrent les branches des saules. Zach lui tient la main et parle sans interruption. Un mec au boulot vient d'adopter dans un refuge un chien qui ne sait pas aboyer, le fils d'un autre collègue vient d'être arrêté pour dégradation de mobilier urbain, il y a une caravane dans une forêt du Hampshire qu'il pourrait peut-être emprunter à l'amie d'une de ses sœurs pour qu'ils partent en vacances cet été. Tallulah sourit, hoche la tête, ponctue la conversation de petites exclamations ; elle n'a plus rien à perdre maintenant, elle peut se permettre d'être gentille avec lui. Quand cette soirée sera finie, ils ne se tiendront plus jamais la main, et il ne s'adressera plus jamais à elle de cette façon. Dans quelques heures, il y aura un mur épais entre eux, une muraille infranchissable. C'est comme ça que Zach fonctionne. Mais pour l'instant le soleil brille, ils vont boire du vin, ses partiels sont terminés, un bon dîner se profile. Alors pourquoi ne pas se montrer agréable avec lui, pourquoi ne pas faire comme si tout allait bien ?

La terrasse devant le pub est prise d'assaut. Le *Swan & Ducks* est le repaire des gens du village, mais aussi de ceux des environs, surtout quand il fait beau.

À l'intérieur, l'ambiance est plus calme. Le serveur leur désigne la table réservée pour eux, et Tallulah se fige. Il y a déjà une bouteille de champagne dans un seau argenté, et deux flûtes.

— Ta-da ! s'exclame Zach.

Elle s'apprête à s'asseoir, mais Zach prend les devants.

— S'il vous plaît, madame, dit-il en lui tirant la chaise avec une courtoisie surjouée.

— Waouh, merci ! s'enthousiasme Tallulah avec un sourire. C'est incroyable…

— Tu le mérites, répond Zach en s'installant face à elle.

Tallulah l'observe. Il a le visage détendu, éclairé de sourires passagers. Il ressemble au garçon perdu qui est arrivé en cours d'année dans son collège. Tallulah sent sa détermination baisser d'un cran.

— On le mérite tous les deux. Ça a été une sacrée année…

Son sourire s'altère un peu.

— Oui, vraiment, abonde-t-il avant d'attraper la bouteille de champagne. Bon, j'espère que je vais pas me louper.

Il commence à pousser le bouchon, et Tallulah approche sa flûte du goulot au cas où, mais le bouchon sort doucement avec un petit pop, et Zach lui sert un verre, puis remplit le sien.

— À nous. Zach et Tallulah. Et à Noah, le meilleur petit gars du monde. Santé !

Tallulah fait tinter son verre contre celui de Zach. Elle lui est reconnaissante de ne pas lui demander de prononcer quelques mots à son tour. Elle se sent soulagée qu'il ne la regarde pas avec insistance. Il tourne son attention vers le menu.

— Voyons voir. Tu peux commander ce que tu veux. Le prix, on s'en fiche. Aucune limite !

Elle jette un coup d'œil à la carte et repère un bar entier servi avec des broccolinis et du riz pilaf: trente-cinq livres. Elle déglutit.

— Pas le bar, en tout cas.

— Mais si, je te jure, choisis ce que tu veux.

— Je n'aime même pas ça.

Il la regarde tendrement, et elle le voit plonger la main dans la poche de son pantalon, ce qu'il a déjà fait à plusieurs reprises depuis qu'ils ont quitté la maison. C'est là qu'il garde la bague. La bouche sèche, elle se demande pourquoi elle fait ça. Elle va l'humilier et le détruire. De cette soirée dorée, baignée de champagne et de galanterie, il ne retiendra que sa cruauté.

Mais non, se force-t-elle à penser, *ce soir n'est pas réel. C'est un mirage.*

Elle se souvient de la nuit passée chez Scarlett, des messages de plus en plus violents, des vidéos insoutenables, de la façon dont il appuyait son visage contre celui de Noah, dont il utilisait leur fils pour l'atteindre, pour lui faire peur, pour la manipuler. Elle se remémore ses doigts agrippant son menton, s'enfonçant dans sa peau pour l'obliger à soutenir son regard. Tout ce qu'il espère, c'est qu'elle arrêtera ses études, qu'elle cessera de voir ses amis, qu'elle restera à la maison sans dépenser un sou. Tout ça pour être ce qu'il appelle une « bonne mère ». Elle se remémore ses manœuvres pour rester chez elle, partager son lit. Elle n'aurait jamais dû céder. Soudain, elle prend conscience que ça ne peut pas être une rupture amicale. Il ne peut subsister aucune ambiguïté, aucune place pour autre chose que la douleur et la colère. Parce que Zach est un prédateur, qu'elle doit lui montrer qu'elle ne sera pas sa proie. Tout le champagne, tous les regards amoureux, tous les compliments et les mets délicieux du monde n'y changeront rien.

Elle prend une profonde inspiration et se concentre sur le menu.

À ce moment-là, elle entend du bruit en provenance de l'entrée, des éclats de rire, des exclamations et des discussions enjouées. Elle lève la tête et voit Mimi, Roo, Jayden, Rocky, puis Scarlett et Liam qui ferment le bal. Zach les observe aussi, et le mécontentement se lit sur son visage. Il déteste les gosses de riches de Maypole.

— On peut dire adieu à notre soirée calme, grogne-t-il.

Le groupe se dirige vers le comptoir, et Tallulah sent le regard brûlant de Scarlett sur elle, mais elle continue à étudier la carte. Les mots dansent devant ses yeux. Cannellini. Cacio e pepe. Anchois. Rigatoni. Chorizo. Elle ne comprend rien. Tout ce qu'elle sait, c'est que Scarlett est au bar et qu'elle ne la quitte pas des yeux. Elle sent son téléphone vibrer dans sa poche et jette un coup d'œil au message.

C'est fait ?

Non.

Je suis là si tu as besoin.

OK.

— C'était qui ? demande Zach.

— Ma mère. Elle voulait savoir quel pyjama mettre à Noah.

Zach sourit.

— Un méli-mélo de la mer à partager, ça te dit ?

— Pourquoi pas, approuve-t-elle distraitement. Il y a quoi dedans ?

— Langoustines, saumon fumé, palourdes, cassolettes de crevettes et caviar.

Elle regarde le prix.

— Tu es sûr ?

— Oui, je t'ai dit, on se fait plaisir ce soir.

— OK alors… Enfin, c'est toi qui décides. Je n'aime pas vraiment le caviar…

Zach rit.

— Ne t'inquiète pas pour ça, je le mangerai.

Elle sourit et boit une grande gorgée de champagne. Scarlett et ses amis sont toujours au bar. Ils passent commande et demandent de la monnaie en échange de paiements en carte. Ils font du bruit, ils prennent toute la place, ils sont insupportables. Elle leur lance un coup d'œil et croise furtivement le regard de Scarlett. Elle se sent aussitôt rougir.

— Tu veux des frites ? propose-t-elle.

— Carrément ! Il y a des frites maison, des frites de patate douce, ou des frites à la truffe. Tu veux qu'on essaie les trois ?

— Oui, répond-elle sans savoir ce qu'elle vient d'accepter : elle n'a aucune idée de ce que sont des frites à la truffe.

— Génial, répond-il en croisant les bras.

Tallulah entend Scarlett discuter avec le serveur.

— Vous avez du rhum de la Barbade ? Du Mount Gay, par exemple.

— Je crois pas, non. On a du Bacardi. Du Kraken…

— Le Kraken, ça peut le faire. Mais, franchement, vous devriez vraiment servir du Mount Gay. C'est, genre, le meilleur.

Elle a l'air tellement bourge, se dit Tallulah.

Quand elles sont seules toutes les deux, Scarlett est très différente.

— Putain, écoute-les. Ils se prennent pour qui ? « C'est, genre, le meilleur », singe-t-il en imitant Scarlett à voix basse.

Tallulah acquiesce.

— Oui, je sais, ils sont vraiment relou. Ils vont à Manton aussi. Ils sont tous en arts appliqués. Je crois qu'ils étaient à Maypole avant.

— Ceci explique cela.

Il se lève.

— Je vais commander. Tu veux boire autre chose ?

Elle tapote sa flûte de champagne.

— Ça va pour l'instant, merci.

Il lui sourit. En le voyant approcher du bar, elle redoute le pire. Il se tient à côté de Scarlett, qui lui tourne le dos, sa carte bancaire posée sur l'écran du terminal de paiement. Elle attend que le reçu sorte.

— Merci, dit-elle en attrapant son verre avant de pivoter et de se retrouver nez à nez avec Zach.

Tallulah retient son souffle.

— Pardon, entend-elle Zach marmonner en faisant un pas de côté pour la laisser passer.

— Pas de problème.

En longeant la table de Tallulah sur le chemin de la terrasse, Scarlett lui lance un regard encourageant. Elle tapote son poing contre sa clavicule et cligne des yeux. Tallulah hoche la tête et détourne le regard. L'adrénaline se propage dans tout son corps. Elle avale encore un peu de champagne pour essayer de calmer son cœur qui bat à tout rompre. Son portable vibre. C'est Scarlett.

Ça va ?

Non, je me sens mal.

Tu peux le faire. Je suis là.

Tallulah lui répond avec un smiley, éteint l'écran, et range son portable sous le menu pour ne pas le regarder.

Zach revient et s'assied.

— C'est elle la fille du selfie, non ?

Elle essaie de faire celle qui ne comprend pas, mais elle sait très bien qu'elle n'est pas crédible.

— Quelle fille ?

— Celle qui a les cheveux en pétard, là, qui commandait du rhum au bar. Celle que tu croisais parfois à l'arrêt de bus.

— Ah oui, c'est Scarlett, répond-elle d'une voix légère.

— Pourquoi est-ce qu'elle n'est pas venue nous dire bonjour ?

— Peut-être qu'elle ne m'a pas vue.

Il sort la bouteille du seau et remplit leurs verres. Son humeur commence à se dégrader, comme si un nuage s'était installé devant le soleil éclatant de son optimisme.

— Ouais, peut-être.

Ils discutent de Noah, de la sœur de Zach qui est enceinte pour la première fois et se demande si elle n'attend pas des jumeaux, mais Tallulah a l'impression de déployer des efforts surhumains pour maintenir la conversation. Zach est ailleurs, et elle sait très bien où. Dans sa tête, il est en train de ressasser son entrevue avec Scarlett. Zach est très perspicace, il a forcément saisi une bizarrerie dans son comportement, et maintenant il doit être en train d'analyser celui de Tallulah, il devine que quelque chose cloche, même s'il ne sait pas de quoi il s'agit.

Leur plateau arrive, spectaculaire : une grande assiette blanche posée sur un support en cuivre décoré de tresses d'algues et de perles de grenade rouge rubis.

Ils s'exclament tous les deux et attrapent leurs couverts dans le pot au milieu de la table, puis s'attaquent au démantèlement du plateau. Mais Tallulah n'a pas faim, et décortiquer une langoustine lui prend un temps fou.

— Ça va ? lui demande Zach.

— Oui, oui.

— Tu ne manges pas beaucoup.

— Je savoure, c'est tout.

— Prends des frites, dit-il en lui tendant le plat.

Elle en attrape quelques-unes.

— Encore, insiste-t-il d'un ton pressant.

Ce n'est pas une suggestion, c'est un ordre. Elle en prend deux de plus, et il repose le panier sur la table.

Son téléphone vibre, et elle le tourne vers elle pour voir qui écrit. Scarlett, à nouveau. Elle lit les premiers mots du message, mais ne l'ouvre pas.

Tu as besoin de moi ? Je peux…

Zach l'interroge du regard.

— Ma mère, encore.

— Ah, qu'est-ce qu'elle veut savoir ?

— Elle demande juste si on passe un bon moment.

— Et alors, quelle est la réponse ? demande-t-il d'une voix tendue.

Elle attend un instant pour répondre.

— Oui, on passe un très bon moment, articule-t-elle en levant son verre vers lui. Merci.

La soirée est en train de sombrer. Elle sait qu'ils ne peuvent plus continuer à discuter de choses légères. Soit ils vont manger en silence, soit ils vont parler de leur couple. Dans un cas comme dans l'autre, la soirée est foutue. Alors elle lui tend une langoustine.

— Tu peux me la décortiquer, s'il te plaît ? J'ai la flemme, explique-t-elle avec le sourire le plus convaincant dont elle soit capable.

Il roule des yeux en souriant. Pendant un bref moment, elle a l'impression que la bonne ambiance peut revenir. Puis son téléphone vibre à nouveau, et il soupire lourdement.

— Putain…

— C'est sans doute ma mère, je ne lui ai pas répondu.

— Vas-y, réponds-lui alors, gronde-t-il, excédé, en arrachant la tête de la langoustine.

Elle allume l'écran et clique sur le message de Scarlett, puis tape rapidement.

Il est de mauvaise humeur. Il va pas le faire.

Plan B ?

Tallulah inspire.

Oui, plan B.

Quatrième partie

52

Juin 2017

Scarlett entre dans le bar en essayant de paraître décontractée, ce qui ne fonctionne pas. Elle ne quitte pas Tallulah du regard, Zach le remarque puis se retourne vers elle. Il vient de comprendre.

— Qu'est-ce qui se passe ?

— Pardon ?

— Entre toi et cette fille, il y a quoi ?

— Je sais pas, rien.

Scarlett s'approche. Elle tire une chaise d'une autre table et s'installe avec eux, attrape une frite, la trempe dans la mayonnaise et la mange.

— Salut, Lula, ça va ?

Tallulah hoche la tête.

— Je suis désolée de ne pas t'avoir dit bonjour plus tôt. Tu étais avec tes amis, je ne voulais pas vous déranger.

— Oh, t'en fais pas pour ça, je comprends, la rassure Scarlett en prenant une autre frite. Alors, qu'est-ce qu'on fête ce soir ? demande-t-elle en levant le menton vers le plateau de fruits de mer et la bouteille de champagne.

— Rien de spécial, mais ça fait longtemps qu'on n'est pas sortis.

— C'est pas mal, ça, reprend-elle en chipant une troisième frite qu'elle renifle. À la truffe, non ?

Zach hoche la tête à contrecœur.

— Cool. J'ai pas saisi ton prénom, au fait, commente-t-elle en avalant sa bouchée.

— Zach.

Son visage est déformé par la rage. Scarlett fait comme si tout allait bien, mais Tallulah voit qu'elle bouillonne à l'intérieur.

— Vous vous connaissez de Manton ? s'enquiert Zach.

— Tout à fait. Cette adorable Tallulah.

— Elle ne parle jamais de toi.

— Quelle malpolie ! s'exclame Scarlett en feignant d'être vexée avant d'attraper une autre frite.

— Pourtant, elle a une photo de toi sur son téléphone.

— Oh, oh ! plaisante Scarlett, les yeux écarquillés. Ça vire à l'obsession !

— C'est le selfie de la fête de Noël, c'est tout.

— Quel selfie ?

— Tu ne t'en souviens pas ? s'étonne Zach.

— Malheureusement non. Mais, pour être honnête, j'étais bien défoncée à cette soirée. Bon, je ne voudrais pas m'incruster plus longtemps dans votre dîner romantique. Toujours un plaisir, Lula. Et enchantée, Zach.

— Reste, ordonne Tallulah.

— Oh, je vois, s'amuse Scarlett avec un grand sourire. D'accord.

Zach ouvre la bouche pour protester au moment où Mimi entre dans le pub à la recherche de Scarlett.

— Ah, te voilà ! On se demandait où tu étais passée.

— Désolée, je me suis fait piéger par les délicieuses frites de Tallulah et de son copain. Mais vas-y, prends une chaise.

En quelques minutes, tous les amis de Scarlett sont assis à leur table, les frites et les langoustines ont disparu, et quelqu'un a payé une tournée de tequila. Jayden et Liam sont en grande conversation avec Zach sur le foot, et Tallulah discute avec Scarlett, Ruby et Mimi des profs bizarres de Manton. Un serveur apparaît pour débarrasser les bols et assiettes vides et leur demande s'ils veulent autre chose. Quelqu'un commande un mi-cuit au chocolat cœur caramel, quelqu'un d'autre une nouvelle portion de frites. Tallulah n'a aucune idée de qui va payer tout ça. Il lui semble que la situation lui échappe. Elle a l'impression qu'un incendie fait rage et qu'il est trop tard pour l'éteindre.

De nouveaux shots de tequila arrivent sur la table, le gâteau est servi avec six cuillères, et Jayden reçoit un message.

— Il est dehors, j'y vais.

Tout le monde paraît savoir de quoi il parle et lui donne des billets de dix livres. Quelques instants plus tard, il revient et passe des pilules sous la table à ses amis.

Tallulah observe Zach et n'en revient pas de le voir prendre la pilule que Jayden lui tend et l'avaler avec une gorgée de champagne tiède. Zach n'a jamais consommé de drogue de sa vie, à part quelques joints fumés avec sa grande sœur dans leur jardin quand elle vivait encore chez eux. Elle le scrute, essaie de capter son regard, mais il l'ignore superbement. Tallulah comprend qu'au lieu de se battre contre la situation qu'elle et Scarlett ont générée, il a décidé de jouer le jeu. Pour l'énerver, pour la mettre en défaut, pour la prendre la main dans le sac. Il déteste ces gens, elle le sait très bien, pourtant il parle avec eux, accepte leur drogue, rit à leurs plaisanteries.

Elle sent quelque chose toucher sa main sous la table et se rend compte que Scarlett la regarde.

—Je l'ai coupée en deux. Tu veux partager ?

Tallulah secoue la tête.

—Un quart ?

—Peut-être plus tard, s'excuse-t-elle en clignant des yeux.

Scarlett lui passe le petit morceau, et elle le garde dans son poing fermé.

Cette soirée a pris un tour imprévisible. Elle se sent trahie des deux côtés, par Zach et par Scarlett. Et son cœur se serre quand elle pense à Noah qui, à 22 heures, doit déjà être en train de dormir dans son lit, les bras en l'air, les cheveux légèrement humides à cause de son bain du soir, du lait chaud et de l'air étouffant de l'été qui s'engouffre par la fenêtre.

Une fois de plus, elle sent la main de Scarlett sous la table. Cette fois, elle se pose sur sa jambe nue, et un doigt remonte le long de sa cuisse jusqu'à son short. Elle sursaute légèrement.

Tallulah se lève.

—Il est tard, je vais rentrer.

Elle veut renoncer au plan B. Elle a changé d'avis. Elle veut s'esquiver avec Zach, monter l'escalier sur la pointe des pieds et observer en silence leur fils, s'extasier à voix basse sur la beauté de Noah, leur chance de l'avoir dans leur vie. Elle pourra le quitter un autre soir. Pas aujourd'hui. Pas maintenant.

—Non ! s'exclame Scarlett d'un ton autoritaire en la forçant à se rasseoir. Reste, s'il te plaît ! Un dernier verre, allez !

Tallulah soupire. On lui tend un nouveau shot de tequila qu'elle descend comme on le lui demande. Elle est sur le point d'essayer de partir à nouveau quand quelqu'un arrive à leur table. C'est une jeune femme un peu plus âgée qu'elle a déjà croisée au village.

— Lexie ! s'écrie Scarlett quand elle la voit avant de se jeter dans ses bras. Lexie est la fille de Kerryanne, tu sais, l'intendante de Maypole, lui explique-t-elle. En plus d'avoir la mère la plus sympa du monde, Lexie a aussi le job le plus stylé de la terre. Dis-lui un peu ce que tu fais, Lex.

Celle-ci lève les yeux au ciel en souriant.

— Je suis blogueuse voyage.

— Ouais, et pas le genre d'influenceuse faux-cul qui veut juste profiter des hôtels gratuits. Une vraie. Avec des milliers d'abonnés et une vie de star. Tu reviens d'où, là ?

— Du Pérou.

— Putain. C'est incroyable. Trop cool !

Coincée dans cette conversation entre Scarlett et Lexie, Tallulah patiente et boit un shot de plus quand on lui en propose un. Elle en profite pour avaler le quart de pilule qu'elle tenait encore dans sa paume. La cloche du bar retentit pour annoncer les derniers verres de la soirée. Scarlett se lève.

— Ça vous dit une soirée piscine ?

Tallulah croise le regard de Zach, qui la dévisage d'un air mauvais.

— Carrément ! acquiesce-t-il avec un sourire, les pupilles dilatées. Viens, Tallulah, on va voir la baraque de ta copine.

53

Septembre 2018

Sophie se tient devant chez eux, les mains croisées, les cheveux coiffés, les dents brossées pour dissimuler l'odeur de la bière qu'elle a bue chez Liam. Pippa s'approche sur le sentier de gravier, tenant les jumeaux par la main, chacun des enfants tirant une petite valise à roulettes.

— Bonjour, bonjour ! s'écrie Sophie. Et bienvenue !

Il est 18 heures, Shaun travaille encore et l'a ensevelie sous une avalanche d'excuses angoissées en la priant d'être là pour les accueillir. Elle avait réprimé un soupir.

— Bien sûr, pas de souci.

— Je me dépêche, j'arrive le plus vite possible.

— Ne t'inquiète pas, termine ce que tu dois faire.

— Merci, ma chérie, lui avait-il répondu.

Ce qui l'avait surprise, car c'était la première fois qu'il l'appelait comme cela. Normalement, il l'appelait « Soph » ou « bébé ». « Chérie », c'était un mot qu'on utilisait pour sa femme quand on n'avait plus vraiment de désir pour elle. « Chérie », c'était ainsi que son père appelait sa mère. « Chérie », ça faisait ringard.

Elle s'avance vers Pippa et les enfants et se baisse pour les prendre dans ses bras. Ils portent tous les deux des sweats à capuche Gap. Celui de Jack est vert, celui de Lily rose pâle. Ils lui font un câlin, et elle se sent soulagée de les retrouver, de sentir que le lien qui s'est tissé entre eux est intact, même s'ils ne se sont pas vus depuis longtemps.

— Entrez, entrez…

— C'est vraiment la maison de papa ? demande Jack.

— Oui, sa maison de fonction, précise Sophie en les conduisant à l'intérieur. Elle appartient à l'école, mais c'est la maison où vit le proviseur, donc votre papa.

— Alors papa a encore sa maison à Londres ? s'enquiert Lily en tirant sa valise rose sur les dalles de l'entrée, vers la cuisine.

— Oui, ton papa a encore sa maison de Londres, et moi mon appartement. On emprunte ce cottage pour le moment.

— C'est cool, commente Jack, qui aime toujours tout.

— Mais je pense qu'il y a des araignées ici, note Lily, qui fait toujours des remarques.

— Je vous assure que j'ai nettoyé chaque centimètre carré de cette maison et qu'il n'y a pas la moindre bestiole, la rassure Sophie en redressant leurs valises.

— Je m'en fiche des autres insectes, mais je n'aime pas les araignées. C'est quoi cette odeur ?

— Quelle odeur ?

— Ça sent le brûlé.

— Oh, je ne sais pas. Je pensais que j'avais réussi à m'en débarrasser, mais j'ai simplement dû m'y habituer, mince. C'est une vieille maison, tu sais, Lily. Je te fais un thé ? propose-t-elle à Pippa.

Pippa soupire d'un air las.

— Non merci, c'est gentil, mais je suis attendue pour dîner à Londres à 20 h 30. Je pense que je vais déjà avoir du mal à être à l'heure. Pour être honnête, je ne suis pas sûre que cette situation soit tenable. Si Shaun n'est même pas capable d'être là pour accueillir les enfants alors qu'il travaille sur place, je me demande comment il va s'organiser pour aller les chercher à Londres un week-end sur deux. C'est la catastrophe assurée…

Elle consulte son téléphone.

— Bon sang, apparemment, il va me falloir plus de deux heures pour rentrer. Et dire que Shaun m'avait juré que ça ne prenait qu'une heure et demie, se lamente-t-elle en passant ses doigts dans ses cheveux châtains brillants. Les enfants, vous serez gentils avec Sophie. Et avec papa. Vous devez faire tout ce qu'ils vous disent, d'accord ?

— Je te montre leur chambre, si tu veux ?

— Non, répond-elle froidement. Je suis sûre que c'est très bien. Shaun m'a dit que tu t'étais occupée de tout, je lui fais confiance.

Elle se sent rosir en entendant ces mots, à la suggestion qu'elle, Sophie, puisse être digne de foi concernant sa précieuse progéniture.

Pippa se penche et prend les enfants dans ses bras, puis fait un baiser à Sophie avant de remonter le chemin qui mène au lycée pour rejoindre le parking.

Sophie se sent plus légère à l'instant où la porte se referme. La visite de Pippa l'inquiétait depuis des jours sans qu'elle en ait vraiment pris conscience. Le moment est passé, les jumeaux sont là, et elle est libérée de ce poids.

— Alors, qui a faim ? demande-t-elle en retournant dans la cuisine.

Shaun arrive trente minutes plus tard. Pendant une bonne heure, la maison se remplit de la joie des retrouvailles. Il laisse derrière lui sa nervosité dès qu'il enlève sa cravate et prend ses enfants dans ses bras. Sophie enfourne des lasagnes au poulet (Lily ne veut pas manger de vaches, de moutons ni de cochons, mais dit que, comme les poulets ont des têtes qui font peur, on peut les manger) et débouche une bouteille de vin. Après le repas, Shaun fait couler un bain aux jumeaux et les aide à se mettre en pyjama. Ils dévalent les marches, pieds nus, cheveux mouillés, joues roses. Sophie choisit un film, et ils s'installent tous les quatre sur le canapé. Les images tournent et se déforment comme si elle avait trop bu, car elle est incapable de se concentrer sur autre chose que le tableau de l'escalier en colimaçon accroché chez Liam.

Elle attrape son téléphone sur l'accoudoir du canapé et l'allume. Elle regarde la photo du tableau et l'agrandit, l'étudiant sous tous les angles, essayant d'en déchiffrer le sens. Comme lorsqu'elle construit l'intrigue d'un roman, elle aligne les personnages, la trame temporelle, les indices, et tente de se raconter une histoire logique.

Et ça y est, enfin, elle comprend. Elle a trouvé la clé du mystère. Le pied-de-biche fictif qui devrait permettre de tout mettre au jour. Elle frissonne et s'exclame doucement, mais assez fort pour que Shaun et les jumeaux se tournent vers elle.

— Tout va bien ?

— Oui. Oui ! Je viens de penser à une idée pour mon prochain livre, j'ai imaginé une bonne solution. Je crois que..., hésite-t-elle avant de se lever. Ça ne te dérange pas si je vais écrire un peu ? Je n'en ai pas pour longtemps.

Elle se précipite dans le couloir, vers son bureau, où elle ouvre rapidement son ordinateur. Elle parcourt des yeux à toute vitesse certains articles rassemblés après sa rencontre avec Jacinta Croft, des textes historiques au sujet des passages secrets dans les maisons anciennes, et découvre, comme elle s'en doutait, qu'en général les entrées des tunnels étaient « dissimulées derrière des tableaux, des étagères, ou incorporées dans des éléments structurels de la demeure ». Elle visionne de nombreuses photos d'escaliers en colimaçon dans des châteaux et manoirs médiévaux qui mènent vers des tourelles, comme dans le tableau de Scarlett. Et si l'architecte des Cendres avait conçu un escalier qui s'élevait vers la tourelle et s'enfonçait aussi sous le sol ? Un escalier souterrain auquel on accéderait par le pied de l'escalier visible ? Et si l'instrument étrange représenté dans le tableau de Scarlett était en réalité la clé de ce passage secret ?

Elle fait une capture d'écran de l'article puis l'envoie à Kim par SMS, avec la photo du tableau de Scarlett.

Est-ce que ça ressemble à l'outil retrouvé par la police dans le parc ?

Elle ajoute une flèche vers l'objet en question.

Elle attend que les coches deviennent bleues. Un instant plus tard, elle voit que Kim est en train de lui répondre.

Oui. Personne ne sait ce que c'est.

Sophie tremble en comprenant ce que cela signifie.

Vous voyez le halo de lumière en bas du tableau, sous les premières marches ?

Oui.

C'est un tableau peint par Scarlett. Apparemment, c'est un escalier qui se trouve aux Cendres.

Kim lui répond par un émoji bouche bée.

Je peux envoyer ça à Dominic ?

Bien sûr !

Shaun et Sophie couchent les enfants à 21 h 30, finissent la bouteille de vin et se mettent au lit à leur tour. Sophie regarde Shaun retirer ses vêtements et passer le tee-shirt et le pantalon de coton qu'il porte pour dormir. Ce changement de tenue est un message muet qui veut dire qu'ils ne feront pas l'amour ce soir, ce qui convient à Sophie. Cette journée a été particulièrement longue et stressante. Sa tête est encombrée de pensées qui ne s'accordent pas très bien avec le sexe : un tunnel poussiéreux, des jeunes gens disparus, des mères en deuil, une jeune fille à l'air perdu et traumatisé sur YouTube. Elle libère ses cheveux de sa queue de cheval, enfile son pyjama et se glisse avec bonheur sous la couette.

— Tu as réussi à bosser un peu ?

Elle devrait lui raconter. Elle devrait lui dire ce qui se passe, lui faire part de ses découvertes, elle devrait lui montrer la photo du tableau dans le studio de Liam, ses échanges avec Kim. Mais elle ne peut pas faire ça. C'est impossible. Ce week-end est dédié aux jumeaux qu'il n'a pas vus depuis trois semaines. Il n'a jamais passé autant de temps sans eux. S'il a accepté cet emploi dans cet établissement isolé, c'était pour pouvoir payer les frais de scolarité de l'école où son ex voulait envoyer Jack et Lily. Pas pour sa carrière. S'il avait voulu changer de poste pour lui, il serait devenu le proviseur d'un grand lycée public de Londres, et pas de ce pensionnat pour gosses de riches dans un village de carte postale. Il avait tant sacrifié pour venir ici, et elle n'avait jamais été obligée de le suivre, c'était son choix. Il ne l'avait forcée à rien.

Ses enfants sont enfin arrivés, et ce week-end doit être parfait, sans accrocs : deux jours sans travail, sans enquête. Juste eux quatre, une famille et des journées bien remplies par des activités de campagne.

— Oui, quelques phrases.

Il lui sourit.

— C'est bien, ça ! Peut-être que tu as dépassé ton blocage et que maintenant tout va couler naturellement.

— Je l'espère.

À ce moment-là, son téléphone vibre. Elle l'attrape. C'est Kim.

Ils vont obtenir un mandat de perquisition pour aller aux Cendres. Ce sera peut-être dès demain matin. Merci pour tout. Vous êtes incroyable.

Je suis contente d'avoir pu vous aider.

— Tu écris à qui ?

— C'est le WhatsApp de famille, avec mes parents.

Elle éteint son portable, le met à charger et ferme les yeux. Elle s'engage dans un escalier sombre qui tourne encore et toujours jusqu'à ce qu'elle s'enfonce dans les sables doux du sommeil.

54

Juin 2017

Scarlett augmente le son de la radio de la voiture de Lexie et baisse la vitre. Tallulah est assise sur les genoux de Zach, à l'arrière, avec Liam et Mimi. Elle a le tournis. Cela fait des mois qu'elle n'a pas bu plus de deux verres de vin. Elle n'a pas pris de drogue depuis ses quatorze ans. Elle sent l'écrin dans la poche de Zach, sous sa cuisse. Elle passe la tête par la fenêtre et avale à grandes goulées l'air chaud du soir. L'un après l'autre, les arbres se parent un instant d'or avant de retourner dans les ténèbres. Des lumières foncent vers eux sur la voie opposée, ce sont des disques blancs et flous. Le ciel se teinte encore de traînées d'un mauve profond, derniers vestiges du jour.

Scarlett devait avouer à Zach leur relation. C'était ça, le plan B. Elle devait lui dire qu'elles s'aimaient. Zach devait lancer un regard paniqué à Tallulah puis se mettre à ricaner avant de s'exclamer : « Quoi ? », et Tallulah devait lui répondre : « C'est vrai, ça fait des semaines que je veux te l'avouer, mais je n'ai jamais trouvé le bon moment. » Puis Zach devait déguerpir, se battre, crier ou renverser la table. Et ç'aurait été fini. Ç'aurait été horrible, mais ils auraient franchi le point de non-retour.

Mais apparemment, pour une raison qui lui échappe, Scarlett a décidé de prolonger son agonie en invitant tout le monde à une soirée chez elle. Quand elles étaient encore au pub, Tallulah lui avait écrit.

Tu fous quoi ?!?!

JE GÈRE

Puis elle lui avait décoché un discret clin d'œil.

Ils franchissent le portail des Cendres et remontent la longue allée qui mène au manoir… et que Tallulah voit distinctement en triple. Elle cligne des yeux et essaie de rassembler les trois visions en une seule, mais n'y parvient pas.

Lexie se gare, et ils sortent de la voiture, titubant hors de l'espace exigu sur l'allée de gravier. Scarlett les guide. Ils passent par la porte en fer qui se situe sur l'un des côtés de la maison et arrivent à la piscine. Scarlett entre dans la dépendance, allume l'éclairage extérieur et les enceintes, puis revient vers eux, des bières fraîches dans les bras. Zach s'installe au bout d'une chaise longue, et Tallulah se glisse derrière lui. Scarlett chante à tue-tête, Liam se joint à elle. Lexie et Mimi consultent leur téléphone.

Scarlett tend une bouteille à Tallulah.

— Santé ! s'exclame-t-elle en dansant et trinquant avec Tallulah. Et santé à toi aussi, Zach. C'est un plaisir de faire enfin ta connaissance.

Zach lève sa bière vers elle.

— Pareil.

De là où elle est assise, Tallulah perçoit sa crispation, son hostilité.

Scarlett virevolte jusqu'à Liam et Mimi, et trinque avec eux. Puis elle pose sa boisson et enlève son tee-shirt. Dessous, elle porte un débardeur ajusté. Elle déboutonne son short, le laisse tomber à ses pieds, découvrant l'une de ses culottes noires basiques dont Tallulah a l'habitude. Puis, en un éclair, elle plonge dans le bassin.

Tallulah la regarde nager au fond de la piscine, la réfraction de l'eau la faisant paraître encore plus grande et fine qu'elle ne l'est déjà. Elle émerge à l'autre bout, se hisse sur le rebord et rejette ses cheveux en arrière.

— Vous venez ? leur lance-t-elle.

— Non, je n'ai pas envie de me mouiller les cheveux, répond Tallulah.

— Oh, allez, Lula ! Je sais que tu adores ça.

Tallulah voit les épaules de Zach s'affaisser, puis il plaque sa bière contre sa bouche brusquement et boit une longue gorgée.

— Mais je les ai lavés ce matin et j'ai passé des plombes à les sécher, se justifie Tallulah avec un rire nerveux. J'ai pas envie de devoir le refaire demain.

— Lula… Toi et tes cheveux… Allez ! Fais pas ta prude, viens !

Zach se redresse d'un bond quand Scarlett les éclabousse tous les deux.

— Putain, mais fais gaffe ! crie-t-il.

— Autant se mouiller pour de bon, maintenant. Allez, Zach, montre l'exemple à ta copine.

Il déboutonne sa chemise. Il la retire, puis le marcel blanc qu'il portait dessous, révélant son dos musclé. Il enlève son pantalon et se retrouve en boxer moulant. Il se retourne vers Tallulah.

— Viens, obéis à ta copine.

L'ambiance est si tendue que Tallulah a du mal à respirer. Il se passe quelque chose de puissant entre Scarlett et Zach, quelque chose qui enfle à chaque seconde. Elle acquiesce et ôte son short mais pas son tee-shirt, car elle ne se sent pas à l'aise devant Mimi, Liam et Lexie. Elle fait un nœud avec ses cheveux et se jette à l'eau. Son tee-shirt gonfle instantanément comme une énorme méduse de coton. Elle remonte à la surface face à Scarlett, qui effleure ses lèvres des siennes avant de plonger. Tallulah pivote et voit Zach jaillir de l'eau. Il pousse un petit cri comme quelqu'un qui vient de sauter dans une piscine plus fraîche que ce qu'il imaginait, puis s'ébroue. De ses cheveux mouillés s'envolent des gouttes scintillantes comme des cristaux. Désormais, Tallulah est entre Zach et Scarlett. L'atmosphère est si électrique entre eux qu'elle a l'impression de suffoquer.

À nouveau, Tallulah pense à son bébé, à la chaleur, à la douceur de son petit corps si familier quand elle le porte dans ses bras, contre elle, à l'odeur lactée de son haleine. Elle sait alors qu'elle ne veut plus personne dans sa vie. Ni Scarlett, ni Zach. Elle veut être seule.

Elle s'approche de l'échelle, puis sort de l'eau. À ce moment-là, Mimi et Liam plongent. Elle va dans la dépendance et attrape une grande serviette noire pliée sur une pile, s'enveloppe dedans, s'installe sur une chaise longue et regarde les autres durant un moment. La musique atténue les cris et les rires. Elle observe avec dégoût Zach porter Scarlett sur ses épaules pendant qu'elle se bat contre Mimi, elle-même perchée sur les épaules de Liam, à coups de marteau gonflable.

Tallulah secoue la tête pour évacuer l'eau de ses oreilles, et la vision horrifique de son amoureuse et de son copain empilés l'un sur l'autre, presque nus. Zach se retourne vers elle et lui lance un regard qui lui glace le sang. Elle frissonne tout en essayant de lui sourire.

—Je vais me rhabiller, annonce-t-elle en attrapant ses affaires avant de se diriger vers la maison.

Attenante à la cuisine se trouve une petite pièce que Scarlett appelle le fumoir. Les murs sont couverts de bibliothèques, les lumières sont tamisées, et deux petits canapés rouges se font face de part et d'autre d'une vaste table basse en noyer jonchée d'objets divers, de grands livres d'art brillants et d'un éventail de magazine de décoration d'intérieur. Elle ferme la porte coulissante derrière elle, retire son tee-shirt trempé, passe celui de Zach, enlève sa culotte et enfile son short. Elle baisse la tête et enroule ses cheveux dans la serviette pour en faire un turban. Elle voudrait rester ici. Il fait bon, elle se sent en sécurité. Elle se sent protégée de l'inquiétante atmosphère qui règne dehors, cette énergie du désastre. Elle regarde son téléphone, il est presque 1 heure du matin. Elle envisage d'écrire à sa mère, mais se dit qu'elle doit déjà dormir et qu'elle la réveillerait sans raison, alors elle pose l'appareil sur la table, s'assied sur le canapé et prend l'un des beaux livres qu'elle se met à feuilleter, les mots et les images se superposant devant ses yeux, lui rappelant que bien qu'elle soit moins soûle qu'elle ne l'était il y a quelques minutes, elle est encore loin d'être sobre.

—Ah, tu es là !

Zach. Il a remis sa chemise et son pantalon, et ses cheveux humides sont plaqués en arrière.

—C'est quoi ton problème ?

Il pousse la porte et s'y adosse, l'halogène au-dessus de lui projetant des ombres sinistres sur son visage.

—Rien, je suis juste rentrée pour me réchauffer, réplique-t-elle.

—En me laissant tout seul comme un con ?

— Zach, c'est toi qui voulais venir ici. Moi, je préférais rentrer à la maison, tu te souviens ?

— Oui, mais j'ai cru que peut-être tu disais ça parce que j'étais là. Je voulais surtout pas que tes potes pensent que j'étais un gros relou.

— Non, je ne voulais pas venir, je voulais rentrer. Je veux toujours rentrer, d'ailleurs. Je vais appeler un taxi.

Elle se lève, et Zach s'avance vers elle.

— Non, certainement pas. On reste encore un peu.

Il est si proche qu'elle sent l'odeur du chlore sur sa peau et la chaleur de son souffle.

— Je veux rentrer, s'obstine-t-elle avec un air de défi.

Elle passe à côté de lui, et il lui attrape les bras.

— Tu sais ce que j'avais prévu de faire ce soir, Lula ?

Il lui lâche un poignet et plonge la main dans sa poche, en sortant l'écrin noir qu'il plaque contre son sternum, si fort qu'elle sent un hématome se former.

— Aïe ! proteste-t-elle en se massant. Tu m'as fait mal.

— Ouvre, ordonne-t-il.

Elle inspire profondément et s'exécute, découvrant avec horreur le minuscule diamant qui brille à la lumière des spots.

Enfin, songe-t-elle. *Voilà. L'aboutissement de chaque horrible minute de cette soirée.*

Elle referme la boîte et la rend à Zach.

— J'aurais dit « non ».

La brutalité de sa réponse la stupéfait.

— Je vois, grogne-t-il en se balançant légèrement. Très bien.

Pendant un instant, Tallulah se dit que c'est terminé. Pour de bon. Que son histoire avec Zach s'arrête maintenant, que c'était aussi simple que cela. Elle voit son visage passer de la surprise à la confusion. C'est finalement la haine qui l'emporte.

— C'est à cause de cette nana, hein ? Il y a un truc avec elle.

— Qui ?

— Scarlett. Depuis qu'elle est arrivée au pub ce soir, tu es sur les nerfs. C'est pour ça que je voulais venir ici. Je voulais piger ce qui se passait. Alors ? Explique-toi.

Tallulah sent une ardeur subite monter en elle.

— On est ensemble, annonce-t-elle d'une voix neutre.

Les traits de Zach se déforment sous le choc.

— Quoi ?

— Moi et Scarlett. On sort ensemble.

Voilà. C'est fait. C'est avoué. C'est fini. Tallulah respire à nouveau et attend.

— Tu veux dire que…

Zach a du mal à trouver les mots pour décrire ce qu'il ne comprend pas.

— Toi et elle, vous…

— On couche ensemble, oui.

— Tu déconnes ! articule-t-il en faisant un pas en arrière. Putain. C'est pas possible. Je le savais. Bordel de merde. Dès que j'ai vu cette photo sur ton téléphone. C'était évident. Et vous couchiez déjà ensemble à ce moment-là ? Elle et toi ?

— Non, pas du tout. C'était la deuxième fois que je lui parlais de ma vie.

— Ça a débuté ce soir-là ?

— Non, absolument pas. C'était longtemps après. Quand on a commencé à avoir des problèmes, toi et moi.

— Quels problèmes ? On n'a aucun problème.

Tallulah n'en revient pas. Elle ignore s'il fait exprès ou s'il croit sincèrement ce qu'il dit.

— Putain, Lula. Mais merde, quoi. Avec elle ? Franchement ? Elle n'est même pas belle. Elle est super moche.

— C'est pas vrai. Elle est magnifique.

Il se prend la tête dans les mains.

— C'est… mais c'est du délire, Lula. C'est pas toi. T'es pas une putain de lesbienne. C'est à cause d'elle. Elle t'a forcée. Elle t'a manipulée. Tu vois pas ça, merde ? Elle t'a manipulée.

Il fait les cent pas pendant un moment, et Tallulah ne sait pas s'il essaie de se calmer pour la récupérer, ou s'il est en train de décider de la tuer. Il ne fait ni l'un ni l'autre. Il se redresse de toute sa hauteur et la fixe.

— Tu comprends ce que ça veut dire, hein ? Tu peux plus être la mère de Noah. C'est mort. Aucun juge laisserait quelqu'un comme toi élever un enfant. Aucun. Alors je vais chercher Noah, et tu le verras plus jamais. Tu captes ? Plus jamais.

Il lui jette l'écrin au visage et se retourne. Entre la peur et la colère, Tallulah sent sa tête prête à exploser.

Non, tu ne toucheras pas à mon fils. Non, tu ne toucheras pas à mon fils…

Elle le suit, elle crie, elle tend les bras vers lui pour le retenir, pour l'arrêter, pour qu'il ne parte pas, qu'il ne lui enlève pas Noah. Mais, en sortant de la pièce, elle voit Scarlett dans ses sous-vêtements trempés qui tient quelque chose à la main, une masse cuivrée, une sculpture qui semble représenter un groupe de gens qu'elle brandit au-dessus de lui et qu'elle abat de toutes ses forces sur la tête de Zach. Elle voit le bronze heurter violemment l'arrière de son crâne. Elle entend le hurlement de rage de Scarlett, le cri de douleur de Zach. Puis elle le voit s'effondrer de tout son long, son visage embrassant le sol de granit blanc.

55

Septembre 2018

Le lendemain matin, Sophie se réveille tôt, comme toujours quand les jumeaux sont à la maison. Jack est le premier à arriver dans leur lit, où il fait mine de se battre avec son père pour attraper son portable. Lily débarque une minute plus tard, et Sophie remarque un nœud monstrueux dans ses cheveux châtains qu'elle devra passer vingt minutes à démêler avant de pouvoir sortir. Au-dessus de l'épaule de la fillette, entre les rideaux, Sophie distingue un coin de ciel gris, ce que la météo avait prévu.

— Je crois qu'on va aller à la piscine aujourd'hui.

Shaun lance un coup d'œil vers la fenêtre et soupire.

— On dirait bien.

Les enfants sont ravis et se ruent dans la cuisine. Ils se jettent sur le petit déjeuner que Sophie prépare : des pancakes, du Nutella et des céréales au chocolat. Sophie boit une grande tasse de café, Shaun un expresso dans un petit verre pendant que les enfants parlent, mangent et font tomber des céréales au sol en racontant que Betty, leur chienne, avale tout ce qui traîne sur le carrelage chez eux. La pluie s'écrase doucement sur les vitres et, enfin, Sophie se sent bien, mieux qu'elle ne s'est jamais sentie depuis son arrivée à

Maypole. Londres lui paraît très loin, et pendant un moment elle se dit que cela lui convient. Tout ce qui leur manquait, c'était de passer du temps avec les enfants. La nervosité de Shaun depuis la rentrée s'est évaporée. La coupe de cheveux trop courte qu'il s'était faite en août a commencé à repousser, à s'adoucir, et il sourit sans cesse, même quand les jumeaux font des caprices.

Sophie attrape son téléphone pour vérifier les horaires d'ouverture du parc de loisirs de Manton et reçoit un texto de Kim.

Ils ont obtenu le mandat. Ils vont aux Cendres. Je me sens mal.

Sophie inspire profondément avant de taper sa réponse.

Ils ont fait vite. Quand est-ce que tu auras des nouvelles ?

Ils se préparent. Dans quelques heures, j'imagine ?
J'ai du mal à respirer.

Je peux faire quelque chose ?

Dès qu'elle envoie son message, elle sait que c'était une erreur.

Si tu es libre, je veux bien que tu viennes chez moi.

Sophie lève les yeux de son portable. Lily et Jack attendent autour du grille-pain la deuxième vague de pancakes, Shaun remplit le lave-vaisselle, et tout le monde est encore en pyjama, plus ou moins prêt pour cette journée tant attendue qu'ils doivent passer ensemble.

Les enfants de mon copain sont là. On a prévu d'aller à la piscine à vagues de Manton.

Elle s'arrête. C'est tellement violent. Cette pauvre femme est peut-être sur le point de découvrir que sa fille est morte, et elle lui parle d'une piscine à vagues ?

Elle ajoute :

Mais on n'y va pas tout de suite, je peux venir un petit peu.

Merci, c'est vraiment gentil. J'ai du mal à rester seule maintenant.

Sophie arrive chez Kim une demi-heure plus tard. Shaun n'avait pas bien compris quand elle lui avait expliqué le plus rapidement possible où elle allait.

— Je reviens dans une heure maximum, d'accord ? lui avait-elle glissé en sortant.

— Mais tu la connais comment, cette femme ?

— Tu sais, à cause de la bague que j'ai retrouvée. Je me suis un peu rapprochée d'elle, après.

— OK, mais ne traîne pas trop, s'il te plaît.

— Ne t'inquiète pas, je rentre avant qu'on parte à Manton.

Quand elle lui ouvre, Kim a le teint tout gris. Elle ne s'est pas maquillée, et ses cheveux habituellement brillants pendent sans forme sur ses épaules.

Des personnages de dessin animé s'égosillent dans le salon, et Sophie voit l'arrière du crâne de Noah quand elle passe devant la porte. Kim l'invite dans la cuisine et lui désigne une chaise.

— Tu veux du thé ?

— Oui, merci.

Kim remplit la bouilloire en soupirant.

— Tu as des nouvelles ? demande Sophie.

— Non, pas encore. C'est vraiment insupportable, cette attente.

Ses omoplates pointues semblent sur le point de transpercer le fin coton de son tee-shirt à manches longues, et Sophie a envie d'y poser la main pour la réconforter, mais elle n'ose pas.

— C'est pour aujourd'hui. Ils vont soulever cette dalle dans la tour, ils vont descendre, et ils vont trouver la vérité. Je le sais. Et ce qu'ils trouveront là-dedans me brisera peut-être. Je ne suis pas prête. Je ne serai jamais prête pour ça, sans doute. Je dois comprendre ce qui est arrivé, mais je ne veux pas vraiment savoir. Et si elle est là ? Ma fille chérie. Si elle est là ? Avec des araignées. Alors qu'elle en a une peur bleue. Elle a la phobie. Au point qu'elle ne peut pas respirer si elle en voit une, qu'elle se met à trembler. Si quelqu'un l'a enfermée là, avec des araignées, dans le noir… C'est insupportable. L'idée qu'elle est là, toute seule…

Kim se met à pleurer, Sophie se redresse et la prend dans ses bras.

— Kim, oh… Kim… Je suis désolée. C'est si dur. C'est affreux.

La bouilloire s'éteint, car l'eau est assez chaude, mais Kim ne prépare pas le thé. Elle s'écroule sur une chaise et observe l'horloge qui passe de 10 h 01 à 10 h 02.

Son téléphone sonne, et Sophie voit le nom de Dominic s'afficher sur l'écran.

Kim installe Noah dans le siège bébé à l'arrière de la voiture pendant que Sophie s'assied sur le siège passager. Elle sort son portable et écrit à Shaun.

Je vais aux Cendres avec Kim. La police a trouvé quelque chose.

Son message n'est pas lu pendant plusieurs minutes, jusqu'à ce qu'il réponde.

J'espère que ce n'est rien d'horrible. On t'attend ici pour le moment.

Kim conduit brutalement dans le village, puis bien trop vite sur les petites routes de campagne jusqu'aux Cendres. Une policière en gilet jaune garde le portail du domaine. Kim baisse sa vitre.

— L'inspecteur McCoy m'a prié de venir. Je suis la mère de Tallulah Murray.

La policière les fait entrer, et elles remontent l'allée pleine de nids-de-poule jusqu'au manoir où de nombreux véhicules de police et des voitures banalisées sont garés. Un agent s'approche, et Kim baisse à nouveau sa fenêtre pour expliquer qui elle est au fonctionnaire qui parle dans un talkie-walkie en lui demandant de rester dans la voiture pour le moment.

La porte de la maison est grande ouverte. Sophie distingue un vaste hall en marbre avec un escalier en pierre en spirale qui mène à une balustrade vitrée. Un immense lustre moderne éclaire la pièce. Aux murs sont accrochés des tableaux d'art abstrait et, en bas de l'escalier, deux fauteuils en cuir des années 1960 encadrent une table basse. Le tout est parfaitement décoré. C'est un équilibre subtil entre le moderne et l'ancien. Aujourd'hui, enfin, on va découvrir pourquoi cette splendide demeure est à l'abandon depuis un an.

Dominic apparaît sur le seuil, et Kim sort immédiatement de la voiture pour se diriger vers lui. Sophie voudrait la suivre, mais elle doit rester dans l'auto avec Noah. Elle ouvre la portière et pose ses pieds sur le gravier de la cour. Elle voit Dominic parler à Kim, ses jambes se dérobent, l'inspecteur et un policier la soutiennent en l'attrapant par les coudes, puis Dominic la prend dans ses bras et la serre fort.

Sophie se retourne vers Noah.

— Je vais juste voir ta mamie, d'accord ? Je reviens tout de suite. Toi, tu ne bouges pas. OK, Noah ?

Il la regarde et lui tire la langue en imitant un bruit de pet, ce qui la fait sursauter. Aucun enfant ne s'est jamais comporté ainsi en sa présence, et l'assistante scolaire qui sommeille en elle a envie de le réprimander. Mais elle décide de l'ignorer, et se précipite vers la porte du manoir.

Elle pose sa main sur le dos de Kim.

— Kim, ça va ?

Kim a tellement de mal à respirer que Dominic répond pour elle.

— On vient d'entrer dans le tunnel. On a trouvé des restes humains.

La vision de Sophie se trouble, elle chancelle.

— Les restes de qui ?

— On ne sait pas encore. Mais on est presque certains que ce sont les restes d'un homme.

Kim pleure. Elle s'étouffe.

— Et on a aussi trouvé ça, ajoute Dominic en tendant un sachet en plastique transparent. Vous le reconnaissez ?

Sophie observe la pièce à conviction. C'est un téléphone dans une coque en plastique à motif. Elle sent les épaules de Kim s'affaisser sous sa paume, et elle l'entend pousser un cri animal, comme une panthère, comme une lionne. Kim tombe à genoux sur le gravier.

— Non, non, non, pas ma fille. Non, non, non, pas mon bébé.

Dans la voiture, Noah se met à crier de toutes ses forces. L'air moite résonne de leurs hurlements bruts, insoutenables, et le reste du monde se tait.

56

Juin 2017

— Zach ?

Tallulah touche son épaule.

— Zach ?

Son corps lui paraît si solide, si résistant, qu'elle a l'impression qu'il a été lesté de plomb.

— Zach ! elle halète dans son oreille. Merde, Zach !

Elle approche son visage du sien, qui forme un angle désagréable, et essaie de sentir sa respiration, son souffle. Il n'y a rien. Elle veut le retourner sur le dos, mais il est trop lourd. Elle voit une tache de sang sur le sol sous sa joue, et un mince filet rouge qui s'écoule de son tympan.

— Scarlett, mon Dieu. Qu'est-ce que tu as fait ?

Scarlett la contemple d'un air éberlué.

— Il allait prendre ton fils, Lula ! Il allait prendre Noah !

— Ouais, mais il ne fallait pas… Mon Dieu !

Tallulah se relève d'un bond, et son regard passe successivement de Scarlett à Zach.

— Scarlett. Il est mort. Putain. Il est mort !

— Tu m'as dit que tu voulais qu'il disparaisse, Lula. Tu m'as dit ça. Tu te souviens ? Tu m'as dit qu'il devait disparaître. J'ai entendu ce qu'il a dit à propos de Noah, je l'ai entendu te menacer et…

Elles baissent toutes les deux la tête en entendant un cliquetis sur le carrelage de la cuisine. C'est Toby. Il les observe puis s'approche du corps de Zach. Il renifle les orteils d'un de ses pieds nus, puis fixe Tallulah. Derrière lui apparaît une silhouette, celle d'une femme élégante enroulée dans un kimono de soie, un masque de nuit rose pâle remonté sur le front.

Elle plisse les yeux et fait une grimace en découvrant la scène macabre. Elle retire complètement son masque.

— Je suis descendue pour vous demander de baisser la musique. Qu'est-ce qui se passe ici ?

Tallulah ne peut pas parler. Elle secoue la tête.

— Grands dieux, s'exclame la femme en s'approchant de Zach. C'est qui ? Et toi ? Qui sont ces gens, Scarlett ?

Les yeux de la femme se posent sur l'objet qu'elle tient à la main.

— Oh non, se lamente la femme d'un air théâtral. Pas mon Pipin…

Tallulah secoue à nouveau la tête. *Pipin* ?

La femme se penche pour voir la figure de Zach.

— Quelqu'un peut m'expliquer qui est ce garçon ? insiste-t-elle en plaçant deux doigts sur sa carotide et en détaillant son visage.

— C'est… Zach. C'est mon copain.

— Et tu es ?

— Tallulah Murray.

— Mais il est mort ! s'écrie-t-elle. Est-ce que vous allez enfin m'expliquer ce qui se passe ?

— Je ne sais pas, maman, murmure Scarlett dont le regard va de l'étrange objet cuivré que sa mère appelle un Pipin au corps inerte de Zach. Je ne sais pas, il allait… Il a dit qu'il allait prendre Noah, et…

— Noah ? soupire sa mère.

— Le bébé de Lula. Il voulait les séparer. Et après…

Les yeux de Scarlett se posent sur la sculpture, et elle s'interrompt.

Il y a un trou noir dans la mémoire de Tallulah à l'endroit où le souvenir de ce qui vient d'arriver devrait se trouver, comme s'il avait été supprimé. Elle se rappelle avoir poursuivi Zach dans la cuisine. Puis le chien arrivant dans la pièce et reniflant les pieds d'un corps sans vie. Entre ces deux moments, il s'est produit un événement terrible. Les images soudainement la foudroient.

— Oh, chuchote-t-elle en plaçant ses mains sur sa bouche et se balançant d'avant en arrière. Oh non.

— Bon, réfléchissons un instant, reprend la mère de Scarlett. Il est 2 heures du matin, annonce-t-elle après avoir jeté un coup d'œil à la grosse horloge métallique. Il reste qui ici ?

— Mimi, c'est tout. Liam et Lexie sont partis.

— Et où est-elle ?

— Je ne sais pas. Elle est rentrée dans la maison tout à l'heure pour charger son téléphone.

— Donc il n'y a que nous. Et ce garçon, Zach, il essayait de vous faire du mal ?

Tallulah secoue la tête.

— Non, il s'en allait.

— Il t'a déjà fait du mal ?

— Non, jamais.

— Et toi, Scarlett, il t'a déjà brutalisée ?

Scarlett fait « non » de la tête d'un air démuni.

— Donc tu l'as frappé parce qu'il a dit qu'il allait kidnapper le bébé de ton amie ?

— Oui.

— Et pourquoi est-ce qu'il allait prendre ton enfant ? demande-t-elle en pivotant vers Tallulah.

— Parce que je lui ai dit… que…

Tallulah se retourne vers Scarlett. D'un regard, elle l'encourage à dire la vérité.

— Je lui ai dit que j'étais amoureuse de Scarlett.

Elle attend de voir si cette révélation altère les traits parfaits de cette femme, mais ce n'est pas le cas. Son visage reste parfaitement immobile et ne laisse rien transparaître. Au lieu de cela, elle soupire.

— Donc il était en colère, et blessé. Sous le choc, sans doute. Il a dit qu'il allait prendre le bébé, qu'il allait partir, et…

Elles baissent toutes les trois les yeux vers son corps. Pendant un moment, personne ne parle.

— Quel bordel, cette histoire. Bon. Qui sait que vous êtes ici ?

Tallulah essaie de reprendre ses esprits.

— Personne, je pense. Ma mère sait que je suis chez quelqu'un, mais elle ignore qui.

— Et tes amis, Scarlett ?

— Tout le monde est au courant parce qu'on était tous au pub ensemble avant. Et Liam et Lexie, bien sûr, parce qu'ils étaient ici. Et Mimi. Peut-être d'autres gens aussi.

— Bien. Et les gens vont comprendre qu'il s'est passé quelque chose quand il ne rentrera pas à la maison.

Tallulah acquiesce et songe à sa mère, à son bébé, à son lit. Tout ce qu'elle veut, c'est les retrouver.

— Tu devais rentrer vers quelle heure ?

— Je ne sais pas. On n'avait pas dit d'horaire.

— On a donc un peu de temps devant nous avant de devoir donner des explications.

— On n'appelle pas la police ? s'étonne Tallulah.

— Quoi ? Non. C'est un homicide. Scarlett irait en prison. Toi aussi, sans doute. Et tu ne verrais jamais grandir ton enfant. Donc non, parce que ça, c'est un désastre, un putain d'horrible désastre.

Elle plante ses poings sur ses hanches et inspecte la pièce.

— Commençons par Mimi. Qu'est-ce qu'on fait d'elle ? Elle est où ?

— Je ne sais pas, je t'ai dit. Elle est rentrée pour charger son portable.

— Va la chercher, lui ordonne sa mère sans la regarder.

Elle se dirige vers l'évier, se sert un verre d'eau et avale deux pilules.

— Ah, ma tête…

Scarlett sort de la cuisine. Pendant un instant, Tallulah reste avec sa mère et Toby.

— On ne s'ennuie jamais avec Scarlett, hein ? Mon Dieu… Elle les enchaîne. Depuis sa naissance ! J'étais tellement heureuse d'apprendre que j'allais avoir une fille, après les tourments que m'avait causés Rex. Je pensais qu'on passerait des après-midi tranquilles à faire des colliers de perles et se coiffer les cheveux. Mais pas du tout, elle était encore pire que son frère, elle voulait toujours aller dehors, courir, désobéir, bavarder. Mon Dieu, mais quelle pipelette c'était !

Elle se touche délicatement la joue, puis se masse le front.

— Quel cauchemar, cette gamine. Et l'adolescence… Mon Dieu. *Les garçons…* Tu sais qu'elle a perdu sa virginité à treize ans. *Treize ans.* Elle était obsédée. Puis sont venues les filles. Et encore les garçons. Et de nouveau les filles. Elle se faisait exclure de tous ses collèges. Elle n'était jamais là où elle prétendait. Elle n'en avait rien à cirer, rien du tout. Moi aussi, j'ai fait les quatre cents coups quand j'étais jeune, mais je pensais aux conséquences. Scarlett, jamais. Qu'est-ce que j'étais censée faire avec une gosse pareille ?

Scarlett revient.

— Elle dort dans mon lit.

— Bien, commente sa mère. On la laisse là. Parfait. Un problème après l'autre. D'abord, il faut qu'on se débarrasse de lui.

Tallulah secoue la tête. Même si elle est complètement engourdie, elle ne peut pas accepter qu'on parle de Zach comme d'un objet, comme s'il avait la même valeur que cette sculpture de bronze posée à côté de lui, le Pipin, un rebut dont il faut se débarrasser. Ce n'est pas bien. Elle lutte contre ces pensées vertigineuses qui lui soulèvent le cœur, essayant de les délier les unes des autres, et s'affaisse quand elle comprend qu'il n'y a en réalité qu'une seule solution, celle que la mère de Scarlett suggère.

Elle voit les deux femmes échanger un regard, un hochement de tête.

— Le tunnel ? demande sa mère.

— Oui. Le tunnel.

57

Septembre 2018

On congédie Kim et Sophie avant que le sac mortuaire soit extrait de la maison. Noah a tant pleuré qu'il a sombré dans un sommeil profond et ronfle doucement sur la banquette arrière quand elles empruntent en sens inverse la route qui mène au village.

Les mains de Kim serrent le volant de toutes leurs forces, ses articulations formant de petits pics d'ivoire sous sa peau.

— Ces gens. Cette femme. Cette fille. Je le savais. Quand j'y suis allée. Je savais qu'ils étaient mauvais. Je le sentais, tu vois ? Cette maison transpire le malheur, même en plein été. Et dire qu'ils étaient là ! Au bord de la piscine ! À rire et boire de la bière ! Ça m'écœure. Pourquoi ? Pourquoi ils ont fait ça ? Et après, ils ont continué à vivre là-bas pendant des semaines. Avec le… là-dessous…

Kim se met à sangloter.

— Tu veux qu'on s'arrête une minute ? suggère Sophie.

Kim hoche la tête, actionne son clignotant et monte sur le trottoir. Elle appuie son front sur le volant et se laisse aller aux larmes. Après une ou deux minutes, elle se reprend et démarre à nouveau le moteur.

Une fois de retour chez Kim, Sophie écrit à Shaun.

Ils ont trouvé un corps. Un homme. Et le portable de Tallulah. Je reste avec Kim. Je te tiens au courant.

Shaun lui envoie « OK » et un bisou.

Kim s'installe dans la cuisine avec Noah et le nourrit pendant que Sophie attend dans le salon, observant les photographies encadrées posées sur les étagères ou accrochées aux murs, qui toutes mettent en scène une famille qui n'avait absolument rien d'extraordinaire, à part son bonheur. Tallulah est une jolie jeune fille, mais elle donne l'impression qu'elle veut se fondre dans le décor, qu'elle n'aime pas les histoires ni les compliments, que c'est le genre de personne qui apprécie la normalité, la routine et les plaisirs simples, qui ne prend pas de risques pour ses vêtements et son maquillage, car elle aurait peur de commettre une erreur. Et pourtant, elle s'est retrouvée mêlée aux Jacques, cette famille fantasque et égocentrique. Quand ? Comment ? Et pourquoi les choses ont-elles dégénéré ?

Elle attrape son téléphone pour continuer ses recherches. Elle va sur le compte YouTube de Mimi pour voir si elle a posté de nouveaux contenus. La vidéo a disparu. Le profil a été supprimé. Même depuis un bateau perdu au milieu de l'océan, le pouvoir inexplicable de Scarlett Jacques est assez puissant pour faire taire Mimi.

58

Juin 2017

La dalle retombe à l'emplacement au-dessus de l'entrée du tunnel, et Scarlett la verrouille à l'aide du vieux levier. Elles sont toutes les trois en nage, grises de poussière. Elles se redressent et essuient leurs mains sur leurs jambes. Dans la tourelle, l'air est humide, saturé des effluves d'alcool, de sueur et de peur.

Le chien les attend derrière la porte, jappant doucement. Il les suit dans la cuisine, où de petites flaques de sang émaillent encore le sol, comme des taches de beaujolais. La mère de Scarlett les essuie avec du papier absorbant, nettoie le carrelage avec de la javel, puis brûle le papier au-dessus de l'évier avant de faire disparaître les cendres avec de l'eau et de rincer celui-ci avec du produit désinfectant.

Il est près de 3 heures. Les baies vitrées reflètent les lumières de l'éclairage de la piscine, qui passent successivement du rose pâle au rouge framboise, au violet, au bleu.

Tallulah est pétrifiée, assise sur le bord du grand canapé en cuir.

— Je peux rentrer chez moi ? demande-t-elle à voix basse.

— Non, lui répond fermement la mère de Scarlett. Tu es en état de choc, ta mère s'en rendra compte. Tu ne peux pas partir tant qu'on n'a pas tout arrangé. D'accord ?

Tallulah lève les yeux vers elle, cent objections lui venant à l'esprit, mais elle est tellement fatiguée. Tellement. Tout ce qu'elle veut maintenant, c'est dormir. Elle observe de loin la mère de Scarlett leur préparer un chocolat chaud.

— Oh là là, c'est pile ce dont on avait besoin, avec Rex qui arrive dans quelques heures. Et Majorque la semaine prochaine. Quelle vie..., soupire-t-elle en faisant fondre le chocolat dans une casserole. Mais quelle vie !

Elle ajoute le lait et sert la boisson dans deux tasses qu'elle passe aux filles.

— Voilà, buvez-moi ça.

Le chocolat est délicieux, crémeux, lisse, mais avec un étrange arrière-goût chimique.

— J'ai ajouté un doigt de rhum pour vous détendre, leur explique-t-elle. Vous devez être épuisées toutes les deux. Toute cette adrénaline. Vous savez, c'est très mauvais pour les rides, l'adrénaline. C'est une hormone miraculeuse, mais ça ne fait vraiment pas de bien à la peau, à long terme...

Tallulah voit la bouche de la mère de Scarlett bouger, mais elle se sent déconnectée, les mots soudain ne correspondent plus au mouvement de ses lèvres, et prennent une sonorité différente, plus longue, comme si un DJ s'amusait à les ralentir sur ses platines, à transformer les phrases. Et ses paupières lui semblent si lourdes, elle voudrait fermer les yeux, mais en même temps elle doit les garder ouverts, il faut qu'elle reste éveillée, et les lumières de la cuisine éblouissent le fond de ses rétines, et...

Quand Tallulah se réveille, il fait nuit. Et froid. De tout son corps, elle crie sa douleur et sa peine, sa gorge est sèche, sa langue pâteuse. Sa vision s'habitue à l'obscurité, et elle distingue le vacillement d'une flamme dans un photophore. Elle discerne une grande bouteille d'eau, l'ouvre et boit à longs traits. Elle est couverte d'un plaid en fourrure, il y a un oreiller, du chocolat, des biscuits joliment emballés, un rouleau de papier toilette et un seau. Plus loin dans le tunnel, elle aperçoit une forme. Elle sait qu'il s'agit de Zach. Elle est enfermée sous la maison, derrière une énorme dalle de pierre, prise au piège avec le cadavre de son copain.

Elle repère une boîte d'allumettes et d'autres bougies. Son téléphone. Elle l'attrape. Pas de réseau, et plus que seize pour cent de batterie.

Elle repose son portable et sent quelque chose passer sur la peau nue de sa cheville. Elle regarde et voit une araignée, sur elle, les pattes recroquevillées, qui la défie. Tallulah se redresse d'un bond et hurle de toutes ses forces.

59

Septembre 2018

La matinée s'étire lentement, et l'heure du déjeuner s'annonce.

— Tu peux y aller, Sophie, ça va aller maintenant. Ryan arrive.

— Ryan ?

— Mon fils. J'ai essayé de le joindre à plusieurs reprises, mais il ne répondait pas, explique-t-elle en levant les yeux au ciel. Mais il ne devrait plus tarder. Je te promets, ça va aller.

Sophie patiente jusqu'à l'arrivée du fils de Kim, qui, quelques instants après être entré dans la maison, s'effondre dans les bras de sa mère en pleurs. Sophie referme doucement la porte derrière elle et retourne à Maypole.

De l'autre côté de la place, elle remarque une silhouette et met quelques secondes à reconnaître Lexie. Elle tient des sacs de courses dans les mains. Sophie s'arrête pour l'attendre, puis l'accueille avec un sourire tendu.

— Ils ont trouvé quelque chose dans le tunnel sous Les Cendres, annonce-t-elle à la jeune femme.

Lexie ouvre grand la bouche et écarquille les yeux.

— C'est pas vrai. C'est lui ?

— Lui, qui ?

— Le garçon. Zach.

— Pourquoi tu me demandes ça ? s'enquiert Sophie prudemment.

— Si la police a trouvé quelque chose là-bas et que c'est le dernier endroit où on les a vus…

— Tous les deux, oui. Mais tu as dit « lui ». Le garçon. Comme si…

Sophie s'interrompt un instant.

— Lexie, je ne voudrais pas te froisser, et je t'interroge sans arrière-pensée, je te le jure, mais… Écoute, j'ai remarqué un de mes livres dans ta valise hier, et je crois que tu sais que, dans ce roman, l'un de mes personnages tombe sur une pancarte similaire à celles qu'on a retrouvées à Maypole. Ce serait une trop grande coïncidence autrement. Tu vois ce dont je parle, les pancartes « Creuser ici » ? Tu sais quelque chose à ce sujet, non ?

Derrière elles, la cloche de l'église retentit une fois. La question est suspendue dans l'espace abrupt, crépitant de nervosité qui les sépare, comme une pince chirurgicale qui maintient ouverte une incision.

Lexie ne dit rien. Puis elle hoche doucement la tête.

60

Juin 2017

Tallulah ne sait pas depuis combien de temps elle est là. La dernière fois qu'elle a pu allumer son téléphone avant que la batterie s'épuise complètement, il était 22 h 48, on était samedi soir. Elle a l'impression qu'au moins six heures se sont écoulées depuis ce moment-là. Il doit être tôt le dimanche matin, cela fait sans doute plus de vingt-quatre heures qu'elle a bu le chocolat chaud aux somnifères préparé par la mère de Scarlett. Vingt-quatre heures depuis qu'il s'est passé ce qui s'est passé. Que Zach l'a menacée de prendre Noah. Que Zach est mort.

Elle ferme les yeux, fort, pour essayer de convoquer le souvenir de cette scène qui continue à lui échapper. Elle est sûre que le coup est venu de Scarlett. Elle voit la masse en métal dans sa main. Elle voit Zach au sol. Elle sent l'adrénaline se répandre dans tout son corps, le battement de son cœur sous ses côtes, mais elle ignore ce qui s'est produit avant, juste avant.

Elle serre la couverture en fourrure autour de son cou, elle en a fait un espace sans araignée, mais elle sent encore l'empreinte que les minuscules pattes ont laissée sur sa peau. Elle la sent sur les zones que le plaid ne recouvre pas : ses yeux, ses narines, l'intérieur de ses oreilles. Elle a besoin de faire pipi depuis si longtemps, mais se retient, trop terrifiée pour sortir de son cocon. Elle a soif mais ne peut pas boire, car elle ne veut pas empirer la situation. À la place, elle mange les biscuits. Cela fait des heures qu'elle n'a pas bougé, et tous ses membres la font souffrir.

Elle imagine, puisqu'elle est encore en vie et qu'on lui a donné des vivres, de l'eau, des bougies et une couverture, qu'on va venir la chercher, qu'elle n'est ici que de façon temporaire. Mais elle n'en est pas sûre. Et l'idée qu'elle puisse se tromper, qu'elle puisse mourir ici, est tellement insupportable qu'elle refuse de s'y attarder.

Une heure passe. Peut-être plus. Elle n'a plus envie d'uriner. Elle en déduit que son corps a réussi à absorber le contenu de sa vessie comme une éponge. Elle parvient à trouver le courage de sortir un bras et soulève la bougie pour éclairer le tunnel, vers Zach. Elle distingue des flambeaux aux murs et se demande un instant de quand ils peuvent bien dater. Elle les imagine allumés, guidant les réfugiés pour qu'ils s'échappent en sécurité. Jusqu'où va ce tunnel ? Existe-t-il une issue à l'extrémité, une trappe menant à l'air libre ? Mais, pour le découvrir, il faudrait qu'elle se dégage de la couverture, ce qui est impossible. À cause des araignées.

Un rai de lumière perce la nuit au-dessus de sa tête. Elle est assise sur les marches, le plus près possible de la sortie, le plus loin possible des araignées et du corps de Zach. Elle a perdu tout repère temporel. Mais elle a terminé sa deuxième bougie. Et les biscuits. Et l'eau. Elle s'est assoupie deux fois. Elle se retourne en entendant le bruit de la dalle qui bouge et lève le nez.

— Chut !

C'est Scarlett. Il faut quelques secondes aux yeux de Tallulah pour s'habituer à la lumière et distinguer le visage de la jeune femme.

— Chut, répète-t-elle. Ça va ?

Tallulah essaie de parler, mais aucun mot ne sort. Elle fait « non » de la tête.

— On va te tirer de là, Lula. Il faut juste attendre encore un jour, je pense. La police est partout. Mais ils vont finir par nous laisser tranquilles. Et ensuite…

— Noah…, croasse Tallulah.

— Noah va bien. Je l'ai vu. Il va bien. Ta mère aussi. Tallulah, écoute-moi. Tout va s'arranger, OK ? Il faut juste que tu sois patiente. Et regarde ce que je t'ai apporté. C'est un roulé aux noix de pécan. Tes préférés.

Elle lui tend la viennoiserie enveloppée dans du papier absorbant par l'interstice, et Tallulah l'attrape.

— Tu as encore de l'eau ? Tu as besoin de quelque chose ?

— Il faut que je sorte, répond-elle d'une voix qui s'ébrèche encore, mais s'affirme. Je dois rentrer chez moi. Je ne peux pas rester ici, avec Zach, avec son… Je ne peux pas. Il y a plein d'araignées en bas. S'il te plaît. Laisse-moi sortir. Je peux… Ce n'est…

Elle voit Scarlett poser un doigt sur sa bouche, avant de tourner rapidement la tête pour regarder derrière elle.

— Chut…, répète-t-elle avant d'abaisser la dalle.

Et Tallulah est à nouveau plongée dans le noir.

Cinquième partie

61

Septembre 2018

TRANSCRIPTION DE L'INTERROGATOIRE D'AMELIA BOO RHODES

8 septembre 2018
Commissariat de Manton

Fonctionnaires présents :
Officier de police judiciaire Dominic McCoy
Commissaire Aïsha Butt

Dominic McCoy : Bonjour, Amelia. Vous préférez qu'on vous appelle Mimi ?

Amelia Rhodes : Oui, s'il vous plaît.

DM : Très bien. Merci d'être venue de votre propre chef, Mimi.

AR : Ça fait si longtemps que je veux parler. Des mois. Plus d'un an. Mais… j'avais trop peur.

DM : De quoi aviez-vous peur ?

AR : De… c'est difficile. Je ne sais pas trop comment l'expliquer. À cause de Scarlett. Elle a une sorte de… pouvoir.

DM : Pourriez-vous nous préciser ce que vous voulez dire par là ?

AR : Oui, enfin… Je ne sais pas, mais elle a cette façon de vous faire penser que, sans elle, vous n'êtes plus rien. Parce que, quand on est à ses côtés, tout est génial et si excitant, mais on a toujours peur qu'elle nous rejette, d'un coup, si on fait quelque chose qui lui déplaît. Donc il ne faut jamais la contrarier.

DM : Quand avez-vous rencontré Scarlett Jacques ?

AR : C'était à Maypole House, j'avais seize ans. On était toutes les deux en arts plastiques et mode. Donc on avait beaucoup de cours en commun.

DM : Vous ne la connaissiez pas avant ?

AR : (ne répond pas)

DM : Est-ce que vous pourriez répondre par oui ou par non, s'il vous plaît, pour l'enregistrement ?

AR : Non, je ne l'avais jamais vue avant ça. Mais on s'est tout de suite bien entendues. C'était tellement cool de passer du temps avec elle. Tout le monde voulait devenir son ami, mais elle m'a choisie moi. Une fois que Scarlett s'entiche de quelqu'un, cette personne lui appartient corps et âme. En tout cas, c'est ce dont on avait l'impression. Je veux dire, nous tous, moi, Ruby, Jayden, Rocky, et on l'a tous suivie pour faire nos études à Manton. On aurait pu aller ailleurs. Surtout Jayden et Rocky, qui sont des élèves très doués. Jayden aurait pu entrer aux Beaux-Arts, et Rocky avait été accepté dans une école de mode à Londres. Ils ont beaucoup de talent. Mais ils se sont inscrits à Manton parce que c'est là que Scarlett avait décidé d'aller. Ce qui est vraiment nul, quand on y réfléchit. Quand on prend un peu de recul. Mais elle avait cette façon de vous faire penser que, sans elle, votre vie n'aurait plus aucun sens. Et ce n'était pas à cause de ce qu'elle faisait, car elle ne faisait jamais rien de mal. Mais c'était quand même la sensation qu'elle nous donnait… Je ne peux pas vraiment vous expliquer. C'est étrange. C'est comme si elle avait besoin de vous. Et surtout que vous aviez besoin d'elle.

DM : Est-ce que vous pourriez me parler de la soirée du 16 juin 2017 ? Avec vos mots, racontez-moi ce qui s'est passé.

AR : Euh, je commence au pub ?

DM : Oui, s'il vous plaît.

AR : C'était un vendredi, on était tous au *Swan & Ducks*, le pub du village. C'était une soirée normale, sympa. On était tous là. Il y avait aussi l'ex de Scarlett, Liam. On était installés à l'extérieur, on buvait des coups. À un moment, Scarlett est rentrée pour commander une nouvelle tournée, mais elle n'est pas revenue. On est allés à l'intérieur pour voir ce qu'elle faisait, et elle s'était assise avec eux. Tallulah et son copain. L'atmosphère était très tendue.

DM : Selon vous, quelle était la nature de la relation entre Scarlett et Tallulah ?

AR : Je ne sais pas trop. On en parlait parfois, de leur amitié. C'était un peu bizarre. Enfin, je veux pas avoir l'air méchante, mais Tallulah n'était pas comme nous. Vous voyez ce que je veux dire ? Elle était super discrète, elle s'habillait de façon très banale. Elle était gentille et tout, mais je n'ai jamais compris pourquoi Scarlett traînait avec elle. Un jour, Ruby nous a dit qu'elle les avait vues se tenir la main entre les cours, quand elles pensaient que personne ne les regardait, alors après on en a déduit qu'il devait y avoir quelque chose entre elles, ou en tout cas qu'il s'était passé un truc. Mais elle ne nous en a jamais parlé, et on n'a jamais rien vu d'autre. Donc, bon…

DM : Revenons-en au pub.

AR : Oui. Donc on s'est tous incrustés à leur table et on a pas mal picolé. Jayden, Rocky et Ruby sont partis. Le père de Ruby venait les chercher, Jayden et Rocky dormaient chez elle. On est restés tous ensemble. Lexie a débarqué et elle nous a conduits chez Scarlett… (pause)

DM : Continuez.

AR : Oui, désolée. Alors, euh… On est arrivés aux Cendres, et on a bu des bières, fumé un peu, on s'est baignés dans la piscine, puis Zach et Tallulah sont rentrés dans la maison. Je les ai suivis un peu après pour mettre mon téléphone à charger et j'ai entendu des voix fortes dans la petite pièce collée à la cuisine. J'ai jeté un coup d'œil parce que la porte n'était pas bien fermée, et j'ai vu Zach qui tenait Tallulah par les poignets. Ils se disputaient. Zach lui disait qu'il avait prévu de la demander en mariage ce soir-là, je crois. Puis il lui a balancé la bague au visage. J'ai arrêté de regarder à ce moment-là, je me suis éloignée et j'ai cherché un endroit pour brancher mon portable, mais il n'y avait pas de chargeur dans la cuisine, donc je suis montée dans la chambre de Scarlett pour prendre le mien dans mon sac. J'ai mis longtemps à le trouver, et quand je suis descendue, j'étais dans l'escalier et j'ai entendu… (pause)

DM : Ça va ? Vous voulez qu'on fasse une pause ?

AR : Non, c'est bon. J'ai entendu Tallulah qui criait. Elle a dit : « Mais qu'est-ce que tu as fait ? » Et Scarlett lui a répondu un truc du genre : « C'est ce que tu voulais, tu m'as dit que tu voulais qu'il disparaisse. » J'étais sur le point de les rejoindre, mais je ne l'ai pas fait, je ne sais pas pourquoi. Sans doute parce que c'était Scarlett. Un drame horrible s'était produit, et je ne voulais pas que Scarlett sache que j'étais au courant. J'avais peur d'elle. Vous voyez ? Donc je suis remontée le plus vite possible pour me rhabiller, prendre mon sac et rentrer chez moi. Mais, à ce moment-là, je l'ai entendue grimper l'escalier, donc je me suis jetée sur son lit et j'ai fait semblant de dormir. Pendant des heures. J'attendais les sirènes des pompiers ou de la police, ou que Scarlett vienne et m'explique la situation. Je pensais qu'elle allait me parler. Mais non. Il n'y avait aucun bruit. Comme s'il ne s'était rien passé du tout. Quand le soleil s'est levé, vers 6 heures du matin, j'ai pris mes affaires et je suis descendue. Je suis allée dans la cuisine, qui était vide. J'ai regardé dans le fumoir et vu que Scarlett dormait sur le canapé. J'ai essayé de la réveiller, mais c'était impossible. Vraiment, je l'ai secouée et tout, il n'y avait rien à faire. Là, j'ai vu une petite boîte. C'était la bague. Sur le sol. Celle que Zach avait jetée à Tallulah. Je l'ai ramassée et mise dans mon sac. J'ignore pourquoi. Je me suis dit… (pause)

DM : Prenez votre temps.

AR : Je sais que je n'aurais pas dû la prendre. Mais je voulais protéger Scarlett. Et je savais que cette bague était la preuve de quelque chose. De ce qui était arrivé. Je suis… je suis vraiment désolée. J'aurais dû la donner à la police. J'aurais dû vous dire tout de suite ce que j'avais entendu dans la cuisine ce soir-là. C'est terrible ce que j'ai fait. Je le regrette vraiment. Je vous jure.

DM : Et ensuite, après avoir pris la bague, qu'avez-vous fait ?

AR : Je suis partie. J'ai descendu toute l'allée jusqu'à la route, ma mère est venue me chercher au portail, et on a roulé jusqu'à la maison. C'est tout.

DM : Vous avez eu des nouvelles de Scarlett par la suite ?

AR : Oui. Elle m'a appelée vers midi, en disant qu'elle venait de se réveiller et qu'elle ne me trouvait pas. Je lui ai répondu que j'étais chez moi. Quelques minutes plus tard, elle m'a rappelée pour me dire que la mère de Tallulah voulait me parler, parce que sa fille n'était pas rentrée. Elle m'a donné son numéro et m'a prié de lui téléphoner. Et je… je ne lui ai pas posé la bonne question. Je ne lui ai posé aucune question. J'ai juste dit que j'allais le faire. Elle m'a demandé si j'allais bien. J'ai répondu que j'étais crevée. Et c'est tout. C'est la seule conversation que j'ai eue avec Scarlett au sujet de cette soirée. Rien d'autre. Après ça, je ne lui ai plus jamais vraiment parlé. Je suis partie à Londres chez mon père pour l'été. Et, quand je suis revenue à Manton en septembre, Scarlett et sa famille étaient parties.

DM : Pendant cet été-là, vous n'avez pas parlé à Scarlett ?

AR : Non, pas une seule fois. Elle ne m'a pas appelée. Moi non plus.

DM : Et au reste de votre groupe d'amis ?

AR : Euh… oui, on s'écrivait des messages, on parlait vite fait, mais pas de ça. On n'en a jamais discuté. Ce qui est franchement bizarre, quand on y pense.

DM : Mimi, tout à l'heure, vous nous avez dit que vous aviez donné la bague à Lexie il y a quelques semaines. Vous pourriez nous expliquer pourquoi ?

AR : Oui, bien sûr. Donc j'avais cette bague, et ça faisait longtemps que je voulais m'en débarrasser. J'avais besoin de révéler à quelqu'un ce que j'avais entendu. En tout cas, ce que je croyais avoir entendu. Parce que j'avais beaucoup bu ce soir-là, j'avais pris de la drogue. Ce que j'ai vu et entendu, c'était très volatile. Des bribes de choses. Et je me disais que la police allait bien découvrir ce qui s'était passé, ou que Scarlett reviendrait, ou Tallulah, ou même Zach… Que peut-être j'avais tout imaginé, que ce n'était pas vrai. Je pensais que cette affaire allait se régler sans que j'aie besoin d'intervenir, de m'impliquer, mais les mois ont passé, et rien ne se produisait. La mère de Tallulah a organisé la marche blanche pour l'anniversaire de leur disparition, et personne ne savait rien. J'ai vu sa mère une fois, à Manton, avec le bébé de Tallulah dans une poussette, et elle avait l'air si triste, si éteinte… Je me suis sentie très mal. Et j'ai… Je l'ai très mal vécu. C'était l'enfer. Alors, il y a environ un mois, je suis allée voir Lexie, je lui ai raconté ce que j'avais vu et entendu ce soir-là, la dispute entre Zach et Tallulah, la bague qu'il lui avait jetée, et tout. Tallulah qui disait : « Qu'est-ce que tu as fait ? » et Scarlett qui répondait : « Mais tu voulais qu'il disparaisse. » Et là, Lexie m'a dit… (pause)

DM : Prenez votre temps.

AR : (pleurs) Lexie m'a dit… qu'elle avait des nouvelles de Scarlett. Qu'elle vivait sur un voilier avec sa mère et son frère. Que sa mère avait décidé qu'ils feraient un tour du monde pendant un an et qu'elle ne voulait aucun contact avec personne. À cause de son père. Apparemment, il avait été violent. Je ne sais pas. Je n'y ai pas vraiment cru. Le père n'était jamais avec eux. Et Zach et Tallulah n'avaient toujours pas refait surface. Il y avait un truc incompréhensible dans cette histoire. Donc je lui ai donné la bague quand elle allait partir en Floride, et elle m'a dit qu'elle allait trouver une solution, qu'elle allait tout arranger.

62

Juin 2017

Tallulah se réveille d'un sommeil si profond qu'elle n'en a aucun souvenir. Elle se réveille, et de la lumière inonde la peau de ses paupières closes. Elle se réveille et sent sous elle une surface douce. Elle se réveille et entend une respiration animale, un bruit mouillé. Elle ouvre difficilement les yeux et voit la tête de Toby. Le chien la regarde, imperturbable. Il ferme à nouveau la gueule, puis reprend son halètement. Lentement, sa vision s'habitue à la vive clarté, et Tallulah se rend compte qu'elle est dans le fumoir derrière la cuisine. La porte est entrebâillée, et elle entend des voix. Des rires étouffés.

Elle essaie de se relever mais s'aperçoit qu'elle est ligotée. Elle est pieds et poings liés.

— Ohé ! crie-t-elle d'une voix rouillée.

Les rires cessent dans la pièce voisine.

— Y a quelqu'un ?

Tallulah entend des pas sur le sol carrelé de la cuisine, et Scarlett apparaît, vêtue d'un jogging noir et d'un grand tee-shirt Levi's.

— Ah, tu es réveillée. Maman ! appelle-t-elle. Tallulah est réveillée.

Elle s'approche d'elle et s'installe sur le bord du canapé, entre Toby et la tête de Tallulah. Elle se met à lui caresser le visage, les joues.

— Comment tu te sens ?

— Qu'est-ce qui se passe ? Pourquoi je suis attachée ?

— C'est pour ton bien, lui assure la mère de Scarlett en entrant dans la pièce.

Elle tient à la main une tasse noire et porte une robe de coton couleur jade resserrée à la taille. Ses cheveux sont tirés en arrière.

— C'est-à-dire ?

La mère de Scarlett soupire.

— Il faut qu'on te sorte d'ici. La police est partie pour le moment, mais elle reviendra. Ils pensent que vous vous êtes enfuis, toi et Zach, et il faut qu'ils continuent à le penser.

— Mais…

Tallulah sent un tremblement s'emparer de son menton, et sa vision se floute.

— Non, je dois rentrer chez moi. Je dois voir mon bébé.

— Tallulah, si tu rentres maintenant, tu ne reverras plus jamais ton fils, argumente Scarlett. Tu comprends ? La police va te poser un million de questions sur Zach, et tu finiras par devoir tout leur expliquer. Et qu'est-ce que tu pourras leur dire ?

— Je dirais que… qu'il…

Elle s'interrompt pour essayer de se concentrer, mais ses pensées se mélangent.

— Qu'il est parti.

— Oui, ce qui serait évidemment un mensonge. Tu veux mentir à la police ?

— Oui. Non. Je m'en fiche. Je veux juste rentrer.

— J'ai bien peur que cela ne soit pas possible pour le moment, décrète la mère de Scarlett. Un drame s'est produit ici vendredi soir. Un terrible accident. Et je sais bien que tu as agi parce que tu étais en colère, parce que tu avais peur. Je comprends cet instinct maternel. Mais la réalité, c'est que Zach est mort. Et tu l'as tué.

— Non, non, je ne l'ai pas tué. Je...

Tallulah essaie à nouveau de se souvenir de ce moment qui lui échappe depuis cette nuit-là, en vain. Chaque fois, elle se rappelle quelque chose de différent. Une seule constante demeure, c'est la certitude, dans son ventre, dans son cœur, que ce n'est pas elle la responsable.

Mais comment pourrait-elle le prouver à qui que ce soit ?

— Je ne l'ai pas tué. J'en suis sûre.

— À ta décharge, ce qui s'est passé est très confus. Vous aviez tous bu. Personne n'avait les idées claires. Mais ce sont tes empreintes sur la sculpture. Et tu es la seule qui avait un motif. Donc je pense, et c'est du bon sens, que tu serais la principale suspecte dans cette affaire et que tu ne seras en sécurité que loin, très loin d'ici.

— Mais pour combien de temps ?

— Jusqu'à ce que la police ait trouvé une autre raison justifiant la disparition de Zach, je présume.

— Et s'il n'y a pas d'autre explication ?

— Il y en aura une, ne t'inquiète pas. Il faut simplement que nous partions d'ici quelque temps. La voiture est prête, et Rex nous attend à l'aérodrome avec l'avion de Martin. On va à Guernesey. Mais Tallulah, ma chérie, il faut que tu fasses très attention, d'accord ? On va dire que tu es la petite amie de Rex, Seraphina. Tu lui ressembles un peu. Il faut que tu joues le jeu. Tu es Seraphina. Et on sera de retour très vite, je te le promets.

63

Septembre 2018

TRANSCRIPTION DE L'INTERROGATOIRE DE LIAM JOHN BAILEY

8 septembre 2018
Commissariat de Manton

Fonctionnaires présents :
Officier de police judiciaire Dominic McCoy
Commissaire Aisha Butt

Dominic McCoy : Liam, merci d'avoir accepté de parler avec nous à nouveau. J'imagine que vous pensez sans doute que vous nous avez déjà tout dit, mais aujourd'hui, il y a eu une grande avancée dans l'enquête. C'est très important. Et nous aimerions revenir avec vous sur certains détails.

Liam Bailey : D'accord.

DM : Pouvez-vous me confirmer que votre relation romantique avec Scarlett Jacques était terminée le 16 juin 2017 ?

LB : Oui, nous étions amis, rien de plus.

DM : Vous avez régulièrement séjourné chez les Jacques ces dernières années, n'est-ce pas ?

LB : Oui, mais la dernière fois que j'ai vécu sous leur toit, c'était en février 2017. Ça n'a duré que quelques semaines.

DM : À ce moment-là, vous aviez prévu de retourner vivre avec votre famille ?

LB : Oui. J'étais à Maypole pour préparer une épreuve du bac que je n'avais pas validée, mais j'avais changé d'avis. J'avais décidé d'abandonner et de rentrer chez moi. Mais Scarlett m'a demandé de venir la voir. Elle faisait une sorte de dépression et avait besoin de mon aide. Je me suis installé avec elle. Peu de temps après, la proviseure de l'époque, Jacinta Croft, m'a annoncé qu'il y avait un poste qui se libérait à Maypole House, et je me suis dit que c'était une bonne opportunité pour rester un peu plus longtemps dans le coin, au cas où Scarlett aurait encore besoin de moi. J'ai accepté le poste et je suis revenu au lycée.

DM : Quand est-ce que Scarlett vous a donné le tableau ?

LB : Quel tableau ?

DM : Il s'agit d'un autoportrait, il me semble.

LB : Celui-là, elle me l'a donné quand je me suis réinstallé à Maypole.

DM : Elle vous en a aussi donné un autre, avec un escalier ?

LB : Ouais, à peu près au même moment. C'était des cadeaux de crémaillère pour mon studio.

DM : Que saviez-vous de ce tableau avec l'escalier, à l'époque ?

LB : Rien, mais c'est la partie de sa maison qu'elle préférait. Elle disait qu'elle s'y sentait connectée à l'histoire.

DM : Et cet objet-là - pour l'enregistrement, je montre à Liam Bailey un détail du tableau dont nous discutons -, vous le reconnaissez ?

LB : Ce truc en métal ?

DM : Oui.

LB : C'est un couteau, non ? Une sorte de pelle à tarte ?

DM : Vous ne l'avez jamais vu en vrai, chez les Jacques ?

LB : Non, jamais.

DM : Pour l'enregistrement, je montre désormais à Liam Bailey la pièce à conviction DP7694, le levier métallique qui a été enterré au pied d'un arbre de Maypole House. Liam, avez-vous déjà vu cet objet ?

LB : Non.

DM : Vous avez une idée de ce à quoi il peut servir ?

LB : Aucune.

DM : Merci, Liam. C'est tout pour le moment.

64

Automne 2017

La maison de Guernesey ressemble à celle du Surrey. Décorée avec goût. Peinte dans des teintes claires. Confortable. Élégante. D'autres sculptures en métal sont posées à côté d'autres magazines sur d'autres tables basses. D'autres œuvres d'art sur d'autres socles en plexiglas. D'autres tableaux abstraits. D'autres lustres gigantesques. D'autres appliques murales. La principale différence tient à la vue : de l'eau, partout, majoritairement bleu d'encre, parfois vert pastel, souvent surmontée de pointes de mousse blanche, parfois plate comme du marbre. Un papier peint à fleurs de cerisier recouvre les murs de la chambre de Tallulah, et la fenêtre est encadrée d'épais rideaux d'un rose nacré. Il y a une coiffeuse avec un tabouret recouvert de laine rose pâle. Dans sa salle de bains, un grand lavabo en ardoise avec un robinet chromé d'où l'eau coule en un jet puissant. Il y a aussi une baignoire en forme de goutte avec un haut robinet plat en cuivre, et une vaste douche à l'italienne avec des carreaux de mosaïque dorée et un large pommeau au plafond. On lui apporte des serviettes moelleuses, des repas bio, des verres de champagne, des bouteilles d'eau avec des orchidées sur l'étiquette. De la fenêtre, elle peut voir qu'il n'y a aucune autre maison aux alentours. Ils sont au bord de la falaise. À des kilomètres et des kilomètres à la ronde, aucune autre forme de vie.

Scarlett lui offre des petits cadeaux : des crèmes hydratantes, des soins capillaires, un plateau de fromages, une peluche toute douce. Elle vient avec Toby pour qu'elle puisse le caresser. Elle lui prête son téléphone, et elles regardent ensemble des vidéos amusantes sur TikTok. Elle lui promet encore et encore de lui acheter un portable, mais elle ne le fait jamais.

Scarlett lui raconte ce qui se passe en Angleterre. Apparemment, la police la recherche. Ils ont trouvé le cadavre de Zach et ses empreintes sur la statue, et ils ont un témoin, Mimi, qui dit l'avoir vue le tuer. Elle lui explique que son père, Martin Jacques, est en train de réunir une équipe d'avocats qualifiés pour la défendre. Il connaît des gens, lui assure-t-elle, des gens puissants, qui peuvent altérer les preuves de la police, qui peuvent éliminer des éléments du dossier.

— Donne-lui encore quelques semaines, Lula, et tu pourras rentrer chez toi. Pour l'instant, laisse-nous nous occuper de toi. Laisse-nous te garder en sécurité.

Au bout de quelques semaines, les nouvelles d'Upfield Common se font de plus en plus rares. Tallulah dit à Scarlett qu'elle n'a pas peur de la police, qu'elle prendra ses responsabilités, ira au tribunal, en prison, qu'elle s'en fiche désormais d'être coupable ou innocente, que la seule chose qui compte, c'est qu'elle rentre et voie Noah. Elle essaie de se sauver de la maison, et de nulle part surgissent Joss et Rex qui la forcent à retourner dans sa chambre.

Cela fait des jours qu'elle n'en est pas sortie désormais, peut-être plus. Les journées s'enchaînent, toutes les mêmes.

Scarlett vient avec de la nourriture, des boissons, des cadeaux, mais Tallulah ne lui pose plus de questions sur le monde extérieur parce qu'elle n'en ressent plus le besoin ; tout ce qu'elle veut, c'est dormir. Scarlett la prend dans ses bras, lui dit qu'elle l'aime, et Tallulah évite ses étreintes comme elle fuyait autrefois celles de Zach. Elle a constamment un goût désagréable en bouche. Son cuir chevelu la démange même quand elle vient de se laver les cheveux. Sa peau est desséchée, et elle se gratte sans arrêt. Elle passe son temps à dormir, et quand elle est éveillée, elle évolue dans des limbes où elle oublie tout le reste, malgré les efforts que fait son cerveau pour se rappeler, pour ne pas sombrer, pour se raccrocher au réel, mais c'est toujours trop tard, ses souvenirs disparaissent. Parfois, les fleurs de cerisier aux murs tourbillonnent et dansent devant ses yeux.

Quand elle est lucide, Tallulah rejoue les moments avant la séquence noire qui cache encore l'instant de la mort de Zach, et elle se sent terriblement coupable. Elle a eu tellement d'opportunités de changer les choses. Entre le soir où elle a couché avec lui au réveillon du Nouvel An et la nuit où il s'est écroulé sur le sol de la cuisine de Scarlett, elle a eu tant de chances d'agir autrement, de construire une bonne vie pour elle et Noah, mais elle les a toutes gâchées.

Aujourd'hui, elle est ici, prisonnière dans cette pièce rose avec ses murs fleuris et ses fenêtres verrouillées. Elle sait qu'on la séquestre, que les attentions de Scarlett sont perverses, malsaines, que ceux qui lui ont appris à aimer ne savent pas le faire eux-mêmes, et que tout ce qu'elle croit bon est mauvais. Tallulah doit préserver le peu d'elle qui surnage à la surface de cet océan d'étrangeté, assez pour continuer à respirer, assez pour qu'elle retrouve un jour sa mère et son fils. Rien de plus.

65

Septembre 2018

TRANSCRIPTION DE L'INTERROGATOIRE D'ALEXANDRA MULLIGAN

8 septembre 2018
Commissariat de Manton

Fonctionnaires présents :
Officier de police judiciaire Dominic McCoy
Commissaire Aisha Butt

Dominic McCoy : Bonjour, Lexie.

Alexandra Mulligan : Bonjour.

DM : Nous avons parlé avec Mimi Rhodes qui nous a appris qu'à l'heure actuelle Scarlett Jacques est sur un voilier avec sa famille.

AM : Oui. En tout cas, c'est ce qu'elle m'a dit.

DM : Et on vous aurait demandé de garder les détails de ce périple pour vous, car Mme Jacques essaierait de fuir son mari qui la maltraitait ?

AM : Ouais. C'est ce que Scarlett m'a dit. Elle m'a donné son compte Instagram secret, et j'allais voir de temps en temps au cas où elle posterait de nouvelles choses, mais il n'y avait jamais beaucoup d'informations. On ne pouvait pas deviner où ils étaient. C'était surtout des photos de la mer en fait, avec de courtes légendes selon son humeur. Il y a quelques semaines, Mimi est venue me voir. Elle était bouleversée et très stressée. Elle m'a raconté ce qu'elle avait entendu chez Scarlett, elle m'a parlé de la dispute entre Zach et Tallulah, de Tallulah qui lui avait avoué qu'elle était amoureuse de Scarlett, et de Zach qui avait pété les plombs et lui avait lancé une bague au visage.

DM : Qu'est-ce qu'elle vous a raconté d'autre au sujet de cette soirée ?

AM : Rien. C'est tout.

DM : Elle ne vous a pas dit ce qu'elle avait entendu dans l'escalier ? Ce que Scarlett aurait dit à Tallulah ?

AM : (pause) Si, en fait. Elle m'a raconté. Oui.

DM : Et qu'est-ce que vous en avez pensé ?

AM : Je me suis dit que Scarlett avait peut-être un lien avec ce qui leur était arrivé. À Zach et Tallulah. Et qu'elle me mentait peut-être sur la raison de ce voyage en voilier, que ce n'était peut-être pas pour échapper à son père. Et je sais que j'aurais dû donner la bague à la police et vous raconter ce que Mimi m'avait dit. Mais je… J'avais ce projet très important en Floride, tout était prêt, payé, et ç'avait été compliqué d'organiser tout ça, avec cinq hôtels différents, alors je ne voulais pas risquer d'être impliquée dans une enquête et de devoir annuler. Je me suis dit que je pouvais la confier à ma mère, lui demander de vous l'apporter une fois que je serais partie, mais ç'aurait pu avoir des conséquences graves pour son travail. Je ne voulais pas la mêler à ça. Son boulot, c'est toute sa vie. Mais je ne voulais pas non plus attendre, je voulais que quelqu'un comprenne ce qui s'était passé sans avoir à m'expliquer. Ma mère m'avait dit que la compagne du nouveau proviseur écrivait des polars, et comme je lis beaucoup j'en ai commandé un pour voir à quoi ça ressemblait. Dans son livre, il y a un passage où quelqu'un a enterré un indice, et il y a une pancarte clouée à une clôture qui indique de « Creuser ici ». Et je me suis dit que peut-être ça pouvait marcher. Le soir avant de partir en Floride, je suis allée enterrer l'écrin dans le jardin de la maison du proviseur, dans un parterre de fleurs, comme dans le bouquin, mais le portillon était fermé avec un cadenas, donc je l'ai enfoui à côté de la porte, pour être sûre qu'elle le repère.

DM : Et ce bateau où se trouve Scarlett, où est-il ?

AM : Je n'en ai aucune idée. Mais je peux vous montrer les photos de son compte Instagram. Ça pourra peut-être vous aider à la localiser.

DM : Très bien. Pour l'enregistrement, Lexie Mulligan allume son téléphone portable pour nous montrer des photographies.

AM : Voilà. Ça, c'est la dernière. Elle date d'il y a quelques jours.

DM : Pour l'enregistrement, la photographie en question représente un pied posé sur une surface en vinyle couleur crème, on voit la proue d'un bateau et la patte d'un chien. Il faut que nos experts analysent ce compte immédiatement. Lexie, que pensez-vous de ça ? Pour l'enregistrement, je montre à Mme Mulligan la pièce à conviction DP7694, le levier en métal enterré au pied d'un arbre à Maypole House. Lexie, quel est cet objet ?

AM : Je l'ignore.

DM : C'est la première fois que vous le voyez ?

AM : Oui.

DM : Lexie, nous avons comparé la pancarte que nous avons trouvée et une photographie de la première. Elles sont identiques. L'écriture est la même. Il serait surprenant, je pense, que deux personnes avec exactement la même écriture aient l'idée d'aller enterrer deux objets dans le parc du pensionnat, à quelques dizaines de mètres l'un de l'autre. Vous avez peut-être une suggestion pour nous aider à comprendre ce qui s'est passé ?

AM : Vraiment, je ne sais pas. Oui, j'ai enterré la bague. C'est mon écriture, j'ai fabriqué cette pancarte. Mais la seconde, ce n'est pas mon œuvre. Croyez-moi.

DM : Il y a quelque chose d'autre qui me chiffonne, Lexie. Vous prétendez avoir remarqué la seconde pancarte alors que vous vous trouviez sur la terrasse de l'appartement de votre mère. Or, il est impossible de voir le pied de cet arbre depuis cette terrasse, malgré ce que vous nous avez dit. Elle est bien trop basse. Pourriez-vous, s'il vous plaît, nous raconter honnêtement ce que vous avez vu ce soir-là si jamais, comme vous l'affirmez, vous n'avez pas placé cette pancarte sur le tronc de l'arbre où nous l'avons trouvée ?

AM : (soupir) J'étais dans le parc.

DM : Près de ce parterre de fleurs ?

AM : Exactement.

DM : C'est vous qui avez cloué la pancarte là ?

AM : Non, je vous jure. Je ne l'ai pas mise là.

DM : Pourquoi étiez-vous dans le parc ?

AM : Je cherchais quelqu'un.

DM : Qui ?

AM : Une prof. Je l'avais vue depuis la terrasse et je suis descendue pour lui parler. Et c'est à ce moment-là que j'ai aperçu la pancarte.

DM : Pourquoi alors nous avez-vous dit l'avoir vue depuis la terrasse ? Pourquoi ne pas nous avoir dit que vous étiez dans le parc ?

AM : Je ne sais pas. Je ne voulais pas… Je voulais protéger quelqu'un.

DM : Qui ?

AM : Cette prof. On a une sorte de… vous voyez. On se fréquente, quoi. Mais elle est mariée. Donc c'est un peu… sensible. Je ne voulais pas la mêler à ça. Ça me semblait plus simple de dire que je l'avais vue de la terrasse.

DM : Lexie, vous devez savoir que nous avons retrouvé les restes de Zach Allister dans un tunnel sous la résidence des Jacques ce matin. Ce levier est l'outil qui sert à ouvrir le passage secret où nous avons fait cette découverte.

AM : (inspire longuement)

DM : Nous avons également trouvé le téléphone portable de Tallulah Murray dans ce tunnel.

AM : Mon Dieu…

DM : Lexie, si vous savez quoi que ce soit sur cet objet, si vous avez la moindre idée de la raison pour laquelle il a été enterré là, dans le parc de Maypole House, à côté de l'endroit où vous avez rejoint votre amie, ou si vous avez remarqué quelqu'un à proximité de ce parterre de fleurs, vous devez nous le dire.

AM : (pleurs) Je n'en sais rien. Je vous jure. Je n'ai rien à voir avec cette pancarte-là. Je n'ai jamais vu cet instrument, et je ne sais pas comment il a atterri là. Je ne sais rien de plus.

66

Septembre 2018

Tallulah émerge d'un sommeil comateux, une nuit si profonde qu'elle ressemble à la mort, une léthargie qui est engendrée par un médicament dont les armoires de la salle de bains de la mère de Scarlett sont pleines, et elle se trouve dans une pièce sombre, silencieuse, bercée par le mouvement d'une mer fraîche et puissante qui se répercute dans son corps.

Par un hublot, elle distingue le mur compact et infranchissable que forme l'océan. Elle sent ses poignets à nouveau entravés. Comme ses pieds. Maintenant, elle en est sûre. On ne la garde pas ici pour son propre bien. On ne la protège pas. Elle devine que ce que Scarlett lui a raconté à propos de son père et de son équipe d'avocats était un mensonge, et que ce cauchemar va se résoudre de la pire des façons. Elle sait que si elle est encore en vie, c'est parce que Scarlett la défend. Mais elle pressent aussi que Scarlett est en train de perdre le contrôle sur sa mère, sur la situation, si bien que Tallulah est désormais embarquée sur un bateau au plus loin de sa mère, de son fils et de sa maison, pour être supprimée, balancée par-dessus bord.

67

Septembre 2018

Kim est assise dans son jardin. Elle ne supporte plus de rester à l'intérieur. Ryan s'occupe de Noah dans la maison.

Il est presque 14 heures. Cela fait déjà quatre heures qu'ils ont trouvé un corps dans le tunnel des Cendres. Elle regarde son téléphone, l'allumant et l'éteignant toutes les dix secondes, vérifiant qu'elle a bien du réseau, qu'elle n'a pas reçu d'appel en absence, que Dominic peut la joindre.

Et enfin. La première note de sa sonnerie retentit. Elle décroche aussitôt.

— Oui ?

— Kim. On a découvert la localisation des Jacques. On a lancé un mandat Interpol pour les interpeller, ils sont dans les eaux internationales. Dans le tunnel, nous avons trouvé d'autres choses. Notamment des restes de nourriture qui contenaient de grandes quantités de Zopiclone, un somnifère. Nous avons trouvé des cheveux longs et bruns. Ainsi que des bouteilles d'eau vides, des bougies, une couverture, et le portable de Tallulah. L'aérodrome de Manton a enregistré un vol du jet des Jacques, vers Guernesey, le 30 juin 2017. Dans l'avion, il y avait Jocelyn,

Scarlett et Rex, mais aussi la petite amie de Rex, Seraphina Goldberg. Or, nous avons contacté Seraphina, qui n'est pas allée à Guernesey l'été dernier. Kim, il est possible que les Jacques aient emmené Tallulah. Ils naviguent en ce moment sur leur voilier, qui a quitté Guernesey fin août. La police de l'île est en train d'obtenir un mandat de perquisition pour fouiller leur maison.

— D'accord, répond Kim en s'efforçant de respirer lentement. OK. Qu'est-ce que je fais maintenant ?

— Il faut rester calme, Kim. Attendez. On va le plus vite possible à présent. Enfin, tout le monde est sur le coup. Enfin ! Essayez de garder votre sang-froid.

68

Septembre 2018

Les jours passent. La lumière filtre par son hublot à travers l'eau, tour à tour grise, dorée puis blanche. Il fait de plus en plus chaud. La nuit, l'air conditionné bourdonne au-dessus d'elle. Scarlett va et vient. Elle arrive parfois avec Toby, et Tallulah se blottit contre lui et respire l'odeur de sa fourrure salée.

— Je fais tout ce que je peux pour qu'on retourne à la maison, Lula. Pour que tu rentres chez toi. C'est bientôt fini. Je te le jure.

Tallulah sait que tout ce qu'elle mange, tout ce qu'elle boit est mélangé avec un médicament qui la fait dormir, mais elle s'en fiche, elle attend ce sommeil libérateur, le soulagement qu'il lui offre, l'absence d'angoisse, les rêves. Quand Scarlett met trop longtemps à lui apporter sa dose, elle se sent devenir folle, écartelée en mille morceaux. Elle a l'impression que son ventre s'ouvre en deux, que son crâne se remplit d'éclats de verre qui lui tailladent le cerveau, et elle arrache le gobelet des doigts de Scarlett et avale son contenu si vite qu'elle s'en étrangle.

Puis un jour, alors qu'elle se réveille d'un nouveau sommeil de plomb et s'évertue à relever ses paupières, elle discerne le vernis miel du bois au-dessus de sa tête puis entend un bruit qu'elle ne connaît pas. Un bourdonnement fort, violent, comme une tronçonneuse, comme les vibrations d'un instrument très grave, comme le moteur d'un camion. Ce bruit l'assaille de toutes parts. Elle sent ses yeux se révulser, si secs dans ses orbites. Elle attrape la bouteille d'eau minérale que Scarlett lui apporte toujours et boit une gorgée. Le vacarme s'intensifie, de plus en plus proche. Le bateau se met à tanguer, le liquide s'échappe du récipient tandis qu'elle essaie de revisser le bouchon. Elle perçoit quelque chose qui ressemble à une voix masculine, mais étrangement désincarnée, comme si l'on criait sous l'eau.

— Scarlett ! appelle-t-elle, même si elle a bien conscience qu'on ne peut pas l'entendre dans ce cercueil flottant. Scarlett !

Elle identifie le crissement douloureux du moteur qu'on met au point mort. Tout redevient silencieux, et elle distingue enfin des voix à l'extérieur.

— Royal Air Force. Nous allons aborder votre navire. Que tout le monde se regroupe sur le pont, les mains en l'air.

Puis elle entend des bruits de pas au-dessus d'elle, des voix paniquées, des cris. On défonce la porte de sa cabine, et des hommes armés aux corps musclés entrent, comme des mannequins irréels. Ils s'approchent de la jeune femme, qui recule sur sa couchette.

— Êtes-vous Tallulah Murray ? lui demandent-ils.

Elle fait « oui » de la tête.

Tallulah imagine ce qu'elle ressentira en marchant quand les soldats l'auront libérée de ses liens. Elle espère que ses jambes, qu'elle n'a pas utilisées depuis des jours et des jours, la soutiendront quand elle sortira enfin de cette cabine boisée. Bien sûr, ce n'est pas le cas. Elles s'affaissent et se dérobent sous elle comme si elle était une poupée de chiffon, et un militaire la porte dans ses bras.

— On va où ? s'enquiert-elle d'une voix frêle.

— On vous emmène en sécurité, Tallulah.

L'homme a un accent qu'elle ne reconnaît pas.

— On est où ?

— Au milieu de l'océan Atlantique.

— Je rentre à la maison ?

— Oui. Vous allez retourner en Angleterre. Mais, avant ça, on vous conduit à l'hôpital. Vous êtes très diminuée.

Sur le pont, Tallulah voit les restes d'un repas. Un grand saladier, des verres de vin, des serviettes en papier que le souffle brutal des pales d'un hélicoptère fait s'envoler. Il lui est inconcevable de penser que, pendant qu'elle était enfermée dans cette minuscule cabine en bois, les Jacques savouraient un bon repas arrosé d'un verre de vin en plein air. Elle aperçoit un groupe de gens à la proue du bateau. Scarlett, Joss et Rex. Ils lui lancent un regard rapide puis se retournent.

Elle voit un autre militaire s'approcher d'eux, attraper leurs poignets et les joindre dans leur dos avant de leur passer des menottes métalliques qui étincellent. Le chien est couché à leurs pieds, ses poils épais ébouriffés par le vent.

— Qu'est-ce qui va arriver au chien ? s'inquiète-t-elle, terrifiée qu'on puisse le laisser seul.

— On l'emmène aussi, ne vous en faites pas.

Elle tend la main pour se couvrir les yeux. Le bruit de l'hélicoptère et la luminosité du soleil l'agressent violemment.

— On va où ?

— Détendez-vous, Tallulah. On s'occupe de tout.

On l'installe dans un harnais avec le militaire qui l'a prise dans ses bras, et soudain elle survole un bateau blanc à la coque brillante et voit les Jacques devenir de plus en plus petits.

Elle voit Scarlett qui la regarde et lui crie : « Je t'aime. » Mais celle qui aimait autrefois Scarlett Jacques a disparu.

Elle ferme les yeux et lève la tête.

69

Septembre 2018

Quand l'avion s'immobilise sur le tarmac, Sophie se redresse et ouvre le compartiment au-dessus de sa tête pour en sortir sa valise et sa veste. Dans l'aéroport, elle retrouve son éditrice danoise, une femme de son âge aux cheveux roux clair qui porte un long gilet en laine bouclée et une robe fleurie. Elles échangent une étreinte rapide. Elles se sont déjà vues à deux reprises et ont même bu ensemble la dernière fois que Sophie est venue à Copenhague, discutant en détail des liaisons adultères de son éditrice. Mais c'était il y a plus d'un an. Aujourd'hui, c'est un nouveau départ, elles sont auteure et éditrice, talent et manager, cordiales et chaleureuses l'une avec l'autre, mais pas amies.

Elle l'emmène dans un hôtel où il y a des fauteuils de velours pastel, des ascenseurs de verre qui montent et descendent le long de structures métalliques, et des cactus géants. Une chanson des Chainsmokers passe en fond sonore. Elle défait sa valise dans la belle chambre qu'on lui a réservée et en extrait sa trousse de toilette.

Dans la salle de bains, elle se brosse les dents. Elle est debout depuis 4 heures du matin, quand son réveil l'a extirpée de rêves sombres et inquiets. Elle a dormi deux heures. Elle est pâle comme quelqu'un qui a pris l'avion trop tôt, mais dans vingt minutes elle doit partir pour une conférence puis une série d'interviews et de rencontres dont elle découvre le programme sur un document dans le sac en toile que lui a donné son éditrice, contenant aussi des barres énergétiques, une bouteille d'eau et un exemplaire de son dernier livre publié en danois.

Son téléphone vibre dans la chambre, et elle va le chercher. C'est un message de Kim.

Ils l'ont trouvée. Elle rentre à la maison.

Rien de plus. Sophie cligne des yeux. Elle s'assied sur le lit et inspire une grande goulée d'air en plaquant l'appareil contre son cœur. Et, d'un coup, les larmes coulent, inattendues, incontrôlables.

— Bonjour, Sophie, si je peux vous appeler Sophie ?

Elle sourit pour encourager la lectrice dans le public qui a attrapé le micro qu'on vient de lui passer.

— J'adore vos livres. Pour l'instant, il y a six tomes des *Détectives de Hither Green*. Est-ce que vous travaillez sur le prochain roman ? Et, si c'est le cas, est-ce que vous pouvez nous dévoiler quelques informations sur ce qui nous attend ? Si ce n'est pas le cas, que va faire P.J. Fox ?

Sophie se sent d'abord dépassée par la question, puis la réponse s'impose à elle. Elle sourit et approche le micro de sa bouche.

— C'est une très bonne question. Et sincèrement, il y a quelques semaines, je n'aurais eu aucune difficulté à vous répondre. Il y a encore quelques jours, je vivais seule, dans le sud-est de Londres, près de Hither Green, dans mon petit appartement douillet qui ressemblait un peu à celui de Susie Beets, pour être honnête. J'avais un compagnon, un enseignant que j'avais rencontré dans le cadre de mon travail, exactement comme mon héroïne rencontre ses amants. Encore récemment, j'étais Susie Beets !

L'assistance rit.

— Mais ce qui est drôle, c'est que je ne m'en rendais pas compte. Il y a deux semaines, j'ai quitté Londres, poursuit-elle d'une voix chargée d'émotion. Je suis partie sur un coup de tête, poussée par une sorte d'horloge invisible, et j'ai entamé une nouvelle vie à la campagne avec mon copain. J'étais devenue la femme du proviseur d'un pensionnat huppé d'Angleterre.

Ses auditeurs semblent captivés.

— Mais je ne me doutais absolument pas que cela allait tout changer. Car je me suis retrouvée perdue en pleine nature, à mille lieues de ma zone de confort, sans aucune façon de renouer avec Susie, incapable d'écrire, mais plongée au cœur d'une vraie enquête de police. Vous voulez que je vous en parle ?

Un murmure enthousiaste se propage dans l'assemblée.

Sophie hoche la tête, croise les jambes puis se tourne vers l'interviewer.

— Il nous reste du temps ?

— Mais bien sûr, nous brûlons d'entendre cette histoire !

— Tout a commencé le jour de mon arrivée à Maypole House, quand j'ai trouvé une pancarte clouée à la clôture du jardin. Elle m'invitait à « Creuser ici ». Et je l'ai fait.

Elle s'interrompt, balaie le public du regard et attend que quelqu'un comprenne la référence. La femme qui lui a posé la dernière question réagit en premier.

— Vous voulez dire, comme dans votre premier roman ?

— Exactement, comme dans le premier livre de la série des *Détectives de Hither Green.*

Un silence fébrile lui répond. Sophie continue.

— J'ai pris une truelle, j'ai creusé…

Plus elle parle, plus elle se sent reprendre forme, comme un vase brisé dont on recolle les morceaux. Elle sait qu'elle ne peut plus vivre à Upfield Common. Que Shaun doit quitter Maypole House pour faire un travail qu'il aime. Que c'était une erreur pour chacun d'eux, sans aucun doute, mais que c'était leur destin, et qu'il avait pris un tour extraordinaire. Elle pense à la façon si singulière dont tout cela s'était déroulé, un pas après l'autre. Et, aujourd'hui, Tallulah Murray a enfin été retrouvée, vivante. Sophie sait qu'il n'y aura pas de nouvelle aventure des *Détectives de Hither Green.* Le roman qu'elle est en train d'écrire sera le dernier. Elle doit arrêter de se concentrer sur elle, sur son petit espace, pour commencer à raconter ce monde si vaste. Elle a presque trente-cinq ans, et il faut qu'elle avance.

Avec ou sans Shaun.

Elle termine son histoire, et la femme prend à nouveau la parole.

— Et maintenant, qu'est-ce qui va se passer ? Que vont devenir les gens qui l'ont enlevée ?

— Ça, je vais le découvrir en rentrant à la maison.

Elle sourit et pose son micro sur la table sous les applaudissements du public.

70

THE TIMES

14 septembre 2018

Une jeune femme retenue prisonnière sur un voilier en pleine mer

La jeune Tallulah Murray, 20 ans, qui avait disparu en juin 2017 avec son petit ami après une soirée entre amis, a été retrouvée au large de l'Atlantique, à bord d'un yacht où Jocelyn Jacques, 48 ans, l'épouse du financier Martin Jacques, et leurs deux enfants Rex, 23 ans, et Scarlett, 20 ans, l'auraient maintenue en captivité.

Les Jacques ont été localisés suite à la découverte des restes du petit ami de Tallulah Murray, Zach Allister, dans un tunnel sous leur manoir de Upley Fold, un village près de Manton dans le Surrey. Des sources proches de l'enquête indiquent que le voilier a été repéré grâce aux photographies postées par

Scarlett Jacques sur les réseaux sociaux. Les Jacques ont été placés en garde à vue, et Tallulah Murray a été transférée dans un hôpital militaire des Bermudes. La jeune femme souffre de déshydratation extrême et d'addiction à plusieurs substances médicamenteuses.

Les proches de Tallulah Murray ont été prévenus par la police. Elle devrait sortir de l'hôpital aujourd'hui et sera rapatriée au Royaume-Uni pour retrouver son fils de 2 ans, Noah, et le reste de sa famille.

On ignore pour le moment ce qui a mené au meurtre de Zach Allister et à l'enlèvement de Tallulah Murray.

71

Septembre 2018

Kim attrape son après-shampoing de marque, celui qu'elle doit prendre avec les doigts dans un pot. Elle le répartit sur la longueur de ses cheveux et le laisse poser deux minutes, comme le conseille le mode d'emploi, avant de les rincer.

Après sa douche, elle choisit une tenue et passe en revue des vêtements qu'elle ne met plus depuis des mois, qui appartiennent à une époque qui lui semblait révolue, des habits qui constituaient la garde-robe colorée et positive d'une femme qu'elle ne connaissait plus. Elle sort une robe à boutons. C'est celle qu'elle avait portée lors de la marche blanche pour la disparition de Tallulah. Elle enfile un gilet rose et ses bottes noires. Elle se sèche les cheveux et applique de l'eye-liner.

L'avion militaire qui ramène Tallulah arrive dans cinq heures. Encore cinq longues heures à patienter. Même si cela n'est rien comparé aux quinze mois qu'elle a passés sans elle.

Son ex-mari est en route. Il devrait atterrir d'une minute à l'autre. Ryan les retrouvera à l'aérodrome. Noah est à la crèche, pour préserver un semblant de normalité, pour laisser le temps à Kim de se préparer. Elle ira le chercher dans deux heures.

— Maman rentre à la maison, répète-t-il depuis des jours.

Elle aimerait, égoïstement, pouvoir être seule sur le tarmac, retenant son souffle, des fleurs dans les bras, son cœur battant à tout rompre quand la porte s'ouvrira, que sa fille apparaîtra en haut de l'escalier, pour la serrer contre elle. Mais ce n'est pas possible. Elle s'assied dans la cuisine et attend que Jim lui confirme son arrivée.

Megs. Elle ne peut pas penser à Megs. Lui parler. La voir. Ni même prononcer son nom. Elle redoute qu'elle l'appelle, lui écrive, ou de la découvrir un beau jour sur le pas de sa porte. Mais rien, pour le moment. Quand elle songe à Zach, la douleur de sa mort l'enserre comme un corset qui l'empêche de respirer. Ce pauvre garçon. Abandonné dans ce tunnel. C'était donc cette fille. Scarlett. Au début, la mère avait dit à la police qu'elle n'avait aucune idée d'où se trouvait Zach, qu'elle avait pris une année sabbatique impromptue avec ses enfants et Tallulah « en toute discrétion ». Kim avait donné un coup de poing dans le mur quand Dominic lui avait rapporté ces propos. Lorsque les inspecteurs lui avaient annoncé qu'on avait retrouvé les restes du jeune homme sous son manoir, elle avait changé de stratégie et leur avait déclaré que c'était en réalité Tallulah qui avait tué Zach, qu'elle l'avait frappé à l'arrière du crâne avec une sculpture en bronze, et qu'elle-même avait voulu la soustraire à la justice. Scarlett appuyait le témoignage de sa mère, et, pendant plus de vingt-quatre heures interminables, Kim avait dû imaginer avec angoisse sa fille passant le restant de sa vie derrière les barreaux.

Mais hier, enfin, Scarlett avait tout avoué, d'un coup, sans crier gare, comme si ces mensonges étaient une armure dont elle voulait s'extirper. Elle avait raconté aux enquêteurs que

Zach était un homme toxique, qu'il contrôlait Tallulah, qu'il lui faisait du mal. Elle leur avait dit qu'elle l'avait entendu la menacer d'enlever leur fils, et qu'elle avait réagi instinctivement pour la protéger, sans réfléchir. Elle avait expliqué à la police qu'elle avait fait ça par amour pour Tallulah. Et Kim la croit. Elle sait au fond d'elle qu'elle aussi serait capable de tuer si quelqu'un menaçait de séparer sa fille de Noah.

Voilà la version de Scarlett. Qui sait s'il s'agit de la vérité ? Et qui sait ce qu'il adviendra de Scarlett Jacques, de cette jeune femme qui a les initiales de sa fille tatouées sur la peau ? Kim ne la connaît pas. Elle ne l'a vue qu'une seule fois, flottant sur un flamant rose gonflable dans une piscine, se séchant au moyen d'une serviette noire, répondant aux questions qu'elle lui posait avec un ton condescendant et une moue boudeuse. Elle ne connaît pas Scarlett Jacques. Elle n'en a pas besoin. Kim ne peut pas ressentir de pitié pour elle ni s'inquiéter de son sort, aussi jeune soit-elle, aussi amoureuse de sa fille qu'elle prétende être. C'est impossible.

À l'hôpital, les médecins avaient diagnostiqué que Tallulah souffrait d'une grave addiction aux opioïdes, et l'on avait annoncé à Kim qu'elle devrait séjourner dans un centre de désintoxication pour s'en remettre. On l'a prévenue qu'elle ne ressemblait plus à cette jeune femme pimpante à qui Kim avait souhaité une bonne soirée, ce vendredi soir il y a plus d'un an. Mais on lui a aussi assuré que Tallulah est prête à tout pour se soigner, pour rentrer à la maison et redevenir la maman de Noah.

Et, maintenant, ils sont sur le tarmac, elle, Ryan, Jim, et Noah dans ses bras, qu'elle a habillé avec sa plus jolie chemise et son plus beau pantalon. Un vent chaud les entoure et les caresse, emmêlant ses mèches brillantes et lissées qu'elle replace en permanence derrière ses oreilles. Un escalier roulant est disposé sous la porte de l'avion. Le sas s'ouvre. Un homme surgit. Puis un autre. Kim inspire longuement avant d'expulser tout l'air de ses poumons, dans les cheveux de Noah. Elle rentre le ventre, se recoiffe une dernière fois quand enfin, là, avec un immense chien marron à ses côtés, Tallulah apparaît.

Et Kim court à sa rencontre.

Épilogue

Août 2018

Liam retire ses lunettes noires et les glisse dans la poche de sa chemise. Il lève les yeux vers le manoir. Un soleil sombre se reflète sur les vitres des fenêtres aux rideaux tirés. Il s'accroupit et soulève un gros pot de fleurs bleu. Un cloporte s'enfuit de sa cachette. Liam attrape l'objet posé par terre et se tourne vers la porte d'entrée.

À l'intérieur, l'air est frais, et chaque pas résonne longuement. La maison est restée exactement comme les Jacques l'ont laissée l'été dernier, mais l'atmosphère paraît figée, comme si le temps s'était arrêté dans cette demeure inhabitée. Il sent les échos des moments qu'il a vécus ici : les ondes des rires privilégiés qui font des ricochets sur les murs blancs, le tintement d'une bouteille de vin que l'on sort du réfrigérateur, le cliquetis des pattes lourdes d'un chien sur le sol de pierre, l'odeur de Scarlett, ce parfum de vieille dame qu'elle portait toujours. Tout est encore là, mais voilé, onirique, comme le fantôme d'un monde enchanté qui a disparu.

Dans l'air immobile des Cendres, Liam sent aussi le sang, les relents entêtants et nocifs de la mort. Dans chaque pièce qu'il traverse, des scènes lui reviennent. Des souvenirs glaçants de cette soirée de l'année dernière, fin janvier, quand Scarlett l'avait appelé. Le désespoir dans sa voix.

— Nounours, j'ai besoin de toi. Il s'est passé quelque chose. Viens vite, s'il te plaît.

Il s'était tout de suite mis en route, bien sûr. Il ne perdait jamais une seconde quand il s'agissait d'elle. Scarlett donnait à sa vie son énergie, son sens. Avant elle, il n'était rien ; après elle, il ne serait plus rien. Quand elle avait besoin de lui, il s'animait, comme une marionnette qu'on met en mouvement.

Il l'avait trouvée assise sur une chaise longue à côté de la piscine, les bras noués autour des genoux, se balançant doucement.

— Je crois... Je crois que j'ai été violée.

Elle ne voulait pas lui dire par qui, quand, comment, où. Seulement ça.

Je crois que j'ai été violée.

Liam avait senti tout en lui se tendre. Toutes les cellules de son corps réclamaient du sang. Il tuerait de ses propres mains, s'il le fallait.

Il avait passé la nuit avec elle, puis la suivante et celle d'après, attendant qu'elle lui parle. Son père lui téléphonait tout le temps pour lui demander quand il rentrerait à la ferme et lui rappeler qu'il avait besoin de lui. Mais Scarlett passait en premier, et rien, même la menace de s'aliéner sa famille, n'aurait pu le décider à la quitter. Pendant des semaines, il avait dévisagé tous les hommes qu'il croisait, tous les élèves, tous les professeurs, tous les caissiers, et même le pasteur du village. Il avait absolument besoin de savoir qui avait infligé ça à sa Scarlett. Lequel d'entre eux avait osé lui faire du mal, lequel avait voulu la briser. Pendant ces semaines, il avait contenu en lui une immense violence qui ne demandait qu'à se déchaîner.

À la fin du mois de février, il avait accepté le poste d'auxiliaire de vie scolaire que lui avait proposé Jacinta Croft et s'était réinstallé à Maypole House, dans un studio avec balcon qui surplombait les bois. C'est là que, six semaines plus tard, il avait repéré un homme, au loin. En y regardant de plus près, c'était un individu d'une quarantaine d'années au crâne chauve.

Guy Croft, le mari de Jacinta.

Il avait quitté le lycée quelque temps auparavant suite à une histoire d'adultère qui avait mené à leur séparation. Avant, on le voyait souvent se promener dans le parc avec son labrador, mais pas ces derniers temps. Aujourd'hui, il était de retour, derrière le cottage de Jacinta Croft, et se dirigeait vers la forêt avec une précipitation suspecte.

Liam s'était rué hors de chez lui immédiatement pour le suivre. Une vingtaine de minutes plus tard, il l'avait vu ouvrir la porte en fer qui donnait accès au domaine des Cendres, puis, en continuant de se cacher, il l'avait entendu parler à Scarlett.

— Laisse-moi entrer, s'il te plaît. Allez. Je l'ai quittée, tu vois ? J'ai fait ça pour toi.

— Je ne t'ai jamais rien demandé. C'est fini entre nous.

— Non, non. Tu m'as dit que tu ne voulais pas être avec un homme marié. Je ne suis plus marié maintenant. Je suis libre pour toi.

— Mais franchement, Guy, barre-toi.

— Je ne partirai pas, Scarlett. J'ai tout abandonné pour toi.

Puis Liam l'avait vu poser ses mains sur les épaules de la jeune femme, la pousser en arrière, ni violemment ni doucement, mais fermement, à l'intérieur de la maison.

— Tout, avait-il répété avant de s'avancer vers elle, les bras ouverts.

— Laisse-moi, Guy. Me touche pas, putain !

Liam avait bondi, sortant d'un coup des fourrés, il avait fait trois, quatre, cinq grands pas jusqu'à la porte, attrapé les épaules de Guy, l'avait tiré en arrière pour l'éloigner de Scarlett, puis l'avait fait tomber au sol avant de s'agenouiller sur lui. Il voyait son poing s'enfoncer dans le visage de Guy au niveau de sa mâchoire, il sentait le picotement de sa barbe contre ses phalanges, puis le liquide chaud et poisseux, la mollesse de la chair succombant au traumatisme, l'avachissement d'une tête que le cou ne soutient plus, puis il avait pris conscience qu'il cognait quelque chose qui ne résistait plus, comme une masse de viande hachée. Et, enfin, il avait senti des mains qui saisissaient ses vêtements et entendu une voix au-dessus de lui qui criait : « Non, non, non, Liam, arrête. » Une nuée de martinets qui passait lentement dans le ciel bleu vif. Son sang qui bourdonnait dans ses oreilles. Son souffle saccadé qui soulevait sa poitrine. Un corps sans vie sous ses genoux.

Pendant longtemps, Liam aurait été capable de faire tout ce que Scarlett aurait pu lui demander. Mais c'était avant qu'elle ne l'abandonne ici, seul, alors qu'il avait laissé tomber sa famille et sacrifié ses projets pour elle ; c'était avant qu'elle ne le quitte sans même lui dire au revoir.

Deux jours plus tôt, il avait reçu un appel d'une qualité très mauvaise, plein d'écho et de grésillements, et il avait entendu à nouveau, pour la première fois depuis des mois, la voix frénétique de Scarlett.

— Nounours, le truc qui s'est passé à la soirée de juin l'été dernier, ce truc. C'était vrai. Ça s'est vraiment produit, et c'est quelque chose d'horrible. Mimi est au courant, elle l'a dit à Lexie. Qui va le répéter à sa mère. Qui le dira à celle de Tallulah. Tout le monde va être au courant. Il faut que tu nous aides. C'est au même endroit. Cette chose. Au même endroit que ce que tu as fait. Le levier est planqué sous le gros pot bleu à côté de la porte.

S'il te plaît, Nounours. Débarrasse-toi des deux choses. Détruis-les. Complètement. Puis referme et débarrasse-toi aussi du levier. Va à Londres, par exemple. Jette-le dans la Tamise. Ou dans une poubelle. Efface toutes les traces. Nounours. Je t'en prie. Je suis coincée ici, au milieu de nulle part. Ma mère est en train de péter les plombs. Elle est folle, elle me drogue, j'ai peur de mourir. Je veux rentrer à la maison. S'il te plaît, permets-moi de rentrer chez moi. S'il te plaît.

Liam s'avance dans la cuisine, puis dans un long couloir qui mène à l'aile la plus ancienne du manoir. Il s'arrête un moment dans le vestibule attenant à la tourelle avant de poser la main sur la poignée et d'entrer. Il fait froid, l'air est humide. Il n'a plus l'impression d'être en août. Il sort le levier de sa poche arrière, cet étrange objet qu'ils avaient utilisé ce jour dramatique d'avril un an plus tôt, et soulève la dalle.

Il descend, enjambe le corps et marche un bon kilomètre dans le tunnel, utilisant son portable comme lampe torche, jusqu'au bout. Au-dessus de lui, une dalle de pierre laisse filtrer quelques faibles rayons de lumière grise par de fins interstices. Il sort un bidon de pétrole de son sac à dos et en verse sur la masse informe constituée par les restes de Guy Croft, craque une allumette et la fait tomber au sol. Il observe les flammes lécher les os poreux du cadavre et s'éloigne quand la chaleur se fait insupportable. Lorsque le feu s'éteint, il touche les cendres avec le levier. Il voit de petits os, une mâchoire, de vieux morceaux de tissu, de cuir calciné, rajoute du pétrole et craque une nouvelle allumette.

Il ne ressent rien pour Guy Croft tandis qu'il devient poussière sous ses yeux. Tous ses sentiments sont serrés en lui, comme un poing, et ils sont tous pour Scarlett. Sans exception. Scarlett qui utilise les autres comme des miroirs pour mieux se regarder. Scarlett qui prend les gens, puis les lâche quand cela l'arrange. Scarlett qui avait attendu que Liam soit enfin passé à autre chose, prêt à rentrer chez lui et à reprendre le cours de sa vie, pour le ramener dans ses filets et l'utiliser à nouveau comme son doudou, comme des bras solides où se réfugier, pour que quelqu'un la voie comme elle voulait apparaître et non comme elle était réellement. Car sa véritable nature, Liam la connaît maintenant : Scarlett Jacques est un gouffre.

Il l'avait laissée jouer avec lui comme une peluche, exactement comme son chien adoré. Il l'avait même laissée lui donner ce surnom abominable. Il détestait qu'on l'appelle ainsi, mais il ne disait rien. Il avait laissé Scarlett et sa mère l'employer comme un larbin, un plombier, un chauffeur. Il brûle encore de rage quand il repense à cette fois où Joss lui avait tendu une pelle et un sac en plastique un chaud matin d'été en lui demandant s'il voulait bien ramasser les crottes de Toby sur la pelouse parce que le jardinier était malade et que ça commençait à puer.

Après avoir tué Guy Croft pour elle, ils étaient allés dans sa chambre et avaient fait l'amour d'une façon si brutale, si pure qu'il en avait pleuré.

— Je t'aime, Nounours, lui avait-elle murmuré ensuite, leurs membres encore enlacés. Tu sais que je t'aimerai toujours, n'est-ce pas ?

Le lendemain matin, on avait sonné à la porte, et elle avait paniqué.

— Merde, dépêche-toi, il faut que tu partes, tout de suite. C'est Tallulah. Elle est en avance. Habille-toi ! Vite !

Comme un animal bien dressé, il avait obéi, enfilé ses vêtements, et il s'était éclipsé. Il avait tué par amour pour elle, et elle l'avait jeté le lendemain matin sans même lui dire au revoir pour se lancer corps et âme à la poursuite de quelqu'un d'autre. Et maintenant, ça. Une année de silence total, et soudain, elle a de nouveau besoin de lui.

S'il te plaît, Nounours, s'il te plaît.

D'un geste énervé, il remue les cendres de Guy Croft. Tout a brûlé à présent. Il ramasse la poussière avec une petite pelle qu'il a apportée et la dépose sur une feuille d'aluminium qu'il referme. Cela forme un paquet chaud qu'il range dans son sac à dos. Il ira ce soir, quand le soleil et les habitants du village seront couchés, au bord de l'étang de la place centrale et les déversera là, dans l'eau stagnante, pour les canards.

Il inspecte une dernière fois le sol du tunnel et s'accroupit pour prélever ce qui ressemble à une molaire, qu'il glisse dans sa poche de pantalon.

Il fait volte-face et s'apprête à rebrousser chemin, quand il entend des paroles étouffées qui proviennent de la dalle au-dessus de lui.

— Alors, tu en penses quoi, Sophie ? Tu te verrais vivre ici, avec moi ? Devenir la femme du proviseur ?

— Oui, complètement, répond une voix féminine. Ce sera une belle aventure.

Liam remonte le tunnel. En approchant de la sortie, il lance un coup d'œil au corps de Zach, celui dont Scarlett voudrait qu'il se débarrasse, et l'enjambe à nouveau.

Il remonte les marches de pierre jusqu'aux Cendres, repositionne la dalle au-dessus de l'entrée du passage secret et fourre dans sa poche le levier qu'il ne jettera ni dans la Tamise, ni dans une poubelle lointaine, le levier qu'il gardera bien au chaud jusqu'à ce qu'il trouve ce qu'il va en faire.

Vous voulez savoir
ce qu'il se passe ensuite ?
Découvrez le chapitre bonus
de *Rentre avant la nuit*.

Chapitre bonus

Je détaille mon visage dans l'étrange miroir de métal accroché au-dessus de l'évier en acier inoxydable. Désormais, j'ai l'habitude de me voir ainsi. Je ne me reconnaîtrais sans doute plus dans un miroir normal. Mes cheveux sont longs. Châtain clair et hirsutes. Je me fais des tresses tous les jours pour éviter les nœuds, mais je ne les coupe pas parce qu'il reste encore sur les pointes un peu de la couleur vert délavé que j'avais quand j'ai été enfermée. La couleur que j'avais quand on était ensemble. Ces pointes, tu les as touchées.

J'étais bronzée quand je suis arrivée ici, après un mois passé sur le voilier à ne rien faire d'autre que lézarder au soleil. Maintenant, j'ai repris ma teinte *Philadelphia* originelle. J'ai le droit de me maquiller, mais je ne m'embête pas avec ça. Ma copine Brooke m'a quand même prêté son mascara, mais je ne sais plus m'en servir. Je fais des gros paquets.

J'abandonne l'idée et je retire ce que je peux avec un mouchoir humide. J'observe à nouveau mon visage. J'ai l'air vieille. Ça fait presque deux ans que je ne t'ai pas vue, mais j'en ai pris au moins cinq sur cette période. Ça va sans doute te faire un petit choc. Je le verrai dans tes yeux. Comme un nuage furtif. Ce n'est pas grave. On ne passe pas deux ans en prison sans que cela se voit sur son visage, dans son corps, dans son sourire.

Toi aussi, tu auras changé. Il faut que je me mette en condition. Dans ma tête, j'ai deux images de toi. La première, c'est à la soirée de Noël, quand tu portais ce joli débardeur à cœurs. Au moment où, emmitouflée dans mon manteau de fausse fourrure, tu as levé tes yeux agrandis par l'eye-liner vers moi. La seconde est plus douloureuse, mais je me force à y penser souvent. Je la fige dans ma tête et je m'oblige à la regarder. C'est toi, au moment où on t'a hélitreuillée du bateau où nous te gardions prisonnière, dans les bras du militaire qui t'as sauvée, comme une petite poupée ballotée par les vents. Tu avais perdu toutes tes couleurs, Tallulah, comme une photo à moitié effacée. Et il y avait de la haine dans ton regard. C'est possible que je l'ai imaginé, ça, mais je ne crois pas. Je t'ai crié que je t'aimais, et tu as baissé sur moi un regard mort et vide. Je savais que tu ne voudrais plus jamais me parler. Je savais que c'était fini.

Et pourtant, tu veux me voir. Je ne sais pas pourquoi, mais tu es venue.

Dans le miroir gris, mon visage de métal aux yeux noircis a l'air terrifié.

On me guide à travers les couloirs familiers jusqu'au parloir. Je reçois beaucoup de visites. Mon père, une fois par mois. Avec toute sa famille en prison, il a vraiment dû mettre le holà à son naturel baroudeur. Il fait d'une pierre trois coups (moi, mon frère, ma mère) à chaque nouveau tour de ce périple effréné. Rex sort bientôt. Il a pris deux ans pour complicité d'enlèvement. J'ai eu six ans pour homicide involontaire mais les charges pour enlèvement n'ont pas été retenues parce que ma mère me droguait et me manipulait. Elle a pris dix ans. Elle a voulu faire croire aux jurés qu'elle avait agi par amour. Ce qui est la vérité, bien sûr. Personne ne dit que ma mère est une psychopathe. Si elle ne m'aimait pas, elle n'aurait pas fait tout cela pour m'éviter la prison. Mais nous savons toutes les deux, Tallulah, que plus le temps passait, plus le pouvoir lui montait à la tête. Nous savons qu'elle avait pété les plombs. Qu'elle allait te tuer. Aucun doute. Et à la fin, elle avait complètement oublié pourquoi elle s'était lancée là-dedans.

Je reçois aussi des visites de Roo, Jayden et Rocky. Mais pas de Mimi. Elle me déteste. Je la comprends.

Liam est venu me voir une fois. Je ne veux pas m'étendre sur le sujet. Un jour, je pourrai peut-être te dire la vérité, te parler de ce qu'il a fait, de comment il m'a piégée. Mais pas aujourd'hui. J'accepte de vivre avec ça parce que, pour être franche, je mérite toutes les merdes qui m'arrivent et c'est un peu trop tard pour chercher un autre coupable. Liam Bailey sera puni un jour, s'il y a une justice dans ce monde. Mais je ne serai pas celle qui la rendra. Pour l'instant, je me contente de voir qu'il a déjà commencé à perdre ses cheveux, et il n'a que vingt-trois ans.

La surveillante déverrouille la dernière porte avant la salle où je te verrai. Ses épais cheveux noirs sont coiffés en chignon à l'arrière de son crâne. Elle s'appelle Shelli. On s'entend bien. Elle aime les chiens et parfois, on regarde des vidéos ensemble sur son portable.

J'inspire profondément. Je rentre le ventre. Je serre puis ouvre les poings.

La porte s'ouvre et Shelli me laisse entrer. Et tu es là. Ici.

Tu me regardes et je lis dans tes yeux ce à quoi je m'attendais : un éclair de dégoût, ou d'horreur, ou de déception, quelque chose de ce genre. L'enfer, quoi.

— Bonjour.

Tu parles d'abord. Je sens déjà que tu es différente. Complètement.

— Salut.

Tu as des mèches dans tes cheveux, cuivrées, intrigantes. Tu portes une salopette noire, des Converse jaunes et tu as des créoles aux oreilles. Tu ressembles à une jeune mère branchée, comme celles qui se promènent avec leur poussette dans le parc de Stoke Newington. Tu as l'air d'une adulte.

— Tu es resplendissante, dis-je d'une voix qui j'espère n'est pas trop flippante.

— Euh… pas vraiment, me contredis-tu en te désignant du doigt. Mais merci.

Je tire la chaise et m'installe en face de toi, de l'autre côté de la table en bois. Je remarque que tu t'es maquillée : un trait d'eye-liner, du mascara et du baume à lèvres rose. Je ne sais pas ce que je dois penser du fait que tu te sois faite belle pour moi. Qu'est-ce que ça veut dire ? Peut-être que tu fais ça tous les jours, peut-être que tu portes tout le temps ces créoles et cette adorable salopette. Ou alors tu t'es apprêtée pour moi.

— Comment tu vas ? reprends-tu.

Je produis un bruit étrange, une sorte d'amalgame de tous les sons et de tous les mots que je pourrais utiliser pour te répondre. Je souffle.

— Tu vois. Juste…

Je n'arrive pas à poursuivre. La question est beaucoup, beaucoup trop large.

— Et toi ?

— Ça va. Je vais bien. Je commence un nouveau job la semaine prochaine.

— Assistante sociale ?

— Non. En fait, j'ai un peu changé d'idée à ce niveau-là. Je vais travailler dans l'école où j'allais quand j'étais petite.

Evidemment, je me dis, évidemment que tu vas faire ça. Regarde-toi. Ça te va comme un gant.

— Oh, je suis sûre que les enfants vont t'adorer.

— On verra, réponds-tu en haussant les épaules. Ça m'arrange pour Noah.

J'acquiesce.

— Comment il va ? Noah ?

— Très bien. Il est très mignon, tu sais.

Je hoche à nouveau la tête.

— Et Toby ?

Ton visage se détend. Toby est un sujet neutre.

— Super. Vraiment. Ils sont meilleurs amis avec Noah. On dirait des frères. C'est une chance de l'avoir avec nous. On l'adore.

Tu passes ton pouce sur tes ongles, à la recherche d'une petite peau à arracher, et lève les yeux vers moi.

— Qu'est-ce que tu vas faire quand tu sortiras ? Le reprendre ?

— Je ne sais pas. Ce ne sera peut-être pas possible. Mon père insiste pour que j'aille vivre à Dubaï avec lui.

— Et c'est ce que tu veux faire ?

— J'imagine. Le temps de régler quelques trucs.

Un silence s'installe entre nous, et je sais que c'est celui qui précède l'explication de ta présence ici. Je ferme les yeux, puis les ouvre à nouveau. Tu me fixes mais ne dis rien.

— Je suis vraiment désolée pour Zach, dis-je. D'avoir fait ça. Qu'il ne puisse plus faire partie de la vie de Noah. Je suis vraiment, vraiment désolée. C'était un connard, mais il ne méritait pas ça. Ça me rend malade. Tous les jours. Je me déteste.

Tu ne dis rien. Le silence s'éternise. Comme si nous n'avions plus rien à nous dire, mais je ne veux pas que tu partes.

Je tends la main vers la tienne, tu la retires brusquement.

— Je suis une meilleure personne, reprends-tu. Ce qu'il s'est passé. Ça a fait de moi une meilleure personne. Je n'ai plus peur aujourd'hui. De rien. Avant, tout me terrifiait. Je voulais que tu saches ça. Que malgré tout ce qui est arrivé, je vais mieux. Et que tu saches que je sais que tu m'as sauvé la vie, que je sais que tu m'aimais, et que je te pardonne. Mais je suis passée à autre chose maintenant, je suis en couple, j'ai des amis, un travail, une vie, des projets, des rêves, et tu ne pourras jamais en faire partie. Jamais. Je ne veux plus jamais te revoir ni entendre parler de toi. Plus jamais.

Je m'enfonce dans ma chaise.

— D'accord. Je comprends.

— Bien.

Tu te lèves, tu me tournes le dos et pars.

Je te suis des yeux et mon regard se fixe sur ces mèches cuivrées que j'aimerais entortiller autour de mes doigts et passer sur mes lèvres.

Ton nouveau parfum embaume la pièce. J'inspire profondément, essayant de le consigner en moi.

Je rentre dans ma cellule, Brooke m'attend. Elle me tire vers elle et renifle derrière mes oreilles comme si elle essayait de sentir ton parfum sur moi. Puis elle m'enlace et fourre sa tête dans mon cou. L'odeur de ses cheveux recouvre les effluves auxquels je m'accrochais, et j'arrête de respirer une seconde.

— Alors ? me demande-t-elle. Tu lui as parlé de moi ?

— Oui. C'est fait. C'est fini.

— Qu'est-ce qu'elle a dit ?

— Qu'elle comprenait.

— C'est bien. Très bien.

Je fixe le mur derrière l'épaule de Brooke et cligne rapidement des yeux pour refouler mes larmes avant qu'elle ne les voit.

Remerciements

Vous venez de lire mon roman du confinement. Tous les auteurs en ont un. J'ai commencé à l'écrire en février 2020, puis j'ai été prise par d'autres projets (notamment dédicacer 6 500 exemplaires pour mon éditeur américain !) et j'ai dû le mettre de côté. Quand je l'ai retrouvé, la crise sanitaire avait commencé, j'avais attrapé le Covid, et mes enfants étaient à la maison. Habituellement, j'écris mes livres dans ma cuisine ou dans un café. Soudain, les commerces ont fermé, et la table de ma cuisine était envahie par les devoirs de mon aînée. La cuisine était d'ailleurs devenue la salle de pause de notre famille, une pièce pour discuter et se détendre avant de retourner au travail ou aux cours. Des plats élaborés s'y préparaient à toute heure du jour. On tournait en rond, je ne pouvais pas m'échapper à l'extérieur, alors pendant huit longues semaines je me suis plainte parce que JE NE POUVAIS PAS ÉCRIRE. Mon espace de création était envahi, et l'intrigue de mon livre se situait avant la pandémie, dans un monde que je n'arrivais plus à imaginer, un monde où les gens allaient au pub, où les enfants allaient à l'école, où l'on se prenait dans les bras. Je discutais régulièrement avec mon éditrice pendant cette période, et elle me demandait toujours si j'écrivais. Je lui expliquais chaque fois que non, je n'y arrivais pas, que c'était impossible, bien sûr. Au début, elle était compréhensive et me soutenait. Au bout de la cinquième fois, elle m'a dit : « Tu sais qu'il va quand même falloir que tu l'écrives, ce roman, n'est-ce pas ? »

Merci, Selina, de m'avoir sortie de ma torpeur, de m'avoir permis d'entrevoir des solutions. Ce roman, je l'ai écrit dans un bureau loué en face de chez moi. Mon bureau du confinement. Ma planche de salut. Merci à toi, petit bureau, et merci à Victoria et Rebecca de Swiss Quarters qui m'ont accueillie si chaleureusement.

Professionnellement, l'année 2020 fut exceptionnelle pour moi. Mes livres ont été classés en première place sur les listes du *New York Times* et du *Sunday Times*, j'ai vendu plus d'un demi-million d'exemplaires de *Ils sont chez nous* au Royaume-Uni et plus d'un million d'exemplaires de *Comme toi* aux États-Unis. Alors que j'étais repliée dans mon monde miniature, cela m'apportait beaucoup de joie de penser à tous ces gens qui découvraient mes romans, les récents et les plus anciens, et qui y trouvaient une échappatoire pour oublier cette réalité angoissante. Merci à tous les lecteurs qui ont acheté l'un de mes livres en 2020, et bienvenue à tous ceux qui ont décidé de tenter l'expérience avec *Rentre avant la nuit*. Je vous en suis infiniment reconnaissante.

Merci à tous les libraires à travers le monde qui ont réussi à continuer à vendre des livres à ceux qui voulaient en lire. Et merci à tous les bibliothécaires qui ont aussi trouvé des moyens ingénieux de fidéliser leur public. Les libraires et les bibliothécaires se sont réinventés si rapidement et avec tant d'efficacité pour continuer à organiser des rencontres entre les auteurs et les lecteurs pendant les confinements, et je tiens aussi à remercier tous ceux qui m'ont accueillie et m'ont vue dans ma chambre.

Merci à l'incroyable Jonny Geller, mon agent chez Curtis Brown au Royaume-Uni, et à la non moins exceptionnelle agente Deborah Schneider chez Gelfman Schneider aux États-Unis. Vous avez tous les deux été merveilleux et m'avez apporté un précieux soutien pendant cette année difficile.

Merci à tous mes éditeurs, dans le monde entier, et notamment à Selina Walker, Najma Finlay et toute l'équipe de Cornerstone au Royaume-Uni, et à Lindsay Sagnette, Ariele Fredman et toute l'équipe de Atria aux États-Unis.

Merci à mes amies auteures qui m'ont aidée à garder le cap grâce aux réseaux sociaux : Jenny Colgan, Maddy Wickham, Jojo Moyes, Amanda Jennings, Tammy Cohen, Serena Mackesy, Chris Manby, Tamsin Grey, Adele Parks et toutes les autres.

Et, enfin, merci à ma famille qui est parvenue à être de bonne compagnie au cours d'une année où cette harmonie familiale était si essentielle.

Voici la fin de ces étranges remerciements, en souhaitant que la vie reprenne son cours le plus vite possible. En attendant, tous au café !

Dépôt légal : novembre 2022

Achevé d'imprimer en France en décembre 2023
par Dupliprint à Domont (95)
N° d'impression : 2023123949 - N° d'édition : 6790043